LE PROMONTOIRE DU REPTILE

Né à Buenos Aires, ingénieur de profession, Federico Axat est l'auteur de *Benjamin*, *La Transformation des papillons*, *L'Opossum rose* et *Le Promontoire du reptile*, qui est en cours d'adaptation cinématographique.

Paru au Livre de Poche :

L'Opossum rose

FEDERICO AXAT

Le Promontoire du reptile

ROMAN TRADUIT DE L'ESPAGNOL (ARGENTINE)
PAR ISABELLE GUGNON

CALMANN-LÉVY

Titre original :

AMNESIA

Publié avec l'accord de Pontas Literary & Film Agency.

ISBN : 978-2-253-19546-7 – 1re publication LGF

À mes parents,
Luz L. Di Pierro et Raúl E. Axat

Chapitre 1

La fille morte par balle était dans mon salon.

Je me suis réveillé dans un brouillard confus, comme lorsque j'étais soûl et que je m'effondrais ailleurs que dans mon lit. Mon premier contact avec la réalité a été le grincement lointain de la balancelle, devant la maison ; le second, un coup sur l'halogène quand j'ai étiré les bras pour me dégourdir, les yeux encore clos. La fatalité qui régit ma vie ces derniers temps a voulu que la lampe tombe et que l'abat-jour se brise en mille morceaux.

J'ai alors compris que je me trouvais dans le salon, à plat ventre. J'avais une douleur intense à la poitrine, le bras gauche ankylosé et la joue enflée. Les paupières à peine entrouvertes, la première chose que j'ai vue a été la bouteille de vodka sur la table basse, à un mètre de là. Dans ma position, elle m'a fait l'effet d'une masse gigantesque, sorte d'obélisque à la hauteur de mon échec. J'ai grimacé de dégoût avant de me replonger dans l'obscurité qui commençait à m'être vraiment familière. La petite voix accusatrice s'est élevée aussitôt. Depuis que j'ai reconnu mon problème d'alcool, j'ai appris à l'écouter dès que la tête me tourne et que la culpabilité me gagne. Je garde le silence comme un enfant qui reçoit une semonce méritée, songe que l'époque où je pensais avoir le contrôle de mon existence est bien loin, et que malgré toutes les promesses faites à mon ex-femme, à ma fille (qui n'est au courant de rien) ou même à mon avocate, je vais de nouveau tomber bêtement dans le même piège. J'ai vingt-sept ans. Donald, mon parrain aux Alcooliques Anonymes, dit que j'ai pris conscience de mes problèmes à temps et qu'à mon âge il était encore un imbécile avec dix ans d'excès et de stupidité devant lui. L'idée n'est guère réconfortante.

Lorsque je me suis levé, une flèche à la pointe d'acier s'est plantée dans mon front. Mes bras tremblaient, j'ai failli m'écrouler, mais j'ai réussi à me redresser. Je souffrais d'une des pires migraines de ma vie. Je peux supporter une légère gueule de bois et même à vivre avec si elle est modérée, mais quand elle est aussi forte, je suis impuissant. J'avais du mal à savoir à laquelle des deux j'avais affaire ce jour-là.

J'ai ouvert les yeux.

La fenêtre était un rectangle noir. D'une manière ou d'une autre, je m'étais téléporté dans le futur et il faisait nuit. Se pouvait-il que j'aie oublié tout ce qui était survenu ces dernières heures ? Ce n'aurait pas été la première fois, mais je m'en étonne toujours. En principe, la petite voix en profite pour entamer la deuxième partie de son discours habituel, passant des reproches donneurs de leçons à la culpabilité et à la résignation ; alors la véhémence et la fureur disparaissent pour céder la place à la triste acceptation d'une cause perdue. Mais je n'ai pas eu le temps de me lamenter sur mon sort, car, pendant que je me concentrais sur la bouteille, une forme brillante sur le sol a attiré mon attention, et ce que j'avais pris l'espace d'une seconde pour un simple éclat s'est révélé être le Ruger P85 qui avait appartenu à mon père.

Puis, du coin de l'œil, j'ai distingué le corps. Tout a dû se dérouler en moins d'une demi-minute, mais, dans mon esprit, les faits se succédaient avec une lenteur alarmante. J'ai tendu le cou, conscient que quelque chose déraillait, et j'ai vu cette fille couchée à plat ventre, couverte d'un drap blanc. Elle avait la tête légèrement penchée dans ma direction, ses yeux ouverts tournés vers l'infini.

Je pense avoir du cran. À onze ans, j'ai trouvé ma mère morte au terme d'une longue agonie, condamnée par la maladie. Mon père a été arrêté, accusé de l'avoir étouffée avec un oreiller, et peu après, il s'est pulvérisé le crâne d'un coup de fusil. Lui, je ne l'ai pas vu, mais j'étais seul à la maison quand la police s'est présentée pour m'annoncer le drame. Le corps de cette fille, que je devais finir par appeler la « fille au collier » – même si elle n'en portait pas quand je l'ai découverte –, m'a affecté de manière différente, sa simple présence recelant une réalité effrayante : j'étais de toute évidence impliqué dans ce meurtre.

Oubliant les palpitations qui me vrillaient la tête, je me suis approché du cadavre, mes yeux allant de la fille au pistolet, du pistolet à la fille. La peur s'est emparée de moi, puis est venue la question qui s'imposait.

Qu'as-tu fait ?

Je n'avais jamais vu cette fille, j'en étais sûr et certain, et pourtant quelque chose en elle me semblait familier.

Chapitre 2

Sans réfléchir, j'ai retourné le corps et constaté l'arrêt du pouls. Sa peau était encore tiède, mais je savais que je ne pouvais plus rien pour elle. J'ai exercé plusieurs pressions sur sa poitrine, lui ai fait du bouche-à-bouche, ai repris le massage cardiaque jusqu'à ce que ma conscience me dise que j'avais accompli mon devoir. Agenouillé à côté d'elle, les mains et le visage barbouillés de sang, je l'ai étudiée un moment avec attention. Son visage était d'une indéniable beauté. Elle n'avait pas plus de vingt ans, portait un tee-shirt blanc, un short bleu avec des cœurs blancs et des baskets DC. On lui avait tiré dans le dos, à hauteur du cœur.

J'ai examiné le drap que j'avais laissé sur le côté, froissé en une boule irrégulière. La mare de sang qui entourait le corps menaçant de le tacher, je l'ai poussé du pied.

Puis j'ai perdu mon calme. Jusqu'alors, mes actes étaient dictés par le bon sens : j'essayais de la sauver. Que devais-je faire maintenant ? Mes mains tremblaient. J'ai scruté le salon en ayant l'impression d'être observé, me suis concentré sur la bouteille vide, puis sur mes mains, et enfin sur l'arme. Puis j'ai arpenté la pièce en marmonnant des mots inintelligibles. Il fallait que j'appelle la police.

Immédiatement, Johnny, me suis-je dit en m'empressant de traverser le salon.

Je suis passé à côté du corps sans oser le recouvrir du drap et, dans la cuisine, me suis lavé frénétiquement le visage et les mains.

— Merde !

J'ai frotté et frotté jusqu'à ce que l'eau soit claire. J'ai retiré mon tee-shirt taché de sang, l'ai jeté dans le panier de linge sale et suis allé en prendre un propre dans le tambour de la machine à laver.

La police va te demander pourquoi tu t'es changé.

— Parce que je ne supporte pas la vue du sang ! me suis-je exclamé.

La morte accaparait une grande partie de mon attention, mais la bouteille vide aussi. Elle compliquait tout.

Je l'ai prise, soulevée en me retenant de crier et de la jeter par terre. Qu'allais-je en faire ?

Tu vis au milieu d'une forêt, tu vas bien avoir une idée.

Comme dans un cycle infernal, je ressassais. Je suis sorti par la porte située à l'avant de la maison, que j'ai contournée pour m'enfoncer dans les bois qui s'étendent de là jusqu'au nord du New Hampshire. J'ai couru comme un dératé, malade mental agitant une bouteille vide. J'ai failli tomber deux fois et, à la troisième, je me suis étalé au pied d'un sapin et me suis fendu la lèvre inférieure.

Génial. Maintenant tu vas devoir expliquer comment tu t'es fait ça.

Je me trouvais à une cinquantaine de mètres de la

maison, sur un sentier de randonnée que j'avais très souvent emprunté dans mon enfance, quelques fois seulement étant adulte. J'ai alors entendu une détonation qui m'a saisi d'effroi, immobile, étendu par terre, le goût métallique du sang dans la bouche. Quelqu'un avait tiré ? J'ai songé que j'avais mal entendu, tout s'était passé très vite. Plus loin s'élevait ce que mon frère et moi appelions des années auparavant le « promontoire du reptile ».

Fait étrange : jusqu'à cet instant je n'avais pas envisagé sérieusement d'avoir tué cette fille, mais je n'avais pas davantage songé que son assassin puisse encore rôder dans les parages. Drôle de paradoxe.

Il fallait que je me débarrasse de cette bouteille et que je réévalue la situation.

J'ai parcouru le demi-kilomètre qui me séparait d'Union Lake au rythme d'un joggeur et me suis arrêté sur les hauteurs. Le lac ressemblait à un grand œil noir reflétant la lune en son centre. Sur la rive opposée, au sommet d'une colline, l'ancienne station d'épuration des eaux émergeait entre les arbres.

J'ai lancé la bouteille avec force, en croyant sans doute me débarrasser du véritable problème. Je l'ai entendue tomber avec un *plop*, puis tout est redevenu calme. Ce soir-là, les hiboux semblaient particulièrement animés.

Je suis resté là sans savoir quoi faire. Ma lèvre commençait à enfler, il fallait que je rentre. La jeune femme qui était morte chez moi méritait mieux qu'un raté qui craint qu'on apprenne qu'il s'est remis à boire.

En me tournant, j'ai remarqué quelque chose dans la

végétation, sur la berge : une tache blanche, un visage qui s'est caché aussitôt. Des branches se sont agitées et j'ai vu une silhouette disparaître dans la nuit.

Je suis rentré par le chemin le plus direct, en m'écartant du sentier, ce qui me permettrait d'inspecter le promontoire du reptile, fort de la certitude qu'il fallait que je rentre chez moi et contacte la police.

Chapitre 3

Sur le promontoire du reptile s'élevait un muret en pierre où l'on pouvait parfaitement s'asseoir. À peine arrivé, quelque chose dans une imperfection de la roche a attiré mon attention, et en me rapprochant, j'ai constaté qu'il s'agissait d'un mégot écrasé. Je l'ai observé quelques instants, lui attribuant sans doute plus d'importance qu'il n'en avait, et j'ai palpé une de mes poches dans l'intention d'y prendre mon portable, d'en allumer la lampe et de chercher d'éventuelles traces supplémentaires laissées par les visiteurs. J'ai pesté en découvrant que je l'avais oublié à la maison. À la seule faveur des rayons de la lune, j'ai regardé si je trouvais d'autres mégots, mais il n'y en avait qu'un seul, unique preuve que quelqu'un était passé par là.

Non loin, vers le nord-ouest, serpentait un ancien chemin en terre battue sur lequel plus personne ne s'aventurait. Si quelqu'un était venu là en voiture, il y avait fort à parier qu'il avait pris cette direction. J'ai dévalé la colline dont l'épaisse végétation ne me permettait guère de voir où je mettais les pieds, mais peu m'importait. J'avais suffisamment exploré cette forêt pour être capable de m'y déplacer les yeux fermés.

Mais avant d'avoir atteint le chemin, j'ai décelé une présence insolite et aperçu à travers le feuillage une forme sombre à l'arrêt : une fourgonnette ou une petite caravane. Sur le qui-vive, j'ai ralenti le pas en prenant garde de ne pas marcher sur des branches ou des feuilles sèches.

Au bord de la petite voie, je me suis caché derrière un arbre pour constater que le véhicule était bien une fourgonnette, un monospace Volkswagen plutôt ancien, datant probablement des années quatre-vingt-dix. Avec sa carrosserie grise abîmée et ses vitres sales, il était dans un piètre état. Ma première impression a été que quelqu'un l'avait abandonné là, mais qu'il possède encore une plaque d'immatriculation m'a déconcerté. J'en ai répété les sept chiffres plusieurs fois de suite afin de les retenir, puis je me suis dirigé vers l'arrière, mais me suis arrêté à mi-chemin, une sensation d'oppression dans la poitrine, la même que lorsque j'avais vu le corps de la fille vingt ou trente minutes plus tôt. Qu'étais-je en train de faire ? L'image du cadavre m'est apparue comme dans un film d'horreur. Ce véhicule étant peut-être lié au meurtre, en fallait-il plus pour appeler la police ? Pourquoi étais-je sorti de chez moi sans mon portable ?

Au fond, tu n'as pas envie d'appeler les autorités, et tu le sais.

De là où je me tenais, je ne voyais pas l'avant du véhicule et l'arrière était complètement fermé et ne comportait que de toutes petites vitres d'un noir d'encre.

Je m'en suis approché avec prudence en contournant légèrement la fourgonnette. La cabine était vide. J'ai observé le côté du siège passager et vu deux gobelets isothermes sur le plateau central. L'un d'eux semblait avoir des traces de rouge à lèvres au bord, mais il était difficile de s'en assurer à travers ces vitres crasseuses.

J'ai jeté un coup d'œil à l'arrière. La présence de ce véhicule était déjà douteuse en soi, mais en outre, tout – le mégot, les gobelets – portait à croire que ses deux occupants avaient décidé de rester un long moment non loin de chez moi. Si c'était l'un d'eux – la jeune femme – qui était allongé sans vie dans mon salon, où se trouvait l'autre ? D'une main j'ai enlevé la couche de terre et de poussière sur une des vitres pour tenter d'en discerner davantage. En vain. Debout devant la portière coulissante, je me suis dit que si quelqu'un était caché à l'intérieur, j'étais sur le point de commettre la plus grosse erreur de ma vie.

J'ai néanmoins tiré de toutes mes forces sur la poignée en m'attendant à ce que la portière résiste, mais elle s'est ouverte aisément, au point d'entraîner mon bras et mon épaule avec elle. Le métal a heurté l'extrémité du rail métallique en me faisant grincer des dents. L'habitacle était plongé dans l'obscurité, personne ne m'a sauté dessus et il m'a semblé que c'était plutôt une bonne nouvelle, mais quand mes yeux se sont habitués à la pénombre, j'ai distingué une série de voyants lumineux déconcertants. La fourgonnette avait été débarrassée de ses sièges. Au milieu de l'espace exigu trônait une table de camping pliable et, dessus, un ordinateur.

Je suis monté. À côté de l'écran noir, on avait posé

des lunettes aux verres rectangulaires et une souris sans fil que j'ai touchée, ce qui a suffi pour que le portable s'allume. J'ai alors découvert une image de mon salon.

J'ai reculé comme si on venait de m'assener un coup de poing dans la poitrine. Mon pied droit a patiné dans le vide et j'ai failli tomber. Je me suis agrippé à la portière.

La caméra en circuit fermé était braquée sur les fauteuils. Si le cadre avait été plus large, j'aurais vu le corps inerte. Interloqué, j'ai eu du mal à détacher les yeux de cette image.

J'ignore combien de temps je serais resté là, incapable d'analyser ces faits incongrus, jusqu'à ce que je voie apparaître sur l'écran les mots suivants : « Aucun réseau détecté. »

J'ai pivoté et sauté du véhicule sans même prendre la peine d'en refermer la portière, puis j'ai couru à vive allure jusque chez moi, soit cinq minutes au cours desquelles mon cœur battait à tout rompre. J'avais laissé la porte ouverte et les lumières allumées. Je me suis engouffré à l'intérieur sans me soucier de rien, la peur et le désarroi ayant cédé le pas à la colère. Je savais exactement où trouver la caméra cachée.

Je me suis arrêté net : le corps avait disparu.

Et le pistolet aussi.

Debout au milieu de la pièce, je n'entendais plus que le bruit de ma respiration. Par terre, il ne restait que les débris de l'abat-jour. J'ai tourné lentement la tête vers le meuble près de la porte, où on avait dû installer la caméra. Je m'en suis approché en deux longues foulées et j'ai passé la main en haut sans récolter autre chose que de la poussière. La caméra n'était plus là, mais à ce stade, je ne m'en suis guère étonné.

J'ai passé en revue le dernier rayonnage des étagères, où j'avais rangé le Ruger derrière un bibelot. C'était sa cachette habituelle, hors de portée de ma fille, mais accessible en cas de besoin. Ma main a palpé les contours bien reconnaissables de cette arme.

Il y a un moment, elle était par terre.

J'ai ôté la balle de la chambre et vérifié le chargeur, qui était plein, avant de remettre le pistolet à sa place.

D'une démarche résignée de condamné à mort, j'ai gagné l'endroit où j'avais vu le corps de la fille. Le sol était propre, sans une trace de sang ni aucun drap taché de rouge… À genoux, j'ai touché les carreaux, éberlué. Je sentais encore mes lèvres sur les siennes, la paume de ma main exercer un massage cardiaque sur sa poitrine…

C'est alors que la sonnerie du téléphone a retenti de manière stridente.

Il était 21 heures passées. De plus, presque personne ne m'appelait sur cette ligne.

J'ai décroché en ayant la ferme conviction que cet appel ne ferait que brouiller les pistes.

— Johnny, ça va ?

C'était mon frère aîné, Mark, qui a toujours eu un sixième sens à mon endroit, un radar lui permettant de déceler le danger à distance.

J'ai émis une sorte de borborygme pour lui signifier que oui.

— Tu as ton portable ?

— Euh… je ne sais pas. Je crois que je l'ai perdu.

Même au bout du fil, Mark sentait ma nervosité.

— Qu'est-ce qui se passe ? Il y a une heure ou deux, je t'ai envoyé plusieurs messages et tu n'as pas répondu.

Une heure ou deux.

Mon dernier souvenir de cette journée remontait à…

— Tu tombes mal, Mark. Il faut que j'appelle la police.

Pour toute réponse, un long silence s'est installé entre nous. Je connais suffisamment mon frère pour savoir qu'il pensait que je m'étais remis à boire, et je ne pouvais pas lui en vouloir de raisonner ainsi.

— Ce n'est pas ce que tu crois, Mark.

J'étais sur les nerfs et faisais peser le poids de mon corps sur une jambe, puis sur l'autre en triturant le fil du téléphone.

— Qu'est-ce qu'il y a ? m'a demandé Mark sans cacher son inquiétude.

J'ai dégluti. Comment lui expliquer ce qui était survenu pendant l'heure qui venait de s'écouler ?

— J'ai trouvé une femme morte.

Prononcer cette phrase à voix haute m'a fait frémir. Mon autre main, celle qui ne tenait pas le combiné, tremblait.

— Dans la forêt ?

— Non. Dans mon salon.

— Tu la connaissais ? s'est-il enquis prudemment après avoir marqué une pause.

Toute autre personne aurait perdu contenance ou m'aurait assailli de questions, mais ce n'était pas le genre de Mark, qui, contrairement à moi, savait se concentrer sur l'essentiel.

— Non. Je l'ai trouvée là, après ma sieste.

Une sieste à 21 heures ? Autre invraisemblance à ajouter à la liste.

— Tu es sûr qu'elle est morte ?

— Oui… J'ai pris son pouls et essayé de la ranimer !

— Calme-toi, Johnny. Qu'as-tu fait du corps ?

— Il n'est plus là, Mark ! Quelqu'un l'a emporté !

Mon frère s'adressait à moi comme à un enfant ou, pire, à un homme qui a perdu la raison.

— De qui tu parles, Johnny ?

— Je n'en sais rien. Je suis sorti et à mon retour le corps avait disparu. Je crois qu'on me surveille.

J'imaginais mon frère en train de se tenir la tête. Moi aussi, j'étais conscient que mes propos frisaient le ridicule.

— Décris-moi cette fille.

Comme toujours pragmatique, Mark essayait indirectement d'entrer dans mon délire, mais la précision de ma réponse a dû le déstabiliser.

— Jeune, cheveux blonds, yeux bleus, mince…

— Bon, écoute-moi. Tu ne bouges pas jusqu'à ce que j'arrive.

Ce n'était pas la première fois qu'il venait à ma rescousse. Il tenait ce rôle depuis notre enfance et j'y étais en partie habitué. Mais au fond de moi, secrètement, je savais que ce maternage allait devoir prendre fin un jour.

— Je préfère me débrouiller seul. Les assassins rôdent peut-être encore dans le coin. Si je n'appelle pas très vite la police…

— Non, attends. Je ne veux pas te commander, mais

j'aimerais bien qu'on analyse la situation ensemble, dans le calme.

Et d'un ton à peine audible, il a ajouté :

— S'il te plaît, Johnny.

Chapitre 4

J'ai retrouvé mon mobile entre deux coussins du canapé. Je ne pouvais plus me permettre de commettre d'autres bévues. J'ai pris le Ruger et y ai mis le cran de sécurité avant de le fourrer dans ma poche.

J'ai fermé la porte qui donnait sur la rue et me suis dirigé vers le promontoire du reptile et là, en refaisant le chemin à l'envers, j'ai essayé de me rappeler la plaque d'immatriculation de la Volkswagen. J'en avais mémorisé les trois premiers chiffres – 305 –, mais j'étais incapable de me souvenir des autres. Je n'ai jamais eu la mémoire des nombres, me fie davantage à ma mémoire visuelle, et j'ai donc préféré recréer l'image de la fourgonnette garée sur la voie abandonnée : elle m'est apparue comme si je regardais la télévision, puis s'est évanouie telle une apparition fantomatique, un rêve qui s'efface dès le réveil. Horrible sensation.

En arrivant à destination, j'ai constaté que la Volkswagen n'était plus là. Je me suis raccroché à ce que j'avais vu : les gobelets de café dans la cabine, dont un avec des marques de rouge à lèvres, la portière coulissante trop facile à ouvrir… Et j'ai palpé mon épaule. Je n'avais pas mal.

Chapitre 5

J'atteignais la maison lorsque des phares m'ont aveuglé. J'ai baissé mon arme en constatant qu'il s'agissait de la Mercedes de Mark. Mon frère est descendu de voiture et nous nous sommes regardés un moment. Fait étrange, je lisais parfaitement dans ses pensées et ne pouvais pas lui jeter la pierre.

Il s'est approché et, sans un mot, m'a ôté le pistolet des mains d'un geste délicat.

— Entrons, a-t-il dit, un bras passé sur mes épaules.

Il a cinq ans de plus que moi et a toujours assumé un rôle protecteur à mon égard, surtout après la mort de nos parents. Je l'aime profondément et je dois dire que s'il n'avait pas été là, s'il n'était pas intervenu et ne m'avait pas soutenu tout au long de ma vie, j'ignore ce que je serais devenu. Alors qu'il a fait des études, créé Meditek – un laboratoire pharmaceutique prestigieux – et fondé un foyer avec Darla, sa femme, j'ai quitté l'université et entamé une dangereuse idylle avec l'alcool, qui a duré plus de sept ans. J'avais arrêté depuis onze mois, mais plus que quiconque, je savais que je risquais de replonger d'un jour à l'autre. Mark avait toujours été là pour m'épauler.

— Qu'est-ce que tu as à la lèvre ?

J'ai porté une main à ma bouche et senti une protubérance près de la commissure droite.

— J'ai trébuché sur une branche, c'est juste un peu enflé.

Il a acquiescé, avec dans les yeux une lueur que je connaissais bien, une sorte de compassion qui m'inspire toujours des réactions contradictoires. Il a observé l'abat-jour cassé, mais n'a émis aucun commentaire. Ce n'était pas nécessaire. Sans s'énerver, il a posé le pistolet sur la table.

— Asseyons-nous, Johnny. Il faut qu'on parle.

Alors je me suis concentré sur ses vêtements, un sweat et un jean usé. Je l'ai imaginé devant son téléviseur grand écran avec Darla, à regarder tranquillement Netflix un samedi soir. Et voilà qu'il avait dû renoncer à ce plaisir pour s'occuper une fois de plus de ce pauvre Johnny.

— Je ne peux pas m'asseoir, Mark, ai-je protesté avec impatience en arpentant le salon. Je ne sais pas ce qui se passe, putain ! Le corps était là… Ici !

Son expression a changé.

— Il faut que tu me croies, Mark !

— Bien sûr que je te crois, mais garde ton calme et raconte-moi ce qui est arrivé dans cette pièce.

J'ai fermé les yeux. Sincèrement je ne savais pas par où commencer. Pourquoi n'étais-je pas fichu de me rappeler l'immatriculation de cette fourgonnette ? Les yeux encore clos, j'ai alors entendu la question à laquelle je m'attendais :

— Tu as bu, Johnny ?

Résigné, je me suis assis sur l'accoudoir d'un fauteuil.

— Tout ce que je me rappelle, c'est que vers 17 ou 18 heures, j'étais dans mon bureau et je travaillais à des illustrations. Après, je crois que je me suis endormi, et je me suis réveillé par terre, ici, très précisément, et il y avait une bouteille de vodka sur la table.

— Une bouteille ?

— Je l'ai achetée il y a quelques semaines, ai-je reconnu. Avec Lila, ça se passait mal alors j'ai acheté de la vodka… C'était surtout pour me tester.

— Et après ?

— J'ai vu le pistolet et le corps de cette femme étendu par terre, j'ai paniqué, j'ai cru que je m'étais soûlé, que j'avais tout foutu en l'air. Mais je n'ai pas bu cette bouteille, Mark, je te le jure. Je sais ce qu'est une gueule de bois, et là, c'était différent… Quelqu'un l'a mise ici pour me désarçonner.

Mon frère a tiré une des chaises autour de la table et s'est assis.

— On l'aurait donc mise là intentionnellement ?

— Je suis sorti pour la jeter, ai-je poursuivi en ignorant sa question, incapable que j'étais d'avoir les idées claires. Je me suis fendu la lèvre dans le bois. J'étais tout près du promontoire du reptile et j'ai entendu des bruits. Une vieille fourgonnette était garée. Il n'y avait personne à l'intérieur, alors je suis monté et, à l'arrière, j'ai découvert une caméra de surveillance.

Mark a poussé un soupir. Il semblait soulagé par mes explications invraisemblables.

— Ils ont installé une caméra ici ! me suis-je exclamé en me levant pour lui montrer où. Je suis rentré aussi vite que possible, mais ils l'avaient emportée ainsi que le corps.

Mon frère gardait le silence, le visage empreint d'une expression indéchiffrable. Au bout d'un moment, il est allé à la cuisine et en est revenu avec un verre d'eau qu'il a posé sur la table. Il a fouillé dans son portefeuille et en a sorti un cachet.

— C'est quoi ?

— Quelque chose qui va te détendre, m'a-t-il répondu en posant la pilule près du verre.

— Je n'ai pas l'intention de prendre quoi que ce soit. Tu n'as pas cru un mot de ce que je t'ai dit !

— Johnny, je suis de ton côté.

J'ai retenu mon souffle.

— Mark, je sais que ça paraît insensé et j'en suis conscient. Je suis retourné au promontoire et la fourgonnette avait disparu, mais je l'ai vue, et il y avait une caméra cachée dans ce meuble ! On m'a surveillé !

— Avale ce cachet avec un peu d'eau…

— Non ! Il faut qu'on appelle la police ! Ou Harrison, il nous dira quoi faire.

Harrison était l'ancien commissaire de la ville, un grand ami de mon père.

— Pour leur dire quoi ? a lâché Mark en hochant la tête. Ton histoire n'a aucun sens.

Mon frère perdait rarement patience. Sa réaction m'a décontenancé.

— J'en suis conscient, tu sais.

— Bon, excuse-moi d'avoir dit ça, s'est-il repris d'un

ton conciliant, et il a levé les paumes en signe de paix. Mais réfléchis un peu, Johnny. Tu ne peux pas déclarer que tu as oublié ce qui s'est passé entre 18 et 21 heures et qu'en te réveillant tu as découvert un cadavre qui maintenant a disparu ! Tu es sûr qu'elle était morte, cette fille ?

— Sûr et certain !

J'ai senti une décharge d'adrénaline et me suis précipité à la cuisine sous les yeux stupéfaits de mon frère. C'est là que je rangeais le panier de linge sale. Je m'en suis approché lentement en redoutant de ne pas y trouver mon tee-shirt maculé de sang.

Mark m'observait, planté sur le seuil de la porte. Je l'ai regardé avant de farfouiller dans le panier. Il était inquiet. Je me suis agenouillé, puis j'ai fondu en larmes comme je ne l'avais pas fait depuis longtemps.

Mon frère a attendu que je me calme. Après avoir craqué, je me sentais à la fois coupable et furieux.

— Ils l'ont emporté aussi, ai-je murmuré, impuissant.

Je me suis laissé glisser le long du mur avant d'envoyer un coup de pied dans le panier.

Chapitre 6

Nous nous sommes assis, moi sur le canapé, Mark dans un fauteuil. Entre nous, la table basse et le rond humide laissé par la bouteille de vodka.

— Johnny, reprenons du début. Raconte-moi tout ce dont tu te souviens à partir d'hier soir, sans rien oublier.

— Hier soir ?

— Ça ne prendra pas longtemps.

Je me suis résigné.

— Hier, je suis passé chez Lila dans l'après-midi et on a décidé d'aller dîner chez Matzuki. Après, on est venus ici et on a passé la nuit ensemble.

Je sortais avec Lila depuis quelques mois. Comme moi, elle était divorcée et avait un petit garçon d'un an et demi, Donnie. Moi, j'avais Jennie, un peu plus âgée, mais pas assez pour que je cesse de voir en moi un père en constante phase d'apprentissage. C'était tout ce que cette femme et moi avions en commun.

— J'avais l'intention de rompre.

— Et tu ne l'as pas fait ?

— Non. Pendant le dîner, elle a commencé à me

parler de Donnie, de ses problèmes avec son ex et sa mère. Je ne voulais pas être le salaud qui l'envoyait paître à un moment où elle n'allait pas bien. J'ai donc remis ça au lendemain, mais au bout du compte, c'était pire, parce qu'elle n'avait pas pris sa voiture et est restée dormir. Le matin venu, je lui ai annoncé que je voulais qu'on arrête et je l'ai emmenée au travail sans un mot, c'était gênant. Pourquoi parler de ça maintenant ?

— C'est important, tu as besoin de te concentrer.

— Elle m'a écouté très calmement et m'a demandé si j'étais sûr de moi. Je lui ai répondu que oui. Je crois qu'au fond elle s'y attendait.

— Et après, qu'est-ce que tu as fait ?

— J'ai dessiné un peu dans mon bureau.

Ce n'était pas tout à fait vrai. Je m'étais installé dans l'intention de travailler à un projet que j'avais en tête, mais je ne faisais rien de bon. J'avais réalisé quelques croquis qui avaient atterri dans la poubelle et avais fini par renoncer pour jouer un peu au poker en ligne et surfer sur le Net. Bref, une matinée improductive pendant laquelle je n'avais cessé de penser à la bouteille cachée à la cave, mais je me suis gardé de l'avouer à mon frère.

— J'ai mangé quelque chose sur le pouce et suis allé au magasin de Donovan. Je suis rentré à 15 heures et j'ai travaillé un moment, peut-être une heure. Ensuite, j'ai un trou. Je me suis endormi et à mon réveil, j'ai trouvé le corps de cette fille. On m'a drogué, Mark, j'en suis certain.

Il m'a observé de son regard pénétrant.

— Arrête de me fixer comme si je mentais !

C'était étrange. Des années durant, c'est exactement ce que j'avais fait : mentir. Pourtant, dès qu'on me soupçonnait de ne pas dire la vérité, je m'indignais.

— Je sais que tu as changé, Johnny. J'essaie juste de te poser des questions dérangeantes. Et le pistolet de papa ?

— Il était par terre quand je me suis réveillé… et quand je suis rentré, on l'avait remis à sa place habituelle.

Mark me considérait avec compassion, comme un adulte qui ne veut pas briser les illusions d'un enfant.

Je me suis pris la tête dans les mains, les yeux rivés au sol.

— Qu'est-ce qui a bien pu arriver ?

— Je ne sais pas, mais je vais te dire ce qui n'est pas arrivé : tu n'as fait de mal à personne. Regarde-moi, m'a-t-il ordonné.

J'ai relevé la tête.

— C'est clair ?

J'ai acquiescé.

— Tu as eu une mauvaise journée. Parfois, notre cerveau nous joue de sales tours.

J'ai ouvert la bouche pour prendre la parole, mais me suis ravisé.

— Je ne suis pas un expert, mais il pourrait s'agir d'un épisode d'hallucinations oniriques.

— Je n'ai pas rêvé ! me suis-je écrié en plissant le front.

— Je sais. Ce genre d'hallucinations se manifestent à l'état de veille. L'esprit ne distingue plus les deux états. Le cadavre et la fourgonnette sont sûrement le fruit de ton imagination, mais dans un contexte réel. Je connais des spécialistes à Lindon Hill, qui pourraient…

— Bon sang, Mark ! Si tout ce que j'ai vécu n'est pas réel, tu n'as plus qu'à me coller dans un asile ! me suis-je exclamé en partant d'un rire amer.

— Ce n'est pas grave. C'est la première fois que ça t'arrive. Si ça recommence, on avisera. Pour l'instant, essaie de ne pas y penser.

— Plus facile à dire qu'à faire !

— Promets-moi de m'appeler s'il y a quelque chose d'anormal. N'importe quoi.

— C'est promis.

Il a fait oui de la tête, mais soudain son expression a changé, comme s'il venait de prendre conscience de quelque chose. Plusieurs secondes se sont écoulées au fil desquelles il a paru hésiter à parler.

— Qu'est-ce qu'il y a ?

— Rien. Changeons de sujet. J'ai un truc à te raconter. J'attendais que ça avance un peu, mais…

Mark et Darla n'ayant pas d'enfants, j'ai aussitôt pensé qu'elle était enceinte.

— Tu te trompes ! s'est écrié mon frère. C'est à propos de Meditek.

Il ne parlait guère de son travail, du moins pas avec moi, aussi ai-je cru que cette confidence avait pour but de me distraire.

— On met le laboratoire en vente.

Je suis resté pétrifié. Cette nouvelle était aussi incroyable que la découverte du cadavre dans mon salon. J'en ai aussitôt conclu que Mark devait être atteint d'une maladie mortelle, rien d'autre ne pouvant expliquer qu'il se débarrasse de l'entreprise qu'il avait fondée avec son ami Ian Martins. Ils avaient déposé un premier brevet et n'avaient cessé de se développer depuis. Mon frère était passionné par son travail. Un peu trop d'ailleurs.

— Ça fait longtemps qu'on l'envisageait, avec Ian.

Je l'observais, un sourcil haussé. Mark et Darla appréciaient les belles voitures et avaient une immense maison, mais l'argent n'avait jamais été une priorité.

— Je suis surpris. Bien évidemment, tu as tout mon soutien.

— Merci, Johnny. Avec Ian, on a des avis différents sur l'acheteur idéal, mais on finira par tomber d'accord, j'en suis sûr.

Je n'imaginais pas Mark sans Meditek. Il allait sans doute créer un autre laboratoire qu'il ferait vite prospérer.

Nous avons pris congé devant la porte quelques minutes plus tard. Mark m'a serré dans ses bras en me faisant jurer de l'appeler si ce type d'« épisode » se renouvelait. J'ai acquiescé, mais je savais que ce que j'avais vécu était aussi réel que la voiture à soixante-quinze mille dollars qu'il a manœuvrée sur les gravillons du chemin.

Le corps, la bouteille vide, l'arme, tout cela avait été orchestré pour me faire endosser la mort de cette femme. C'était une mise en scène. Les occupants de la fourgonnette avaient tout prévu.

Au volant, Mark m'a adressé un salut que je lui ai rendu avec un sourire forcé, puis la Mercedes s'est éloignée.

Qui a intérêt à me faire payer pour ce meurtre ? Qui était cette femme ?

Alors que les feux arrière avaient disparu dans le feuillage, j'étais encore planté sur le seuil. Une autre question me taraudait.

Mark m'avait-il appelé par hasard ?

Chapitre 7

Dans la nuit, un cauchemar embrouillé a envahi mon sommeil tel un parasite. Une série d'images décousues et horribles m'ont plongé dans un état de semi-inconscience et conduit sur un sentier forestier. Je marchais, éclairé par le faisceau puissant de ma lampe torche. Je sentais une présence derrière moi, l'endroit vers lequel nous nous dirigions me terrifiait et là, je me suis réveillé dans ma chambre, saisi d'effroi.

Je suis resté longtemps assis dans mon lit. À la lumière du jour, ce qui s'était passé la veille me semblait invraisemblable et ridicule.

Une fois descendu au salon, vêtu d'un caleçon et d'un vieux tee-shirt, j'ai inspecté le sol. J'avais balayé les débris de la lampe avant d'aller me coucher. Je m'apprêtais à remonter à l'étage quand je me suis rappelé un élément que je n'avais pas encore pris en considération. Mon cerveau commençait à s'activer. Je me suis précipité à la cave qui faisait autrefois la fierté de mon père, une petite pièce étroite avec des casiers à bouteilles de chaque côté. Dans mon enfance, j'y avais vu des dizaines de vins coûteux qu'il réservait à ses amis, qu'il retrouvait une fois par mois au sous-sol pour jouer au poker, fumer et parler du bon vieux temps. Ils se connaissaient depuis l'école primaire, et certains avaient baptisé leur petit groupe le « club Bilderberg », ou « club B ». Mes copains et moi les appelions aussi comme ça.

Lorsque ma mère est tombée malade, ils ont espacé leurs réunions et les bouteilles ont été consommées, mais pas remplacées. L'argent partait dans l'achat de médicaments et les honoraires des infirmières, mon père a délaissé son entreprise et notre train de vie s'est détérioré. Il m'arrivait d'accompagner mon père à la cave. Cet homme qui avait toujours mis beaucoup de soin à choisir un vin – « il y en a un pour chaque occasion », se plaisait-il à dire – ne semblait plus s'intéresser à sa passion. Sans avoir jamais été alcoolique, il a commencé à boire pour apaiser la tristesse de ces mois difficiles.

Les casiers sont désormais vides et crasseux. Ils reflètent le drame qui s'est déroulé dans cette maison où je vis encore par manque de discernement, et dont chaque recoin a été le témoin de la décadence et de la fatalité. Mark a eu, lui, la sagesse de s'en éloigner pour s'engager dans la voie du succès. Moi, j'étais trop bête et j'ai sombré dans le cercle malheureux qui s'est refermé autour de cette demeure.

Il ne manquait plus que le cadavre de cette fille. Qu'attends-tu pour quitter cet endroit une bonne fois pour toutes ? Que toutes les tuiles du monde te tombent dessus ?

Dans la partie basse de la cave, un compartiment

était réservé aux bouteilles « spéciales ». J'ai regardé un long moment cet espace vide. La vodka que j'avais achetée après une dispute idiote avec Lila avait disparu.

L'idée d'acheter de l'alcool afin de me prouver que je n'en avais pas besoin était stupide, mais ce n'est pas la preuve la plus flagrante de mon imbécillité. En une seconde, un alcoolique peut se trouver des dizaines de prétextes pour se justifier et se persuader que ce sont là les choses les plus raisonnables qui soient.

J'ai passé la demi-heure suivante à examiner la maison, d'abord ma chambre, ensuite le salon, cherchant des caméras cachées, des micros, tout élément susceptible de me révéler la présence d'intrus. À mesure que je progressais dans mon inspection, j'avais de plus en plus honte de moi. J'ai fini par baisser les bras, résolu à suivre les conseils de mon frère : oublier toute cette histoire et tâcher d'être pragmatique. Je devais reconnaître que, à tête reposée, son hypothèse d'hallucinations oniriques paraissait plausible.

J'ai gagné mon bureau dans la ferme intention de travailler un peu. Après des semaines passées sans rien produire d'intéressant, cette perspective semblait prétentieuse, mais je m'y suis assis, au moins pour essayer. Je n'ai pas allumé l'ordinateur, en général une source de distractions. J'avais punaisé près de la fenêtre une illustration encadrée de Busy Lucy[1], un personnage d'histoires pour enfants que j'avais créé trois ans auparavant et qui avait connu un certain succès. Abeille

1. « Busy » en anglais signifie « occupé ». *(Toutes les notes sont de la traductrice.)*

travailleuse, elle disait aux gamins comment s'organiser, gérer leur temps, et leur apprenait l'importance de conjuguer les loisirs et les responsabilités. Busy Lucy avait été l'héroïne d'une dizaine de livres, chacun avec une thématique particulière : ranger sa chambre, faire ses devoirs avant d'aller se coucher, étudier à l'école, etc. En fait, cette abeille était une grosse donneuse de leçons. Je l'avais moi-même très vite détestée, mais la série se vendait bien et mon agent me réclamait de plus en plus d'épisodes de Lucy. Apparemment, les parents appréciaient de pouvoir confier le sale boulot à ce maudit personnage.

Mais depuis quelques mois, la fièvre des Lucy était retombée. Phill, mon agent, avait dû négocier l'annulation du dernier contrat parce que la maison d'édition avait décidé d'interrompre la série. Il m'avait téléphoné pour m'annoncer que la manne s'était tarie et qu'il lui fallait autre chose. Je lui avais ri au nez.

Je tâtonnais, essayais de créer un porc-épic, ou une fourmi, mais ce n'étaient que des resucées de la petite abeille.

J'ai pris une feuille blanche et croqué Lucy en quelques traits rapides, puis je l'ai observée avant de prendre le plateau où je rangeais mes aquarelles et mes pinceaux, et je me suis lancé. Je ne devais pas répéter la formule qui avait marché en inventant un nouvel animal, songeais-je en esquissant quelques contours au pinceau fin. Peut-être devais-je rester sur la même voie et présenter Lucy sous un autre angle. Pourquoi n'y avais-je pas pensé plus tôt ?

Je me suis attelé à la tâche pendant une demi-heure,

sans interruption. Le personnage qui accompagnait Lucy était une fillette blonde aux grands yeux fascinants. Elle portait une robe bleue et un collier. Bien entendu, j'ai su immédiatement qui c'était.

Chapitre 8

La sonnette m'a fait sursauter. Un dimanche matin, une visite inattendue ne laissait rien présager de bon.

Du salon, j'ai reconnu le rouge très vif impossible à confondre de la fourgonnette de Harrison, l'ancien commissaire de Carnival Falls et l'un des amis les plus chers de mon père. Il me rendait visite au moins une fois par mois. Sa présence n'avait donc rien d'extraordinaire, mais je n'ai pas pu m'empêcher de la rapprocher de ce qui s'était passé la veille. Je suis allé ouvrir la porte.

— Salut, Johnny, tu as pris ton petit déjeuner ?

Harrison était imposant. Retraité de la police, à plus de soixante ans il n'avait rien perdu de son aura de surhomme. Petit, j'étais impressionné par le fait que, malgré son caractère affable, il sache s'imposer et forcer le respect. Avec le temps, j'avais compris que cette qualité n'avait pas seulement à voir avec le port de l'uniforme : Harrison était le genre d'individu que tout le monde suit en cas de panique, un leader-né qui inspire confiance, un être intelligent et à même de maîtriser les situations délicates. La petite ville de Carnival Falls avait connu son lot de drames et d'événements regrettables, et, pendant ses années de service, Harrison avait sans nul doute contribué à améliorer les choses. Après avoir perdu mon père, j'en avais retrouvé un dans la personne de l'ancien commissaire.

— Lauren t'a préparé des cookies, m'a-t-il annoncé en soulevant une boîte en carton.

Dans l'autre main, il tenait une bouteille de limonade.

En général, il passait plutôt me voir le soir. Il aimait s'asseoir avec moi pendant des heures sous la pergola. Nous buvions toujours de la limonade. Il connaissait mes problèmes d'alcool et comptait parmi ceux qui m'avaient le plus aidé à m'en sortir. Au fond de moi, je savais qu'il venait aussi un peu pour me surveiller, mais je m'en fichais.

— Je n'ai encore rien avalé.

— Eh bien, voilà ! s'est-il écrié en me donnant une tape dans le dos.

Il a franchi le seuil lentement, a regardé autour de lui avec un intérêt qui m'a paru excessif, mais je me faisais peut-être des idées.

— Tu attends quelqu'un ? m'a-t-il demandé.

— Pas du tout, mais j'ai pensé que tu préférerais qu'on reste dehors.

— Non, on n'a qu'à s'installer là, m'a-t-il répondu en désignant la table du salon.

Il se tenait à l'endroit exact où j'avais découvert le corps de la fille et cela m'a alarmé. Je me suis empressé de m'asseoir.

Quinze ans auparavant, à cette même table, Harrison m'avait annoncé une des nouvelles les plus dévastatrices de ma vie. Ce jour-là, j'avais dessiné un lapin avec des crayons de couleur Caran d'Ache offerts par ma tante Audrey, une image marquée au fer rouge dans ma mémoire.

— Cette maison regorge de souvenirs, a lancé Harrison sans s'asseoir.

Cet homme d'action se montrait rarement mélancolique. Quelque chose n'allait pas. Je me suis calé sur ma chaise, j'ai pris une gorgée de limonade, heureux d'étancher une soif dont je n'avais pas eu conscience jusqu'alors.

— Est-ce que je peux…

Il a laissé sa phrase en suspens, mais je savais très bien la réponse qu'il attendait.

— Bien sûr.

Il s'est approché de la vieille chaîne hi-fi, une véritable relique qui avait appartenu à mon père et lui avait coûté une fortune. Il a choisi un disque parmi les vinyles sans même avoir besoin de les regarder. Il les connaissait mieux que moi. Lui et mon père adoraient le rock anglais, une passion qu'ils m'avaient transmise dès l'enfance.

La chanson des Who, « 905 », a envahi le salon. La chaîne avait beau être ancienne, elle avait toujours un son excellent, comme au premier jour. Harrison s'est mis à regarder la fenêtre en secouant la tête au rythme de la musique. Une part de moi se plaisait à croire qu'il n'écoutait les Who que chez moi. Il semblait alors transporté dans un autre lieu, une autre époque.

Il a fini par regagner la table, m'a étudié un instant, ou alors je me trompais et il était tout simplement encore captivé par la chanson. Notre relation était fondée sur la confiance, semblable à celle qui règne entre un homme et son fils, mais par moments j'avais l'impression de ne pas le comprendre. J'étais sûr qu'il ne jouait pas avec moi, cependant…

— Ça va, le boulot ?

— J'ai quelques bonnes idées, lui ai-je répondu en songeant au dessin de la fillette en robe bleue que j'avais laissé sur mon bureau.

— Ah, je suis content ! Alors Lucy, c'est fini ?

Il m'a souri, il était au courant de mes déboires avec l'abeille.

— Je ne sais pas encore…

— Allez, mange un gâteau, ils sont encore chauds.

Je n'avais pas faim, mais je savais qu'après la première bouchée j'allais tous les dévorer.

— Tu remercieras Lauren de ma part, lui ai-je dit en mordant dans un cookie.

— Tu lui manques, Johnny. Viens dîner à la maison un de ces quatre.

— Compte sur moi.

Il a baissé les yeux, un geste à peine perceptible mais qui ne m'a pas échappé.

— Qu'est-ce qu'il y a ?

— En fait, je suis passé te voir parce que Dean Timbert me l'a demandé, m'a-t-il avoué en esquissant une grimace résignée.

Dean Timbert était le nouveau commissaire. En entendant son nom, j'ai posé sur la table le verre que je m'apprêtais à porter à mes lèvres.

— Il est arrivé quelque chose ?

— Pas que je sache. Il est possible que Dean soit

trop prudent, mais on ne peut pas lui en vouloir. C'est d'ailleurs pour cette qualité que je l'ai choisi. Notre ville a peut-être besoin de quelqu'un qui soit naturellement méfiant.

— Je ne comprends pas ce que tu veux dire. Des gens se sont perdus dans la forêt ?

— Personne n'a disparu, mais hier, le poste a reçu un appel signalant la présence d'un type bizarre dans les parages.

Paralysé, je n'ai pas su quoi dire. La chanson des Who s'est terminée et un silence pesant s'est installé dans la pièce. Quand les premières mesures de « Sister Disco » se sont élevées, j'ai pensé que Harrison avait remarqué ma réaction.

— Où exactement ?

— Près d'Union Lake, je n'ai pas plus de précisions. Tu as vu ou entendu quelque chose qui sortait de l'ordinaire, hier ?

— Non.

— Tout au long de ma carrière, j'ai reçu des tas d'appels qui étaient de fausses alertes, mais je comprends que Dean ne veuille rien laisser passer. Il m'a demandé de faire un tour dans le coin et de poser des questions. J'ai dit oui, bien sûr. C'était une bonne raison pour passer te voir.

Il m'a fait un clin d'œil et je me suis fendu d'un sourire, puis j'ai pris mon verre et l'ai levé vers lui. Ensuite je n'ai presque plus parlé. Je me rappelais le visage que j'avais vu se cacher dans les arbustes, à Union Lake, après avoir jeté la bouteille dans le lac. J'ai préféré ne pas interroger Harrison. Nous avons donc parlé d'une affaire ancienne que je connaissais : la disparition de Benjamin Green. Harrison m'a appris que le responsable de cet horrible crime venait de mourir, mais qu'au lieu de s'en réjouir, il se sentait démoralisé. Celle histoire ne faisait que lui rappeler l'échec que la police avait essuyé quatorze ans plus tôt. Le meurtrier s'était éteint paisiblement dans la cour d'une institution psychiatrique, tout le personnel le croyant endormi.

Nous avons devisé des injustices du monde – de ce côté-là, j'avais été servi –, et avant de partir, mine de rien, il m'a dit que Maggie Burke était là. Fille de Bob Burke, un autre membre du club B., elle avait été mon amie d'enfance et, plus tard, ma petite amie.

Maggie.

— Bob m'a appelé hier, a-t-il dit. Il était fou de joie. Je crois qu'elle va rester deux semaines. Tu devrais aller la voir, Johnny.

J'ai fait des calculs dans ma tête : je n'avais pas revu Maggie depuis cinq ans. D'après mon ami Ross, des rumeurs circulaient à son sujet, comme quoi elle comptait quitter Londres définitivement, mais rien n'avait été confirmé. Je me suis demandé – et ce n'était pas la première fois – si ces ouï-dire avaient influencé ma décision de rompre avec Lila.

Chapitre 9

Après le départ de Harrison, j'ai marché de long en large comme un maniaque, en me passant la main gauche dans les cheveux tandis que, de la droite, je composais le numéro de Mark. Je suis tombé plusieurs fois de suite sur sa boîte vocale, et lui ai laissé trois messages pour lui dire que je voulais lui parler, que c'était urgent. J'avais besoin de lui rapporter ce que Harrison m'avait dit sur le type qui rôdait autour d'Union Lake.

Je venais de lui envoyer mon dernier message quand je me suis rendu compte que je me trouvais à la lisière de la forêt. J'ai regardé autour de moi, à croire que j'étais arrivé là malgré moi.

J'ai alors recouvré la mémoire et des fragments du rêve de la veille me sont apparus tels de macabres éclats : le sentier étroit, la silhouette sombre derrière moi, des branches me griffant le visage. Au réveil, fort des mêmes certitudes, j'avais été parcouru de frissons. Le rêve me revenait lentement.

J'ai rappelé Mark, qui a répondu.

— J'espère que c'est vraiment urgent, John.

John. Il n'a pas dit Johnny.

— Ça l'est. Merci d'avoir décroché.

— Je suis au golf avec un acheteur potentiel, m'a-t-il expliqué en baissant la voix. Dis-moi vite ce qui ne va pas.

— Harrison est venu il y a un moment, lui ai-je répondu sans détour. La police a reçu hier un appel comme quoi un individu suspect traînait près d'Union Lake.

— Mais tu y es allé, toi, pas vrai ? m'a-t-il renvoyé après avoir marqué une pause.

— Ce n'était pas moi.

— Qu'est-ce que tu en sais ?

Je n'en savais rien, et mon silence était éloquent. Je pouvais imaginer la déception de Mark.

— Bon, il faut que je raccroche, on en reparlera plus tard.

J'allais lui révéler mon rêve et ce qu'il impliquait, mais je me suis ravisé. Tout cela n'avait ni queue ni tête. La communication s'est interrompue avant que je puisse ajouter quoi que ce soit.

Assis sur la balancelle – un de mes endroits préférés –, je me suis bercé au rythme de mes pensées. Je devais me débrouiller pour prouver les faits de la veille au soir. J'avais l'intention d'aller au commissariat sous n'importe quel prétexte, juste pour me renseigner sur les personnes disparues, mais j'y ai renoncé. Le commissaire Timbert était sur ses gardes, et le simple fait que je vienne le trouver juste après avoir reçu la visite de Harrison ne ferait qu'éveiller ses soupçons.

Après une demi-heure de réflexion, j'ai de nouveau pensé à la fourgonnette que j'avais vue sur le chemin abandonné et une idée m'est venue. J'ai cherché sur mon portable le numéro de Fred Foster, à qui je n'avais pas parlé depuis deux ou trois ans, mais j'avais toute confiance en lui. Il avait deux ans de plus que moi et, enfants, nous étions très proches. Son père était lui aussi membre du club Bilderberg. Il dirigeait la concession automobile Brenner, qui avait jadis appartenu à mon père. Quand ma mère était tombée malade, mon père avait vendu son affaire pour payer les frais médicaux, et Bill, le père de Fred, l'avait rachetée, une façon d'aider un homme plein de fierté qui n'aurait pas accepté que des amis lui prêtent main-forte.

Les locaux de Brenner se trouvaient dans Paradise Road, la seule voie en bitume pour accéder à ma maison. Il y avait d'autres itinéraires possibles, mais en venant me voir pour la première fois, on aurait probablement choisi celui-là. Sachant que Fred avait fait installer des caméras de surveillance devant la société quelques années auparavant, je lui ai dit que j'avais besoin de voir les vidéos de la veille, prétextant que je soupçonnais Lila de m'être infidèle.

— Pas de problème, Johnny, m'a-t-il aussitôt répondu.

Et il m'a remis une clé USB sans me poser la moindre question.

De retour chez moi, je me suis senti rasséréné. La perspective de passer le reste de la journée à visionner ces images m'enchantait. Toute occupation susceptible de me plonger dans un état de concentration hypnotique était préférable à mes interrogations sans réponse. J'allais pouvoir regarder ces cinq ou six heures d'images enregistrées en accéléré. Si la Volkswagen était passée par Paradise Road, je la verrais.

Je me suis préparé un verre de limonade et me suis installé sous la pergola, à l'arrière de la maison. La clé USB contenait douze fichiers d'une heure chacun.

Je n'ai pas tardé à comprendre que le visionnage me prendrait plus de temps que prévu. La caméra étant braquée sur l'espace dégagé devant les locaux du concessionnaire automobile, on ne voyait qu'une petite partie de Paradise Road. Les voitures qui roulaient dans les deux sens étaient identifiables, mais elles passaient sur l'écran en quelques fractions de seconde. Si je visionnais la vidéo en accéléré, les véhicules apparaissaient et disparaissaient trop vite.

Avec un peu de pratique, je suis parvenu à faire des arrêts sur image au moment précis où une nouvelle voiture surgissait. Regarder le premier fichier m'a pris cinquante minutes, mais l'examen du deuxième a été plus rapide. Dans le troisième, j'ai fait une découverte inattendue. J'ai appuyé sur *stop* pour mieux observer la voiture – c'était la Chevrolet de Lila ! Dans un coin de l'écran s'affichait l'heure où mon ancienne petite amie s'était rendue chez moi : peu après 18 h 30. J'ai regardé l'image figée, la chevelure frisée bien reconnaissable de Lila était parfaitement visible à travers le pare-brise. J'aurais pu l'appeler, mais j'ai préféré poursuivre le visionnage de la vidéo à la vitesse normale. Je cherchais la fourgonnette, mais aussi le moment où la Chevrolet revenait en sens inverse. Je n'ai pas tardé à trouver. Lila était allée chez moi et en était repartie une demi-heure plus tard. Compte tenu du temps qu'elle avait mis à atteindre Paradise Road, elle n'était pas restée longtemps.

Mais suffisamment pour commettre un assassinat.

J'ai levé les yeux et soupiré. Lila avait emprunté Paradise Road pour venir me voir, moi. Je ne voyais pas d'autre explication. J'ai continué à regarder les vidéos en espérant découvrir la Volkswagen, en vain.

Chapitre 10

Après avoir découvert que Lila était venue chez moi, ma première réaction a été de l'appeler. Elle n'a pas décroché, je m'y attendais.

Je la connaissais depuis moins d'un an, mais notre relation s'était consolidée à une vitesse surprenante. Elle était serveuse dans un café dont j'avais été un habitué pendant quelques mois. J'y allais le mercredi, jour que ma fille passait chez ses grands-parents maternels, où je la récupérais à 15 heures. Ma belle-mère étant très pointilleuse et du genre à lever les bras au ciel pour la moindre broutille, je préférais ne pas avoir de retard. J'allais donc prendre un café et manger un croissant une ou deux heures avant mon rendez-vous et en profitais pour réaliser des croquis en vue de publications qui ne verraient jamais le jour.

Lila tenait la caisse, et, dans un premier temps, nous nous sommes contentés de nous regarder ou de nous saluer de loin. Elle me plaisait; elle avait deux ans de moins que moi et nous n'avons pas tardé à nous fréquenter. Notre liaison semblait bien partie. Un mois plus tard, nous fêtions son vingt-troisième anniversaire à la maison.

Un jour, Lila s'était approchée de ma table pour voir mes dessins, mais plus tard, elle m'avait accusé de m'en être servi pour la séduire, ce qui était en partie vrai. Il faisait une chaleur infernale et je m'étais installé au milieu de la salle, sous le climatiseur. Elle s'était assise à côté de moi en me prévenant que si Mme Evans, sa patronne, arrivait, elle devrait regagner la caisse. Il faisait si chaud qu'il y avait peu de chances qu'elle apparaisse, m'avait-elle expliqué avant d'ajouter que cette femme avait tout d'un ours polaire et sortait rarement de chez elle dans la fournaise. Quand j'ai fait la connaissance de Mme Evans, j'ai compris que la comparaison allait au-delà de son intolérance au soleil.

Lila et moi avions eu des enfants très jeunes et lutté pour sauver des liens conjugaux insupportables. C'était plus que suffisant pour engager une conversation et entamer une relation. Le jour où elle s'est intéressée à mes croquis, après m'avoir posé quelques questions sur mon travail, elle m'a demandé si je voulais aller boire une bière avec elle un de ces soirs. J'ignore si j'ai été surpris par cette proposition très directe ou si j'avais très envie d'un verre, toujours est-il qu'en voyant mon expression, elle a immédiatement senti que je traversais une phase difficile dont elle a compris la raison plus tard.

Je l'ai invitée à dîner à l'Oysterhouse. Mon ami Ross m'avait dit que c'était une folie d'emmener une inconnue dans un restaurant aussi chic, mais je ne l'ai pas écouté. J'adorais la spontanéité, la désinvolture de Lila et, sur une impulsion, je lui ai parlé de mes problèmes d'alcool, de mes rechutes et de ce qui était selon moi à l'origine de tous mes soucis, à savoir mon refus d'affronter la situation. J'avais plongé à diverses reprises avant de trouver la force de me contrôler. Quand on a compris ça, on a tout compris. Lila m'écoutait avec attention, j'ai même cru déceler dans ses yeux une lueur d'admiration qui m'a rendu honteux. En général, je ne me confie qu'à un petit nombre de gens, mais avec elle, les mots sont venus naturellement, comme si nous nous connaissions de longue date. Je lui ai avoué que grâce à mon frère et à des amis j'assistais à des réunions des Alcooliques Anonymes et avais fait de gros progrès. Mon addiction ne s'était pas ancrée de manière trop profonde dans ma vie, mais elle commençait à devenir un écueil que je me réjouissais d'avoir surmonté à temps. Aux AA, on découvre qu'on peut vite dégringoler dans un abîme sans fond. Les gens qu'on y rencontre représentent différentes facettes de nous-même : on se reflète en eux, on voit ce qu'on a pu être ou ce qu'on risque de devenir. Leur vécu était si semblable au mien que ça en devenait presque ridicule.

Je l'ignorais, mais mes paroles ont eu de l'effet sur Lila, qui, elle, luttait depuis trois ans contre le démon de la cocaïne. Kevin, son ex, un dealer misogyne et méprisable, l'avait entraînée dans un univers cauchemardesque qui l'absorbait comme un trou noir.

Dès le début, Lila a eu confiance en moi. À l'époque, je n'étais pas en bons termes avec la mère de ma fille et risquais de me remettre à boire, si bien que nous nous sommes rencontrés au bon moment.

Ne pouvant la joindre au téléphone, j'ai décidé d'aller la trouver. Lila vivait dans un complexe d'immeubles décrépits de Baker Street, dans un quartier plutôt calme. Les dix blocs étaient vides pour moitié, la plupart des autres occupés par des personnes âgées et seules. Le gardien chargé de l'entretien faisait une apparition une fois par mois et réglait tous les problèmes urgents, comme les infiltrations, et pour le reste, il se contentait de dire : « Ne vous inquiétez pas, ça va tenir encore un peu », avant de s'éloigner de sa démarche lente de vieux sage.

Il s'était passé quelque chose et j'ai tout de suite compris quoi. Le capteur de rêves avait été décroché d'une des poutres de la galerie devant la porte de son appartement. J'ai frappé. Lila travaillait parfois le dimanche, mais là, ce n'était pas le cas, j'en étais persuadé. J'ai fait le tour de l'immeuble en pressant le pas, et constaté au passage que les deux fenêtres situées sur le pignon étaient fermées. À l'arrière du bâtiment, j'ai remarqué qu'elle avait pris sa voiture. À cet instant, debout sur ce parking envahi de mauvaises herbes jaunies, j'ai commencé à m'inquiéter. N'ayant pas l'intention d'attendre une minute de plus, je suis retourné dans la galerie latérale, j'ai choisi la fenêtre de son appartement qui paraissait la plus fragile et je l'ai ouverte facilement. J'ai jeté un coup œil à l'intérieur sans rien remarquer d'anormal. Je m'apprêtais à entrer quand mon portable s'est mis à vibrer, sans doute était-ce Mark ou Lila, mais lorsque j'ai vu s'afficher le nom de Morgan Wilding à l'écran, j'ai pesté.

Morgan était le nouveau mari de Tricia, mon ex-femme et la mère de Jennie. Après m'avoir cordialement détesté, elle filait le parfait amour avec lui.

— Qu'est-ce que tu veux ? ai-je grogné.

— Ah, je vois que ce n'est pas le moment. J'aurais dû m'en douter.

J'ai hoché la tête. Ce type avait le don de me mettre hors de moi. Il avait convaincu Tricia qu'il était la personne idéale pour jouer les intermédiaires. J'avais signifié mon désaccord, mais il était têtu. En bon avocat, il avait bourré le crâne de mon ex-femme de tas de stupidités procédurières. Mais s'agissant de Jennie, je ne pouvais pas me permettre de lui raccrocher au nez.

— Si tu as quelque chose à me dire, fais vite, je n'ai pas beaucoup de temps.

— Je voulais juste que tu saches que ta fille t'a attendu toute la matinée.

J'ai gardé le silence. Ces dernières heures avaient été si chaotiques que, pendant un instant, je me suis demandé si Morgan disait la vérité. En principe, je voyais ma fille le dimanche, mais cette fois-là, il était prévu qu'ils passent le week-end en famille dans le Minnesota.

— Je ne comprends pas.

— Ça va, John ?

— Arrête ça tout de suite, espèce d'abruti, et dis-moi pourquoi tu appelles. Jennie va bien ?

Morgan savait jusqu'où il pouvait aller dans la provocation, aussi a-t-il gardé tout son sérieux.

— Comme je viens de te l'annoncer, Jennifer t'a attendu toute la matinée. Tu te rappelles qu'hier on s'est mis d'accord pour que tu viennes la prendre à 10 heures ?

Encore un mensonge…

— Tu te rappelles, pas vrai ? a-t-il poursuivi de son

petit ton supérieur exaspérant. Bon, ne t'inquiète pas : on lui a expliqué que son papa avait eu un problème urgent à régler. J'espère du reste que c'était le cas…

— On ne s'est pas parlé hier, ai-je réussi à articuler, mais quelque chose dans ma voix a dû trahir ma perplexité.

— Je suis désolé, John.

Quel salaud ! Je sentais qu'il se réjouissait de la situation.

— Toi et moi, on ne s'est pas parlé hier ! ai-je explosé. Pourquoi tu ne m'as pas appelé tout de suite ce matin ? Tu as préféré attendre que…

— John, est intervenue Tricia. Tu es sur haut-parleur, j'entends tout.

Parfait, une nouvelle trahison.

Pendant quelques secondes, personne n'a pipé mot. Tricia avait rencontré Morgan quand elle était encore avec moi, et il fut un temps où je lui reprochais systématiquement non de m'avoir trompé, mais de ne pas avoir eu la décence de me l'avouer.

— Morgan voulait te téléphoner tout de suite, a-t-elle précisé en ignorant mon commentaire. Il ne l'a pas fait parce que je le lui ai demandé. Pour une fois que tu devais être responsable, respecter tes engagements…

Ces mots étaient douloureux. Tricia me connaissait bien et savait où frapper.

— Tu as laissé notre fille souffrir pour prouver que tu avais raison !

— Non, John. C'est toi qui l'as fait souffrir. Tu n'as pas changé, tu es toujours aussi menteur. Hier, j'ai demandé à Morgan de t'appeler pour t'annoncer que notre week-end dans le Minnesota était annulé. Je savais ce que tu allais dire, je savais que tu rejetterais la faute sur lui alors qu'il voulait seulement t'aider. Nous t'avons toujours soutenu, nous avons tenu Jennie en dehors de tout ça en justifiant tes actes, mais il y a des limites et il est temps qu'elle sache le genre de père qu'elle a.

Je ne savais pas quoi dire. Apparemment, Tricia ne mentait pas, ils m'avaient vraiment eu au bout du fil la veille.

Chapitre 11

De retour chez moi, je suis resté sur les marches de la terrasse en attendant que la nuit tombe. La balancelle oscillait et grinçait, bercée par le vent, tandis que les derniers rayons du soleil perçaient le feuillage.

Lila était partie. Dans son appartement, quelques vêtements traînaient encore, mais pour le reste, elle avait emporté toutes ses affaires. J'ai envisagé d'appeler sa mère pour savoir si elle était au courant, mais j'y ai vite renoncé, pensant que cela ne ferait qu'empirer les choses.

Quand mon portable a sonné, ma première réaction a été de ne pas répondre. J'avais attendu toute la journée un appel de Mark, et voilà qu'en lisant son nom sur l'écran, j'avais l'estomac noué, mais j'ai quand même décroché.

— Salut, Mark.

— Où es-tu ? m'a-t-il demandé en sentant tout de suite que ça n'allait pas.

— Sur la terrasse. Je pensais à notre chien Tigran. Tu te souviens quand papa s'asseyait là et qu'il sifflait pour qu'il vienne ?

— Bien sûr que je m'en souviens !

— Je m'installais parfois à côté de lui et on le testait. Papa commençait par siffler tout doucement et attendait un peu. Tigran avait une oreille exceptionnelle.

Mark a laissé passer quelques secondes avant de me répondre :

— Désolé de ne pas t'avoir appelé avant, Johnny, mais tu sais, ça n'a pas été simple pour moi ces derniers jours. Je suis à la fois ravi et angoissé à l'idée de vendre Meditek.

J'étais incapable de feindre le moindre intérêt pour ce qu'il me racontait.

— Lila est partie, ai-je fini par lâcher.

Je lui ai ensuite parlé de ma petite visite à Fred et des images enregistrées par les caméras de sécurité.

— Johnny, écoute-moi… Essaie d'oublier cette histoire. Ne fais pas de fixette. Laisse passer quelques jours, concentre-toi sur autre chose, les illustrations dont tu m'as parlé, par exemple.

— J'ai rêvé d'elle, Mark.

Mon frère s'est tu si longtemps que j'ai cru que la communication s'était coupée.

— Hier, ai-je ajouté.

— C'était quoi, ce rêve ?

— Je marchais dans la forêt, il faisait nuit et quelqu'un me suivait. En me réveillant, j'étais convaincu de savoir où j'allais. Tu te souviens de la clairière aux deux peupliers ?

— Oui. Un peu plus loin que le marais aux papillons.

— C'est ça.

— Tu ne devrais pas y accorder trop d'importance. Ce n'est qu'un rêve.

— Je ne sais pas.

— Fais-moi confiance. Au bout d'un moment, tu verras la situation d'un autre œil.

Je n'ai pas répondu.

— Bon, Johnny, je dois raccrocher, on en reparlera dans quelques jours. Je connais un professionnel qui pourrait t'aider.

— Au revoir, Mark.

Je venais de couper quand j'ai reçu un message de mon ami Ross Evans.

« Quel que soit celui qui entendra ces mots, il doit me dire où envoyer des fleurs pour l'enterrement de John Brenner, parce que je suis désolé, mais personne ne m'a annoncé la nouvelle. Si en revanche c'est toi qui décroches, Johnny, je suis sûr que tu es occupé à baiser la petite abeille que tu dessines et que tu n'as plus de temps à consacrer à tes vrais amis. Quoi qu'il en soit, si tu ne me rappelles pas dans la minute, je viens chez toi, alors dépêche-toi de te trouver une excuse, mais je n'en accepterai aucune, à moins que Jennie soit malade. Tu es prévenu, je me mets en route. J'apporte six bières pour qu'on refasse le monde. Tu me manques, mon vieux », a-t-il ajouté en changeant de ton.

Lui aussi me manquait. Son message a allégé mon humeur, il avait le don de me faire rire. Je l'ai attendu sur la terrasse, il n'a pas tardé à arriver et est resté planté à côté de la voiture, les yeux exorbités.

— Oh, là là ! Mais c'est John Brenner en personne !

Deux femmes m'ont quitté depuis la dernière fois où nous nous sommes vus.

— Deux seulement en moins d'un mois ?

Je suis allé à sa rencontre et nous nous sommes enlacés. Ross mesurait près d'un mètre quatre-vingt-dix et avait des bras de pieuvre.

— J'ai été occupé, désolé.

Il m'a repoussé.

— Dis-moi au moins que c'est Maggie qui t'a accaparé.

Dans une autre vie, Maggie, Ross et moi avions été inséparables. Enfants, nous explorions sans cesse la forêt et y avions organisé d'intrépides excursions pendant notre adolescence, relevant tous les défis possibles à Carnival Falls. Puis Maggie et moi étions tombés amoureux sans que cela affecte notre amitié. Seul son départ à Londres avait précipité notre rupture. Londres, ville maudite.

— Je ne l'ai pas encore vue. Harrison m'a appris qu'elle était rentrée…

Mon ami est allé ouvrir le coffre de sa fourgonnette et en a sorti une bouteille de Coca-Cola.

— Voilà ta bière. Bien fraîche, comme tu l'aimes. Comment ça, tu ne l'as pas vue ?

— Eh bien, non.

— Je n'y crois pas ! s'est-il exclamé en hochant la tête pendant que nous marchions côte à côte. Tu vas bien ?

Puis il s'est arrêté brusquement et a ajouté :

— Tu as mauvaise mine, Johnny. Maggie Burke est ici et toi, tu lambines sur ta terrasse !

Sitôt à l'intérieur, il a inspecté les disques.

— J'en étais sûr ! s'est-il écrié en avisant l'album des Who. C'est bien pour Harrison, ça, mais toi, tu n'as pas soixante ans.

On avait déjà abordé ce sujet des centaines de fois. Quand Ross critiquait le rock anglais, je me contentais de sourire. Au fond, nous savions tous deux que c'était le meilleur, mais lui préférait l'électro.

— On va mettre un peu d'ambiance dans cette baraque, et puis tu m'expliqueras pourquoi tu n'as pas vu Maggie.

Il a allumé l'enceinte sans fil et l'a branchée sur son portable. Deux secondes plus tard, un air très rythmé s'est élevé.

— Tu vois ? C'est mieux comme ça, non ?

On a passé l'heure suivante à bavarder, carrés dans les fauteuils. Pas trop de Maggie. J'avais coupé tout contact avec elle de manière brutale après son départ, et l'an passé nous avions entamé une correspondance virtuelle sporadique, rien de très élaboré, on se souhaitait nos anniversaires, la bonne année, tout ça en quelques lignes à peine. Je savais qu'elle avait épousé un Anglais trois ans auparavant.

— Elle n'a peut-être pas envie de nous voir.

Ross s'est récrié :

— J'ai parfois l'impression que tu es amnésique, John ! On est en train de parler de Maggie Burke, là. Notre « sœur ». Enfin… pas tout à fait dans ton cas, parce que ça ferait de toi un frère incestueux. Bien sûr qu'elle en a envie ! Je ne te dis qu'une chose : cet Anglais a eu une mauvaise influence sur elle, comme tous ses congénères, a-t-il ajouté en désignant la chaîne hi-fi. Et, d'après la fille de Donovan, elle est rentrée définitivement parce qu'elle s'est disputée avec son Mr Bean.

— Et moi aussi je veux la voir, je te dis juste qu'il se peut qu'elle, elle n'en ait pas envie. Elle a peut-être besoin d'être seule après sa séparation.

— Bon, moi, je vais goûter cette excellente bière, a-t-il dit en levant son verre de Coca-Cola avant d'en prendre une gorgée. Je te répète que c'est impossible. Et ne me sors pas que Lila ne comprendrait pas... Euh, n'en tire pas de conclusions abusives, j'adore Lila, mais...

— J'ai rompu avec Lila. D'ailleurs elle a quitté la ville.

Ross n'avait pas l'air étonné.

— À ce que je vois, je n'ai pas été le seul à briser des cœurs cette semaine.

— C'est un peu plus compliqué.

— De toute manière, j'ai appris d'autres trucs sur Maggie. Mme Lloyd a raconté à ma mère qu'elle a été enceinte et qu'elle a perdu le bébé. C'est ça qui aurait tout déclenché. On connaît l'imagination débordante de cette coiffeuse, mais ça m'a quand même donné à réfléchir. Tu en sais plus, toi ?

J'ai répondu par la négative. Maggie avait toujours voulu être mère et je trouvais incroyable qu'elle n'ait pas multiplié les tentatives.

Ross est resté longtemps. Nous avons parlé de Neve, sa petite amie ces quatre dernières semaines – un record mondial pour mon ami –, et pendant ce temps, j'ai oublié les faits qui m'obsédaient. À plusieurs reprises, j'ai été tenté de lui faire des confidences, puis je me suis dit que mon frère avait peut-être raison : je devais lâcher prise et occuper mon esprit en pensant à autre chose, par exemple à Maggie Burke.

Chapitre 12

Deux jours plus tard, je me suis effondré. Tout a commencé par un appel de Darla, qui m'annonçait que dans deux semaines, le vendredi 15, ils fêteraient l'anniversaire de Mark. Darla était une excellente hôtesse qui peaufinait ses réceptions dans les moindres détails, et ces trois dernières années l'avaient vue organiser des soirées toutes plus somptueuses les unes que les autres.

On ne s'était pas toujours bien entendus. Quand nous avions fait connaissance, j'étais au fond du trou, ce qui avait sans nul doute influé sur nos relations. Je la trouvais trop soucieuse des apparences – et je le pense encore en partie – et à ses yeux, j'étais une brebis galeuse qui ne cadrait pas avec son idée de famille idéale. Au début, je ne lui dissimulais pas mon hostilité, mais elle s'est armée de patience. Un jour, elle est venue à la maison et nous avons eu une conversation sincère ; elle m'a parlé de son oncle, qui l'avait élevée, un homme seul et alcoolique obligé du jour au lendemain de s'occuper de sa nièce de trois ans. Darla savait lutter mieux que moi contre les démons de l'alcool. Elle n'avait, elle, jamais commis d'excès, mais avait assisté jour après jour à la déchéance de son oncle depuis sa plus tendre enfance.

Nos liens s'étaient donc vite resserrés, et je la considérais désormais comme une amie, une confidente.

— Ça va, John ?

Quelque chose dans le ton de sa voix m'indiquait qu'elle connaissait la réponse.

— Mark t'a parlé ?

— Il m'a juste dit que tu n'avais pas passé une bonne semaine, rien d'autre, et je me suis bien gardée de lui poser des questions. Ces derniers temps, il est angoissé par la vente de Meditek, alors je préfère ne pas lui ajouter d'autres sources de stress.

— Oui, je sais qu'il veut arrêter.

Elle s'est tue. La connaissant, je supposais qu'elle n'approuvait pas la décision de mon frère. Je m'attendais à ce qu'elle s'étende davantage sur le sujet, mais ça n'a pas été le cas.

— Je compte passer quelques jours à New York avec une amie parce que j'ai l'impression de le déranger. Mais avant ça, John, il faut que j'aille chercher son cadeau, tu veux bien m'accompagner ? m'a-t-elle proposé d'une voix plus enjouée.

— Je n'en ai pas très envie.

— Allez… ça te changera les idées. À moi aussi d'ailleurs… J'ai acheté à un collectionneur un échiquier ancien qui a plus d'un siècle. J'aurais pu lui dire de me l'envoyer, mais j'ai besoin de prendre l'air.

— Bon. D'accord pour le bol d'air.

Un quart d'heure plus tard, elle était devant la maison. Lindon Hill se trouvait à une quarantaine de minutes lorsqu'il n'y avait pas trop de circulation, ce qui était le cas. Darla ne m'a pas posé d'autres questions sur mon état ; elle savait que si j'avais eu une rechute, je lui en parlerais de moi-même quand je jugerais bon de le faire. Elle a préféré s'étendre sur le précieux échiquier qu'elle avait déniché pour son mari. Elle l'avait acquis dans une vente aux enchères, et m'a expliqué qu'il avait servi pendant les championnats du monde en Argentine, au début du XIXe siècle.

— Tu crois que ça lui plaira ? Il a un certificat d'authenticité.

Nous avons aussi abordé le sujet Meditek. Contrairement à mes suppositions, elle approuvait cette vente et m'a avoué que Mark songeait depuis des années à se séparer du laboratoire. Cela dit, elle ne s'est pas attardée sur les raisons qui le motivaient et ça m'a intrigué.

— On a eu quelques anicroches avec Tricia au sujet de Jennie, ai-je soudain lâché.

Darla m'a regardé, étonnée, ce qui m'a confirmé que Mark ne lui avait rien dit.

— C'est ma faute.

— John, tu aimes ta fille, c'est tout ce qui compte. Quant à Tricia, ce n'est pas une méchante femme. Essaie d'établir un dialogue avec elle.

— Avec Morgan qui s'interpose tout le temps, ce n'est pas facile. Et il faut dire que, de mon côté, je suis plutôt à prendre avec des pincettes.

Elle attendait que je poursuive.

— Ce n'est pas ce que tu crois, lui ai-je dit. Je n'ai pas bu une goutte.

— Je sais.

— J'ai téléphoné à Tricia et, finalement, elle va me laisser voir Jennie demain.

— C'est génial !

À mon sens, que mon ex me permette de passer des moments avec notre fille n'avait rien de génial. Nous sommes arrivés devant la boutique de l'antiquaire, Morrison & Sons, située dans une partie de la ville élégante en son temps. Avec ses grandes vitrines aux enseignes dorées, le quartier n'était pas dépourvu d'un certain glamour, mais n'était plus aussi coté. Les nouveaux designers et leurs magasins plus modernes s'étaient installés sur Lincoln Lane, au nord de la localité.

Nous nous sommes garés tout près de l'entrée de la boutique. Darla a proposé qu'avant de repartir, on aille prendre un café en face, chez Fabrizzio, un établissement qui semblait propre et agréable.

— Tu viens avec moi ou tu préfères rester dans la voiture ?

— Je reste ici pour éviter de faire une syncope en voyant ce que tu vas débourser pour cette relique.

— Bien moins que ce que tu imagines ! s'est-elle esclaffée. Il m'a fait un prix.

— Je t'attends.

Elle ne donnait pas l'impression d'avoir envie de descendre de voiture, mais a fini par détacher sa ceinture et pénétrer dans le magasin, où je l'ai vue discuter avec un homme âgé vêtu d'un costume d'une autre époque. Ils ont ensuite disparu par une porte dérobée.

Je regardais par la vitre lorsque la fourgonnette a

surgi, la même que celle qui stationnait sur le promontoire du reptile, j'en étais sûr. D'instinct, je me suis penché sur le siège passager en relevant légèrement la tête afin de ne pas la perdre de vue.

Elle roulait en sens inverse, très lentement. Je n'ai pas pu distinguer le conducteur, contrairement au barbu qui l'accompagnait et portait un béret bleu et des lunettes. J'ai parfaitement mémorisé son profil au nez pointu.

Quand ils se sont éloignés, je me suis retourné et j'ai vu le véhicule bifurquer peu après Fabrizzio. Sans réfléchir, je suis sorti et j'ai couru derrière eux. Au carrefour, la fourgonnette Volkswagen est sortie de mon champ de vision, mais l'homme au béret marchait dans la rue. L'air d'un intellectuel d'à peu près mon âge, il portait une chemise cintrée bleue et un cartable. Je me suis caché derrière une boîte aux lettres et l'ai observé. Il regardait la voiture de Darla, garée une rue plus haut, et semblait hésiter quant à la conduite à adopter.

Tu ne sais pas que je te surveille, espèce de salaud.

Il est entré chez Fabrizzio, s'est installé dans un box, devant la fenêtre, d'où il jouissait d'une vue parfaite sur le magasin d'antiquités. Il ne devait pas savoir que j'étais descendu de la voiture, alors j'ai décidé de profiter de ce petit avantage. Cet homme avait les réponses aux questions qui me taraudaient et je n'avais pas l'intention de le laisser filer.

J'ai traversé la rue pour me rendre dans le café. L'homme me tournait le dos. Je distinguais ses épaules étroites et son béret. Il n'y avait guère de clients dans l'établissement, mais plusieurs tables étaient occupées. Deux serveuses se déplaçaient dans la salle avec leurs plateaux et leurs cafetières. Je me suis assis, et j'ai attendu que l'une d'elles finisse par me servir du café. Mais je n'avais pas l'intention de m'éterniser et dès qu'elle s'est éloignée, j'ai gagné la table de l'intello au béret.

Il ne m'avait pas vu. Je n'avais élaboré aucun plan, je comptais juste m'asseoir en face de lui pour voir sa réaction et exiger des explications. Si je m'étais concentré davantage sur les détails, j'aurais tout de suite remarqué quelque chose d'incongru, mais, incapable de raisonner froidement, je faisais n'importe quoi.

Une fois derrière lui, je me suis rendu compte qu'il valait mieux que j'évite de me présenter. Il avait sorti de son sac une enveloppe dont il examinait le contenu, la photo d'une jeune femme que j'ai immédiatement reconnue. Elle avait les cheveux relevés en chignon et un sourire énigmatique aux lèvres. Il s'agissait sans aucun doute de la fille dont j'avais découvert le corps dans mon salon.

J'étais tétanisé. Il a regardé l'image encore un moment avant de la glisser dans l'enveloppe. Alors, j'ai perdu mon calme, je me suis avancé vers lui et l'ai empoigné par le col de sa chemise. Il était si surpris qu'il s'est levé en se cognant violemment les genoux contre la table, renversant sa tasse. Des filles installées à la table voisine se sont mises à crier.

— Qui es-tu ? ai-je hurlé en le plaquant contre le dossier du siège.

Son béret est tombé, dévoilant sa calvitie. Il ne m'opposait aucune résistance, en proie à la panique ou excellent acteur.

— Quoi ?... Qu'est-ce que vous..., bredouillait-il.

Le gérant du café nous a rejoints et a tenté de me saisir par le bras, mais je me suis débattu.

— Appelez tout de suite la police, a-t-il ordonné à l'employée à la caisse.

Les jeunes filles s'époumonaient encore, plusieurs clients s'étaient levés et groupés dans un coin de la salle.

— Tu m'as suivi dans cette fourgonnette ! ai-je dit à l'homme en pointant sur lui un index accusateur. Qui es-tu ? Qui est cette fille ?

— Quelle fille ? a-t-il chuchoté, la mâchoire tremblante.

Je lui ai montré l'enveloppe.

— Celle-là, connard !

Son visage s'est transformé.

— C'est… c'est ma fille…

Il devait avoir mon âge, ou deux ou trois ans de plus que moi, et ne pouvait donc pas être le père de la jeune femme morte. Il mentait éhontément. Je me suis précipité sur lui, il s'est recroquevillé. J'allais le frapper quand on m'a immobilisé. Le gérant se tenait sur ma droite, un homme corpulent sur ma gauche, en tablier blanc.

— Bon, ça suffit maintenant, a dit le cuisinier.

— Partez, la police va arriver.

Je me suis débattu pour tenter de me dégager. Sans succès.

— Ce n'est pas ta fille ! Ouvre cette putain d'enveloppe et montre-nous la photo, enfoiré !

— Vous n'êtes pas obligé de faire ce qu'il vous demande, monsieur, a lancé le gérant. La police est en route.

Sur la table, à côté du café qui s'était répandu et de l'enveloppe blanche, il y avait des clés de voiture. Avec une commande à distance, comme celles de Darla. Je lui ai dit que je trouvais étrange qu'un tel système ait été installé sur la vieille fourgonnette, ça n'avait aucun sens. Les deux hommes qui me retenaient ont dû s'apercevoir que je m'étais calmé, car ils ont doucement desserré la pression de leurs mains sur mes bras.

J'avais les yeux rivés sur les clés.

— Je n'ai pas de fourgonnette, a dit l'homme qui, pour la première fois, parvenait à prononcer une phrase entière.

Il a pris les clés et appuyé sur le système d'ouverture des portières. Derrière la baie vitrée, les lumières d'une Ford Focus se sont allumées par intermittence et le véhicule a émis un signal sonore.

J'étais interloqué. Cet homme était descendu de la fourgonnette sous mes yeux. J'en ai donc déduit qu'il avait garé sa Ford là avant… évidemment !

Il comptait s'en servir pour rentrer à Carnival Falls.

— Ouvre cette enveloppe, ai-je bredouillé.

Un policier a poussé la porte du café et tout le monde s'est tourné vers lui, y compris moi. Les jeunes filles se sont réjouies de son arrivée. Avant qu'il parvienne jusqu'à nous, l'homme au béret bleu s'est penché vers moi.

— Monsieur, ce sont des photos de ma fille, vous m'avez confondu avec quelqu'un d'autre.

— Montre-les-moi ! ai-je crié.

L'agent de police s'approchait en évaluant la situation, qui ne semblait pas être une simple altercation entre deux clients.

L'homme a tiré de l'enveloppe deux clichés qu'il a posés sur la table, loin de la tache de café et hors de ma portée.

J'ai senti le sol se dérober sous mes pieds. C'étaient les images d'une fillette de huit ou neuf ans qui, sur l'une, portait un chignon.

— C'est ma fille, a répété l'homme.

— Alors, que se passe-t-il ici ? a demandé le policier d'une voix de stentor.

Je regardais fixement les photos sans comprendre. Quelques instants auparavant, j'avais vu la fille morte à la place d'une fillette. Comment pouvais-je être sujet à de telles hallucinations ?

— Monsieur… ?

Autour de moi, j'entendais des sons confus. Plusieurs clients chuchotaient, certains riaient. J'ai capté des mots isolés : « fou », « fille », « police ».

— Je… je ne me sens pas bien.

— Il m'a confondu avec quelqu'un, a expliqué l'homme en calant son béret sur sa tête. Il n'y a rien de grave.

— Vous êtes sûr ?

J'assistais à la scène comme si je me trouvais derrière un rideau épais. Quand l'homme a rangé les photos dans l'enveloppe, j'avais encore les yeux rivés dessus.

— John !

La voix de Darla m'a tiré de mes pensées.

Chapitre 13

J'ai marché avec Darla jusqu'à un parc, à une centaine de mètres de là. Quand elle a voulu savoir ce qui s'était passé au café, j'ai préféré lui dire que je m'étais disputé avec un client pour une simple broutille. Elle ne m'a pas cru, mais n'a pas insisté. J'ai ajouté que j'avais besoin d'être seul, que je restais un peu et prendrais le car pour rentrer. Elle s'y est fermement opposée, trouvant qu'il était plus raisonnable qu'on reparte ensemble en voiture. Tout en la remerciant, j'ai déclaré que je n'avais pas besoin de compagnie et ne comptais pas me lancer dans des explications. Elle a fini par céder en me faisant promettre de ne pas commettre de bêtises et de la prévenir lorsque je serais de retour à la maison. Si elle n'avait pas de mes nouvelles dans la soirée, elle en toucherait un mot à Mark. Je me sentais minable, mais sa réaction était normale.

— Je t'aime, John, et j'ai confiance en toi, m'a-t-elle soufflé avant de partir.

Je lui ai adressé un salut de la main en souriant.

Quelques minutes plus tard, je me suis mis à errer dans les rues de Lindon Hill, que je connaissais presque aussi bien que ma ville natale. J'essayais de ne pas penser à ce qui était survenu, en vain. Si on ne peut plus se fier à son cerveau, que nous reste-t-il ?

Sans y penser, je suis arrivé devant l'immeuble de Meditek, un immense bâtiment et ancienne usine d'armes que Mark et Ian Martins avaient fait restaurer, voyant dans cette construction à l'abandon un potentiel suffisant pour le transformer en centre de recherche moderne. Ce qu'ils avaient économisé dans le prix d'achat, ils l'avaient investi dans la rénovation et l'équipement.

Le gardien qui attendait dans la loge m'a regardé avant de baisser immédiatement la tête et de faire comme si de rien n'était. Je suis resté là une vingtaine de minutes, caressant l'idée d'aller voir Mark tout en sachant que je ne le ferais pas.

Que lui diras-tu ? Que tu avais raison depuis le début ?

Une demi-heure plus tard, je franchissais la porte d'un caviste.

Je ne pouvais pas acheter d'alcool à Carnival Falls, mais à Lindon Hill, personne ne me connaissait. J'avais la même sensation de vertige que la dernière fois, il y avait de cela un peu moins d'un mois. Pour un alcoolique, acheter la bouteille qui le transportera dans son pire cauchemar, c'est comme sauter dans le vide et rester suspendu dans les hauteurs. On est pleinement conscient de ses actes, on s'avance vers les rayonnages et on soupèse les possibilités, on sent le goulot de la bouteille dans sa main, on compte ses pas jusqu'à la caisse, chaque acte qu'on accomplit creuse un sillon semblable à ceux des labours, et on sait qu'on ne peut pas revenir en arrière. L'addiction est une pierre gigantesque qui ne s'arrête pas une fois qu'elle s'est mise à rouler.

J'ai pris le car avec deux bouteilles de vodka dans un sac en papier, en luttant contre mon envie de boire. Je pouvais me débarrasser de cet alcool à tout moment, mais je l'avais encore en arrivant à la maison. Debout sur la terrasse, je me suis dit que si je laissais les bouteilles dehors, dans la voiture…

Peut-être que…

Je les ai glissées sous un des sièges de la Honda. Dans un coin de la terrasse, j'ai vu la petite chaise rose sur laquelle s'asseyait Jennie quand elle venait. Il y avait aussi une table assortie, entreposée dans le garage car elle prenait trop de place. Si j'en avais le courage, je jetterais les bouteilles plus tard.

J'ai passé deux heures à angoisser en arpentant la maison sans passer plus de quelques minutes dans la même pièce. J'aurais pu aller me promener en forêt – bien souvent, ça me remettait les idées en place. Marcher le long des sentiers, écarter les branches et écouter le chant des oiseaux équivalait pour ainsi dire à voyager dans le temps. Je me suis dirigé vers la porte, mais me suis ravisé au dernier moment. Garée devant chez moi, la Honda constituait une menace. Je me suis rappelé le film où une femme et son fils sont à la merci d'un saint-bernard enragé. L'idée de sortir, de prendre une des bouteilles et de l'écluser commençait à me séduire. Qui comptais-je abuser ? Si je ne les buvais pas maintenant, je le ferais demain, jour de la visite de Jennie. J'avais promis à Tricia de passer la prendre. Allais-je encore une fois manquer à ma parole ? Je devais être sobre, et pour cela, je devais boire cette vodka avant la fin de la journée.

J'ai poussé la porte.

Je me dirigeais vers la voiture quand mon portable a vibré. C'était Ross, dont les interventions sont toujours providentielles. Un jour, il m'a empêché de passer sous un train ; si j'étais en vie, c'était bien grâce à lui. J'avais eu le temps d'ouvrir la portière, que j'ai observée comme une excroissance tumorale prolongeant ma main. Quand je l'ai lâchée, elle s'est refermée en produisant un bruit effrayant dans la quiétude de la forêt.

Je suis retourné à mon bureau et, comme promis, j'ai écrit à Darla que j'étais à Carnival Falls, que je me sentais bien, plein de vigueur. J'avais réellement l'impression de pouvoir maîtriser le désir de boire, le pire était passé. Demain, j'irais chercher Jennie pour l'emmener à la maternelle, pas question de lui poser un lapin. Ce soir, je devais plus que jamais me contrôler.

Chapitre 14

Je me suis réveillé à plat ventre sur la balancelle. Lorsque j'ai ouvert un œil, une bande brillante m'a ébloui. Malgré ma compréhension précaire de la réalité, j'ai constaté qu'il s'agissait des rayons du soleil entre les arbres. J'étais incapable de faire le moindre geste. Toute pensée me faisait mal. Je n'avais pas vomi, du moins pas à proximité, mais je ruisselais de sueur dans mes vêtements peu confortables de la veille. À 8 heures, j'étais censé aller chercher Jennie pour l'emmener à l'école. J'avais passé vingt minutes au téléphone avec Tricia pour la convaincre de me confier notre fille.

Le soleil est déjà très haut dans le ciel…

Je ne pouvais pas me redresser, un son me vrillait le cerveau. Quand j'essayais de me pencher, mon estomac protestait et je devais reprendre la position fœtale. J'avais envie de fondre en larmes et je n'osais pas consulter l'heure sur mon portable. Je connaissais bien cette sensation effrayante, paralysante, car au fond de soi, on sait qu'on a plongé, inutile de se l'entendre signifier par un appareil électronique. Même si j'arrivais à l'heure à mon rendez-vous avec ma fille de quatre ans, je me comportais de manière lamentable. Jennie était en droit d'avoir un père digne, ce que j'étais parvenu à être cette dernière année, et non une loque se tordant de douleur par terre.

Ce que j'avais fait la veille me parvenait sous forme de flashes. Je me souvenais parfaitement que je n'arrivais pas à dormir. Allongé dans ma chambre, je m'étais tourné et retourné dans mon lit en songeant aux bouteilles cachées sous un des sièges de la Honda, et l'idée la plus absurde du monde m'avait traversé l'esprit : si je devais les boire, il fallait que je me dépêche… ainsi je pourrais me reposer et être à l'heure pour aller chercher Jennie sans qu'elle remarque quoi que ce soit. Mais tout se brouillait dans ma tête : si je replongeais, si je me réjouissais de ce que ma fille ne se rende compte de rien, c'est que j'avais franchi les frontières de l'incohérence. Pendant ces heures d'insomnie, il ne s'agissait plus d'envisager de boire ou de ne pas boire, mais de définir le moment où je le ferais.

Je suis descendu au petit matin, ça, je m'en souvenais nettement. C'était une sensation singulière, celle de s'être laissé prendre au piège ; on sait qu'on s'apprête à commettre une folie… on s'est trouvé une excuse pour le faire, on s'y raccroche, mais dans ces moments-là, la perte de volonté prévaut sur tout le reste. On ne s'apprête pas à sauter, on a déjà dégringolé, et pendant ces dernières minutes, on se laisse emporter de manière vertigineuse par une force invisible et dévastatrice, sans pouvoir résister.

Dans ma mémoire, les autres fragments étaient confus, puis ç'a été le vide absolu.

Je me suis assis très lentement sur la balancelle. J'avais l'impression que mon cerveau flottait sur de la lave et se consumait à mesure que je me penchais. J'ai mis mon avant-bras en visière, incapable d'ouvrir les yeux sous ce soleil aveuglant. J'ai vu par terre une des bouteilles vides, secoué la tête sans y croire et cherché avec résignation mon portable dans une des poches de mon pantalon. Je l'ai allumé en l'orientant afin d'en distinguer les chiffres.

Il était 10 heures passées.

Les larmes ont jailli sans que je puisse ou veuille les contenir. La tête enfouie dans les mains, j'étais mort de honte. Une fois de plus, j'avais tout fait rater. Jennie m'avait attendu et je n'étais jamais arrivé. J'ai donné un violent coup de pied dans la bouteille.

J'avais sombré de mon propre chef, inutile d'accuser quelqu'un d'autre. Je m'étais rendu à Lindon Hill, j'avais acheté ces bouteilles et attendu le dernier moment pour m'adonner à mon vice.

Après trois mois de contacts sporadiques, il était temps de revoir Donald Wellner, mon parrain aux AA. Je l'entendais d'ici.

Téléphone à Tricia et dis-lui la vérité.

— Pas tout de suite, Donald.

Je devais songer à inventer quelque chose de plausible. J'étais sobre depuis un an, elle ne pouvait pas me juger pour des actes aussi récents. Je ne le méritais pas.

Je lui ai envoyé un message en lui disant que j'avais eu un empêchement et que je lui expliquerais tout une fois chez elle. Malgré une migraine tenace, j'avais l'esprit clair. J'ai pris une douche, passé des vêtements propres et, un quart d'heure plus tard, j'étais prêt à sortir.

En conduisant, je pensais à ce que j'allais dire à mon ex-femme, mais songeais aussi aux conseils que Donald m'avait donnés, comme quoi il n'est jamais bon de mentir. Il avait raison, sauf que la vérité attendrait un peu. Un pieux mensonge peut résoudre bien des soucis. D'autre part, je n'avais aucune envie de donner à cet idiot de Morgan la satisfaction de me voir en chute libre. C'est ce qu'il espérait depuis longtemps. Quand nous discutions de mes progrès, je décelais toujours une lueur maligne au fond de ses yeux. C'était le genre de type qui se croit invincible et plein d'assurance, mais qui cache au fond de lui des hésitations et a besoin de rabaisser les autres pour se sentir supérieur. En gros, Morgan était un type médiocre.

Tricia taillait une plante grimpante. La porte du garage était ouverte et, à l'intérieur, il n'y avait que sa voiture. Quand elle m'a vue, ses épaules se sont affaissées et elle a soupiré. Immobile dans son tablier maculé de taches vertes, son sécateur à la main, elle m'observait d'un air indéchiffrable. Je suis descendu de voiture. Nous nous sommes regardés un moment. Je n'étais pas sûr d'avoir un jour aimé Tricia, même si à une époque j'avais eu beaucoup d'affection pour elle. Elle s'est avancée vers moi.

— Allons à l'intérieur, John.

Elle m'a précédé et a gagné le garage, posé son sécateur sur une table en bois et retiré son tablier. De là, nous nous sommes rendus à la cuisine.

— Tu veux boire quelque chose ?

— Un verre d’eau, oui.

Elle m’a servi et s’est assise.

— Aujourd’hui, Jennie ne t’a pas attendu, alors tu peux être rassuré.

Je ne comprenais pas.

— C’est Morgan qui a eu cette idée après ce qui est arrivé dimanche. On ne lui a pas dit que tu viendrais. Elle aurait été ravie, bien sûr, mais si jamais tu te débinais encore une fois, enfin… On a passé une année agréable, John, je n’aimerais pas que ça recommence comme avant. Rien n’échappe à Jennie, maintenant. Elle est très intelligente.

— Je sais. Et je tiens à te dire que ça ne se renouvellera pas. Je n’ai pas bu une goutte d’alcool… J’ai eu d’autres problèmes et aujourd’hui, un imprévu…

— Arrête.

— Lila a disparu… Elle et son fils ne sont nulle part. Ça fait trois jours qu’elle ne répond pas à mes appels. Je suis allé chez elle pour voir s’il n’était pas arrivé quelque chose et j’ai découvert qu’elle avait quitté l’appartement.

J’ai ajouté un petit détail de mon cru :

— Quelqu’un a appelé la police, qui s’est déplacée et m’a interrogé.

— Elle va bien ? m’a demandé Tricia en me lançant un regard sceptique.

— Je n’en sais rien. Comme je viens de te le dire, elle est partie et ne répond pas au téléphone.

— Bon, j’espère qu’elle va bien. Sincèrement. Je t’ai soutenu dès le départ et j’espère que tu referas ta vie. On a une fille ensemble et ça, on ne nous l’enlèvera jamais. Tu comprends ?

— Bien sûr. Je crois m'être bien comporté pendant l'année qui vient de s'écouler, mais j'ai besoin que tu me fasses confiance et que ton mari cesse de te bourrer le crâne de conneries.

— Laisse Morgan en dehors de tout ça, s'il te plaît.

— Désolé, mais il fait partie du problème. Être tout le temps sur la défensive et devoir justifier tous mes actes, c'est difficile. Toi tu n'es pas comme ça, Tricia. Il t'a fait croire qu'on ne pouvait pas se parler, qu'il devait forcément jouer les intermédiaires.

— Après notre séparation, ç'a été un enfer, John. Il faut qu'on agisse dans un contexte légal. Jennie est…

— Un « contexte légal » ? Non, mais tu t'entends ? Jennie est ma fille, je l'aime plus que tout et tu le sais. J'ai eu des ennuis que j'ai réglés. J'ai été un bon père.

— Ça fait deux fois que tu ne viens pas au rendez-vous. C'est ça, pour toi, être un bon père ? Tu peux te mentir à toi-même, pas à moi. Fais-toi aider, John, a déclaré Tricia en se levant.

Je me sentais impuissant. Au sujet de Morgan, j'avais dit la vérité. Tricia et moi n'étions peut-être pas faits l'un pour l'autre, mais nous avions toujours pu discuter. Cet homme l'intoxiquait et cela se répercutait sur ma fille.

— Je ne retire rien de ce que j'ai dit sur Morgan, tu sais. Il faut qu'il m'écoute. J'en ai vraiment marre d'avoir à rendre des comptes en permanence à cause des caprices de ton abruti de mari.

Elle m'a regardé calmement, a tiré son portable de sa poche et cherché quelque chose sur l'écran pendant quelques secondes, puis elle me l'a montré.

C'était une photo prise devant chez moi. J'étais allongé sur la balancelle, un bras touchant presque terre. Derrière, une bouteille vide.

— J'ai commencé à t'excuser une fois de plus, alors mon abruti de mari est allé chez toi pour voir ce qui se passait. Et tu sais ce qu'il m'a dit que tu ferais ?

Je n'ai pas répondu.

— Ça, très exactement. Me mentir. Rentre chez toi, John, et vois un psy.

Chapitre 15

Le jour où Tricia m'a montré la photo où j'étais affalé sur la terrasse devant chez moi, j'ai refait le même rêve : je marchais dans la forêt, éclairé par le faisceau de la lampe torche, terrifié. Je devais continuer, même en sachant qu'une mauvaise surprise m'attendait au bout du sentier. Quelqu'un me suivait, j'entendais craquer des feuilles mortes et les branches. Me retourner et affronter cette personne n'était pas envisageable.

Dans la clairière aux deux peupliers, je découvrais une fosse, un amas de terre à côté et deux bêches plantées comme des antennes. Je me penchais et constatais que le trou était vide, puis je faisais volte-face et voyais la fille à la peau diaphane. Je braquais ma lampe sur elle, elle se couvrait le visage, et je concentrais mon attention sur sa robe bleue, une robe de soirée identique à celle dont j'avais parée la fillette que j'avais dessinée en compagnie de Busy Lucy. J'avais également remarqué son collier. Je m'approchais en observant son pendentif comme s'il s'agissait d'un talisman. Il se composait de trois losanges l'un au-dessus de l'autre et de deux petits triangles semblables à des ailes sur les côtés.

— Regarde mieux, disait la fille.

C'était la première fois que j'entendais sa voix, aussi gracile que son physique.

Je lui obéissais et suivais la direction qu'elle m'indiquait du doigt. Comme par magie, la fosse s'était remplie et les deux bêches avaient été posées par terre.

— Tu as oublié quelque chose, disait-elle sans cesser de me montrer la tombe.

Sans réfléchir, je m'y précipitais et creusais avec mes mains. Indifférent à la présence des pelles, je grattais le sol et déblayais la terre de manière frénétique. À intervalles réguliers je me tournais, juste pour m'assurer que la fille était toujours là, consternée. Je creusais, creusais, mais la terre retombait dans la fosse et je ne progressais pas, je continuais inlassablement au point de me casser les ongles et d'avoir les doigts en sang, me demandant à voix basse ce que j'avais bien pu oublier.

Tu as oublié quelque chose.

Je me suis réveillé en répétant cette phrase.

Je n'avais jamais fait un rêve aussi réaliste. Les yeux de la jeune femme, d'un bleu intense et particulier, sa voix, je me rappelais tout avec une parfaite netteté. Et aussi la frayeur qui me saisissait sur ce sentier et ce qui m'attendait à la fin. Je me suis assis sur le lit, encore tremblant de peur.

Il était 23 heures. Je m'étais endormi à peine une heure plus tôt. Je me suis empressé de m'habiller avant de descendre à mon bureau. J'ai pris une feuille blanche et un stylo pour dessiner le collier ras-du-cou de la fille de mon rêve.

J'avais laissé sur la table le croquis de la fillette avec

Busy Lucy. En le regardant, j'ai été tétanisé. L'enfant en robe bleue portait elle aussi un ras-du-cou que j'avais représenté par un trait fin.

Je suis allé à l'abri de jardin pour y chercher une pelle que j'ai mise dans la voiture, puis je me suis dirigé vers la forêt. Il faisait chaud, j'ai baissé la vitre. À aucun moment je ne me suis posé de questions sur ma façon d'agir, peu importait que je sois guidé dans cette folie par un rêve que je savais surréaliste.

Mes rêves, mes hallucinations étaient peut-être des messages. Et si on avait enterré la fille dans la clairière aux deux peupliers ? Que signifiaient ces images qui me ramenaient inexorablement au même endroit ? Quand je l'aurais découverte, je préviendrais la police et elle reposerait en paix, tout comme moi.

Alors maintenant, cette fille communique avec toi depuis l'au-delà ? Suis les conseils de Tricia. Va voir un psy.

J'ai vite trouvé la clairière et me suis mis à creuser en tâchant de ne penser à rien. Si je réfléchissais trop, je risquais de faire marche arrière. Quelque chose en moi me disait que c'était la décision la plus raisonnable que j'avais prise ces derniers temps.

Au bout d'un peu plus d'une heure, j'avais dégagé deux mètres et la terre était tellement tassée qu'il semblait ridicule de se dire qu'un corps avait été enseveli à cet endroit. J'ai envisagé que ce ne soit pas le bon emplacement, mais c'était le seul espace non recouvert de végétation. J'étais épuisé et mourais de soif, et la perspective de devoir combler le trou me paraissait la preuve d'un échec monumental.

J'aurais dû être rassuré de ne pas trouver de cadavre enterré aux abords de ma maison. Cela signifiait que je n'avais reçu aucun message émanant d'une morte. Mes rêves étaient des élucubrations de mon esprit tourmenté. Quant aux hallucinations, cela revenait plus ou moins au même. Je suis resté un moment assis sur le tas de terre, à supporter le poids de mes fiascos, à chercher une lueur d'espoir pour sortir de ma folie.

Je ne l'ai pas trouvée.

Chapitre 16

J'ai confiance en mon frère plus qu'en n'importe qui d'autre.

Mon père s'est suicidé lorsque j'avais onze ans ; Mark n'avait que cinq ans de plus, mais il donnait l'impression d'être un jeune adulte. C'est lui qui s'est occupé de moi. Notre tante Audrey nous a elle aussi beaucoup aidés. Elle est venue vivre avec nous et a tout fait pour que nous soyons heureux. Nous étions également très entourés par les amis de notre père, le club B, mais personne n'a jamais veillé sur moi comme mon frère. Au fond, je sentais qu'il était le seul à me comprendre et vice-versa. Il a refusé de s'inscrire dans les universités les plus prestigieuses pour rester à mes côtés et a choisi d'étudier à Lindon Hill parce que c'était proche et que suivre un cursus dans une faculté de second ordre ne constituait pas un obstacle à ses yeux. Marc était invincible.

À 2 heures, je lui ai envoyé un texto auquel il a répondu tout de suite. Il s'accordait cinq heures de sommeil par jour, c'était un oiseau de nuit. Il a été d'accord pour que je l'appelle. Après une courte conversation sans effusions de ma part, je lui ai annoncé que j'avais de nouveau rêvé de la fille et que je m'étais réveillé avec la conviction qu'on l'avait enterrée dans la clairière aux deux peupliers. Je lui ai raconté que j'y étais allé dans l'espoir de retrouver son corps. Il m'a demandé de venir le trouver *immédiatement*.

Quelques minutes plus tard, j'arrivais devant sa gigantesque villa plongée dans la pénombre. Si je n'avais pas vu sa Mercedes garée sur le chemin, je l'aurais crue déserte. J'ai contourné la propriété pour stationner sur le côté, et c'est alors que j'ai constaté que la cuisine était allumée. En jean et tee-shirt ample, il m'a ouvert l'entrée de service et m'a attendu sur le seuil, le sourire aux lèvres, une expression que j'avais souvent remarquée sur le visage de mon père, mêlée de joie et de nostalgie.

— Entre, Johnny, m'a-t-il dit d'une voix qui m'a paru fatiguée.

J'ai cherché le paillasson.

— Ne te donne pas cette peine, a-t-il ajouté en lisant dans mes pensées. Darla est à New York, elle rentre ce week-end.

— Un voyage surprise ? ai-je lancé en feignant l'étonnement.

— Oui. Elle est partie hier avec sa copine Lenna.

Dans leur groupe d'amies, Darla et Lenna étaient les dernières à ne pas avoir d'enfants, ce qui les avait rapprochées.

Une tasse de café à demi pleine était posée sur la table. Mark m'en a proposé une, j'ai accepté. Une petite dose de caféine me ferait le plus grand bien après cette nuit mouvementée.

— Je veux te présenter mes excuses, Johnny. La vente de Meditek occupe tout mon temps. Il ne s'agit pas seulement de l'opération en soi, mais de Ian. Nous ne sommes pas d'accord, c'est compliqué.

Ian et mon frère se connaissaient depuis l'université et, jusqu'alors, Mark ne m'avait jamais laissé entendre qu'il y avait des failles dans leur relation.

Debout devant la cafetière, Mark me tournait le dos. Il m'a semblé qu'il réfléchissait.

— On est en train de trouver une solution, mais d'un autre côté, a-t-il repris en me rejoignant, ça ne va pas très bien avec Darla.

J'allais prendre une gorgée de café, mais me suis arrêté net, peu préparé à une révélation de ce genre. J'étais persuadé qu'ils formaient un couple solide, qu'ils traversaient comme tout le monde des passages à vide, ainsi que me l'avait dit Darla pendant que nous nous rendions à Lindon Hill. Mon frère, lui, ne s'était jamais laissé aller à ce type de confidences avec moi.

— Enfin… rien de grave, a poursuivi Mark en minimisant le problème d'un geste de la main. Le plus dur, c'est Meditek.

— Je croyais que tu étais content de vendre.

— Oui, mais parfois Ian et moi avons des différends qui ont justement commencé avec la liquidation de Meditek. Si ça n'avait tenu qu'à lui, il se serait déjà débarrassé du laboratoire depuis longtemps.

Aussi loin que je me souvienne, je n'avais jamais vu mon frère se montrer à ce point vulnérable devant moi. Ce n'était pas de la fierté, mais une capacité presque illimitée à faire face aux problèmes quotidiens. Je l'avais toujours envié pour cela. Il ne se confiait pas à moi en espérant de l'aide, mais le simple fait de m'avouer qu'il était dépassé par les événements était révélateur. Il a consulté sa montre, son expression a changé.

— Johnny, je ne vais pas tourner autour du pot. Tes hallucinations, tes rêves sont en quelque sorte liés, tu as raison sur ce point.

— Tu es au courant de quelque chose, Mark ? lui ai-je demandé, incapable de faire le moindre geste.

— J'ai fait des recherches dès le premier soir, comme je te l'avais promis. Bon, je n'y ai peut-être pas consacré autant de temps que j'aurais voulu, tu sais que ça n'a pas été simple pour moi, mais je te garantis que c'était une priorité.

— Qu'est-ce que tu as découvert ?

— Il y a quelque chose derrière tout ça, tu ne t'es pas trompé, et c'est la raison pour laquelle je voulais que tu viennes ici, parce que je dois te parler seul à seul. Tu me connais mieux que personne et j'ai un service à te demander.

— Lequel ?

— Oublie cette histoire. Fais-moi confiance.

Je le regardais fixement, il n'a pas cillé.

— Il faudrait quand même que tu t'expliques un peu plus… Je ne comprends pas que toi, tu ne me fasses pas confiance.

Je n'avais pas l'intention de lui parler de l'épisode du Fabrizzio parce que, avec Darla, nous avions décidé de le passer sous silence. Mais les images de cette journée me hantaient : la fourgonnette, l'homme au béret sur le siège passager, la photographie de la fille morte qui, comme par magie, s'était transformée en une enfant de neuf ans – j'avais besoin qu'on apporte des réponses à ces questions.

— Je te fais confiance, Johnny.

— Et alors… ?

— Je ne peux pas te révéler ce que je sais. Pas encore.

— Pas encore ! me suis-je récrié en frappant la table d'un poing impuissant. Tu ne peux pas continuer à me protéger indéfiniment, je suis une personne de confiance, pas un imbécile !

— Je n'ai jamais dit ça.

— Ce n'est pas la peine. Bon, je suis censé faire quoi, maintenant ? Parce que, en attendant, c'est moi qui vois des cadavres et des fourgonnettes partout.

— Je suis désolé.

— Je n'arrive pas à y croire !

— On en reparlera, je te le promets. Mais pour l'instant, oublie tout ça, Johnny, occupe-toi de Jennie et… arrête de boire. Tu me jures de le faire ?

Je me suis levé précipitamment.

— Non, je n'ai pas l'intention de faire ce que tu me dis ! Ces jours-ci, je n'ai pas arrêté de penser à cette fille !

— Tu dois comprendre que c'est pour ton bien.

— Va te faire foutre, Mark ! J'en ai marre d'être ta marionnette.

Sur quoi j'ai fait demi-tour et quitté la maison.

Chapitre 17

Cette nuit-là, j'ai récupéré mon sommeil en retard. Le lendemain, j'étais encore fâché après Mark, mais ça ne durerait pas. Au fond de moi, je savais que s'il me demandait d'attendre quelques jours avant de me faire des révélations, c'est qu'il avait ses raisons.

Je me suis préparé un petit déjeuner copieux et élaboré : œufs brouillés au lard, toasts et gaufres. J'avais une faim de loup et j'ai mangé dans la cuisine, en écoutant de la musique à plein volume. « Parklife », de Blur, un choix prémonitoire compte tenu de ce qui s'est passé ensuite. Mais sur le moment je trouvais que c'était une chanson parfaite. J'étais plein d'optimisme et, tout en mangeant, je me suis promis de discuter avec Tricia et d'être sincère avec elle, au moins autant que possible dans ces circonstances. Je comptais lui présenter des excuses pour la façon dont je m'étais comporté.

Le ventre plein, j'ai fait la vaisselle et lavé tout ce qui s'amoncelait dans l'évier depuis la veille. J'ai laissé les lieux étincelants de propreté. Blur chantait toujours quand je me suis rendu dans le bureau, dont je suis très vite ressorti. J'ai pris les dessins de Lucy et de la fillette en robe bleue, du ras-du-cou, et la photo de la voiture de Lila dans Paradise Road. J'ai étalé le tout sur la table de la salle à manger.

J'ai longuement observé les trois images. Deux faits évidents ressortaient de cette journée : d'une part, j'étais incapable de me rappeler ce qui s'était passé pendant ces quelques heures ; de l'autre, Lila était venue chez moi. À partir de ces deux déductions, une ligne ténue séparait le monde réel d'un univers de fourgonnettes imaginaires, de corps qui apparaissaient et disparaissaient, de photos qui changeaient du tout au tout. Que savait donc Mark qu'il ne pouvait pas me révéler ?

Chapitre 18

Dans l'après-midi j'ai téléphoné à Tricia pour lui dire que je regrettais infiniment ce qui s'était passé la veille, que pour moi, ce n'était qu'une rechute, que ça ne se reproduirait pas et que j'allais me faire aider. En définitive, c'était la stricte vérité et elle m'a cru. Soit je l'avais surprise à un moment où elle baissait la garde, loin de Morgan et de son bourrage de crâne, soit elle avait senti la sincérité dans ma voix. Elle m'a autorisé à venir voir Jennie et à passer une heure avec notre fille, mais chez elle. J'ai bien entendu accepté, elle a ajouté qu'elle préférait que Morgan donne lui aussi son accord, et qu'on reprendrait ensuite un rythme normal de visites. Je me suis mordu la langue pour ne pas exploser et lui avouer que je me fichais d'avoir l'approbation de Morgan, mais on avait discuté et progressé, alors je n'allais pas tout flanquer par terre.

En raccrochant, je me suis rendu compte que je me trouvais dans le jardin, à l'arrière de la maison. Je suis rentré avec le sourire. Tout semblait s'arranger. Je comptais appeler Donald pour l'informer de ma rechute.

J'ai traversé le salon au rythme de « This Is a Low »

lorsqu'un fait étonnant est survenu. Du coin de l'œil, j'ai distingué un visage qui m'observait. J'ai mis une éternité à réagir et à comprendre que la femme postée derrière la fenêtre était Maggie Burke. J'étais moins fasciné par sa nouvelle coupe de cheveux que par mes souvenirs : nous avions écouté Blur des milliers de fois, et cette chanson était une de nos préférées. Il a fallu quelques secondes à mon cerveau pour enregistrer sa présence.

Maggie s'était installée à Londres cinq ans auparavant. Notre amitié devenue un amour d'adolescence avait été intense, mais beaucoup d'eau avait coulé sous les ponts depuis. Elle s'était mariée – et, d'après les rumeurs, avait divorcé –, et moi, j'avais eu une fille. Mais les liens qui nous unissaient, Maggie, Ross et moi, étant à l'épreuve des balles, la voir m'a aussitôt projeté dans le passé.

Elle remuait les lèvres en m'adressant des signes.

Tu m'ouvres ?

Je me suis exécuté. Elle était presque aussi grande que moi, avait les cheveux plus courts – et plus soignés – que lorsque je l'avais vue pour la dernière fois. À l'évidence, elle avait cessé de ne porter que du noir, comme l'attestaient son jean et un tee-shirt aux couleurs criardes sur lequel on pouvait lire : *So Beat It !*

Nous nous sommes embrassés. Maggie s'était parfumée, encore une nouveauté.

— Je vois que tu as toujours aussi bon goût, a-t-elle murmuré en me poussant délicatement.

Elle s'est empressée de visiter la maison. Elle regardait tout avec curiosité. Émerveillée devant des babioles, elle racontait à propos de chaque objet des anecdotes que je ne connaissais pas moi-même. Elle donnait l'impression de retrouver de vieux amis inanimés. Elle s'est immobilisée devant la chaîne hi-fi, a examiné les vinyles en s'attardant sur certains, puis a passé en revue les photos punaisées aux murs, plus d'une vingtaine au total, pour l'essentiel de Mark et moi, certaines de mes parents. Elle posait sur l'une d'elles et me l'a signalée comme une petite fille qui vous montre un gros insecte, à la fois éblouie et craintive, à croire que cet instant figé constituait une menace. Sur le cliché, nous étions tous les deux avec Ross et Fred Foster et nous amusions à jouer les acrobates. Des Power Rangers.

Elle a gardé l'inspection du meuble d'angle pour la fin. C'était là qu'étaient exposées les sculptures en bois de Harrison. L'ancien commissaire nous en avait offert trois au fil des années : le buste d'un homme coiffé d'un chapeau, celui d'un sujet chauve à l'expression triste et la plus récente, que Maggie n'avait jamais vue, celle d'une femme implorante aux bras levés vers le ciel.

— Il a fait de gros progrès, a-t-elle déclaré en caressant le bois poli.

— C'est sûr. Maintenant, il a davantage de temps pour se consacrer à son art.

Après, nous sommes allés dans la forêt, où elle m'a avoué qu'elle regrettait de ne plus pouvoir se perdre le long des sentiers et a affirmé se souvenir de tous les croisements et raccourcis. En la suivant, j'ai pu constater qu'elle disait vrai, car elle me guidait en vraie connaisseuse. Nous avons évoqué le marais aux papillons, un de nos endroits préférés, qui avait été asséché lors des travaux de dérivation de la rivière Chamberlain. Son père le lui avait raconté au téléphone, mais elle ne l'avait pas cru et voulait le voir de ses propres yeux. Je lui ai promis que nous y irions bientôt avec Ross.

De retour à la maison, elle m'a demandé pourquoi je n'avais pas accroché de photos de Jennie aux murs. Je lui ai répondu que je n'avais rien voulu changer à la disposition méticuleuse et harmonieuse faite par ma mère, et l'ai emmenée dans le couloir, qui était placardé de clichés de Jennie au fil des ans. J'ai allumé la lumière afin qu'elle puisse les apprécier, leur qualité étant supérieure à celle des vieilles photos.

— Elle est magnifique, Johnny.

Elle souriait et son regard allait d'une photo à l'autre. Elle pointait un doigt sur chaque détail. C'était un instant spécial pour moi. Quelques années plus tôt, j'étais taraudé par l'idée que Maggie pense que la vitesse à laquelle Tricia et moi nous étions mis en ménage et avions eu une fille signifiait que je l'avais très vite oubliée. La brièveté de mon mariage avait dû la rassurer, mais cette pensée m'avait toujours gêné. La voir à présent sincèrement heureuse en contemplant Jennie me rassurait.

— Tu vas bientôt la connaître. Je sais que tous les parents disent la même chose, mais Jennie a une intelligence et une sensibilité impressionnantes.

— Je serais ravie de la rencontrer !

Une ombre est passée sur son visage et je me suis rappelé ce que Ross avait entendu dire de la bouche de Mme Lloyd à propos d'une fausse couche. Je me suis demandé s'il n'était pas dérangeant d'interroger mon amie à ce sujet. Des années plus tôt, nous nous disions tout, mais pour le moment je préférais attendre avant de m'aventurer sur ce terrain.

— Tu as vu Ross, Maggs ?

— Pas encore. Je suis restée un peu dans ma famille pour me mettre au courant de tous les changements qu'il y a eu ici. Au fait, ça ne t'embête pas que je sois venue sans prévenir ?

— Non, bien évidemment ! me suis-je exclamé en souriant.

Elle m'a parlé de son divorce avec Andrew, qui posait selon elle de légers problèmes, et je lui ai raconté mon éphémère liaison avec Lila. Elle a été étonnée d'apprendre que cette dernière avait quitté la ville sans laisser de traces. Je lui ai dit que c'était une longue histoire, que je lui expliquerais tout un jour, sans me douter que j'allais m'étendre sur le sujet quelques minutes plus tard.

— Qu'est-ce que tu faisais quand je suis arrivée ? m'a demandé Maggie en s'approchant de la table de la salle à manger et en me montrant les dessins du collier et de la fillette en robe bleue.

J'avais besoin de me confier à quelqu'un et n'aurais pu trouver meilleur interlocuteur que Maggie Burke.

Si quelqu'un tirait sur les ficelles de mon existence, il s'y prenait à merveille.

Chapitre 19

Nous nous sommes assis sur la terrasse, moi sur une chaise, Maggie sur la balancelle.

— Je n'ai pas eu le temps de la graisser, me suis-je excusé.

Mais elle semblait apprécier les grincements.

— Alors, Johnny, dis-moi tout.

Elle savait que j'avais des problèmes d'alcool. Son père lui en avait touché un mot et elle m'avait laissé entendre dans un de ses courriers qu'elle était au courant. Dans ma dernière réponse, je lui avais appris que j'avais arrêté de boire depuis plusieurs mois et pensais que cette fois j'allais y arriver. J'avais alors pris conscience du fait que si je ne maîtrisais pas la situation, c'était parce que je partageais ma vie avec une femme que je n'aimais pas, avec laquelle j'avais contre toute attente eu un enfant. Au début, j'avais essayé de me persuader que ça pouvait marcher, que Tricia était quelqu'un de bien et Jennie une bénédiction – c'était vrai –, mais lorsque mon mal-être est devenu insupportable, la soupape pour évacuer les trop-pleins a pris la forme d'une bouteille de vodka. C'était une explication très simple, même si la vérité était plus complexe : l'alcoolisme était un monstre tapi au plus profond de moi et profitait de mes faiblesses pour se montrer, ce qui ne manquait pas d'arriver.

— J'ai eu une rechute, ai-je annoncé.

— Oh, je suis désolée ! Tu as vu ton parrain ?

— Pas encore, mais je vais le faire. Je ne l'ai pas appelé parce qu'il m'est arrivé quelque chose. Prépare-toi. C'est une histoire à te donner la chair de poule.

Elle a écarquillé les yeux et, avec le recul, je me suis dit que je n'aurais jamais dû lui confier quoi que ce soit.

— Samedi dernier, je me suis réveillé par terre, dans le salon, sans me rappeler ce que j'avais fait pendant les heures qui venaient de s'écouler. Sur la table basse trônait la bouteille de vodka que j'avais achetée quelques jours plus tôt, alors ce qui s'était passé m'a paru évident.

J'ai marqué une pause dans mon récit, testant ainsi la confiance de Maggie.

— Mais ce n'est pas tout. J'ai aussi découvert le corps d'une jeune femme et, à deux ou trois mètres d'elle, le pistolet de mon père.

Maggie a ouvert la bouche, étonnée, et entouré ses genoux de ses bras.

— Attends. Ce n'est pas ce que tu crois, Maggs. Cette fille n'était pas là et, d'après Mark, j'ai eu ce qu'on appelle une « hallucination onirique », mais je t'assure que ça semblait vraiment réel. Quand j'y repense, ça me fait froid dans le dos.

— Tu connaissais cette jeune femme ?

— Non, mais quelque chose en elle m'était familier, je ne saurais pas t'expliquer.

La balancelle bougeait à peine.

— Je n'ai pas réfléchi, ai-je repris. Je suis immédiatement sorti pour me débarrasser de la bouteille. Je pensais que… que personne ne me croirait. Tout me désignait comme étant le meurtrier de cette fille. Le corps dans mon salon, l'arme, cette foutue bouteille…

Maggie m'observait, incrédule et avec une expression dont la signification m'échappait. Je lui ai ensuite raconté la découverte de la fourgonnette sur le sentier abandonné et l'ordinateur dans la partie arrière.

— C'est la première fois que ça t'arrive ?

— Oui.

— Ça n'a pas recommencé ? m'a-t-elle lancé, suspicieuse, car quelque chose dans mon visage avait dû me trahir.

— Si, il y a deux jours.

— J'ai un ami à Londres qui a vécu des épisodes similaires, m'a-t-elle dit en détachant chacune de ses syllabes. L'impression d'être observé et même poursuivi est un symptôme caractéristique. Il s'en est sorti grâce à un traitement médicamenteux.

— Je préfère imaginer que c'est exceptionnel, du moins je l'espère.

— Quand t'es-tu rendu compte que ce n'était pas réel ?

— En rentrant à la maison. Tout était comme d'habitude. Mark est passé me voir pour me rassurer.

— Je suis désolée, Johnny.

— Mais ça n'est pas terminé, ai-je enchaîné en lui

adressant un sourire torve. J'ai rêvé de cette jeune femme. Des rêves très étranges où elle m'emmène dans la forêt, jusqu'à la clairière aux peupliers, tu t'en souviens ?

Elle a acquiescé d'un signe de tête.

— Comme si elle voulait me faire comprendre quelque chose.

— Tu as parlé de ces rêves à Mark ?

Je voyais parfaitement où elle voulait en venir.

— Je sais que ça paraît absurde, Maggs.

Nous nous sommes tus quelques instants. Elle venait d'arriver et déjà, nous discutions comme si nous nous étions quittés la veille, à croire que nous n'avions jamais été séparés.

— J'ai revu la fourgonnette à Lindon Hill, lui ai-je dit en soupirant.

Quitte à me confier à Maggie, autant le faire jusqu'au bout. Je lui ai décrit mon altercation avec l'homme au béret bleu et le triste dénouement de cette histoire, lorsque je m'étais retrouvé ivre mort sur la balancelle.

— Je ne te juge pas, Johnny. Si seulement j'étais rentrée avant…

Ces mots m'ont ému. Nous nous sommes souri.

— Personne ne sait ce que je viens de te dire, pas même Ross. Il n'y a que Mark, et maintenant toi.

— Tu es certain que tu ne connaissais pas cette fille ? Je ne crois pas à l'au-delà et à ces idioties, mais ton subconscient essaie peut-être de te dire quelque chose.

— Justement, hier, j'ai vu Mark à ce sujet. Il est en possession de certaines informations qu'il ne veut pas divulguer pour le moment.

Elle a froncé les sourcils.

— Des informations sur la fille ou l'origine de tes hallucinations ?

— Il n'a rien voulu me dire ! me suis-je écrié.

— Ça ne ressemble pas au Mark que je connais.

— Non, il n'a pas changé. Mais tout ça est très bizarre.

Nous avons de nouveau gardé le silence. Le temps passait à toute vitesse en compagnie de Maggie. Je me rappelais que la balancelle était notre endroit préféré. On s'y asseyait les soirs d'été, pour boire des bières et nous embrasser, et quand ma tante Audrey était couchée, nous allions parfois plus loin. Par sa simple présence dans notre ville, Maggie allait réveiller des tas de souvenirs enfouis.

— Je n'arrive pas à croire que tu sois rentrée. Tu comptes rester longtemps ?

— Je n'en sais rien.

— On en discutera plus tard. Pour le moment, laisse-moi finir mon histoire, d'accord ? Le lendemain, j'ai fait le dessin de la petite fille en robe bleue que tu as vu. Depuis quelque temps, je cherchais un personnage pour accompagner Busy Lucy, mais j'avais imaginé des animaux, jamais un humain. C'était pourtant l'évidence même ! Dès que j'ai achevé le croquis, j'ai compris que c'était la fille que j'avais vue dans le salon.

— Elle portait une robe bleue ?

— Non. C'est ça qui est étrange. Mais quand j'ai dessiné la fillette, je savais que c'était elle.

Maggie a resserré la pression de ses bras autour de ses genoux.

— Johnny, il va falloir que tu me ramènes chez moi, je n'ai pas envie de marcher.

J'ai esquissé un sourire. Le disque de Blur était terminé et nous n'entendions que le souffle du vent dans les arbres et le léger grincement de la balancelle.

— Et cette photo de la voiture ? a-t-elle repris.

J'allais lui expliquer de quoi il retournait quand une pensée m'a traversé l'esprit. J'étais consterné. J'ai cherché mon portable, désespéré.

Jennie !

J'avais oublié que je devais aller la voir à 15 heures !

L'heure du rendez-vous est passée. Tu es le plus mauvais père du monde.

Maggie a sursauté. Elle suivait mes gestes des yeux, inquiète. Quand j'ai enfin mis la main sur le mobile et que je l'ai allumé, j'ai constaté qu'il était à peine 14 heures. Je me suis senti revivre.

— Je dois aller chez Tricia pour passer un moment avec Jennie, ai-je dit.

J'ai demandé à Maggie de m'attendre pendant que je me douchais et me changeais. En un quart d'heure, j'étais prêt. J'ai descendu l'escalier, vêtu d'une de mes chemises préférées. Je voulais impressionner mon amie. Elle patientait, le visage empreint d'une expression énigmatique. Quand j'ai été près d'elle, elle m'a montré son portable.

— C'est elle, la fille que tu as découverte dans ton salon ?

Sur l'écran, j'ai vu un portrait au crayon de la fille au collier.

— Qu'est-ce que…, ai-je bredouillé en frissonnant.

— Un blog.
— Mais…

Maggie était bien plus douée que moi avec les portables. Elle m'a de nouveau montré l'écran. Le portrait était plus petit et, à côté, j'ai lu ce texte :

> AS-TU DÉJÀ RÊVÉ DE LA FILLE EN ROBE BLEUE ?
> TU N'ES PAS LE SEUL.

Chapitre 20

J'ai laissé Maggie chez ses parents, brûlant de curiosité. Si quelqu'un d'autre avait rêvé de cette fille, tout un éventail de possibilités s'offraient à moi. Je ne crois pas aux supercheries paranormales ; il devait y avoir une explication rationnelle. Avec Maggie, nous étions convenus que chacun lirait le blog de son côté et que nous le commenterions plus tard. J'ignorais comment elle s'y était prise pour le trouver aussi vite.

En arrivant chez Tricia, j'avais laissé le sujet de côté et ne pensais qu'à Jennie. Je n'ai jamais su décrire la paternité sans tomber dans les clichés sur le bonheur étourdissant qu'on vit en ayant un enfant. Dans mon cas, ce fut un processus d'apprentissage accéléré, la panique d'avoir à m'améliorer en devenant un père à la hauteur. Mais j'avais échoué lamentablement et cela n'avait fait qu'augmenter la présence de mes démons intérieurs. J'ai mis du temps à comprendre que la seule façon d'avoir des rapports sincères avec ma fille consistait à être la meilleure version de moi-même, et non quelqu'un de différent. Jennie allait avoir cinq ans au mois de septembre, et depuis une année nos liens se resserraient de jour en jour.

Tricia m'a ouvert avant que j'aie eu le temps de sonner. Elle m'a observé comme un policier dans un aéroport aurait examiné un individu suspect, et lorsqu'elle a jugé que mon allure était correcte, elle m'a salué. Je l'ai évitée du regard en attendant Jennie qui, d'habitude, explosait de joie et se serrait contre moi avant même que j'aie franchi le seuil.

— Elle est en haut, a déclaré Tricia en s'écartant pour me laisser passer.

— Ah, je vois.

J'avais apporté des feuilles, des crayons de couleur et des gouaches.

— Je te préviens, elle n'est pas au mieux de sa forme.

— Elle est malade ?

Tricia m'a répondu par la négative.

— Je suppose qu'elle a hérité de mon sale caractère. Va la voir, ça ira mieux après.

Tricia pouvait être contemplative, et j'avais pensé un jour partager ma vie et construire un projet commun avec cette femme-là. Mais elle se montrait parfois irrationnelle et soupe au lait. Je me réjouissais d'avoir été accueilli par la première version d'elle-même.

Jennie jouait avec ses poupées Barbie dans une impressionnante maison de trois étages que je n'avais encore jamais vue. Elle était à genoux, mais si elle s'était levée, cette monstruosité en plastique l'aurait encore dépassée.

— Bonjour, Jennie.

Elle a feint de ne pas m'avoir entendu, poursuivant sa discussion avec les poupées qui envisageaient d'aller dans un salon de beauté. Elle ne m'avait encore jamais reçu avec une telle indifférence, et j'en étais blessé.

J'ai posé les feuilles et le matériel à dessin sur une table ronde, près de la fenêtre, et me suis approché d'elle. Assis par terre à une distance prudente, je l'ai de nouveau saluée. Elle a interrompu le dialogue entre Cassie et Mandy, paraissant hésiter à me répondre et, pour finir, a gardé le silence. Je regrettais profondément d'être la cause de sa froideur.

— Bon, tu sais quoi, Jennie ? Je vais aller dessiner, mais j'adorerais connaître tes amies et leur maison.

Je me suis assis à même le sol, incapable de tenir sur une des chaises minuscules autour de la table, et j'ai fait ce que j'avais dit. Je n'avais jamais forcé ma fille à s'intéresser au dessin ; lui montrer combien j'aimais cela était une manière d'éveiller sa curiosité, et jusqu'à présent j'y étais parvenu. Elle avait du talent et serait en mesure de le mettre en pratique si elle ne le bridait pas en jouant avec les maisons de Barbie que lui offrait Morgan.

— Je vois que Cassie et Mandy ont une nouvelle maison, ai-je lancé sans me détourner de mon dessin.

— Oui.

— Elle est très jolie.

— C'est maman et Morgan qui me l'ont achetée parce que j'ai été sage.

Sur la feuille, un trait plus appuyé que les autres est apparu quand j'ai entendu cette phrase. Jennie a continué de jouer, mais, du coin de l'œil, je voyais bien qu'elle louchait de mon côté.

— Ma chérie, je suis désolé de ne pas être venu

avant, ai-je murmuré au bout d'un moment. J'ai eu des ennuis, mais ça n'arrivera plus. J'étais très triste, tu sais.

Elle n'a pas répondu, mais s'était détournée des poupées.

— Tu veux que je te fasse visiter la maison ?

— Volontiers !

Je me suis allongé près d'elle. Cette maison miniature avait dû coûter une fortune. Elle se composait de plusieurs pièces meublées comprenant toutes sortes de détails, y compris une sonnette et un ascenseur qui menait à une terrasse avec un jacuzzi. Jennie m'a montré toutes les pièces et Cassie m'a expliqué leur fonction. Peu à peu, elle s'est détendue, et quand nous sommes arrivés dans la salle de bains, qui comportait une baignoire, des rideaux et une coiffeuse, elle avait repris une diction normale.

J'ai passé la demi-heure suivante couché par terre, une poupée anorexique dans les mains, mais j'étais ravi. Quand on n'a pas le bonheur de partager le quotidien de son enfant, on remarque toutes ses avancées, les nouvelles connaissances qu'il a acquises chaque fois qu'on le voit. À un moment donné, Jennie a décrété que Mandy était « contrariée » et j'ai souri, fier du vocabulaire qu'employait ma fille.

Quand nous en avons eu assez de Barbie et de sa maison, nous avons dessiné. En plus de mes retrouvailles avec Maggie, c'était le plus beau moment de la semaine. La chance commençait peut-être à me sourire.

Chapitre 21

Blog de SpeedRacer95
13 décembre

En principe, je ne me rappelle pas mes rêves, ce qui rend beaucoup plus compliquée l'opération qui consiste à les consigner. J'ai essayé d'utiliser la prise de notes vocale du portable, les répétant inlassablement quand je suis encore au lit, mais rien n'a été aussi efficace que le vieux carnet que j'ai toujours sur ma table de chevet.

Hier soir, ça a changé. J'ai fait un rêve si étonnant que je n'ai pas eu besoin de le noter. Jusqu'alors, le rêve le plus remarquable que j'avais fait remontait à mes sept ans, lorsque j'avais vu la Mustang rouge de ma mère flotter dans le jardin sur un océan de lave. Cette image était si forte, si impressionnante, que pendant des jours et des jours j'avais eu l'impression de l'avoir vraiment vue dans un épisode de somnambulisme.

Hier, je me suis réveillé au milieu de la nuit en ayant le sentiment d'avoir été transporté dans une autre dimension. Ce n'étaient pas des images décousues, plutôt un souvenir très réaliste. Je ne me trouvais pas sur le campus, mais dans la première maison où j'avais vécu avec mes parents et ma sœur cadette, ce qui signifiait que je n'avais guère plus de neuf ans, car c'est à cet âge que j'ai perdu ma mère dans un accident et que mon père a sombré dans l'addiction au jeu et a presque tout perdu. Après ce cataclysme familial, nous avons déménagé dans un petit appartement et lutté pour nous en sortir. Heureusement, l'histoire a un dénouement heureux. Mais il s'agit ici de décrire mon rêve et non mes malheurs familiaux. J'étais dans ma chambre et entendais la voix de ma mère me parvenir du rez-de-chaussée. Elle me disait de descendre voir quelque chose. Au début, j'avais peur et remontais la couverture à hauteur de mon menton. J'ignorais pourquoi j'étais si effrayé, c'était ma mère, après tout.

En sortant du lit, je découvrais que j'étais nu. Je me rappelle tous les détails de ce rêve : la texture de la moquette, la lune dans le cadre de la fenêtre, mes jouets éparpillés. En arrivant en bas, je ne percevais plus la voix de ma mère. Dans un silence total, je comprenais que tout le monde était allé se coucher. Sans trop savoir pourquoi, je parcourais la maison et, en arrivant dans la cuisine, je voyais une jolie fille d'une vingtaine d'années assise sur l'îlot central. Elle portait une robe bleue et avait la peau diaphane. Elle me souriait pendant que je la regardais. Je n'avais plus peur. Elle avait un collier ras-du-cou et était déchaussée.

Je m'approchais d'elle et devais lever la tête pour observer le pendentif du collier. À cet instant, le temps paraissait se prolonger comme souvent dans les rêves, de manière élastique, puis je me suis réveillé.

Chapitre 22

Blog de SpeedRacer95
16 décembre

J'ai toujours eu des facilités pour le dessin. C'est ma mère qui m'y a initié en m'inscrivant à des cours et en me félicitant chaque fois que je lui montrais une de mes œuvres. À sa mort, j'ai cessé de dessiner, mais je n'ai fait le lien que des années plus tard.

La vision de la fille en robe bleue était si puissante que je me suis remis au fusain pour en faire un portrait. J'ai également dessiné son collier. Dès le début, j'avais compris que cette fille n'était pas une invention. Il aurait été arrogant de ma part de croire que ce beau visage était le fruit de mon imagination stérile. Je devais forcément l'avoir déjà vue quelque part. J'ai montré mon dessin à quelques personnes dans l'espoir qu'on la reconnaisse. Ça n'a pas été le cas.

Hier, j'ai de nouveau rêvé d'elle, et, au réveil, je n'ai pas eu besoin de prendre de notes. Tout était très net, comme mes souvenirs les plus vivaces.

J'étais dans ma chambre d'enfant, avant l'accident

de ma mère. D'un bond, je sortais du lit, vêtu cette fois de mon pyjama. Je savais que ma mère allait m'appeler d'un moment à l'autre, alors je prenais les devants et dévalais les marches de l'escalier pour me rendre directement à la cuisine, où m'attendait la fille en robe bleue. Je la regardais, ne pouvant m'empêcher de contempler ce type de beauté qu'on ne voit qu'au cinéma et non dans la vraie vie. Ses yeux étaient particulièrement attirants, tristes et nostalgiques. Quand elle ouvrait la bouche, je comprenais que j'allais entendre sa voix pour la première fois, et, pendant un instant, j'étais pris de terreur. Très calme, elle me disait que nous devions sortir. « Quitter la maison ? » lui demandais-je. Elle hochait la tête et, d'un bond, descendait du plan de travail et me prenait par la main. Elle était beaucoup plus grande que moi.

Nous nous dirigions vers le garage, elle connaissait le chemin. En y pénétrant depuis la maison, nous découvrions un espace bien plus grand que ne l'était en réalité notre garage, prévu pour seulement deux voitures. Plusieurs rangées de machines à sous émettaient des bruits assourdissants et éclairaient les lieux de lumières multicolores. « Allons le chercher », disait la fille. Je ne savais pas trop de quoi il s'agissait, mais j'avais ma petite idée. Nous avons marché un moment comme deux géants dans ce lieu envahi d'enseignes au néon. Par instants, un son particulier s'élevait d'une machine pour attirer notre attention, mais nous préférions poursuivre.

Au bout d'une allée, nous croisions mon père, qui pressait un bouton sur une machine et attendait. La fille en robe bleue lâchait ma main pour m'inciter à aller le trouver. Mon père portait un jean et une chemise mal repassée. Il avait une barbe de trois jours ; sa peau cireuse et ses yeux cernés indiquaient qu'il n'avait pas fermé l'œil depuis longtemps. Je m'avançais lentement vers lui, mais il ne semblait pas remarquer ma présence. Les machines tournaient et les figures qui apparaissaient n'étaient pas celles qu'on voit habituellement : une jambe, une Mustang rouge, un animal. Mon père sifflait en appuyant sur une touche et la machine s'activait, obéissante, s'immobilisant sur deux Mustang rouges et sur l'animal, une sorte de rat aux dents pointues. On entendait des tintements et des pièces tombaient dans le réceptacle en métal. Mon père acquiesçait en esquissant un petit sourire. À un moment donné, il se rendait compte que j'étais là, mais faisait comme s'il ne me reconnaissait pas. « Cette machine est l'élue. Cela fait longtemps que je l'étudie. » Je me tournais, la fille n'avait pas bougé. Je haussais les épaules sans savoir quoi faire. Mon père maniait toujours la machine.

Je continuais d'observer les figures qui apparaissaient sur les cylindres. Il y en avait une nouvelle, un pion d'échecs. Les combinaisons se succédaient, mais je n'entendais plus le cliquètement des pièces qui tombaient. Mon père s'impatientait. Il se frottait le visage et levait le doigt comme pour menacer la machine. C'était maintenant ou jamais. Il joignait le pouce et l'index avant de presser le bouton, passait la langue sur ses lèvres…

Les cylindres tournaient de nouveau. Le rat aux dents pointues était sur la première image, la deuxième et la troisième ! Une sirène annonçait qu'il avait décroché le gros lot. Mon père hurlait de bonheur, sautait. Je ne l'avais jamais vu ainsi, pas même quand les Yankees remportaient un match. S'il n'avait pas semblé me voir auparavant, c'était pire à présent. Il criait, allait d'un côté à l'autre comme si je n'existais pas. La sirène résonnait toujours. J'avais rejoint la fille en robe bleue en marchant calmement, m'amusant à esquiver les motifs de la moquette, pendant que mon père continuait à manifester sa joie. « Je le savais ! » ne cessait-il de crier.

La fille me tendait la main. Je me sentais en sécurité auprès d'elle. Bizarrement, j'avais l'impression de la connaître…

Chapitre 23

Blog de SpeedRacer95
21 décembre

Après avoir fait le rêve où le garage de ma maison était devenu une salle de jeu, j'ai connu des jours maussades. Je dormais en espérant retrouver la fille en robe bleue, et je me réveillais vide et frustré. Je ne puisais la force de me lever que dans le désir de refaire ce rêve la nuit suivante. J'avais besoin qu'il se renouvelle. Je n'arrivais à me concentrer sur rien : mes études, l'escrime et ma moto ne m'intéressaient plus.

Le samedi, je suis allé à une fête dans la ferme intention de rentrer tôt et sobre, et de donner ainsi une nouvelle chance à mon subconscient, mais j'ai perdu le contrôle et fini par boire plus de bière que de raison. Je me suis écroulé dans un fauteuil et j'ai perdu connaissance. Ma mère morte m'appelait de nouveau, sa voix me parvenait comme si elle criait dans un très long tuyau. Lorsque j'ouvrais les yeux, tout semblait vibrer autour de moi : une cruche que je n'avais pas vue depuis des années, ventrue et palpitante, menaçait d'exploser d'un instant à l'autre. La fille en robe bleue était comme toujours dans la cuisine. Elle ne se trouvait plus sur le plan de travail, mais debout près de la porte qui s'ouvrait sur le jardin. Je lui donnais la main et, au lieu de m'emmener dans le garage, elle poussait cette porte et nous sortions dans la nuit froide. Elle ne semblait pas s'en soucier, mais une pluie fine tombait.

Le jardin n'était pas très grand. Pourtant, cette nuit-là, il paraissait immense. Nous marchions longtemps jusqu'à atteindre l'orme dont les branches nous protégeaient de la pluie, à présent plus drue. Très vite, le feuillage de l'arbre ne nous protégerait plus. Je tardais à m'apercevoir que la fille me montrait quelque chose, et, en suivant la direction indiquée par son doigt, je me rendais compte qu'il s'agissait de la fenêtre de ma chambre, au premier étage : un rectangle blanc flottant dans l'obscurité. « Nous sommes arrivés », disait-elle. J'observais la fenêtre, m'attendant à ce qu'une silhouette y apparaisse, car j'étais certain que la fille voulait me communiquer une information, mais rien ne se produisait. Elle lâchait ma main sans que je le remarque et s'asseyait sur une des racines de l'orme. La pluie redoublait, de grosses gouttes passaient au travers du feuillage et, comme des pierres, elles nous frappaient la tête, le dos, les épaules. Je me couvrais tant bien que mal. « Nous sommes arrivés », répétait la fille.

Alors que j'allais ouvrir la bouche pour lui demander où nous étions arrivés, je me suis réveillé sur un canapé inconnu, dans une flaque de liquide malodorant.

Chapitre 24

Blog de SpeedRacer95
20 janvier

Je deviens fou. Je n'ai plus rêvé d'elle. Un mois venant de s'écouler, j'ai décidé de faire figurer ces textes sur mon blog. Franchement, je ne sais pas quoi faire.

AS-TU DÉJÀ RÊVÉ DE LA FILLE EN ROBE BLEUE ?
TU N'ES PAS LE SEUL.

La fille cherche à me dire quelque chose au travers des rêves. J'ignore si c'est une information réelle ou symbolique. J'ai réfléchi et j'ai échafaudé des centaines d'hypothèses. L'absence de ma mère, mon père pris dans l'enfer du jeu, les intempéries, la pluie... Je ne sais plus quoi penser.

Chapitre 25

Mon portable a sonné et j'ai failli hurler. Je lisais le contenu du blog, plongé dans mes pensées, quand ce bruit m'a fait sursauter et, l'espace d'un instant, je n'ai pas compris ce qui arrivait. En général, je ne réponds pas lorsque des numéros inconnus s'affichent à l'écran, mais j'étais si étonné que j'ai décroché.

C'était Maggie.

— Tu as lu les textes du blog ?

— Je viens juste de commencer. C'est incroyable ! Si ce garçon, ce SpeedRacer95, a lui aussi rêvé de cette fille, c'est que…

— Jusqu'où es-tu allé ?

— Au troisième rêve.

— D'accord, alors tu n'as pas encore attaqué la meilleure partie.

— Mon Dieu, Maggs ! C'est quoi, tout ça ?

— Continue à lire et appelle-moi quand tu auras fini.

Chapitre 26

Blog de SpeedRacer95
27 janvier

Depuis deux jours, je rêve de nouveau de cette fille. Ça, c'est la bonne nouvelle. La mauvaise, c'est que mon rêve était identique au dernier, hormis un détail insignifiant : elle avait les ongles cassés, couverts de terre et de sang.

Le lendemain, j'ai compris, ou cru comprendre. Elle voulait que je creuse sous l'orme de la maison de mon enfance. « Nous sommes arrivés. » Tel était le message ! Cette idée en tête, je savais que rien ne m'arrêterait tant que je ne l'aurais pas mise à exécution.

Hier matin, j'ai pris la voiture et je me suis rendu dans ma ville natale. J'avais une pelle dans le coffre, rien de plus. J'avoue que mon inquiétude augmentait à mesure que je me rapprochais. Il suffit d'avoir vu deux ou trois films d'horreur pour supposer que la fille en robe bleue est morte. Les rêves n'avaient donc d'autre but que de me révéler où elle était enterrée. Des films d'horreur, je n'en ai pas vu que deux ou trois, mais des dizaines. Si je découvre son corps, il me faudra avertir la police, et là commenceront les difficultés pour expliquer comment je suis tombé dessus.

Je me suis garé à une centaine de mètres de la maison, j'ai laissé la pelle dans le coffre et je me suis dirigé vers l'orme, l'air soucieux. Je portais ma casquette de l'ACC en croyant qu'ainsi je passerais inaperçu. Je n'étais pas retourné dans ce quartier depuis longtemps, mais un voisin ayant bonne mémoire pouvait toujours me reconnaître.

En arrivant, j'ai constaté un premier problème : un immense rottweiler écumant de bave aboyait, sautait en plaquant les pattes contre la grille qui séparait la façade de la partie arrière du pavillon. Cette grille n'était pas là à l'époque. J'ai poursuivi mon chemin et, au coin de la rue, j'ai traversé. Devant mon ancienne maison s'étendait un petit parc où je me suis assis pour attendre. De là, je voyais le chien m'observer fixement. Il avait cessé d'aboyer, mais avait une meilleure vue que la mienne et ne me lâchait pas des yeux, mémorisant chaque partie de mon corps dans son cerveau canin afin de mieux pouvoir planter ses crocs dans ma chair comme dans une balle en tissu.

La cime de l'orme dépassait du toit en bois. Pour la première fois, j'ai regardé la maison : les nouveaux propriétaires avaient remplacé la couleur bleu ciel de la façade pour la repeindre en blanc. Elle avait l'air bien entretenue, les plantes étaient taillées, la pelouse tondue, les encadrements des portes et des fenêtres vernis. Je ne voyais aucune voiture garée dans les parages. Tout le lotissement paraissait désert.

J'ignorais totalement ce que j'allais faire. Au pire, j'aurais entrepris une promenade nostalgique. J'ai inspecté la maison à gauche de mon ancienne demeure, à laquelle je n'avais jusqu'alors pas prêté attention. Elle n'avait presque pas changé au fil des années. C'est là que vivait le vieux Abruzzese, un veuf d'origine italienne qui, dans mon enfance, me racontait des histoires de guerre tout droit sorties d'un film. À l'époque, je m'asseyais avec lui sur le perron et il me parlait de sa voix douce et traînante. Il devait avoir dans les quatre-vingt-dix ans, peut-être plus, de sorte qu'il était probablement mort à présent. Mais sa maison avait gardé tout son charme. Si ma mémoire ne me jouait pas de tours, son fils s'était installé sur la côte ouest, mais il était sans doute revenu habiter dans le coin et avait les goûts éclectiques de son père. Toutes sortes d'objets traînaient devant le pavillon : une tondeuse rouillée, des chaises hors d'usage et des cages vides. La pelouse de cette maison n'avait pas été tondue depuis longtemps. Malgré tout, deux fenêtres étaient ouvertes à l'étage, et j'ai songé que quelqu'un, le fils du vieil homme ou autre, occupait les lieux.

À cet instant, une main s'est posée sur mon épaule. Les aboiements m'avaient empêché d'entendre le vieux Abruzzese, qui me regardait de ses petits yeux pétillants. Son visage était encore plus ridé que dans mon souvenir.

Si un détail caractérise les films d'horreur, ce sont les décharges d'adrénaline. Quoi de mieux pour en provoquer une que l'apparition d'un voisin mort ?

Mais c'était bien le vieil Abruzzese en chair et en os

qui se tenait devant moi. Il avait le même aspect que des décennies en arrière. Il devait avoir plus de cent ans, ou alors je l'avais gravé dans ma mémoire plus âgé qu'il ne l'était en réalité.

— Bonjour.

J'avais certainement les yeux écarquillés car il a souri.

— Monsieur Abruzzese... je... Bonjour !

Le chien n'aboyait plus, visiblement contrarié que nous nous connaissions.

— Alors, on fait un petit tour du quartier ?

Il avait la même voix traînante qu'autrefois.

— Je passais dans le coin. Cela faisait longtemps que je n'étais pas revenu.

— Tu veux voir la maison ?

J'ai eu l'air interdit. Cette proposition me prenait complètement au dépourvu.

— Les Thomson ne reviendront pas avant la semaine prochaine et c'est moi qui m'occupe de Garry.

Il s'est baissé pour prendre une clé dans un pot de fleurs, m'a souri quand il a mis la main dessus et a ouvert la porte latérale. J'ai hésité un instant, effrayé par Garry, mais le chien s'était transformé en un gros toutou qui remuait la queue. Abruzzese l'a caressé en passant, j'ai fait de même tant le cabot semblait inoffensif.

Nous avons parcouru les différentes pièces de la maison en échangeant des anecdotes. Mes souvenirs étaient imprécis et je m'en suis étonné au point de manquer oublier le but de ma visite.

J'ai failli dire au vieil homme que, dans mon enfance,

j'avais enterré un trésor à l'arrière du pavillon, et que notre déménagement hâtif ne m'avait pas laissé le temps de le récupérer, mais, au dernier moment, je me suis ravisé. Si je tombais sur un cadavre, je serais en mauvaise posture.

J'ai pris congé d'Abruzzese, l'ai remercié et lui ai promis de revenir bientôt. J'ai passé la journée dans un centre commercial, vu un film et suis repassé dans le quartier à la nuit tombée. Je n'ai pas pris la pelle, supposant que j'en trouverais une dans l'abri de jardin. J'ai appelé Garry, qui m'a réservé un accueil chaleureux. Je l'ai caressé à travers la grille et suis entré après avoir récupéré la clé cachée dans la jardinière. J'ai contourné la maison, puis me suis dirigé droit vers l'orme. J'ai levé la tête et observé la fenêtre de mon ancienne chambre. J'avais une impression de déjà-vu. Contrairement à la fenêtre du rêve, celle-ci était plongée dans l'obscurité.

J'ai en effet trouvé une pelle dans la cabane et choisi au hasard l'endroit où j'allais creuser. Les racines de l'arbre n'étant pas disposées comme dans le rêve, ce serait un essai sans grandes chances de réussite. Je comptais creuser sur une cinquantaine de centimètres, et, si je ne découvrais rien, je changerais de place. Deux ou trois tentatives suffiraient. Mais je me trompais. En tout, je m'y suis repris à six fois.

J'allais renoncer à cette tâche frustrante quand la pelle a heurté quelque chose de rigide. Ce n'était pas une racine, j'avais assez creusé pour le savoir. J'ai continué en redoublant de précautions et n'ai pas tardé à constater qu'il s'agissait d'un objet métallique, une boîte toute rouillée. Avant de la prendre, j'ai braqué la lampe du portable dessus. Si elle ne se désintégrait pas entre mes mains, ce serait un miracle. Une plaque en métal qui ne tournait plus sur ses gonds faisait office de couvercle. Avec soin, j'en ai soulevé un coin. La boîte contenait tous les bijoux de ma mère.

Je l'ai refermée et suis resté là, assis, très calme, pour faire le point sur cette invraisemblable découverte.

Chapitre 27

Blog de SpeedRacer95
28 janvier

J'avais un souvenir très précis d'un des bijoux en particulier, une chaîne en or avec une turquoise. Ma mère ne les portait pas, elle disait que ce n'était pas son style, mais elle les avait conservés avec beaucoup de tendresse car ils avaient appartenu à sa grand-mère. Je l'avais vue plus d'une fois devant sa coiffeuse, le regard dans le vague, une boucle d'oreille ou une chaîne entre les mains. À l'époque, j'étais loin de me représenter le vide que peut constituer l'absence d'une mère. Je ne m'étais jamais demandé ce qu'étaient devenus les bijoux, si on les avait donnés à une de mes tantes, ou plus probablement si mon père les avait vendus pour solder une dette. Je ne me serais jamais imaginé que ma mère ait pu avoir l'idée de les cacher. Le soir où je les ai trouvés, je les ai emportés.

Voilà pourquoi j'ai tenu à rendre ces textes publics. Mis à part certains noms et détails que j'ai modifiés, tout y est vrai. La fille en robe bleue m'a montré en rêve l'endroit où ma mère avait enterré sa fortune. Sans être sûr de ce que j'avance, je pense qu'elle l'a fait pour éviter que mon père ne mette son trésor au clou.

Je ne cesse pas d'y songer. Selon toute vraisemblance, j'ai dû la voir creuser au pied de l'orme et tout oublier. La fille en robe bleue a désigné la fenêtre de ma chambre. Elle voulait peut-être me faire comprendre que c'est de là que j'ai assisté à cette scène. Cela se tient.

Je veux y croire, mais il y a dans cette histoire un élément incongru : la fille en robe bleue. La question que je me suis posée en rêvant d'elle pour la première fois est toujours d'actualité : j'ai gardé secret un détail la concernant afin que la personne qui me contactera m'en parle.

Chapitre 28

Blog de SpeedRacer95
3 mars

Ils ont été plus de trente à m'écrire et tous m'ont fait perdre mon temps.

Mais il est arrivé quelque chose d'incroyable il y a quelques heures. Un camarade d'université m'a téléphoné pour m'annoncer que lui aussi avait rêvé de la fille en robe bleue. Nous avons bavardé quelques minutes. Je suis sûr qu'il dit la vérité. Ma première intuition était la bonne.

Chapitre 29

Le dernier texte posté sur le blog datait du 3 mars, soit deux mois auparavant. J'ai relu tous les écrits de SpeedRacer95 avant d'appeler Maggie. Vingt minutes plus tard, je me garais devant un Starbucks où elle m'attendait. Elle m'a salué derrière la baie vitrée, assise à une petite table dans un coin de la salle. J'ai commandé un café latte avant de la rejoindre.

— Je suis encore sous le choc, m'a-t-elle annoncé en jouant avec le verre qu'elle tenait dans ses mains.

— Et moi donc !

L'histoire de SpeedRacer95 était incroyable à tous les niveaux. En plus d'avoir rêvé de la fille au collier, d'autres coïncidences subtiles mais inquiétantes nous reliaient, à commencer par la perte de notre mère à un âge encore tendre.

— Avant tout, tu dois me dire comment tu es tombée sur ce blog, Maggs.

Elle a éclaté de rire, pris son portable et l'a allumé pour y chercher ce qu'elle voulait à une vitesse impressionnante.

— J'ai pris une photo de ton dessin du collier,

m'a-t-elle expliqué en me la montrant sur l'écran, puis j'ai fait une simple recherche par image.

Je devais avoir l'air étonné, car elle a poursuivi :

— Comme ça, regarde…

Elle a exécuté une série de tours de magie, faisant apparaître et disparaître des menus déroulants. En moins d'une seconde, une série d'images très semblables à la mienne se sont affichées à l'écran. La première était le collier dessiné par SpeedRacer95 sur son blog.

— C'est un dessin si particulier qu'il n'y avait pas des tonnes de résultats.

— Je ne savais pas qu'on pouvait faire ça.

— Peu de gens le savent et se contentent d'entrer des mots, mais la recherche par image est souvent très productive.

Je ne disais rien.

— À quoi tu penses ? a repris Maggie.

— Si je n'avais pas rêvé de cette fille, je n'aurais pas cru un mot de ce que SpeedRacer95 raconte sur son blog. Je ne suis pas surpris qu'on ne l'ait pas pris au sérieux.

— Oui. On dirait une de ces légendes urbaines dont tout le monde sait qu'elles sont fausses.

— Mais la description de la fille, de sa robe, de son collier… J'ai eu aussitôt l'impression de la connaître. Ça ne peut pas être un hasard.

— Non. Et n'oublions pas que, dans son dernier texte, il dit avoir rencontré quelqu'un d'autre qui a rêvé d'elle. Pourquoi a-t-il arrêté d'écrire ? Il n'a rien posté depuis longtemps.

— C'est vrai.

— J'ai mis une alerte. Dès qu'il y aura du nouveau sur son blog, je serai informée.

J'ai avalé une grande gorgée de café. Les lieux étaient déserts hormis deux ou trois tables occupées, mais personne ne nous écoutait. Des adolescents parlaient fort à la table voisine, et je m'en réjouissais.

— Je trouve vraiment bizarre que SpeedRacer95 ait creusé dans le jardin de son ancienne maison. Je sais qu'à côté de tout le reste c'est un détail sans importance, mais c'est exactement ce que j'ai fait dans la forêt.

Maggie réfléchissait en se mordillant une lèvre. D'un geste qui m'était familier, elle a levé la tête vers le plafond, puis l'a hochée doucement.

— Tu crois que ce garçon a vu sa mère enterrer ses bijoux sous l'orme ?

— Je crois qu'il n'était au courant de rien et que c'est la fille qui le lui a montré. Et toi, qu'est-ce que tu en penses ?

— Qu'il était au courant, d'où l'importance de la fenêtre de sa chambre dans le rêve.

— Moi, je ne sais pas. Quoi qu'il en soit, on est deux et peut-être trois à avoir rêvé de cette fille.

— Tu as raison. Et le modèle s'est répété avec toi puisqu'elle t'a fait une révélation, même si on ignore encore de quoi il s'agit.

Tu as oublié quelque chose.

Je suis resté un moment songeur et en ai profité pour finir mon café.

— Je suis désolé pour tout ça, Maggs.

Elle m'a lancé un regard interrogatif.

— De quoi tu parles ?

— Tu viens juste d'arriver et on n'a pas encore parlé de toi…

— Johnny, j'ai besoin de ça ! s'est-elle exclamée en pointant un doigt sur moi, puis sur elle. Je te raconterai bientôt pourquoi c'est fini entre Andrew et moi, et pourquoi Londres m'était devenu détestable ces derniers temps. Mais pas maintenant. Là, j'ai besoin de toi, de ton amitié et de celle de Ross. Il faut que je retrouve un peu de ce qui existait entre nous autrefois.

Sa voix tremblait, elle avait les larmes aux yeux. J'ai pris ses mains dans les miennes.

— Il n'est pas nécessaire d'en parler tout de suite.

Elle a acquiescé.

— Et si me donner un coup de main dans cette histoire peut te permettre de te détacher de tes problèmes, je trouve ça très bien, c'est un soutien pour moi dans cet imbroglio. Si tu n'étais pas là, j'aurais l'impression de devenir fou.

— Tu sais qui pourrait vraiment nous aider, n'est-ce pas ?

Je le savais en effet.

— Je préférerais laisser Ross en dehors de tout ça. Je me sens déjà assez coupable de t'impliquer là-dedans.

Ross était un grand lecteur de romans à suspense et d'espionnage. Dans notre enfance, il était le moteur de nos aventures. Il aurait très certainement une approche différente de la nôtre.

— Appelle-le, ai-je proposé. Il sera content. On pourrait organiser quelque chose tous les trois un de ces jours.

Le visage de mon amie s'est transformé, on aurait

dit une petite fille à qui on vient d'offrir le plus beau cadeau du monde.

— Je le ferai. On pourrait dîner chez toi, je cuisinerai.

— Ça me semble parfait.

— Tu sais quelle est la suite du programme, non ? m'a-t-elle demandé en continuant de jouer avec son verre.

J'ai ouvert de grands yeux et me suis penché en arrière en souriant.

— Je ne parlais pas de ça, idiot !

— Alors… ?

— Il faut qu'on aille voir SpeedRacer95.

Dans un premier temps, j'ai cru qu'elle plaisantait.

— Mais… Il dit lui-même qu'il a changé les noms.

— Il a laissé quelques pistes… Je les ai étudiées pendant que tu étais avec Jennie.

Elle n'avait pas perdu de temps. Elle était toujours ainsi : énergique, active, et elle suivait ses impulsions.

— Je t'écoute.

— Au début, il dit s'intéresser à la manière de consigner les rêves. On peut donc en déduire qu'il est étudiant en psychologie. Il semble se livrer en permanence à une sorte d'expérience.

— Oui. Ça m'a intrigué moi aussi. Je veux dire… Tu décides de te concentrer sur tes rêves et tu commences à faire des rêves prémonitoires. Je trouve ça louche.

— Tu as raison.

— Qu'est-ce qu'on sait d'autre sur lui en plus du fait qu'il soit probablement étudiant en psychologie et qu'il pratique l'escrime ? Ce n'est pas suffisant.

— Quand il raconte qu'il va revoir la maison de son enfance, a-t-elle enchaîné en souriant, il dit porter une casquette de l'Atlantic Coast Conference. Tu sais combien d'universités participent aux championnats d'escrime de l'ACC ?

J'ai fait non de la tête.

— Cinq seulement : Boston College, Duke, North Carolina, Notre-Dame et Lindon Hill.

En entendant le dernier nom, j'ai haussé les sourcils.

— À mon avis, c'est Lindon Hill : il a eu des problèmes d'argent avec son père accro au jeu, alors c'est forcément cette université-là.

Lindon Hill était de loin la ville la plus austère et aussi la plus proche de tous les campus. Et dire que je m'y étais rendu il y avait à peine deux jours…

Chapitre 30

Conduire près d'une heure pour aller à Lindon Hill et y trouver l'auteur d'un blog qui pouvait être n'importe où dans le monde équivalait peu ou prou à chercher une aiguille dans une botte de foin. Mais Maggie et moi étions sûrs de mettre la main sur SpeedRacer95. Avec du recul, cela se tenait. Les pièces commençaient à s'imbriquer les unes dans les autres, même si nous n'étions pas encore capables de nous en rendre compte clairement.

Je suis passé la prendre à 10 heures. Pendant le trajet, j'ai essayé d'orienter la discussion sur sa séparation, mais elle gardait le silence ou me répondait par monosyllabes. Je ne voulais pas la brusquer. Je me sentais coupable de l'importuner avec mes problèmes et j'avais envie qu'elle m'en dise davantage sur elle. J'ai tâté le terrain en faisant allusion à ce que Ross avait entendu de Mme Lloyd sur sa fausse couche, mais mon amie s'est contentée de me répondre par la négative. J'ai ajouté que je tenais à l'aider, mais que si elle avait besoin de temps, je respecterais sa décision.

Elle s'est animée quand nous avons échafaudé un

plan simple pour découvrir qui était SpeedRacer95 : Maggie se présenterait aux membres du club d'escrime comme une étudiante réalisant un travail sur l'interprétation des rêves et s'intéressant au cas d'un élève dont elle avait lu le blog. Si, comme il l'affirmait dans ses textes, SpeedRacer95 confiait ses rêves à ses camarades, on rencontrerait sûrement quelqu'un qui nous en dirait plus. Nous étions convenus qu'il valait mieux que je ne me montre pas : Maggie serait plus convaincante que moi.

Nous sommes arrivés sur le campus de l'université où j'avais, dans une tentative éphémère, étudié l'histoire de l'art. Les souvenirs nostalgiques de ces quelques mois qui s'étaient soldés par un échec me hantaient. Je regrettais la vie d'étudiant, même si, dans le fond, je n'étais pas passionné et m'étais surtout inscrit à la fac pour imiter mon frère aîné. Plus d'une fois, j'avais pensé repartir de zéro et reprendre les études, car se former de manière autodidacte implique une certaine instabilité, puis Tricia était tombée enceinte et j'y avais renoncé. J'étais le seul responsable de cet état de fait, ma fille n'y était pour rien.

Je ne me rappelais pas avoir vu un gymnase réservé à l'escrime, de sorte que nous nous sommes dirigés vers la seule salle de sport que je connaissais. Nous sommes entrés par une porte située à l'arrière de l'immense bâtiment, qui comprenait un terrain de basket et des gradins pour accueillir des centaines de spectateurs. Un étudiant nous a confirmé que l'équipe d'escrime s'entraînait bien là, mais il ignorait quand. Nous avons traversé le terrain et gagné un grand hall aux murs tapissés de photos et de vitrines contenant des trophées. Un jeune homme a immédiatement attiré notre attention car il avait un masque d'escrime à la main. J'ai pressé le pas en pensant que Maggie allait faire de même, mais il a aussitôt disparu derrière une porte. Quand je me suis retourné, Maggie s'était elle aussi volatilisée.

Je l'ai perdue de vue pendant quelques secondes. Les étudiants semblaient s'être multipliés, des joueurs de basket s'époumonaient, l'un d'eux lançait le ballon et le rattrapait. J'ai enfin aperçu Maggie qui s'éloignait, comme possédée, et me suis empressé de la suivre.

— C'est lui, a-t-elle dit.

Un groupe de filles s'est dispersé et nous avons remarqué un sanctuaire improvisé. Au centre, une photographie et une épitaphe :

Stuart Nance
8 juin 1995
17 avril 2015

Sa mort remontait à vingt et un jours. Un cahier signé par ses amis et d'autres photos avaient été posés devant le portrait du jeune homme. Sur certains clichés, il portait sa tenue d'escrime, sur d'autres il enfourchait une moto. J'ai immédiatement compris pourquoi Maggie en était arrivée à la conclusion que ce garçon était SpeedRacer95 : nous étions sur le bon campus, il était membre du club d'escrime et semblait passionné de moto.

— Vous le connaissiez ? nous a demandé une jeune femme derrière nous.

Je venais de la voir sur les photos, enlacée à Stuart.

— Pas directement, lui a répondu Maggie, bien plus vive que moi dans ses réactions.

La fille a hoché la tête, s'est approchée du cahier et a examiné les signatures.

— Rien de nouveau, a-t-elle lâché d'un ton neutre. Je viens voir tous les jours. Je trouve incroyable que les gens ne trouvent pas les mots pour dire adieu à un camarade, mais c'est comme ça. Il y a des imbéciles partout, même à la fac.

Maggie approuvait ses propos d'un air entendu.

— Vous étiez sa petite amie, n'est-ce pas ?

— Oui.

— Je m'appelle Maggie et je compatis.

Elle lui a tendu la main. La fille acquiesçait machinalement à tout ce qu'elle disait. Elle nous a serré la main.

— Moi, c'est Katie.

— On vient de Boston, je suis en train de faire un travail pour la fac.

Katie a changé d'attitude – elle devait nous prendre pour des journalistes.

— Sur l'interprétation des rêves.

Après cette explication, son visage s'est radouci.

— Ce sujet fascinait Stuart.

Nous nous sommes consultés du regard. Elle venait de nous confirmer que le jeune défunt était bien SpeedRacer95. L'escrime, la moto… et maintenant l'interprétation des rêves. Il y avait trop de coïncidences pour que ce ne soit pas lui.

— J'ai lu certains de ses écrits en ligne, a enchaîné Maggie.

Autour de nous, le vacarme battait son plein et Katie commençait à montrer des signes d'impatience.

— Stuart s'intéressait vraiment aux rêves. Lui et ce garçon, Alex. Il pensait peut-être à ça quand il est tombé de moto…

Sa voix s'est brisée.

— Excusez-nous, nous ne voulions pas vous déranger…

Katie avait les larmes aux yeux et a fait mine de les sécher. Maggie s'apprêtait à lui poser une autre question, mais elle s'est excusée et détournée.

Nous avons observé un moment de silence. La mort de Stuart rendait nos recherches ridicules. Maggie a feuilleté le cahier, lu les commentaires et les signatures.

— Il n'y a qu'un seul Alex, a-t-elle déclaré sans me regarder. Alex Lange.

Elle a pris son portable.

— On a de la chance. Il est étudiant ici.

Chapitre 31

Alex Lange étudiait à la bibliothèque. Maggie s'était débrouillée pour qu'il accepte de la voir en lui livrant le minimum d'informations à propos de ses supposées recherches. Elle s'y était rendue seule ; je l'attendais à la cafétéria devant un café et lisais un journal qui traînait sur la table. J'étais un peu découragé, contrairement à Maggie, qui ne s'était pas départie de son intarissable enthousiasme.

Elle est revenue une heure plus tard.

— Je ne suis pas flic, mais je suis sûre que ce garçon me cache quelque chose, a-t-elle déclaré.

Elle m'a décrit son entretien avec Alex Lange, qui avait eu deux comportements très différents. Au début, alors qu'elle ne lui avait pas encore révélé les véritables raisons de sa visite, il s'était montré loquace, de bonne humeur. Il avait connu Stuart peu de temps avant sa mort, qui avait laissé tout le campus en état de choc. Il trouvait incroyable qu'un conducteur possédant son expérience ait perdu le contrôle de sa moto à un carrefour désert, en roulant à une vitesse aussi réduite. Alex l'avait vu faire de l'escrime sur une poutre de gymnastique ; il avait selon lui un sens de l'équilibre exceptionnel.

Jusque-là, tout s'était bien passé, puis Maggie lui avait demandé si la police avait conclu à un accident. Alex l'ignorait et pensait qu'aucune enquête n'avait été menée. L'étudiant avait réagi de manière étrange, comme s'il s'était rendu compte qu'il en avait trop dit à cette inconnue et que cela risquait de lui nuire. Maggie lui avait expliqué qu'elle avait envoyé un e-mail à Stuart et qu'il lui avait parlé de ses rêves de la fille en robe bleue.

— Il était au courant. Quand je l'ai vu écarquiller les yeux, j'ai décidé de jouer le tout pour le tout et lui ai dit que Stuart m'avait appris qu'il n'était pas le seul à avoir vu cette fille dans son sommeil, que son ami Alex avait fait le même rêve. Si tu avais été là, tu aurais tout de suite remarqué un revirement dans sa conduite.

— C'est bizarre, ai-je dit en plissant le front. Même si ce rêve est plutôt inquiétant, il n'avait aucune raison de se sentir…

— Démasqué ? a complété Maggie d'un ton énigmatique.

— Il t'a dit autre chose ?

— Non. Il a pris ses affaires et s'est dépêché de partir.

J'ai haussé les épaules.

— Bon. Eh bien, je suppose que notre aventure se termine ici.

— Sûrement pas ! Tu me connais et tu devrais savoir que, lorsque j'ai une idée en tête, je ne renonce pas si facilement ! s'est-elle exclamée, déçue de ma réaction.

— Tu n'as pas changé, Maggie Burke !

Chapitre 32

Deux jours plus tard, par un beau dimanche de printemps, j'ai dévalé l'escalier avec un spray anti-moustiques. En bas des marches, j'ai contemplé le salon baigné de soleil matinal. La porte sur la rue était ouverte et la voix de Jennie me parvenait, pareille au gazouillis du plus bel oiseau du monde. Posté derrière une fenêtre, j'ai pris le temps de l'observer. Elle jouait sur la terrasse, assise devant la grande table pour adultes, négligeant la petite en plastique qu'elle était la seule à utiliser. Perchée sur une chaise, elle avait éparpillé sur le plateau un des cadeaux de Morgan, les ustensiles d'une cuisinière miniature rose ornée des visages des princesses de Walt Disney. Une vraie cochonnerie sexiste, mais Jennie l'ignorait et s'amusait follement. Cassie et Mandy attendaient.

— Vous avez déjà tout mangé ? pestait-elle.

Elle a pris la carotte et le fromage qui restaient dans l'assiette et les a disposés dans une poêle avant de tourner les boutons de la gazinière avec mille précautions.

— Comment vous faites pour rester aussi minces ?

Vous savez, je ne peux pas passer mes journées à cuisiner, j'ai d'autres choses à faire !

Les poupées ont dû avoir une repartie assez drôle car Jennie a éclaté de rire. Elle portait son chapeau d'exploratrice.

Comme n'importe quel père, je suppose, j'aimais la regarder jouer. À quel âge cesse-t-on de s'adresser à ses poupées et de les nourrir de carottes en plastique disproportionnées par rapport à leur taille ? Jennie redéfinissait son univers à tout instant. En jouant ou en dessinant, elle donnait l'impression d'occuper un espace différent du nôtre, d'être sur une autre fréquence que les adultes étaient incapables de capter. Picasso a dit que les enfants naissent artistes et que tout le problème consiste à ce qu'ils le restent en grandissant. J'étais on ne peut plus d'accord avec lui. Parfois, j'étudiais les hommes difformes dessinés par Jennie, avec des traits bruts à la place des yeux et de très longs bras, et je les comparais avec mes illustrations. Le contraste était étourdissant. Je suis sorti de ma contemplation pour aller la rejoindre.

— Tu es prête ?

— Ouiiiiiii !

Elle a tendu les bras pour que j'applique le produit.

— Tu es très courageuse, l'ai-je félicitée.

Lorsque je lui avais annoncé que je montais chercher le spray antimoustiques, elle s'était inquiétée. Je lui ai dit que je revenais tout de suite et que je la surveillerais d'en haut. Jennie n'était pas habituée à la forêt, je devais l'y acclimater. Les temps avaient changé, mais les peurs irrationnelles demeuraient.

— Cassie et Mandy restent ici ?

Elle a tourné la tête vers la maison, puis vers les bois. Elle hésitait.

— Oui, a-t-elle enfin murmuré en descendant de la chaise.

Elle était adorable dans sa salopette et coiffée de son chapeau d'exploratrice.

— On va chercher notre matériel et on pourra partir en expédition, lui ai-je annoncé.

— Non ! D'abord, je dois remplir ma gourde.

— Ah oui, c'est vrai.

Elle s'est acquittée de cette tâche au robinet, a rangé la gourde dans son sac à dos et passé toute seule les bras sous les courroies, puis nous nous sommes dirigés vers l'abri de jardin où j'ai pris un burin et un petit marteau.

— Ça y est. On y va.

Jennie a réfléchi un moment et s'est précipitée vers la terrasse pour y chercher ses poupées.

— Il faut qu'elles voient les papillons !

Même si le marais aux papillons avait été asséché des années auparavant, elle était persuadée que nous allions en voir des centaines et je ne voulais pas lui ôter ses illusions.

Nous nous sommes éloignés par un sentier différent de celui que nous avions l'habitude d'emprunter. Il était plus étroit, moins dégagé, ce qui ne lui a pas échappé. Je n'avais pas envie d'expliquer à cette enfant de quatre ans que j'avais choisi un autre chemin pour éviter la clairière aux peupliers. Elle marchait prudemment devant moi, méfiante.

Très vite, nous avons accédé à un sentier plus large et elle s'est détendue. D'après les questions qu'elle me posait, je savais qu'elle était plus à l'aise. À mi-chemin, nous avons entendu des bruits dans le feuillage. Je connaissais la démarche de tous les animaux et savais que nous avions affaire à un humain, à en juger par la manière dont il s'était immobilisé afin de ne pas trahir sa présence.

J'ai rassuré Jennie, qui s'était rapprochée de moi et regardait dans la direction des bruissements. Une femme a surgi devant nous. Jennie ne la quittait pas des yeux, comme si elle venait de croiser une extraterrestre. Nous nous sommes salués, puis la femme a continué à marcher vers la ville.

— C'était qui, papa ?

— Une écrivaine, ai-je improvisé. Elle vivait ici quand elle était petite et, chaque année, elle revient voir le marais aux papillons.

Ma fille ne semblait pas convaincue par cette histoire. Nous étions partis depuis un quart d'heure à peine, mais, prétextant qu'elle avait soif, elle a sorti sa gourde de son sac pour me la tendre après en avoir à peine bu.

Une demi-heure plus tard, nous sommes arrivés à destination. L'immense marécage couvert de fougères et de papillons multicolores était devenu un terrain avec une végétation plus clairsemée que le reste. Seuls les rochers demeuraient, témoins inaltérables d'une beauté passée.

— Il n'y a pas de papillons, a constaté Jennie en serrant les courroies de son sac.

— Il n'y en a plus beaucoup par ici.

— Viens, on va écrire mon nom !

Elle a couru vers une roche où les enfants de Carnival

Falls avaient l'habitude de graver leurs prénoms, une tradition qui remontait à mon enfance. En général, on se servait de pierres aiguisées et cela suffisait pour que les inscriptions durent des mois, voire des années. Dans certains cas, le travail était réalisé de manière plus élaborée.

— Tu te rappelles où mes amis et moi avons écrit nos initiales ?

— Ici ! s'est exclamée ma fille, qui savait reconnaître les lettres et était déjà en mesure d'écrire quelques prénoms.

Les initiales étaient parfaitement gravées. MJR. C'était Ross qui nous avait immortalisés ainsi.

— Bientôt, je te présenterai mon amie Maggie. Elle a vécu dans un autre pays, mais elle est revenue ici.

— Au Canada ?

— Non, en Angleterre.

Jennie m'a lancé un regard méfiant. Elle s'est baissée sans rien dire, les mains sur les genoux, et a examiné le rocher quelques minutes.

— Ici ?

Elle m'a montré un espace presque au ras du sol, mais je lui ai dit de choisir un endroit plus en hauteur et, avec son accord, j'ai creusé dans la roche avec le burin et le marteau. Elle s'est assise à côté de moi, a pris sa gourde et bu un peu avant d'installer ses poupées près d'elle et de leur demander d'attendre l'arrivée des papillons. J'ai gravé son prénom moins joliment que ne l'avait fait Ross avec nos initiales, mais le résultat me satisfaisait. Jennie ne tenait plus de joie. Elle m'a dit qu'on reviendrait plus tard et, bien entendu, je lui ai répondu par l'affirmative.

Je me suis assis par terre, adossé au rocher. Jennie patientait sans s'énerver dans l'espoir de voir des papillons. Les genoux serrés, les mains posées dessus, elle levait la tête en scrutant le feuillage des arbres.

Chapitre 33

J'ai demandé à Maggie de m'accompagner à l'anniversaire de Mark, mais l'idée ne la réjouissait guère. Elle ne se sentait pas prête à affronter tout le monde en même temps, à sentir les regards posés sur elle, à répondre aux questions qu'on lui poserait. Je pensais au contraire que c'était l'occasion idéale pour se montrer, car elle ne serait pas au centre de toutes les attentions.

Elle a fini par accepter. Nous sommes arrivés vers 19 heures, les invités étaient presque tous là. Un petit garçon et une fillette nous ont dépassés à vive allure, me faisant songer à Jennie, dont je regrettais l'absence.

Darla nous a accueillis dans une magnifique robe noire, parfaitement maquillée et coiffée.

— Johnny chéri ! Comme je suis contente de te voir ! s'est-elle exclamée en me serrant dans ses bras. Ah, tu dois être Maggie Burke, a-t-elle ajouté. Mais oui, c'est ça ! Tu as les yeux de ton père ! Tu es splendide ! Faites comme chez vous, vous êtes les bienvenus.

Elle nous a escortés au salon, profitant d'un instant où Maggie ne la regardait pas pour me faire un clin d'œil et me demander si j'allais bien. Je me suis contenté de hocher la tête. Elle m'a donné quelques petites tapes sur le bras en souriant.

J'ai salué des dizaines de personnes, des amis de Mark qui étaient parfois aussi les miens, et d'autres gens que je ne voyais qu'une fois par an. Trois femmes étant venues avec leur bébé, j'ai songé qu'il y avait probablement plus d'enfants que d'adultes. Les serveurs s'empressaient de nous présenter des plateaux chargés de canapés et de boissons. L'un d'eux s'est approché avec des coupes de champagne, mais je lui ai dit de s'éloigner. Il a compris les raisons de mon attitude et est allé prévenir ses collègues. Mais j'ai invité Maggie à se servir.

— Va savoir pourquoi, je suis incapable de boire en public, lui ai-je expliqué.

Maggie a pris une coupe et, sans rien dire, nous nous sommes dirigés vers le jardin, en quête d'un endroit en retrait. Malheureusement, nous avons été interceptés par Lenna, qui m'a salué un peu trop chaleureusement et a fait de même avec Maggie. Elle nous a soûlés de mots en nous racontant les vacances extraordinaires qu'elle venait de passer à New York avec Darla, sans nous laisser l'occasion de nous exprimer. Nous étions sortis ensemble des années plus tôt, une relation vouée à l'échec dès le début. Maggie me lançait des regards désespérés.

— Tu sais où est Mark ? lui ai-je demandé en l'interrompant.

Lenna a réfléchi, à croire que je lui soumettais un problème mathématique complexe, puis elle a regardé de tous les côtés.

— Ça fait un moment que je ne l'ai pas vu.

— Il est sûrement dehors.

Sans lui laisser le temps de répondre, j'ai pris Maggie par la taille et l'ai guidée vers le jardin. Sa robe laissait les trois quarts de son dos découverts et, involontairement, j'ai posé la main sur sa peau, un contact électrisant que j'aurais voulu faire durer. Un serveur est venu me sauver et j'ai retiré ma main pour m'emparer d'un sandwich au thon.

Dans l'immense jardin, nous n'avons pas trouvé trace de Mark. Plusieurs invités occupaient des tables, chacune décorée avec soin et couverte de somptueux sets et de bougies. Il faisait encore jour, mais j'imaginais déjà la scène à la nuit tombée.

Près de la piscine, un DJ installait son matériel, et, à deux pas de nous, une fille avec une tablette et un talkie-walkie se chargeait de l'organisation de la soirée. Darla s'est approchée d'elle et lui a murmuré quelque chose à l'oreille.

Harrison et Lauren s'étaient installés à une table. En nous voyant, l'ancien commissaire et sa femme se sont levés et nous ont salués avec effusion, accordant à Maggie une attention toute particulière.

— On a insisté pour que tes parents viennent avec nous, a dit Lauren, mais tu connais ton père, impossible de le sortir de sa tanière !

Harrison et elle n'étaient pas non plus des inconditionnels des soirées, ce qui m'a incité à penser qu'ils étaient surtout là pour voir Maggie.

— Asseyez-vous avec nous, a proposé Lauren sans nous laisser le temps de réagir.

Le serveur à qui j'avais parlé m'a tendu un plateau avec du Coca-Cola, de l'eau et du jus d'orange. J'ai porté mon choix sur ce dernier. Je l'ai remercié intérieurement de ne pas m'avoir mis mal à l'aise.

— Alors, comment ça se passe de ce côté-là ? m'a demandé Lauren.

Elle m'aimait comme un fils et ne tournait pas autour du pot quand elle avait quelque chose à me dire.

— Plutôt bien malgré une petite rechute récemment.

— Tu as aimé mes cookies ?

— Les meilleurs du monde, Lauren, et tu le sais.

— Je meurs d'envie d'en manger ! s'est exclamée Maggie.

— Quand tu viendras nous voir…, a soufflé Lauren en lui souriant avec espièglerie.

— Très vite alors, je te le promets. On a beaucoup de choses à se raconter.

— Ça, je n'en doute pas !

J'étais assis dos au jardin et me suis retourné à deux reprises pour voir si mon frère était dans les parages. Ce n'était pas le cas. J'ai aperçu Ian Martins qui marchait, persuadé d'être le célibataire le plus convoité du monde, et c'était vrai. Beau, doué en affaires et millionnaire, il n'avait rien à envier à qui que ce soit. Lenna le suivait comme un gros bourdon.

— On ne va pas s'attarder, a déclaré Lauren. Harrison a passé la journée avec un journaliste et n'a pas fait sa sieste.

— Un journaliste ?

— Du *New York Times*, s'il te plaît, a-t-elle annoncé fièrement. Venu spécialement pour discuter avec lui.

Maggie et moi avons échangé un regard interrogateur.

— Dawson est mort il y a quelques jours, a expliqué Harrison. Ça a fait resurgir des histoires délicates.

Nous savions tous qui était Dawson, un assassin qui avait perturbé la tranquillité de Carnival Falls des années auparavant et que Harrison avait fini par capturer, mais pas dans les meilleures circonstances. Malheureusement, il avait été interné dans un hôpital psychiatrique de haute sécurité au lieu d'aller en prison. Il venait de mourir paisiblement. Je connaissais l'affaire, mais Maggie ignorait de qui nous parlions.

— Il est mort tranquillement, a conclu Harrison en soupirant. Endormi à l'ombre d'un arbre.

Quelques mois plus tôt, Dawson avait fait les gorges chaudes quand la psychothérapeute qui le suivait avait écrit un livre sur un autre meurtrier désaxé.

— J'ai lu l'ouvrage du docteur Hill. Un cas effrayant, a dit Maggie.

Je me suis désintéressé de la conversation.

— Moi aussi, est intervenue Lauren. Et quand je vois un raton laveur sur la terrasse, je pense à l'opossum de cette histoire. L'avocat qui a déclaré à la télévision qu'il était bien réel m'a donné des frissons. Tu l'as vu ?

— Oui, sur YouTube.

— Quel avocat ? ai-je demandé.

— Quelqu'un qui affirme avoir vu l'opossum, m'a expliqué Maggie. Il dit que s'il l'a vu, c'est qu'il existe vraiment. D'après lui, ces animaux séjournent dans une sorte de frontière entre l'imagination et la réalité, et peuvent traverser cette limite. Depuis ce jour, il lui arrive de voir l'opossum. Bon, en fait, cette affaire m'obsède depuis longtemps[1].

Lauren a acquiescé. Je n'avais rien compris et me concentrais sur Darla, qui avançait vers nous d'un air soucieux.

— C'est au sujet de Mark. J'ai besoin que tu viennes m'aider, m'a-t-elle murmuré à l'oreille.

1. Voir *L'Opossum rose*, Calmann-Lévy, 2016.

Chapitre 34

J'ai rejoint Mark deux étages plus haut, sur la terrasse. Mon frère me tournait le dos, appuyé contre le garde-fou. Il a pivoté en entendant mes pas, s'empressant de poser sur le sol la bouteille de whisky vide qu'il tenait. Nous ne nous étions pas vus depuis notre dispute.

— Salut Johnny.

— Joyeux anniversaire.

La terrasse était vaste, occupée par une grande table autour de laquelle on avait disposé des chaises en métal. J'en ai tiré une pour m'asseoir devant Mark, à califourchon, les mains sur le dossier.

— Darla m'a demandé de venir te chercher. Il y a pas mal de monde en bas qui aimerait te voir.

Je ne reconnaissais pas mon frère, solide en toutes circonstances. Il n'était pas du genre à faire défaut à ses invités le jour de son anniversaire. La vente de Meditek et ses problèmes de couple ne justifiaient pas un tel comportement.

— Tout va mal, a-t-il lâché brusquement.

— De quoi tu parles ?

Il avait les yeux rivés au sol. J'ai hésité un instant,

puis je me suis levé pour le rejoindre et ai posé mes mains sur ses épaules.

— Tu as amené Maggie ! m'a-t-il lancé d'un ton empreint d'optimisme.

— Oui. Elle est là depuis quelques jours. C'est bon de la revoir.

Il semblait réfléchir. J'ai gardé le silence en attendant qu'il prenne la parole, mais il n'en a rien fait.

— Mark, ce n'est pas la vente du laboratoire qui te met dans cet état. Ça ne va pas fort avec Darla. Je comprends que ça t'affecte. Je te dirais même que ça me rassure.

Il m'a regardé, abasourdi.

— Tu prends toujours tout sur tes épaules, Mark, ce n'est pas normal. Il fallait bien que tu craques un jour ou l'autre.

— Je veux bien faire… et tout déraille.

— Darla est partie à New York, les choses ne se sont pas arrangées entre vous depuis qu'elle est rentrée ?

Il a eu un signe de dénégation. J'espérais le faire parler, le laisser un peu prendre l'air avant qu'on descende.

— Darla et moi n'avons aucun avenir.

Ces paroles m'ont tétanisé.

— Tu as vu tous les enfants qu'il y a en bas ?

J'ai acquiescé.

— En avoir n'a jamais fait partie de nos projets. En tout cas pas en ce qui me concerne.

— Mais peut-être que plus tard…

— Non, Johnny. Au début, je trouvais merveilleux que Darla et moi soyons d'accord là-dessus. J'aurais dû faire le point avant de connaître ses raisons… enfin…

Notre conversation suivait un cours insolite. Je n'avais pas la moindre idée de ce qui avait déclenché leur brouille, n'étais pas habitué à jouer le rôle de conseiller auprès de mon frère et ne voulais pas l'obliger à descendre s'il ne le sentait pas. Je me suis demandé ce qu'il aurait fait à ma place : accordant une place majeure aux intuitions, il m'aurait sans doute conseillé d'écouter ma voix intérieure – c'était à son sens la seule manière de ne pas se tromper.

— Si tu veux, je leur dis que tu ne te sens pas bien, que tu as une indigestion, par exemple. Ils comprendront, tu sais.

Il me regardait fixement. Plus les années passaient et plus il ressemblait à notre père. J'ai même eu l'impression que c'était lui qui me regardait à travers les yeux de Mark, dans une attitude pleine de fierté qui m'apaisait.

— Non, je vais y aller, Johnny. Merci de ton soutien.

— Je suis monté trop tard, ai-je ajouté en montrant la bouteille. Tu l'as bue entièrement ?

— Elle était déjà presque vide, m'a-t-il répondu en esquissant un sourire.

— Bon. Tu es sûr que tu viens ?

— Dis à Darla que j'arrive. Elle s'est échinée pour que tout soit parfait… Johnny, a-t-il ajouté alors que j'allais partir, je sais que ce n'est pas le moment, mais il faut que je te parle plus longuement. La dernière fois, je me suis mal comporté à ton égard. Je suis désolé.

Je n'en croyais pas mes oreilles.

— Oui, Mark, quand tu voudras.

J'ai dévalé les marches jusqu'au premier étage, où se trouvaient les chambres, et j'ai marché le long du couloir plongé dans la pénombre. La musique me parvenait, étouffée. En arrivant au bout du corridor, prêt à descendre au rez-de-chaussée, j'ai entendu quelqu'un parler tout bas dans la chambre d'amis. C'était la voix de Ian.

— Un accident de moto…, disait-il au téléphone. Oui, c'est ça.

Immobile près de la porte entrebâillée, j'ai bien entendu songé aussitôt à l'accident de Stuart Nance. La voix de Ian s'est amplifiée, il se dirigeait vers la porte.

— Je crois qu'on va bientôt pouvoir agir… D'accord…

Je n'en ai pas entendu davantage. En deux foulées, j'étais en haut des marches que j'ai descendues en tâchant de ne pas faire de bruit. J'étais mal à l'aise. Au rez-de-chaussée, Darla m'a intercepté.

— Alors, comment il va ?

— Il arrive.

Elle m'a embrassé sur la joue.

— Merci, Johnny, tu es un ange.

Chapitre 35

Harrison et Lauren sont partis juste après avoir salué Mark – une demi-heure après notre conversation, il semblait requinqué.

J'ai passé le reste de la soirée en pilotage automatique. Maggie et moi avions décidé d'aller de-ci de-là, peu désireux de discuter longuement avec qui que ce soit. Nous déplacer nous permettait de sélectionner nos interlocuteurs. J'ai failli lui révéler les propos de Ian au téléphone, mais je n'étais pas sûr d'être en mesure de les analyser correctement. Les faits étaient là sans qu'il me soit possible de les relier.

Ian Martins, qui avait lui aussi décidé d'adopter un comportement nomade dans le jardin, m'a salué d'un signe de la main. Deux minutes plus tard, alors que j'étais plongé dans mes pensées, il s'est matérialisé devant moi et m'a serré dans ses bras.

— Johnny !

Je m'étais toujours bien entendu avec Ian. Sans être son ami, je l'appréciais tout naturellement. Quand je lui ai demandé comment se présentait la vente de Meditek, il a posé un doigt sur sa bouche.

— Ne dis rien, tu vas gâcher l'effet de surprise, a-t-il murmuré en me faisant un clin d'œil.

J'allais poursuivre, risquant de commettre une bévue parce que je n'étais pas dans mon assiette, quand nous avons entendu une cuiller tinter contre un verre.

La personne chargée du discours étant Chris Murphy, le meilleur ami de mon frère, j'ai été surpris de voir Darla au micro.

— Merci à vous tous d'être venus, a-t-elle commencé avant de marquer une pause pour regarder certains invités droit dans les yeux. Vous êtes nombreux à connaître mon histoire, mais ce soir, j'aimerais vous la raconter plus en détail. Il y a quatre ans, je me suis retrouvée par hasard à Lindon Hill. Je venais de Boston, n'avais pas encore trente ans et rêvais de monter une agence immobilière. Fille unique et orpheline, j'étais seule au monde. Une amie de la fac m'avait dit que des connaissances de son père cherchaient à investir dans un immeuble de trois étages et possédaient un quart de la somme nécessaire à cet achat. Ils comptaient emprunter le reste. Je leur ai téléphoné en proposant de les aider, nous sommes convenus de nous rencontrer et d'aller à la banque ensemble. Si l'opération se faisait, je devais toucher une commission. Évidemment, j'ignorais complètement la complexité de la démarche. Je me disais que j'allais y arriver, j'avais plusieurs jours devant moi pour étudier la situation.

Les invités écoutaient Darla avec attention, y compris moi, car je ne connaissais pas cette partie de l'histoire.

— J'ai loué une voiture à l'aéroport et suis allée

voir ces gens. Je n'avais jamais été aussi nerveuse de ma vie. J'avais étudié la théorie, révisé les textes de loi, mais là, j'allais devoir tout mettre en pratique. Mes clients potentiels, les investisseurs et les banquiers se rendraient forcément compte que j'improvisais. J'ai failli renoncer, trouver un prétexte pour ne pas me présenter. Je songeais à cela quand, à deux cents mètres de l'aéroport, une Mercedes déboulant devant moi, j'ai heurté son pare-chocs arrière. J'étais entièrement responsable, a-t-elle ajouté d'un ton complice.

Certains convives ont ri, Darla ne quittait pas Mark du regard en évoquant l'accident au cours duquel ils s'étaient rencontrés. Mon frère avait l'air triste et bouleversé.

— J'étais pétrifiée derrière le volant, en état de choc. Le conducteur de la Mercedes est descendu sans se donner la peine d'examiner les dégâts. Il s'est approché de moi et, très calme, il m'a demandé comment je me sentais. J'ai fondu en larmes. Il s'est garé sur le bas-côté et m'a conseillé de faire de même. Après avoir repris mes esprits, je lui ai dit que j'avais un rendez-vous urgent. J'ai expliqué ma situation à cet inconnu, c'était plus fort que moi : il fallait que j'avoue à quelqu'un que je m'apprêtais à réaliser une opération que j'étais incapable de mener à bien, et ça se voyait comme le nez au milieu de la figure.

Darla regardait toujours Mark, à croire qu'en prononçant ce discours, elle cherchait à effacer leur passé récent et à retrouver en lui l'homme qu'elle avait rencontré ce jour-là.

— Dieu m'avait envoyé un ange salvateur, a-t-elle

repris, très sérieuse. Il m'a dit qu'il pouvait m'aider, qu'il s'y connaissait un peu.

Elle a souri.

— *Un peu*… Tu étais si élégant dans ton costume bleu que cette image restera gravée en moi, a-t-elle enchaîné en s'adressant directement à mon frère. Tu m'as rassurée en me disant de ne pas m'inquiéter, que tout se passerait bien. Tu avais mis ce parfum Hugo Boss qui, depuis ce jour, me rappelle toujours cet accident de voiture.

Mark a hoché la tête avec un demi-sourire. Était-il lui aussi projeté dans le passé ?

— Tu m'as amenée sur le lieu de mon rendez-vous et tu m'as révélé ton nom une minute seulement avant qu'on entre. Tout le monde était impressionné par la prestance de mon nouvel associé. Moi, j'étais toute retournée. Je n'ai presque pas ouvert la bouche pendant la réunion. Nous avons rassemblé les documents et sommes allés à la banque, où tu t'es occupé de la transaction. Un mois plus tard, la vente se faisait. C'était la première fois qu'on m'aidait de manière désintéressée.

— Ce n'était pas vraiment désintéressé, a fait remarquer mon frère.

Des rires se sont élevés.

Darla et Mark se regardaient comme si un fil invisible les reliait. Allaient-ils retrouver l'étincelle du début de leur amour ?

— Tu as vraiment été bon avec moi ce jour-là, un vrai gentleman protecteur et attentionné. J'ai eu le coup de foudre.

Elle a marqué une pause, comme si elle venait de

lancer un ballon qui continuait de s'élever sans être attiré par la gravité. Il pouvait encore prendre de l'altitude ou rester en suspens avant de redescendre. Elle semblait hésiter. Allait-elle lui dire qu'elle l'aimait comme au premier jour ? Le ballon attendait en parfait équilibre… puis il est tombé bruyamment dans une pluie d'applaudissements.

— Joyeux anniversaire, Mark ! a lancé Darla avant de tendre le micro à Chris Murphy. Et maintenant, le discours que vous attendez tous !

Chris a fait un geste signifiant qu'elle exagérait. Tous les regards s'étaient portés sur lui.

— Merci. C'est la troisième fois que Darla me charge de m'adresser à vous pour l'anniversaire de Mark. La première, j'étais très enthousiaste et j'ai passé une soirée vraiment spéciale à me rappeler les centaines d'aventures que nous avions vécues.

Il observait mon frère, qui a levé son verre.

— L'année suivante, j'étais tout aussi heureux… Mais choisir une anecdote n'a pas été simple. Vous vous en souvenez, pas vrai ? Rien de très impressionnant. Et il y a quelques jours, quand Darla m'a appelé, j'ai pensé : « Non ! Pas une troisième fois ! » Finalement, on a toujours quelques histoires plus ou moins grandioses à raconter, mais pas davantage, comme quand on s'est fait passer pour les petits-fils de M. Meyer…

L'assistance a éclaté de rire. L'intéressé était un vieil homme adorable atteint de la maladie d'Alzheimer que tout le monde connaissait à Carnival Falls.

— Donc, quand Darla m'a appelé, j'ai sondé notre passé sans trouver la moindre anecdote. La source est tarie, désolé, Mark, tu as eu une vie assommante entre les éprouvettes et les microscopes que tu manipules dans ton laboratoire.

Il a observé un court silence pour marcher lentement en décrivant un cercle. C'était un merveilleux orateur. Il travaillait pour une organisation humanitaire et savait parler et captiver son auditoire.

— Mark et moi, on se connaît depuis l'école primaire, depuis l'âge de raison. Dans mon enfance, je passais presque plus de temps chez lui qu'à la maison. Quand notre chère Silvia est tombée malade, je l'ai vu moins souvent.

Il avait adopté un ton grave. Le DJ l'a remarqué et a baissé la musique.

— J'ai espacé mes visites, a avoué Chris d'une voix triste. Je n'étais pas habitué à lutter contre l'adversité, pas prêt à voir la maladie troubler l'harmonie de ce foyer… Silvia n'était pas ma mère, mais je la considérais comme telle. Les Brenner faisaient partie de ma famille. Et pourtant j'ai commencé à chercher des prétextes pour ne plus aller chez eux.

En quelques secondes, l'ambiance avait totalement changé. Le simple fait de mentionner ma mère avait suscité une profonde tristesse chez certains, peut-être aussi de l'inquiétude chez ceux qui connaissaient moins Chris. Pour ma part, je savais qu'il ne dirait rien de déplacé et ne tomberait pas dans la sensiblerie. Je ne voyais pas Mark, mais j'étais sûr qu'il pensait comme moi.

— Un des désavantages, quand on a Mark pour ami, c'est qu'on ne peut rien lui cacher. Bien entendu, il se rendait compte de ce qui m'arrivait. Plein de délicatesse, il ne m'en a pas touché mot sur le moment, mais, un jour, il m'a téléphoné et m'a demandé de venir. À l'époque, l'état de Silvia avait empiré et elle gardait le lit. J'y suis allé un soir, Mark m'attendait devant la porte, je m'en souviens bien. C'était un soir semblable à celui-ci.

Les invités étaient tout ouïe, et moi aussi, car j'ignorais comment il allait poursuivre. Je ne connaissais pas cet épisode et j'étais bouleversé, transporté dans le passé… À un moment donné, j'ai même eu l'impression d'être aux côtés de ma mère.

— Mark m'a parlé sans détour : il voulait que je voie Silvia. Les autres membres de la famille n'étaient pas là ou déjà couchés. Il a gardé le silence jusqu'à ce que nous pénétrions dans la chambre où sa mère était étendue. Elle communiquait avec les yeux. Mark lui posait des questions et elle clignait des paupières. Ils avaient élaboré un système ingénieux qui leur permettait d'échanger des phrases et des mots : Silvia clignait des yeux et Mark signalait les lettres écrites sur un panneau. Il a pointé un doigt sur le « s », puis le « e », le « r »… « Serre-moi », a dit Mark. Silvia lui a signifié que c'était bien ça. J'ai étreint son corps fragile, incapable de me détacher d'elle, et j'ai fondu en larmes. Elle aussi s'est mise à pleurer. Cet instant nous appartenait, j'étais sûr qu'elle me comprenait. Je n'ai pas pipé mot de la soirée. Nous nous sommes assis sur le lit et Mark a prononcé une phrase que je n'oublierai jamais : « Tout ce qui sent mauvais n'est pas forcément de la merde. »

Mark acquiesçait, sur le point de s'effondrer.

— C'est devenu notre devise, on la répétait à tout

bout de champ. Tu t'en souviens, n'est-ce pas ? Je suis sûr que oui… avec ta mémoire d'éléphant… Je ne te l'ai jamais dit, mais ce moment que j'ai vécu grâce à toi m'accompagne depuis des années. C'était très important pour moi de pouvoir dire adieu à Silvia.

Il s'est tu, ému, a cherché sa femme des yeux. Elle était là, parmi les convives, tenant leur petite fille dans ses bras. Tous les gens qui le connaissaient ont alors compris beaucoup de choses le concernant.

— Tout ce qui sent mauvais n'est pas forcément de la merde, a-t-il répété. Merci, mon ami, pour tout ce que tu m'as fait partager, pour ta sagesse, toi qui as toujours un train d'avance et qui es si attentif aux autres, toi qui rends parfait ce qui ne l'est pas… Merci enfin d'être le meilleur ami du monde.

Les invités ont applaudi à tout rompre. Chris et Mark se sont embrassés, puis, comme chaque année, mon frère a adressé quelques mots de remerciement à l'auditoire. Discours bref mais poignant. Il avait le chic pour trouver les mots justes. Pourtant, il m'a semblé mal à l'aise et j'ai remarqué un fait étrange : il ne m'a pas une seule fois regardé dans les yeux.

Chapitre 36

Ross vivait dans un modeste appartement de Madison Street. Je suis monté au premier étage et j'ai frappé. Maggie est venue m'accueillir.

— Ce n'est pas trop tôt ! s'est-elle exclamée.

— J'ai passé une sale nuit.

Ross n'était pas dans la pièce.

— Tu as encore rêvé ? Tu sais, j'ai tout raconté à Ross, a-t-elle murmuré après un court silence.

Je lui en savais gré. Depuis que j'avais entendu Ian Martins parler de l'accident de moto de Stuart Nance, je savais que nous devions faire appel à Ross pour élucider cette affaire. Je l'avais dit à Maggie.

— Non, je n'ai pas rêvé.

Ross est sorti de la cuisine.

— Alors, c'était bien sans moi, l'anniversaire de Mark ?

J'ai levé les yeux au plafond en hochant la tête.

— Tu sais que c'est Darla qui s'occupe des invitations. Quand elle m'a appelé, elle m'a forcé à venir avec Maggie.

— Oh ! s'est écriée l'intéressée. Je n'ai rien à voir dans

tout ça ! Si tu n'es pas capable de convaincre ta belle-sœur d'inviter ton meilleur ami, ce n'est pas ma faute !

— C'est vrai, ça !

— Bon, je ne vais pas discuter avec vous, ai-je lâché en me laissant tomber sur le canapé.

Le salon de Ross était presque aussi grand que le mien, mais tous les murs étaient encombrés de meubles ou d'étagères. Il possédait une immense bibliothèque et avait l'obsession de l'ordre, si bien que l'ensemble était accueillant. Il avait songé plus d'une fois à déménager, mais y renonçait toujours au dernier moment, comme à la plupart de ses résolutions.

Sur la table attendait un plateau avec des muffins, je me suis servi.

— Merci Maggie, ça fait cinq ans que je ne mange rien quand je viens ici.

Elle et Ross ont pris place dans les fauteuils. Nous étions enfin réunis. Nous avons échangé des banalités avant de parler de la soirée chez Mark et du discours de Chris Murphy, puis nous avons évoqué le bon vieux temps en nous promettant d'aller faire une balade en forêt, du côté de l'ancien marais aux papillons et de l'endroit où nous avions gravé nos initiales.

— Alors, Ross, que penses-tu de cette histoire ? lui ai-je lancé tout à trac. Ça va finir par me rendre fou.

Il m'a arrêté d'un geste.

— Tes rêves de cette fille sont très bizarres, je l'avoue.

— Et pas le reste ? Tu lui as parlé de la fourgonnette et de mon altercation avec ce type, à Lindon Hill ? ai-je demandé à Maggie. Moi, je suis vraiment inquiet.

Ross s'est éclairci la gorge.

— Tu es manifestement perturbé par quelque chose en rapport avec cette fille. Tu te l'es représentée mentalement ?

— Non.

— Ce n'est peut-être qu'un rêve.

— Oui, mais il y a aussi la manière dont elle pénètre dans ta vie…, a dit Maggie.

Je les ai regardés tour à tour. D'abord Ross, puis elle…

— Vous croyez tous les deux que je suis timbré, c'est ça ?

Ils ont éclaté de rire. Moi aussi.

— Essayons de mettre tout ça au clair, a repris Ross. J'ai lu le blog de Stuart Nance avant que tu arrives, et Maggie m'a raconté ce qu'a dit Ian Martins quand tu étais dans le couloir. Primo, je n'aime pas du tout ce mec. Secundo… Ça tombait à pic qu'il parle de cet accident de moto au moment où tu passais par là, non ? Tu ne penses pas qu'il l'a fait exprès ?

Cette idée ne nous était pas venue à l'esprit.

— Tu lis trop de romans policiers, a estimé Maggie.

— Pourquoi il aurait fait ça ?

Ross a haussé les épaules.

— Peut-être pour nous mettre sur une fausse piste, je ne sais pas. Mais arrêtons de nous prendre le chou avec ça pour le moment. Maggie et moi, on a dressé une liste des faits.

Il est allé chercher un carnet à spirales sur la grande table.

— Cette bibliothèque contient toutes les aventures de

Harry Bosch, un policier au flair infaillible qui affirme que la résolution d'une enquête figure toujours dans le dossier. Il faut juste être capable d'analyser les détails. Et donc, notre dossier, le voici, a-t-il conclu en désignant le carnet.

Nous nous sommes ensuite remémoré tous les éléments dont nous disposions par ordre chronologique. C'est Maggie qui a commencé.

— Stuart a été le premier à rêver de cette fille. Il consignait ses rêves dans le cadre d'un travail pour l'université. C'est là qu'il a eu une révélation au sujet de sa mère. Il écrit tout dans son blog, ce qui l'amène à faire la connaissance d'Alex, qui a lui aussi rêvé de la fille en robe bleue.

— Stuart a un accident de moto, a poursuivi Ross. Alex est devenu parano quand vous avez voulu lui en parler. Notre ami Johnny, ici présent, rêve lui aussi de cette fille à plus de cinquante kilomètres de Lindon Hill, et il a une série d'hallucinations. Puis Mark t'apprend qu'il a vérifié quelque chose qu'il ne peut pas te révéler tout de suite. Quel est le dénominateur commun ?

Ross et Maggie me regardaient dans l'attente d'une réponse ou d'une réaction de ma part. J'ai haussé les épaules.

— Meditek ! s'est exclamée Maggie. C'est clair ! Stuart et Alex vivaient à Lindon Hill, près du siège du laboratoire. Il se peut que ce soit une simple coïncidence, mais si on t'ajoute à l'équation, on obtient un cercle parfait ! C'est la seule manière de relier vos trois noms.

— Exact. Et nous n'avons pas encore parlé de la

vente prochaine de Meditek, a fait observer Ross avec véhémence. Tu ne trouves pas étrange que ton frère se débarrasse du labo auquel il a consacré sa vie entière ? Pourquoi maintenant, comme par hasard ? Et qu'a-t-il à te dire ?

Je n'avais pas la réponse à cette question.

— Je ne sais pas, je peux lui parler, il a peut-être…

Je me suis interrompu en voyant l'expression de mes amis.

— Non, ne lui parle pas, Johnny, a dit Maggie. On sait que tu l'aimes et que tu le respectes, et moi aussi, mais s'il y a quelque chose derrière la vente de Meditek et si Mark te l'a caché, c'est qu'il a ses raisons.

— Je ne comprends pas.

— Il faut qu'on sache ce qui s'est passé chez toi ce fameux soir, a repris Ross. Tu dois retrouver Lila, elle est peut-être au courant.

— Et moi, a enchaîné Maggie, je crois qu'il faut qu'on aille de nouveau rendre une petite visite à Alex Lange.

Chapitre 37

Ces derniers jours, j'avais composé plusieurs fois le numéro de portable de Lila et son répondeur s'était déclenché chaque fois. Je lui avais laissé plusieurs messages pour lui faire part de mon inquiétude et lui demander de me rappeler dès que possible, sans résultat.

J'ai décidé d'aller au café où elle travaillait. Mme Evans m'a accueilli derrière la caisse en transpirant à grosses gouttes. Elle pestait contre le pauvre employé qui s'occupait de la machine à café et m'a longtemps ignoré. Quand elle a enfin daigné m'accorder un peu d'attention, elle m'a lancé un regard furieux. Selon elle, Lila était une ingrate qui lui avait fait faux bond au pire moment de l'année, pendant le mois le plus chaud, sans même se fendre d'une explication. Si je la voyais, je devais lui dire qu'il valait mieux qu'elle ne remette pas les pieds dans son établissement. Je me suis échappé du local à la première occasion.

Je pouvais aussi tenter de la contacter par sa mère, mais cette idée ne me séduisait guère. Regina Burton était une robuste quinquagénaire. Elle avait élevé seule sa fille unique et donnait de l'argent à sa mère, qui touchait une pension misérable lui permettant à peine de subvenir à ses besoins. Pour cela, Regina exerçait deux emplois.

J'ai garé ma Honda devant le motel Stallion, sur la route 16, à 15 heures. C'était un établissement décent qui pratiquait des prix raisonnables. Regina Burton y était femme de chambre. À la réception, une jeune fille m'a dit qu'elle se trouvait à l'étage et qu'elle pouvait la prévenir par radio, mais je lui ai rétorqué que ce n'était pas nécessaire ; je préférais monter discrètement.

Je l'ai facilement localisée grâce au chariot de service devant la chambre n° 27. La porte était ouverte, j'ai vu Regina, de dos, qui changeait les draps d'un grand lit. J'ai frappé doucement et elle s'est retournée. L'espace d'une seconde, elle m'a adressé le sourire aimable qu'elle réservait aux clients qui lui réclamaient davantage de shampoing, mais elle a vite changé d'expression dès qu'elle m'a reconnu.

— Ah, c'est vous..., a-t-elle dit avant de reprendre sa tâche.

— Madame Burton, on peut parler un instant ?

— De quoi ?

À une vitesse surprenante, elle a glissé le drap sous le matelas avant de se planter devant moi.

— De Lila. Il faut que je la voie.

— Je ne sais pas où elle est, a-t-elle déclaré sans me quitter des yeux.

Elle s'est emparée d'un oreiller dont elle a retiré la taie d'un geste vif. Bien entendu, je ne la croyais pas. Elle n'aurait jamais accepté que sa fille et son seul petit-fils quittent la ville sans la prévenir.

— On peut discuter ? ai-je insisté.

— C'est ce qu'on fait, non ? Vous savez, le ménage, ça n'attend pas.

— Très bien. Je comprends que Lila soit fâchée contre moi, mais il faut que je lui parle, ai-je dit en m'asseyant sur une chaise.

— Tout ce que je sais, c'est qu'elle est partie. J'ignore pourquoi et où. J'aurais parié que c'était à cause de ce bon à rien de Kevin, et je la comprends. Pourquoi elle serait fâchée contre vous ?

— Parce que nous avons rompu.

Elle me scrutait.

— Vous avez fait quelque chose pour l'inciter à quitter la ville ?

— Non, je ne crois pas.

— Vous ne « croyez pas » ? a-t-elle répété en s'approchant de moi pour aller chercher des serviettes propres sur le chariot. Vous n'avez pas l'air convaincu.

Elle a gagné la salle de bains et est sortie de mon champ de vision.

— Madame Burton, si ce n'était pas urgent, je ne serais pas venu vous embêter. Il faut que je lui parle, ça n'a rien à voir avec notre… relation.

— À quel propos alors ? m'a-t-elle demandé en reparaissant.

C'était la première fois qu'elle s'adressait à moi sans s'affairer.

— C'est un sujet sensible, lui ai-je répondu.

Je n'avais pas l'intention de lui en dire davantage. Si Regina avait des informations, c'était le moment de me les livrer.

J'ai retenu ma respiration.

— Je ne sais pas où est ma fille, et c'est la vérité, a-t-elle soupiré après un silence.

La chambre était presque prête. Elle s'est assise sur une chaise, sous un vieux téléviseur fixé au mur.

— Vous avez un moyen de la joindre ?

— Elle m'a dit qu'elle partait pour un temps indéterminé. Avec Donnie, évidemment. Et qu'il était préférable que je ne puisse pas la joindre, qu'elle me contacterait plus tard. Elle ne l'a pas encore fait, a-t-elle affirmé, les yeux rivés sur la moquette. Kevin la harcelait, elle a peur de lui bien qu'elle dise le contraire. Pour moi, c'est un pauvre type qui joue les dealers, le dernier maillon de la chaîne qui se croit tout-puissant alors que c'est un vaurien.

Elle avait relevé la tête et me scrutait de son regard froid.

— J'aimerais bien qu'il passe me voir comme vous venez de le faire. Je ne serais pas aussi sympathique avec lui que je l'ai été avec vous.

Je ne savais pas quoi répondre. Elle s'est redressée.

— Bon, John. Il faut que je travaille, alors si vous voulez bien m'excuser…

Postée devant moi, elle attendait que je quitte les lieux, puis elle a fermé la porte avec son passe-partout et s'est éloignée en poussant lentement son chariot.

Vingt minutes plus tard, j'étais chez moi. Avant même que j'aie franchi le seuil, mon portable s'est mis à vibrer. Un numéro inconnu s'affichait sur l'écran et j'ai entendu la voix de Lila.

— Salut, John.

— Hello Lila, je suis vraiment content que tu m'appelles.

— Ma mère m'a dit que tu étais allé la voir.

— Oui… Elle m'a juré n'être au courant de rien…

— Elle est solide comme un roc, et je lui ai demandé de ne rien dire à personne.

J'ai ouvert la porte, le mobile calé entre l'épaule et l'oreille, et me suis précipité à la cuisine car je mourais de soif.

— Je veux savoir pourquoi tu es partie, ai-je lâché sans préambule.

— Ce n'est pas à cause de nous, enfin… pas seulement. Je n'ai jamais été tranquille avec Kevin qui rôdait en ville. Je le connais, il ne va pas baisser les bras. Ce salaud ne veut pas qu'on se remette ensemble, il me déteste trop, et pourtant il ne me fiche pas la paix.

— Je croyais qu'il avait arrêté de te harceler.

— Un peu, mais je ne t'ai pas tout raconté. Quand on a commencé à se fréquenter, il est devenu plus discret et je pensais sincèrement qu'il allait se calmer, mais je me suis trompée. Kevin ne cessera jamais de me harceler.

Sa voix était empreinte de colère, elle avait besoin de se défouler.

— Comment tu vas ? Tu as besoin de quelque chose ?

— Non, John. Je tenais à prendre du recul, c'est tout, et c'est la meilleure décision que j'aie prise depuis longtemps.

C'était un peu douloureux de l'entendre s'exprimer ainsi.

— Si tu as besoin de quoi que ce soit, tu sais où me trouver.

— Merci.

Elle ne semblait pas au courant pour la fille. Si elle avait été devant moi, j'aurais su si elle mentait ou non, mais au téléphone, c'était plus difficile.

— Lila… Le jour où on a rompu…

J'ai laissé ma phrase en suspens.

— Oui… ?

— Est-ce que tu es passée me voir dans la soirée ?

Elle n'a pas répondu.

— Lila ?

— Je ne vois pas de quoi tu parles.

— Ce fameux samedi, quand on a décidé d'arrêter, je t'ai emmenée au travail le matin et plus tard, tu es revenue chez moi, ai-je affirmé.

— Je ne suis pas allée chez toi.

Elle me décevait. Les caméras de surveillance avaient filmé sa voiture.

— Je me suis mise en chemin, mais j'ai changé d'avis.

— Pourquoi ?

— J'étais en rogne, John. On avait passé la nuit ensemble, comme on le faisait d'habitude, et tu as attendu le lendemain pour m'annoncer la nouvelle. Je voulais qu'on discute, exiger des explications, et puis j'ai réfléchi et j'ai bien fait. Je me suis arrêtée à la station-service au coin de Paradise Road et de Sycamore et je suis restée dans la voiture. Tu t'étais conduit comme un salaud, mais quelle importance ? Je savais qu'on n'allait nulle part. Au fond, je l'ai toujours su, et toi aussi, ce qui rend les choses encore plus tristes. C'est à ce moment-là que j'ai pris ma décision, John.

Dans un accès de lucidité, j'ai préféré ne pas passer te voir… Je ne sais pas qui t'a raconté m'avoir vue, mais il a menti. J'ai fait demi-tour pour rentrer chez moi et je ne le regrette pas.

Je me suis rendu compte que je hochais la tête.

— Je suis désolé que ça n'ait pas marché entre nous, Lila, et je regrette la façon dont je me suis comporté. Je sais que ça ne change rien, mais j'ai fait comme j'ai pu.

— Je sais.

Nous nous sommes dit au revoir en sachant qu'on ne se reparlerait plus.

Chapitre 38

Il y avait beaucoup d'activité sur le campus et Maggie et moi étions convaincus qu'il nous serait difficile de trouver Alex, mais nous l'avons aperçu à la sortie d'un cours sur le comportement animal. En nous voyant, il a pressé le pas, mais les étudiants qui encombraient le couloir ne lui ont pas permis de nous semer.

— Une minute ! l'a imploré Maggie en le suivant.

— Je n'ai pas le temps.

Pendant toute leur discussion, je suis resté à deux mètres d'eux, les mains dans les poches.

— Vous êtes de la police ? a demandé Alex en regardant de tous côtés.

— Mon Dieu non ! On peut parler un moment ?

Nous sommes sortis du bâtiment, Alex s'est dirigé vers une allée moins fréquentée que les autres. Maggie lui a répété que s'il s'arrêtait, on lui expliquerait tout, mais il ne semblait pas près de céder. Je lui ai barré la route devant un parking. Peu désireux d'impressionner ce garçon fluet, je me suis adressé à lui d'un ton conciliant :

— Écoute, Alex. Nous ne sommes pas de la police.

On a entendu parler de Stuart et on a besoin de renseignements. Laisse-nous te parler.

Il s'est immobilisé et a hésité un moment.

— Bon. Je vous écoute.

— On est de Carnival Falls, a commencé Maggie. John a lui aussi rêvé de la fille au collier, comme Stuart et toi.

— Alors vous la connaissez ?

Maggie et moi nous sommes regardés, et Alex a tout suite remarqué notre surprise. Si nous n'enchaînions pas, on risquait de le perdre.

— On sait que Meditek est derrière tout ça, a lâché Maggie en se jetant à l'eau.

Alex a détourné les yeux quelques secondes.

— Meditek, le laboratoire… Tu sais de quoi je parle, a-t-elle repris.

Alex reportait son poids d'une jambe sur l'autre d'un air indécis.

— Allons là-bas, a-t-il murmuré en désignant un endroit en retrait.

Nous avons marché en silence jusqu'à des parterres où nous pourrions nous asseoir, ce qu'ont fait Maggie et Alex ; moi je suis resté debout. Il venait presque de nous avouer que la fille était réelle et non le fruit d'une hallucination. Était-elle vraiment morte ? Et quel rôle jouait Meditek dans cette histoire ?

— Vous ne connaissez pas Paula, je m'en suis aperçu.

Paula.

— Qui est-ce ? a demandé Maggie.

— La fille au collier, a lâché Alex avec impatience. Elle travaille chez Meditek.

Mes jambes se sont dérobées sous moi. Je ne m'attendais pas à cela. Si cette Paula, la fille au collier, était une des employées de Meditek, Mark devait être au courant. Je ne lui avais pas montré mon dessin mais la lui avais décrite.

— Je n'ai rien à voir là-dedans, a enchaîné Alex. Je l'ai dit clairement à Stuart dès le début. Je n'irais pas jusqu'à affirmer qu'il est mort parce qu'il était mêlé à cette affaire, mais c'est quand même une drôle de coïncidence. Je vais vous révéler ce que je sais, c'est-à-dire pas grand-chose, mais ensuite, je ne veux plus vous voir.

— Ça me paraît normal.

— Je suis sérieux. Marché conclu ?

— Oui, s'est empressée d'affirmer Maggie, mais ni elle ni moi n'étions sûrs de pouvoir tenir notre promesse.

Alex donnait l'impression de rassembler tout son courage pour nous parler.

— J'ai commencé à faire des rêves récurrents de cette fille. Je me suis confié à une amie qui connaissait Stuart. J'avais discuté une ou deux fois avec lui, pas davantage. Il était obsédé par la fille au collier et voulait à tout prix savoir qui c'était. J'avoue qu'il m'a transmis son obsession, alors on a commencé à se fréquenter. Par ailleurs, c'était quelqu'un de bien. On s'est dit qu'on avait dû rencontrer cette fille quelque part, sans doute sur le campus, puis on a réfléchi : si les autres étudiants n'avaient jamais entendu parler d'elle, c'est qu'on l'avait forcément croisée ailleurs. On a récapitulé tout ce qu'on avait fait dans un passé récent et on a fini par trouver : on avait tous les deux participé à des tests merdiques pour Meditek.

D'un geste de la tête, il m'a désigné, comme s'il

sous-entendait que je savais parfaitement à quoi il faisait allusion. C'était logique. Il pensait que moi aussi j'avais participé à l'expérience puisque j'avais rêvé de Paula.

— On est allés au laboratoire sans trop savoir ce qui nous attendait. On n'avait presque aucun souvenir des tests, alors on a commencé à échafauder toutes sortes d'hypothèses. On est arrivés au siège et on l'a vue par hasard. Elle était là, en chair et en os. Elle traversait la rue. Stuart l'a abordée et ils ont discuté un moment. Elle lui a dit qu'elle s'appelait Paula Marrel et il a décidé de la chercher sur Instagram.

— Paula Marrel, a répété Maggie comme si elle avait peur d'oublier ce nom.

— Le lendemain, j'ai demandé à Stuart s'il lui avait parlé et il m'a répondu que oui, qu'il savait qu'elle travaillait dans le service de sécurité des systèmes informatiques, mais il n'en avait pas appris beaucoup plus. Il était persuadé que la finalité des expériences de Meditek était secrète et que si on faisait chanter le labo, on toucherait une fortune.

Alex nous révélait tout. À mesure qu'il s'exprimait, il semblait se délester d'un poids. Nous avons veillé à ne pas l'interrompre, il nous divulguait de précieux renseignements.

— Moi, je n'ai pas voulu être de la partie, je vous le jure. Je n'ai jamais discuté avec cette fille et Stuart a continué tout seul de son côté. Je lui ai dit que c'était de la folie, qu'il allait s'attirer des ennuis, même à l'université, car il avait une bourse en partie financée par Meditek.

— Tu penses que sa mort a été accidentelle ?

Ses lèvres se sont crispées. Il a respiré fort avant de reprendre la parole :

— Je l'ignore, je suppose qu'il a perdu l'équilibre, comme l'a dit le policier. Mais je trouve quand même ça suspect, alors moi, à votre place, je laisserais tomber. Si vous pensez attaquer ces gens en justice, je pense que c'est inutile et dangereux.

Il s'est levé.

— Alex, attends, lui a dit Maggie.

— Non ! s'est-il écrié avec une assurance qui jusqu'alors lui avait fait défaut. J'aurais pu ne rien vous dire, mais, si vous comptez faire comme Stuart avec cette Paula, je tenais à vous prévenir. Moi, je veux rester en dehors de tout ça.

Chapitre 39

Dans la Honda, il faisait chaud comme dans un four. L'air conditionné ne fonctionnait pas et je m'en suis excusé. Nous n'avions plus qu'à baisser les quatre vitres et à attendre sur le parking.

J'étais sous le choc après avoir appris que la fille travaillait chez Meditek et qu'à l'évidence Mark la connaissait. Je me posais aussi toutes sortes de questions au sujet de mes supposées hallucinations, de son corps couvert de sang et de la fourgonnette. Que signifiait tout cela ?

J'allais démarrer quand mon portable a sonné. À côté de moi, Maggie était songeuse, les yeux dans le vague.

— Salut, Ross. Je te mets sur haut-parleur, l'ai-je prévenu.

— Ça va mieux, tes hémorroïdes, Johnny ?

Ce n'était pas le moment de plaisanter, mon ami s'en est vite rendu compte.

— Comment ça s'est passé ?

— On est encore à Lindon Hill, on vient de voir Alex.

— Et… ?

— Tu avais vu juste. Meditek a réalisé des tests auxquels Alex et Stuart ont participé avant de rêver de la fille en robe bleue, qui s'appelle Paula…

— … Marrel, a complété Maggie.

— Et elle travaille chez Meditek, ai-je précisé.

Ross n'a rien répondu.

— Ross ?

— Eh bien ! Il vous a dit en quoi consistaient ces tests ?

— Non. Comme il croyait que j'avais moi aussi servi de cobaye, il ne s'est pas trop étendu sur le sujet.

— Et il se peut qu'il ait raison. Tu en penses quoi, Maggie ?

— La même chose que toi. Que les heures pendant lesquelles Johnny ignore ce qu'il a fait sont révélatrices.

— Maintenant, on sait ce que Mark t'a caché. Je me demande bien pourquoi.

— Je n'arrive toujours pas à comprendre comment trois personnes ont pu rêver de cette fille, qu'elle soit réelle ou pas.

— Je suppose que ces tests expliquent tout. Désolé de me répéter, Johnny, mais je ne crois pas que tu doives en parler à Mark. Il aurait pu tout te révéler et il s'en est bien gardé.

Maggie s'était désintéressée de notre conversation pour consulter son portable. Je me demandais si elle s'était lancée dans une des recherches dont elle avait le secret quand elle m'a montré l'écran avec la photo de Paula Marrel, qui était portée disparue.

— Vous êtes encore là ? nous a lancé Ross.

J'étais incapable de lui répondre.

— On te rappelle plus tard, a dit Maggie.

Je serrais le volant de toutes mes forces, les yeux rivés sur le parking désert. Comprenant que j'avais besoin de réfléchir, Maggie m'a laissé tranquille.

— Je vais téléphoner à Mark. Tout de suite, ai-je déclaré d'un ton inquiet.

Elle ne m'en a pas dissuadé. J'ai composé le numéro de mon frère, la tonalité a retenti dans les baffles de la Honda.

— Salut, Johnny, a-t-il dit, manifestement occupé.

Il était sans doute à Meditek, en pleine réunion, peut-être même en train de négocier cette foutue vente.

— Mark, je suis au courant des expériences que vous faites à Meditek et du chantage de Stuart Nance et Paula Marrel. Stuart est mort, Paula a disparu. Je suis à Lindon Hill et je veux savoir pourquoi j'ai rêvé de cette fille.

— Qui d'autre sait ce que tu viens de me dire ? m'a-t-il demandé après quelques secondes de silence.

— Maggie. Elle est à côté de moi.

— Ne racontez rien à personne jusqu'à ce qu'on se soit vus. Je vous attends ici, venez après la fermeture des bureaux, à 19 heures. Je suis désolé, Johnny. Je ne voulais pas que la situation dégénère à ce point.

— On en parle tout à l'heure.

Chapitre 40

Mark m'a envoyé un message en me demandant de me garer dans le parking souterrain réservé aux cadres de Meditek plutôt que devant le siège du laboratoire. Il m'a dicté un code pour entrer. Les lieux étaient déserts, hormis sa Mercedes.

L'ascenseur nous a conduits directement à l'étage supérieur. Le laboratoire occupait un immeuble dont la construction remontait à plus d'un demi-siècle, mais il avait été entièrement rénové et possédait des installations ultramodernes. À l'origine, mon frère et Ian louaient un appartement en banlieue, mais la vente de leur premier brevet les avait propulsés dans la cour des grands.

— Merci d'être venus, nous a dit Mark en m'étreignant.

Il avait retiré sa veste et sa cravate et, sans détour, il nous a demandé de le suivre. Je n'étais pas souvent allé dans les locaux du laboratoire. Il nous a emmenés dans un couloir qui aboutissait à un petit vestibule d'où on accédait à son bureau et à celui de Ian. Lors de mes visites précédentes, je ne m'étais pas aventuré plus loin. Mark s'est engagé sur la gauche et nous avons gagné une grande salle de réunion. Des centaines de documents étaient éparpillés sur la table, à côté d'un ordinateur portable allumé, mais sans aucun fond d'écran. Maggie et moi nous sommes assis, Mark est resté debout. Il a posé les poings sur la table en parcourant les documents du regard.

— Mon Dieu ! Je ne sais pas par où commencer.

Il a cherché un dossier dans l'ordinateur et a augmenté la luminosité de l'écran.

— Je vous demande un peu de patience.

L'image d'une petite pièce est apparue. La caméra était située dans un coin. Devant une table, une femme nous tournait le dos. La porte s'est ouverte et Stuart est entré. Dans un angle de l'écran, on pouvait lire le texte suivant :

PROJET : ESH
CANDIDAT : #089
18 novembre 2014

Mark a fait un arrêt sur image avant que la femme ou Stuart ne prennent la parole.

— Ce sont les archives du projet ESH. Stuart Nance, dont vous m'avez parlé tout à l'heure, a en effet participé aux tests il y a environ six mois. Je vais vous expliquer en quoi ils consistent et vous allez comprendre. Ils sont divisés en quatre phases. Dans la première, on pose une série de questions au candidat pour voir s'il est apte à participer à l'expérience. Si oui, on lui administre une dose d'ESH par voie orale et on le convoque dix minutes plus tard.

— Il ne sait pas ce qu'il a consommé ? a demandé Maggie.

— Ce sont des substances expérimentales. Meditek garantit qu'elles n'ont pas d'effets secondaires connus. Des animaux ont reçu des doses cent fois supérieures à celles qu'ingèrent les humains sans avoir la moindre séquelle. C'est le processus habituel. Bien sûr, nous l'annonçons aux candidats avant qu'ils nous donnent leur accord. Ce que vous voyez maintenant est la deuxième salle. La personne soumise au test a absorbé l'ESH dix minutes auparavant.

Il a remis l'image en mouvement.

« Bonjour, je m'appelle Sally.

— Et moi, Stuart Nance. »

Il s'assoit en face d'elle. Une feuille blanche et un stylo sont posés sur la table.

« Le test est simple, Stuart. Pensez à un épisode de votre enfance dont vous ne gardez pas de bons souvenirs. Ce n'est pas forcément un moment traumatisant, peut-être s'agit-il d'un fait insignifiant, comme d'avoir raté un examen ou cassé un jouet, ce genre de choses. »

Stuart réfléchit quelques secondes.

« Quand j'avais huit ans, on m'a volé mon vélo. Je l'avais laissé dans le jardin d'un copain et quand je suis sorti de chez lui, il n'était plus là. Je n'ai pas osé le dire à mes parents.

— C'est parfait. Je vais maintenant vous demander d'écrire ce souvenir. Remplissez une feuille, pas plus, en mentionnant tous les détails que vous vous rappelez. »

Stuart obéit.

Mark a farfouillé parmi les documents et nous a montré une copie du texte de Stuart. Maggie et moi l'avons parcourue rapidement. Il y décrivait plus ou moins ce qu'il venait de dire : son vélo était blanc, son ami et voisin s'appelait Marlon. En découvrant qu'on lui avait volé sa bicyclette, il n'avait rien dit à son copain et était reparti chez lui à pied. Il avait erré pendant plus d'une heure, persuadé que son père le disputerait et ne lui achèterait plus jamais d'autre vélo.

Stuart remet la feuille à Sally, qui lui fait signe de sortir par une autre porte. Le test se poursuit dans une pièce identique à la précédente. Une autre femme l'y attend, vêtue comme la première. La seule différence est un écran de télévision de quarante pouces accroché au mur.

« Stuart, je m'appelle Sally. Nous allons procéder de manière très simple. Écoutez la mélodie suivante. »

Elle tape sur son écran et un air classique sort des haut-parleurs. Maggie et moi avons observé la scène sans comprendre où les concepteurs de l'expérience voulaient en venir. La mélodie change progressivement pour devenir un rock agressif avec des effets de distorsion et un rythme très marqué, puis un véritable vacarme comportant des crissements de pneus, les pleurs d'un bébé, la sonnerie d'un coucou. Stuart fronce les sourcils, visiblement contrarié.

« Je vais à présent vous montrer une vidéo très courte. »

Sur l'écran apparaissent des jardins aux massifs bien entretenus, puis le visage de Paula Marrel en gros plan. Je l'ai reconnue immédiatement. Elle souriait face à l'objectif et se déplaçait avec grâce.

Mark a fait un arrêt sur image.

— Vous le savez, c'est Paula. Elle travaille au service de sécurité des systèmes informatiques. Elle avait appris qu'on allait engager une société de production pour réaliser ce petit film dans le cadre des tests, alors elle a proposé de participer en tant que figurante, moyennant finance, évidemment. Nous avions besoin d'une belle fille comme elle.

— Paula a été portée disparue, ai-je dit en regardant mon frère droit dans les yeux.

Il m'a observé avec gravité, puis a appuyé sur *start*. Stuart ne quittait pas Paula du regard. Elle portait la robe bleue et le collier que j'avais dessinés. À un moment donné, elle marchait sur un tronc d'arbre, les bras tendus de chaque côté. Puis elle se rapprochait de la caméra et se recoiffait. Il ne se passait rien de plus.

Stuart se tourne vers Sally, troublé. Avant qu'il ait ouvert la bouche, elle sort un objet de sous la table et le lui remet. C'est une sorte de sculpture orange d'une trentaine de centimètres et couverte de protubérances. À en juger par la facilité avec laquelle elle l'a manipulée, elle est creuse et coulée dans un plastique très brillant. Stuart la prend sans trop savoir qu'en faire.

« Examinez-la. »

Il tourne et retourne la sculpture plusieurs fois dans ses mains avant de la rendre à Sally, qui la range sous la table.

« C'est terminé, Stuart. De l'autre côté de la porte, il y a un couloir. Allez jusqu'à la porte n° 8 et reposez-vous. Vous pouvez dormir si vous en ressentez le besoin.

— Mais je croyais que le test durait deux ou trois heures.

— C'est à peu près le temps que vous avez passé ici. »

Elle lui indique une porte différente de celle par laquelle il est entré.

Maggie et moi étions aussi préoccupés que lui.

La scène suivante se déroulait dans une pièce minuscule meublée d'un canapé confortable. Placée au-dessus de la tête de Stuart, la caméra permettait de voir s'il avait ou non les yeux fermés.

— Je vais avancer jusqu'à la fin du test, a dit Mark.

Stuart pénètre dans la première salle, celle où se trouvait Sally devant la table.

« Bonjour, je m'appelle Sally.

— Et moi, Stuart Nance. »

Du coin de l'œil, j'ai vu Maggie se tourner vers moi. Tout se déroulait apparemment comme au début, mais la feuille avait disparu de la table. Sally tenait un dossier que Stuart ne voyait pas.

« Stuart, je vais vous citer trois situations hypothétiques de votre enfance et vous me direz dans laquelle des trois vous vous reconnaissez, d'accord ? »

Il acquiesce d'un air égaré.

« Numéro 1 : la première fois que vous avez fumé en cachette, c'était dans le sous-sol de votre maison avec deux de vos meilleurs amis. Numéro 2 : on vous a volé votre vélo quand vous étiez chez un copain et vous avez pensé que votre père serait fâché au point de ne plus jamais vous racheter de bicyclette. Numéro 3 : quand votre chien est mort écrasé par une voiture, vous avez refusé d'en prendre un autre parce qu'il vous manquait trop. »

Stuart demande à Sally de répéter les trois cas de figure, ce qu'elle fait du même ton monocorde.

« Je ne me sens concerné par aucune de ces situations. Je n'ai jamais fumé, on ne m'a jamais volé mon vélo… et pour le chien… Je ne sais pas… J'en ai eu plusieurs, mais aucun n'a été écrasé. Je dirais quand même que c'est la troisième qui se rapproche le plus de la vérité.

— Parfait. »

Il semble attendre une réponse que Sally ne lui fournit pas. Elle se contente de lui montrer trois photographies d'objets aux couleurs et aux formes bien différenciées. L'image du milieu représente la sculpture orange qu'il a tenue quelques instants auparavant.

« Reconnaissez-vous ces objets ? »

Stuart fait non de la tête.

« Vous en êtes certain ?

— Sûr et certain.

— Très bien. Le test est terminé, Stuart. »

Il éclate de rire. En remarquant que Sally garde son sérieux, il se contrôle.

« Je vous demanderais juste de décrire le test que vous venez de passer dans les moindres détails », reprend-elle.

Elle lui tend une feuille blanche et un stylo.

« Vraiment ?

— Oui, faites-le. »

Stuart se met à écrire.

Mark a interrompu la vidéo et cherché un document parmi ceux qui étaient étalés devant lui. Il nous a montré le court texte de Stuart Nance. Ce que Maggie et moi avons lu ne nous a guère étonnés : pour l'étudiant, le test avait débuté dans le canapé où il s'était endormi. Il ne se rappelait rien de ce qui était survenu dans les pièces précédentes.

Chapitre 41

— Je vais vous expliquer comment fonctionne l'ESH, un médicament sur lequel Meditek travaille depuis ses débuts, avec des résultats peu encourageants dans un premier temps. Au départ, on cherchait une molécule capable de produire une amnésie temporaire, ce qu'on a fini par obtenir.

Il a cherché dans ses documents un diagramme très simple composé de deux cercles : mémoire à court terme et mémoire à long terme.

— Il a fallu que j'informe un des acheteurs potentiels du laboratoire, alors je suis rodé ! s'est-il exclamé en riant.

Maggie et moi avons compris que nous n'aurions pas affaire à un exposé destiné aux scientifiques, mais aux néophytes dans notre genre.

— Nos souvenirs restent un temps limité dans notre mémoire à court terme, puis ils sont stockés dans une zone de plus grande capacité. La mémoire à court terme est comparable à la mémoire vive, la RAM. Mais la consolidation de la mémoire, c'est-à-dire le processus de stockage dans la mémoire à long terme, peut se faire de deux manières, a déclaré mon frère, qui suivait du doigt les deux flèches reliant les deux cercles. La consolidation peut être synaptique, et dans ce cas elle se fait en quelques heures, ou systémique. On ne connaît pas tout sur ces deux processus, mais on sait que le deuxième survient quand on dort. Notre cerveau travaille rapidement dans la journée, il analyse tout ce qu'on a vécu et emmagasine les faits en les classant par ordre de priorité, mais il le fait la nuit, plus lentement.

Mon frère avait toujours eu d'incroyables facilités pour tout expliquer. Moi qui n'ai jamais été brillant, grâce à lui je décrochais de bonnes notes à l'école.

— Si on veut déclencher un état d'amnésie temporaire, il semble donc évident qu'il faut inhiber les processus de consolidation. Quand un souvenir est dans sa phase labile, et qu'il ne s'est donc pas stabilisé, on peut avoir recours à un inhibiteur de la synthèse protéique pour l'empêcher d'être stocké. Nous y avons travaillé sans relâche pendant des années, et pas seulement nous, mais plusieurs laboratoires du monde entier et des agences du gouvernement.

— Quelle serait la fonction de ce type de médicament pour un État ? a demandé Maggie.

— Il serait utilisé en temps de guerre pour la protection de l'information, en somme pour tout ce qui est lié à la sécurité. Mais quelque chose en particulier nous a incités à nous embarquer dans ce projet, a poursuivi mon frère en levant le doigt pour nous montrer la flèche reliant les deux ensembles, mais cette fois en sens inverse. Quand on se rappelle un fait emmagasiné dans la mémoire à long terme survient un processus dit de « reconsolidation ». Notre cerveau utilise cette piste comme s'il prenait un vieil objet mis au rebut pour le reconditionner. Plus on accède à ce souvenir et plus il se consolide. Notre hypothèse de travail était donc la suivante : si nous arrivions à inhiber le mécanisme de consolidation en déclenchant l'amnésie, nous pourrions aussi empêcher la reconsolidation.

J'étais ébloui par cette idée. J'avais l'impression de tout comprendre.

— C'est pour ça que Stuart ne parvenait pas à se souvenir de l'épisode du vélo volé, suis-je intervenu. Parce qu'il a resurgi quand il était sous l'effet de l'ESH.

— Exact. L'ESH n'empêche pas seulement les souvenirs récents d'être emmagasinés dans la mémoire à long terme, il détruit aussi les traces des souvenirs conservés de manière plus ancienne. En gros, il les efface.

Je saisissais les implications d'un tel médicament. Apparemment, Maggie aussi.

— Il serait donc possible d'oublier un traumatisme rien qu'en essayant de se le rappeler, a-t-elle décrété.

Mark acquiesçait. Dans ses yeux brillait la lueur d'enthousiasme que je connaissais bien.

— Quand on a pris de l'ESH, a-t-il enchaîné, il suffit de se rappeler quelque chose pour que ce souvenir entre en phase de consolidation.

— Et ça marche pour tous les souvenirs ?

— C'est une excellente question, Maggie. La nature est intelligente et nous autres, les humains, possédons des zones clairement différenciées pour stocker les souvenirs à long terme. Certains sont sémantiques et correspondent à des définitions… Le mot « vélo », par exemple. D'un autre côté, on a les souvenirs procéduraux, ceux qui sont liés aux fonctions inconscientes, comme la parole. Et enfin, il y a les souvenirs épisodiques qui sont associés à notre vécu. Ces trois types de souvenirs sont emmagasinés dans des zones différentes selon des processus différents.

Je me suis un instant détourné des explications de Mark. J'avais moi-même connu les effets de l'ESH, et je ne me rappelais plus ce qui était survenu pendant les heures qui avaient précédé la découverte du corps de Paula Marrel.

— L'ESH agit sur la mémoire épisodique, a enchaîné Mark, et cela non seulement parce que les souvenirs sont stockés dans une région particulière de notre cerveau, mais parce qu'ils le font de manière très particulière. J'ai eu cette conviction pendant des années, et au final, je ne me suis pas trompé.

— C'est incroyable ! s'est exclamée Maggie en hochant la tête. J'imagine une personne ayant subi de grands traumatismes, disons un viol. Elle se rappelle ce drame sous l'effet de l'ESH et l'oublie dès que le médicament cesse d'agir.

— Mark, c'est génial. Mais si l'ESH fonctionne, et on vient d'en avoir la preuve dans cette vidéo, alors pourquoi vendre Meditek ? Il y a quelque chose qui m'échappe…

Les traits de Mark se sont altérés.

— L'ESH fonctionne, mais c'est un peu plus compliqué que tu ne le penses.

Chapitre 42

Mark nous a ensuite expliqué ce dont je commençais à me douter. Les laboratoires s'intéresseraient-ils à la commercialisation d'un médicament qui permettait de mettre fin aux souvenirs traumatiques quand on les énonçait simplement à voix haute ? Qu'adviendrait-il alors des antidépresseurs, des internements et des traitements de longue durée ? De toute l'industrie qui tourne autour des esprits fragilisés ?

Aucun grand laboratoire ne souhaitait fabriquer l'ESH. Meditek avait découvert qu'au contraire ses rivaux faisaient leur possible pour qu'ils abandonnent ce projet et ne décrochent pas les aides financières conventionnelles. Mark avait donc cherché des financements dans le secteur privé, sans succès, les sociétés refusant d'apporter un soutien à un laboratoire endetté travaillant à un produit considéré par la concurrence comme une perte de temps et d'argent.

Trois ans avant que les tests soient un tant soit peu concluants, Meditek était en mauvaise posture. Ian, qui croyait dans le potentiel du médicament, était cependant persuadé qu'il les conduirait à la ruine. Il a essayé d'inciter Mark à renoncer. S'ils abandonnaient le projet, les autres laboratoires reprendraient confiance en eux et ils pourraient se reconstruire. Mais Mark a refusé de baisser les bras.

Il a alors obtenu l'aide de la fondation Albert Sanders, qui a accepté d'investir chez Meditek pour développer l'ESH. Albert Sanders était un puissant armateur de quatre-vingt-cinq ans qui ne se montrait pas en public et dont les mauvaises langues disaient qu'il était prostré dans un lit, coupé de tout lien social. Le conseil d'administration de la fondation a libéré les fonds sans poser de questions – du moins dans un premier temps –, ce qui a apporté un peu d'oxygène à Meditek, mais si le laboratoire échouait dans ses tentatives, l'affaire ferait faillite.

Quand les recherches ont commencé à porter leurs fruits, la concurrence a émis de grandes réserves.

— Il y avait des contre-indications, a enchaîné Mark. Mais c'est le cas pour la plupart des médicaments. Nous avons été victimes d'un boycott.

— Quelles étaient ces contre-indications ?

— Comme je vous l'ai dit, a poursuivi mon frère en s'asseyant, les souvenirs se consolident de deux manières. La consolidation systémique ou lente se fait de nuit, et c'est elle qui pose problème. Dans certains cas, on récupère des souvenirs au cours de ce processus. Autrement dit…

— Quand on rêve, l'ai-je coupé.

— C'est ça. Mais cela nuit au fonctionnement de l'ESH ! s'est-il écrié avec indignation comme s'il cherchait à nous convaincre. Quand ça arrive et si un souvenir reste actif, on peut administrer l'ESH une deuxième fois.

Il s'est emparé d'une petite boîte posée à côté de l'ordinateur et en a sorti une pilule orange qui ressemblait à une goutte de forme oblongue.

Je l'ai aussitôt reconnue. Mark avait voulu m'en donner la nuit où je m'étais réveillé sans me rappeler ce que j'avais fait la veille.

— Quand le projet a enfin été couronné de succès, Meditek était dans une situation financière insurmontable. Personne ne le savait, sauf Ian et moi. C'était encore plus dur pour lui parce qu'il m'avait averti dès le départ.

— Bon, mais vous avez vendu, pas vrai ? a demandé Maggie.

Mark nous a regardés, hébété.

— On était sur le point de vendre, c'est vrai, mais à quel prix ? Et je ne parle pas uniquement de la valeur marchande de la société. Après avoir frappé à toutes les portes, Ian s'est tourné vers les laboratoires étrangers et je ne le juge pas. On est en contact avec des Coréens du Nord qui sont contrôlés par leur gouvernement. Bien entendu, ils n'ont pas l'intention de commercialiser l'ESH.

— Ils comptent l'utiliser à des fins belliqueuses ?

— Apparemment oui. Ils pourraient s'en servir dans le cadre de missions secrètes qu'ils effaceraient ensuite de la mémoire des agents, ou pour neutraliser des témoins importants, des fonctionnaires à la retraite détenant des renseignements capitaux. L'ESH peut renforcer considérablement la sécurité d'un État, sans parler des prisonniers de guerre qui posséderaient de précieuses informations. Ce serait vraiment un drame que la molécule tombe entre les mains de nos ennemis.

Mon frère avait l'air catastrophé.

Chapitre 43

— La fille est morte chez moi, Mark ?

Cette question me brûlait les lèvres depuis que nous avions pénétré dans les locaux de Meditek.

Mon frère a soupiré.

— Je crains que oui, Johnny.

— Je n'arrive pas à croire que tu m'aies menti pendant tout ce temps.

— Je n'avais pas le choix. Les Coréens sont dangereux. Je maudis le moment où nous sommes entrés en contact avec eux. Depuis qu'on a entamé les négociations, ils nous ont mis la pression pour qu'on signe le plus vite possible. J'étais loin d'imaginer qu'ils iraient jusqu'à commettre un meurtre.

— Je ne comprends pas, a lancé Maggie. Qu'est-ce qu'ils cherchaient au juste chez Johnny ?

— Ils ont tout mis en œuvre pour me faire endosser cet assassinat, ai-je déclaré. Et tout à coup, le corps a disparu. Ils ont fait ça pour vous montrer de quoi ils sont capables.

Mark n'a pas répondu.

— Ce sont des fous. Ils auraient donc tué cette pauvre

fille en guise d'avertissement. Mais… vous ne comptiez pas vendre de toute manière ?

Mon frère a baissé la tête en soupirant.

— J'étais très réticent. Mais j'ignorais qu'ils en arriveraient là.

— Je ne comprends pas comment ils se sont débrouillés pour administrer l'ESH à Johnny, a dit Maggie.

— Je ne le sais pas davantage. Ils avaient peut-être l'intention de laisser le corps de Paula dans la maison, mais quelque chose a dû mal se passer… Je l'ignore. Paula était une fille… adorable… qui ne méritait pas de mourir.

— Tu ne crois pas qu'on devrait prévenir la police ?

— Non ! s'est empressé de s'exclamer Mark. Si la police a la preuve que Paula est allée à Carnival Falls ce jour-là, et je suis sûr que ça ne va pas tarder, ils impliqueront Johnny.

— Les Coréens ont ma chemise pleine de sang.

— Et sans doute aussi d'autres preuves accablantes.

J'ai songé aux caméras de surveillance. Ils avaient également pu filmer Paula chez moi.

— Ça va durer encore longtemps, Mark ? a lâché Maggie sans dissimuler sa colère.

Mon frère m'a observé, à la fois désespéré et suppliant.

— Non. Je vous en donne ma parole.

— Qu'est-ce que tu veux dire ?

— Je ne souhaite pas que vous soyez mêlés à cette histoire. J'aurais dû tout t'avouer dès le début, Johnny, mais le but était de te tenir à l'écart. Tu n'es responsable de rien.

— Que comptes-tu faire ? Excuse-moi d'être aussi direct, mais je n'aimerais pas que tu fasses une bêtise.

Il m'a semblé déceler une lueur vacillante au fond de ses yeux.

— Tu as confiance en Ian ? a demandé Maggie.

— Oui. Il n'est au courant de rien, je vous le garantis.

— Il faut quand même que je te dise quelque chose. À ta soirée d'anniversaire, quand je suis monté te voir sur la terrasse, je l'ai entendu parler à quelqu'un de l'accident de moto de Stuart Nance.

Il a paru surpris.

— Cet accident, c'est une fatalité. Ian est loyal et je suis sûr qu'il ne se rendrait jamais complice d'un homicide.

— C'était peut-être malgré lui, a fait remarquer Maggie.

Personne n'a parlé pendant un moment, puis Maggie et moi nous sommes levés. Mark m'a serré dans ses bras pour me dire au revoir.

— Je suis désolé, Johnny. Tout ça, c'est de ma faute.

L'étreinte a duré longtemps. J'ai regardé Maggie par-dessus l'épaule de mon frère et elle a froncé les lèvres en haussant les sourcils, une mimique qui lui était familière.

Mark nous a annoncé qu'il allait rester un peu au bureau, il avait des choses à faire. Avant de quitter la salle de réunion, je me suis retourné : il rassemblait les documents éparpillés sur la table.

C'est la dernière fois que je l'ai vu vivant.

Chapitre 44

J'étais en train de peindre quand une ombre a masqué le soleil qui entrait par la fenêtre. Tiré de ma concentration, j'ai été surpris, mais pas inquiet. En me retournant, j'ai découvert Ross, qui depuis notre enfance avait pris l'habitude de passer par la porte à l'arrière de la maison. Il n'avait pas changé. Il m'a salué de la main, je lui ai fait signe de venir. Quelques secondes plus tard, il était dans le bureau et regardait les dessins que j'avais terminés et ceux en cours de réalisation.

— J'ai apporté des hamburgers, m'a-t-il dit. Je pensais que Jennie serait là.

J'ai refermé la porte du bureau et l'ai suivi dans l'escalier.

— Morgan passe la déposer. Cet abruti continue de me surveiller.

— Il faut dire que la dernière fois qu'il est venu, il t'a surpris en train de vomir sur la terrasse.

— Ha, ha ! Très drôle…

Il s'est retourné et a pointé un doigt sur mon torse.

— Tu t'en sortais bien, Johnny, je le sais. Si tu veux,

je m'installe ici, ou alors tu viens chez moi. Promets-moi de m'appeler à la moindre tentation.

— Promis. C'est vraiment un cercle vicieux, Ross. Tu imagines un peu… Toutes les excuses sont bonnes. Comme si une part de toi attendait le moment.

— Je sais.

Il m'a pris gentiment par le cou et a plongé ses yeux dans les miens.

— Ça ne se reproduira pas, tu maîtrises la situation, maintenant.

J'ai hoché la tête. Moi aussi, j'étais sûr de pouvoir me contrôler. Nous sommes passés sur la terrasse.

— Maggie vient à quelle heure ?

— Je ne sais pas. Elle ne devrait pas tarder.

— Comment ça va… je veux dire… avec elle ?

J'ai haussé les épaules.

— Tu devrais réfléchir à ce que tu ressens pour elle, parce qu'elle compte rester à Carnival Falls.

— Elle te l'a dit ?

— Non, mais ce n'est pas nécessaire.

Je ne m'étais pas encore fait à l'idée que Maggie allait s'installer ici. Nous nous étions retrouvés comme si nous nous étions quittés la veille et, sachant qu'elle risquait de repartir, j'avais préféré ne pas me bercer d'espoir.

J'ai suivi Ross. Deux sacs en papier étaient posés sur la table. Il a ouvert le barbecue.

— Je sais que tu adores le nettoyer, lui ai-je lancé sans lui laisser le temps d'ouvrir la bouche.

Je me suis assis sur la table, les pieds sur le banc en bois, pendant que Ross allait chercher de quoi récurer le gril. Il est revenu avec un seau d'eau, du produit dégraissant, une brosse métallique et des gants.

— Tu as des nouvelles de Lila ?

— Non.

— Je ne suis pas sûr qu'elle soit venue te voir par hasard ce fameux soir, a-t-il déclaré en se mettant à frotter.

— Moi, je n'ai aucun doute parce qu'on venait de rompre. Mais tous les faits ne sont pas forcément liés entre eux, comme dans les romans que tu lis.

— C'est vrai. Cela dit, Mark a bel et bien inventé un cachet qui gomme les souvenirs et quelqu'un te l'a administré pour te faire endosser l'assassinat de cette fille.

— Tu veux bien éviter d'évoquer le sujet quand nous sommes dehors ? lui ai-je demandé en regardant de tous les côtés.

Les crissements de pneus de la fourgonnette de Morgan ont interrompu notre discussion. Je suis allé l'attendre devant la porte. Le nouveau mari de Tricia a fait une entrée triomphale dans la voie privée. Jennie était assise sur la banquette arrière. Je les ai salués de la main. Morgan m'étudiait derrière ses lunettes de soleil miroirs, hésitant à arrêter le moteur au cas où tout n'aurait pas été conforme à son idée. Il a néanmoins fini par couper le contact.

— Papa !

Jennie essayait d'actionner le levier de la portière. Je lui ai ouvert de l'extérieur et elle s'est apprêtée à descendre avec difficulté, un grand sac rempli de jouets dans les mains. Renonçant à le prendre, elle a mis pied à terre pour venir se serrer contre moi. Quand je me suis penché vers elle, elle m'a montré le sac.

— Elle ne savait pas quoi choisir, alors elle a presque tout emporté, m'a expliqué Morgan.

J'ai poussé la portière avec un peu plus de force que nécessaire et tendu ses jouets à ma fille.

— Oncle Ross est derrière la maison. Tu veux que je porte tes affaires ?

Jennie m'a signifié que non et s'est mise à marcher en essayant de ne pas traîner le sac derrière elle. Morgan voulait à l'évidence me parler car il restait planté à côté de son véhicule. Nous ne nous étions pas revus depuis qu'il m'avait photographié dans un triste état.

— J'ai quelque chose à te dire, m'a-t-il annoncé solennellement.

Je n'avais aucune envie de l'écouter, mais je me suis tu.

— Ce que j'ai fait, c'était pour te rendre service, a-t-il déclaré en me montrant la balancelle.

Je me suis gratté le cou. C'était ça ou le frapper.

— Non, Morgan… Si tu avais vraiment voulu m'aider, tu sais ce que tu aurais fait ? Tu m'aurais forcé à prendre un bain, à m'habiller et à aller voir ma fille. Ensuite, tu m'aurais demandé pourquoi j'avais replongé. Au lieu de quoi tu m'as pris en photo et tu as couru trouver Tricia pour me piéger.

— Je regrette que tu voies les choses sous cet angle. Je pense qu'il est mauvais de dissimuler les choses.

— Je n'appellerais pas ça « dissimuler ». C'est ce qu'aurait fait un ami pour me porter secours. Il ne s'agit pas de cacher les problèmes, mais d'aider de la meilleure façon qui soit. Cette photo, c'était un coup de poignard dans le dos, alors ne viens pas me dire que tu m'as rendu service.

— Pourquoi est-ce qu'on ne peut pas discuter comme deux personnes raisonnables ?

— À cause de ton comportement, justement. Depuis que je te connais, tu passes ton temps à compliquer ma relation avec Tricia et Jennie.

— Je regrette que tu voies les choses sous cet angle, John, a-t-il répété.

— Si tu redis ça encore une fois, je te fous mon poing dans la gueule. Tu as pris cette foutue photo uniquement pour prouver à Tricia que tu avais raison et que j'allais encore tout faire foirer. Reconnais-le et on pourra commencer à discuter.

Il n'a pas répondu. Il devait regretter que je voie les choses sous cet angle.

— Je viendrai chercher Jennie quand tu voudras, envoie-moi un SMS.

— Pas la peine, je la ramènerai.

Il a acquiescé, puis est remonté dans son monstre d'acier. Pendant qu'il manœuvrait pour faire demi-tour, la voiture du père de Maggie a surgi sur le chemin. Ils se sont croisés, Morgan a regardé mon amie avec curiosité.

— C'était qui ? m'a demandé Maggie en descendant.

Elle portait une robe à fleurs qui m'a coupé le souffle.

— Morgan, lui ai-je répondu en la contemplant.

Tu devrais réfléchir à ce que tu ressens pour elle, parce qu'elle compte rester à Carnival Falls.

Sous la pergola, c'était beaucoup plus gai. Ross avait terminé de nettoyer le barbecue et Jennie était en train de disposer les assiettes sur la table. Elle s'est précipitée dessous dès qu'elle nous a vus.

— Qui est cette belle petite fille ? a demandé Maggie.

— Elle fait sa timide, a répondu Ross en mettant du charbon de bois sous le gril.

— Viens dire bonjour à Maggie.

Les doigts de Jennie, puis ses yeux sont apparus au bord du plateau.

— Tu te souviens que je t'ai parlé d'elle quand on était près du marais aux papillons ? Maggie et Ross sont mes amis d'enfance.

Mon argument ne l'a guère convaincue et elle n'est pas sortie de sa cachette.

Chapitre 45

Nous avons passé un merveilleux après-midi. Maggie a mis Jennie en confiance pendant le déjeuner, et lorsque nous sommes partis nous promener aux abords du marais aux papillons, elles étaient devenues inséparables. Jennie lui a parlé de ses poupées, de ses amies de la maternelle et de ses émissions de télévision préférées. Maggie lui ayant dit qu'elle n'était pas revenue à Carnival Falls depuis longtemps, ma fille se sentait obligée de tout lui expliquer dans les moindres détails.

Au moment de partir, Jennie était si fatiguée qu'elle n'a opposé aucune résistance. Après s'être plaint de ne pas avoir fermé l'œil de la nuit à cause de voisins trop bruyants, Ross nous a annoncé qu'il partait et a proposé de ramener ma fille, mais auparavant il a lancé toutes sortes d'insinuations sur le fait qu'il nous laissait seuls, Maggie et moi.

Nous avons préparé du café et sommes passés tous les deux au salon. J'avais mis un disque de Blur.

— Je vais prendre un appartement ici. Je suis en train de chercher, a déclaré Maggie.

La maison des Burke étant pourtant spacieuse, je n'ai pas caché ma surprise.

— Je ne savais pas que tu avais l'intention de rester.

— Moi non plus ! s'est-elle exclamée en riant avec nervosité.

— En tout cas, j'en suis ravi. Les gens que tu aimes vivent ici, alors quels que soient les déboires que tu as eus à Londres, tu es dans le meilleur endroit possible pour tout oublier.

— D'ailleurs, à ce sujet…, a-t-elle commencé d'un air sombre.

— Ne te sens pas obligée de m'en parler si tu n'en as pas envie.

— Justement si, Johnny. Maintenant, je suis prête. Depuis que je suis rentrée, je me sens bien. Comme si la vie que j'ai menée à Londres était celle de quelqu'un d'autre. Tu vois ce que je veux dire ?

— Oui.

Pendant toutes ces années, Maggie n'était pas revenue à Carnival Falls et, plus étrange encore, ses parents n'avaient pas davantage fait le voyage jusqu'en Angleterre.

— Au début, c'était un souci d'argent. Comme Andrew et moi, on essayait de se faire une place au soleil, ça n'avait aucun sens de dilapider nos économies en billets d'avion. Mais ça, c'était juste pendant les deux premières années. Après, j'ai ressenti le besoin de revenir. Et tu sais quoi ? Pour finir, je ne l'ai pas fait et j'ai dit à Andrew qu'on irait plus tard, qu'on avait une hypothèque sur le dos et que c'était du gaspillage. Je discutais presque tout le temps avec mes parents sur

Skype au point d'avoir l'impression de les avoir à côté de moi.

Elle s'est écroulée dans le canapé, ses yeux rougis levés vers le plafond.

— Tu ne peux pas imaginer la quantité d'imbécillités que je me mettais dans le crâne à l'époque. Ne pas revenir en était une, mais il y en avait d'autres.

— Au fond de toi, tu te doutais que si tu prenais un billet pour Carnival Falls, il te serait difficile d'en repartir.

— Difficile, non. Impossible plutôt, a-t-elle soupiré. On dit que la troisième année d'une relation est une épreuve à passer, non ? C'est exactement ce qui est arrivé dans notre cas. Avec Andrew, j'avais des rapports très particuliers… Guindés.

— Qu'est-ce que tu veux dire ?

La frénésie de Blur s'accordait mal avec la teneur de nos propos.

— J'exagère peut-être un peu. Andrew n'est pas quelqu'un d'expansif et tu sais comme je le suis. Avec lui, je me suis habituée à un autre genre de vie. Du jour au lendemain, je me suis retrouvée à planifier nos activités du week-end comme si j'organisais l'emploi du temps d'un politicien où l'improvisation n'a pas sa place. Il était tellement tatillon et prenait tellement soin de moi en calculant tout qu'au lieu de s'amuser, on en est arrivés à l'effet contraire.

— Je comprends. Vous êtes tombés dans la monotonie.

— J'ai commencé à travailler comme secrétaire dans un cabinet d'avocats, ce qui m'a apporté un peu d'oxygène. Comme pour lui ça marchait bien aussi, on aurait pu aller sans problème aux États-Unis, mais j'inventais toutes sortes d'excuses pour ne pas le faire. C'était il y a un ou deux ans, peut-être un peu plus. J'avais l'impression que j'allais m'effondrer d'un instant à l'autre et j'ai commis la plus grosse erreur qu'on puisse faire quand on est en couple.

Je connaissais la suite car moi aussi je l'avais commise, bien que pour des raisons très différentes.

— Croire qu'un enfant va tout régler…, a-t-elle conclu.

Elle s'est levée et dirigée vers la chaîne hi-fi.

— Je vais trahir Blur un moment, a-t-elle décrété en me montrant un album de Franz Ferdinand.

— Génial !

Elle n'avait pas touché à son café et a refusé que je le lui réchauffe. La batterie endiablée du groupe a envahi le salon.

— J'étais persuadée que, dans un couple, il est normal que l'ennui s'installe, a-t-elle enchaîné. J'avais tellement entendu qu'un enfant, ça change tout, que j'ai pensé qu'un bébé effacerait les côtés négatifs de notre existence.

Elle m'a regardé.

Jennie avait transformé ma vie, mais pas ma relation avec Tricia, qu'elle avait au contraire pulvérisée.

— Andrew était d'accord, et je dois avouer qu'au début on a connu une courte période de bonheur. Pendant les premiers mois. Ensuite, je me suis inquiétée parce que je n'arrivais pas à tomber enceinte. D'après le médecin, c'était une question de temps. Il ne se trompait pas : un an après, j'attendais un enfant.

J'étais pétrifié. Apprendre les faits par la rumeur et entendre le récit de Maggie étaient deux choses bien distinctes. On ne m'avait pas informé de la fin de l'histoire, mais je savais que ce n'était pas un dénouement heureux. J'ai adressé à mon amie un sourire triste pour tenter de la réconforter.

— Ma vie était devenue un enfer, Johnny. Je ne pensais qu'à ça. Quand le médecin et Andrew évoquaient d'autres possibilités de concevoir ou même l'adoption, je me fermais comme une huître et refusais de les écouter. Toi qui me connais mieux que personne, tu sais que je ne suis pas comme ça. Pour la première fois de ma vie, quand je me regardais dans un miroir, je voyais une étrangère.

Elle errait dans le salon sur le rythme hypnotique de « Dream Again ».

Si les océans sont partis, si les montagnes soupirent, moi je continuerai de rêver.

— J'avais l'impression de vivre une autre vie. Comme si une autre personne avait pris le contrôle de la mienne.

J'ai hoché la tête. Je la comprenais mieux qu'elle ne l'imaginait.

— Andrew est très analytique. Il me disait que si je ne me sentais pas bien, je devais consulter. Pour lui, c'était aussi simple et linéaire que ça. Maintenant, je sais que ne pas tomber enceinte n'était que la pointe émergée de l'iceberg. Rien n'allait et je n'arrivais pas à sortir du labyrinthe semé d'embûches et de mensonges dans lequel je m'étais engagée.

Maggie regardait fixement le sol. J'aurais aimé m'approcher d'elle et la serrer contre moi, mais ce n'était pas le moment. Elle luttait pour vider son sac et avait besoin de le faire seule.

— Quand j'ai été enceinte, j'ai cru que tout s'arrangerait. Les miracles sont une bénédiction, pas vrai ? C'était un garçon, a-t-elle ajouté, le visage radieux. On voulait l'appeler Christopher. J'ai eu une grossesse difficile, je ne sortais pratiquement pas de l'appartement. Je choisissais ses vêtements, sa poussette, ce genre de choses. Jusqu'au jour où, à la fin du quatrième mois, un signal d'alarme s'est déclenché dans ma tête pendant que je lisais. Je n'ai pas eu mal, je n'ai pas senti de mouvements étranges dans mon ventre, bien au contraire. Je me suis palpée et j'ai fondu en larmes…

Elle s'est tue, incapable de poursuivre.

— Maggie…

— J'ai besoin de te raconter tout ça, Johnny.

Je l'ai enlacée sans parvenir à me contenir. Elle pleurait, blottie contre mon épaule. Quelques minutes plus tard, elle m'a repoussé avec délicatesse et a séché ses larmes avec un doigt.

— On est allés chez le médecin, qui m'a confirmé ce que je savais déjà. C'est là que le cauchemar a commencé. Accoucher d'un enfant mort est un drame que je ne souhaite à personne. Rien ne peut y préparer. Rien.

— Je suis vraiment désolé. J'ignorais que tu avais traversé ça.

— Mes parents savent que j'ai fait une fausse couche, mais ils ne sont pas au courant des détails et ignorent dans quelles circonstances ça s'est produit. C'est inutile que je leur explique. Quant à ce qui est survenu ensuite, je préfère ne pas le leur révéler.

Elle s'est tournée vers moi, très sérieuse, avec dans les yeux de la peur et une expression que je ne parvenais pas à définir.

— J'ai suivi un traitement, il le fallait. À la date à laquelle Christopher aurait dû naître, Andrew est rentré à la maison et a trouvé le plancher détruit et moi assise, une hache entre les mains. J'avais tout saccagé et il m'observait les yeux écarquillés, comme toi à présent.

Elle a souri.

— C'est tellement triste, Johnny ! Je me rappelle parfaitement l'idée qui m'obsédait. J'étais persuadée que mon fils était vivant, caché quelque part dans l'appartement, et qu'Andrew m'interdisait de le voir. Ce jour-là, je l'ai menacé avec la hache : s'il ne me disait pas où était Christopher, j'allais le découper en morceaux. On a dû m'interner pendant une semaine.

Je peinais à reconnaître Maggie dans ce récit. Elle qui avait toujours été sensée, simple, une femme à l'esprit pratique, la voix de la raison…

— Je n'ai jamais recommencé. Les médicaments m'ont beaucoup aidée, j'étais sous contrôle, mais mon obsession a continué de me tourmenter pendant des mois sans me laisser aucun répit. Je me réveillais en pleine nuit et cherchais Christopher partout. Andrew essayait de me faire entendre raison, et quand il y arrivait, j'étais quand même méfiante à son égard. L'an passé, mon état s'est amélioré, j'étais en voie de guérison. Andrew a lui aussi souffert énormément. À cause de la perte du bébé et de ce qui est arrivé ensuite. Ça doit être assez difficile de découvrir sa femme armée d'une hache pour te tuer.

Elle a de nouveau esquissé un sourire nerveux. La voir ainsi me fendait le cœur. Je me représentais sa souffrance et regrettais de ne pas avoir été là pour la soutenir.

— Merci de m'avoir écoutée, Johnny, a-t-elle conclu en m'enlaçant. J'ai besoin de ça en ce moment, on a tous les deux besoin d'être ensemble.

Je me suis écarté, ne sachant pas ce qu'elle entendait par là. Nos visages étaient à quelques centimètres l'un de l'autre, comme par le passé.

— J'ai besoin de la présence de mes amis. Toi, Ross et aussi ma famille, bien sûr. C'est ridicule, mais bon…

— Pas du tout ! Peu importe ce que tu as à me confier, fais-le, tu peux compter sur moi.

— Je dois définir mes priorités. Je suis rentrée en partie pour ça.

Un sourire rayonnant est enfin apparu sur ses lèvres, celui-là même dont j'étais tombé éperdument amoureux des années plus tôt.

Chapitre 46

Quinze ans auparavant, mon père avait étouffé ma mère avec un oreiller. Quelques jours plus tard, il s'était tiré une balle dans la tête à l'aide d'un fusil mystérieusement arrivé dans sa cellule, au commissariat de Carnival Falls. Harrison, alors commissaire, m'a annoncé son suicide dans le salon de ma maison, en y mettant tout le soin et la solennité requis par la situation. C'était le deuxième choc que je recevais en peu de temps, mais je me rappelle avoir accueilli la nouvelle avec un calme étrange. J'avais perdu mes parents, que j'aimais profondément, et venais d'acquérir une lucidité inhabituelle, à croire que ces drames avaient fait surgir de nouvelles perspectives et non du désespoir. Je songeais par exemple à l'éventualité très probable que l'arme avec laquelle mon père s'était supprimé lui ait été fournie par Harrison, son ami le plus cher. Comment un garçon pouvait-il raisonner ainsi après avoir reçu une nouvelle dévastatrice ?

Une autre tragédie m'attendait à présent, sans doute aussi affligeante, si ce n'est plus, et le messager n'était pas Harrison. Je suppose que les membres du club B, qui veillaient sur moi, avaient dû se concerter. Quand un malheur vous frappe, il se trouve toujours plusieurs personnes pour prendre les décisions et se charger d'en minimiser l'impact, de peser les mots et le ton à adopter.

J'imaginais les membres du club Bilderberg débattant pour savoir qui devrait s'adresser à moi. Faute d'une réponse satisfaisante, ils avaient décidé d'aller me trouver tous les quatre.

Le matin du 2 juin, soit onze jours après avoir vu mon frère à Meditek, j'ai ouvert la porte et découvert Bill Foster, Richard Sullivan, Harrison et Bob Burke, le club B au complet ou ce qu'il en restait.

— Mark va bien ? ai-je demandé aussitôt.

Richard Sullivan, qui avait exercé la profession de médecin, avait dû très souvent annoncer de mauvaises nouvelles à ses patients ou à leur famille. Il a pourtant été le premier à détourner le regard, répondant ainsi à ma question. Harrison, qui avait un tempérament d'acier, m'a observé comme il ne l'avait jamais fait, les larmes aux yeux.

— Mark s'est ôté la vie, a-t-il murmuré.

Loin de perdre contenance ou de m'effondrer, ce que j'allais faire par la suite, je suis resté très calme.

— Comment ?

L'ancien commissaire n'avait pas dit « Mark est mort », mais « Mark s'est ôté la vie », et je savais qu'il n'aurait jamais affirmé ça s'il n'en avait pas été sûr. Si j'avais eu affaire à un policier inexpérimenté, j'aurais eu des doutes. Je l'ai laissé m'étreindre, les bras ballants, les yeux dans le vague, j'ai permis que la triste nouvelle envahisse chaque centimètre de mon corps.

J'étais en état d'apesanteur, peut-être sur le point de m'évanouir, gagné par la sensation que plus rien n'avait d'importance.

À compter de cet instant et pendant plusieurs minutes, les faits se sont succédé comme des flashes. Nous sommes entrés dans la maison pour nous asseoir autour de la table, que je présidais. À côté de moi, Harrison s'exprimait d'une voix posée, prononçant de courtes phrases, ou alors c'était moi qui ne captais que des bribes de son discours.

Mark s'est tiré une balle dans la tête. Hier soir, chez lui. Darla n'était pas là.

Bob a ensuite pris la parole et je l'ai regardé comme s'il n'était pas vraiment là. Je tombais peu à peu dans la spirale de l'incrédulité, et la même question se répétait dans ma tête. Harrison a sorti une enveloppe ouverte de la poche de son pantalon. Elle portait mon nom, écrit de la main de Mark, et contenait une lettre d'adieu.

Mon cher Johnny,

Tu te souviens certainement de l'histoire que je vais te raconter. Mais peut-être pas. Quand tu avais six ou sept ans, tu es venu dans ma chambre par une nuit d'orage. Depuis quelques mois, je m'étais installé dans celle du fond, et tu avais du mal à t'adapter à ce changement. J'ai ouvert les yeux et je t'ai vu, debout sur le seuil, dans l'horrible pyjama à losanges bleus que j'avais porté avant toi. Je t'ai demandé ce qui se passait, si tu avais peur du tonnerre ou si tu ne te sentais pas bien, et tu m'as répondu, avec le calme que les enfants sont capables d'avoir quand ils affrontent l'inconnu, qu'il y avait un étranger dans ta chambre. Au début, je me suis inquiété, mais quand je t'ai interrogé, tu m'as répondu qu'il s'agissait de l'homme-arbre, une créature qui vivait dans la forêt et rôdait parfois autour de la maison. Petit, tu faisais déjà preuve d'un sacré génie créatif. Je t'ai raccompagné jusqu'à ton lit, mais au lieu de te convaincre que les hommes qui ont des branches à la place des membres n'existent pas, je t'ai dit que j'allais t'apprendre un truc auquel j'avais recours quand je dormais dans cette chambre. Nous nous sommes couchés et je t'ai demandé de poser la main sur le matelas, plus ou moins au milieu, et d'y exercer une pression de l'index. Je t'ai expliqué que ce bouton invisible émettait un signal inaudible pour les humains, mais que l'homme-arbre capterait assurément. Il comprendrait alors qu'il devait rester dans la forêt. Tu m'as regardé en fronçant les sourcils et tu as déclaré que cette créature n'était pas méchante, mais que quand elle sortait des bois, son aspect était effrayant. Je t'ai dit que lorsque le moment serait venu, tu pourrais aller la voir et être son ami. Tu as trouvé ça merveilleux. Après, tu t'es endormi.

Ce jour-là, j'ai pris conscience que j'avais un petit frère particulier, capable d'inventer des univers et d'y vivre. Nous sommes très différents l'un de l'autre, mais deux moitiés d'un même tout.

J'ai pris une décision qui m'apaise. J'emporte mes raisons dans la tombe, mais je veux que tu saches qu'elles sont sans rapport avec ce qui s'est passé dans ma vie ces derniers temps. Il vaut mieux laisser ces événements derrière nous. Crois-moi, ça ne vaut pas la peine de s'en préoccuper. Profite de Jennie qui a été, est et restera ce que tu as de plus beau dans la vie. C'est une Brenner, et toi et moi perdurons en elle. Apprends-lui l'importance des rêves, à savourer les petites choses et à se cacher de l'homme-arbre dans sa bulle imaginaire.

Sois heureux et dis-toi que chaque drame dissimule une chance.

Je regrette infiniment que mon départ laisse une trace sur ce chemin. La plus dure. Je sais que tu comprendras mon geste.

Ton frère qui t'aime,

Mark

Chapitre 47

J'ai lu la lettre de Mark deux fois avant de la plier avec soin et de la glisser dans l'enveloppe. Harrison, Bob Burke, Richard Sullivan et Bill Foster m'étudiaient à l'autre bout du salon comme un jury d'évaluation, ce qu'ils étaient en quelque sorte.

Comment va réagir ce brave Johnny, cette fois ?

— Mark a laissé trois lettres dans le coffre-fort de sa maison, a déclaré Bob Burke.

Le père de Maggie était avocat et semblait tout indiqué pour s'occuper des questions juridiques.

— Une adressée à Darla, une autre à Chris Murphy et la troisième à toi. Il a changé le code du coffre et l'a envoyé par SMS à Darla, qui n'a pas compris pourquoi jusqu'à ce qu'elle apprenne la nouvelle. On suppose aussi qu'il l'a changé pour qu'elle sache qu'il y avait entreposé les enveloppes, qu'il n'a pas voulu laisser en évidence. Il devait avoir ses raisons.

— Il ignorait qui entrerait le premier dans le bureau, a ajouté Harrison. Ça va, Johnny ?

— Oui, oui.

— L'agent de police qui s'est rendu sur les lieux l'a

ouverte, a-t-il enchaîné en désignant l'enveloppe que j'avais dans les mains. Ils sont obligés.

— Un policier ?

— C'est la procédure tant qu'il y a des soupçons.

Les amis de mon père se lançaient des regards étranges.

— C'est Darla qui a découvert le corps ?

— Non, a répondu Harrison. Viens, on va boire quelque chose de frais.

Nous sommes allés à la cuisine et nous sommes assis autour de la table ronde. Richard m'a servi un verre d'eau.

— Les voisins ont appelé la police après avoir entendu trois coups de feu. Apparemment, Mark a tiré deux fois pour attirer l'attention. Dean et ses hommes ont repéré les impacts dans le plafond de son bureau. Il avait ouvert les fenêtres. Mark avait tout prévu. Darla a été prévenue par le commissariat et elle est tout de suite rentrée.

— Il a voulu lui épargner la scène, a soufflé Richard de sa voix douce.

— Et toi, tu l'as vu, Richard ?

Ils avaient tous à peu près le même âge, mais le temps avait fait des ravages sur Richard Sullivan : il avait les cheveux blancs et le visage sillonné de rides. Il était parvenu à arrêter de fumer deux ans auparavant, mais l'abus du tabac pendant des années avait laissé des traces.

— Oui, le médecin m'y a autorisé. Il n'a pas souffert.

On pouvait s'y attendre. Mark avait toujours tout fait avec minutie, y compris son suicide. Je me suis rappelé la dernière fois que nous nous étions parlé dans les locaux de Meditek. Je l'avais trouvé bizarre, mais de là à m'imaginer qu'il se supprimerait... Il avait pourtant échafaudé son plan. Ce qu'il m'expliquait dans la lettre prenait désormais tout son sens : il n'avait pas voulu que je voie des fantômes là où il n'y en avait pas.

Crois-moi, ça ne vaut pas la peine de s'en préoccuper. J'emporte mes raisons dans la tombe.

— Et Darla, ça va ?

— Oui, dans la mesure du possible. Elle a eu une légère crise d'angoisse. Une amie est venue lui tenir compagnie.

Ils se sont de nouveau consultés du regard. Ils avaient autre chose à me dire.

Autre chose.

Harrison a pris la parole :

— Timbert et le policier qui a découvert le corps vont ouvrir une enquête, ils me l'ont annoncé aujourd'hui. Ils ont appris la mise en vente de Meditek, par Ian Martins, je crois, et pensent qu'il ne faut pas classer l'affaire.

— Je ne comprends pas. Ils mettent en doute le fait que Mark se soit suicidé ?

— Non, mais compte tenu de l'importance d'une telle opération, ils préfèrent ne rien laisser au hasard.

— Dean Timbert n'a pas de flair, c'est ça, le problème, a lâché Bob. Il ne songe pas à la douleur de la famille.

— Arrête, Bob, l'a prévenu Harrison.

— En quoi cette enquête nous dérangerait-elle ?

— Ils ont ordonné une autopsie. On aura les résultats dans une semaine s'ils se dépêchent.

— Ils ont le droit ? Ce qui est arrivé semble pourtant évident.

— Ils peuvent le faire s'ils ont un doute raisonnable. Dans ce cas, il est minime, mais il existe. En toute sincérité, je suis d'accord avec Dean. Moi aussi, j'aurais demandé une autopsie.

L'opinion de Harrison comptant beaucoup à mes yeux, je me suis rangé à son avis. Tandis que je songeais à la façon dont l'autopsie retarderait les obsèques de mon frère, le mécanisme de défense resurgissait, semblable à un bois flottant sur une mer irréelle, et je me disais que Mark ne pouvait pas être mort, qu'il devait y avoir une erreur. Les jours suivants, j'allais comprendre que la disparition de mes parents ne m'avait pas préparé à celle de mon frère aîné. Il n'y avait rien à faire : Mark n'avait pas pu mourir, c'était impensable.

— … range pas ?

Bob m'observait. Constatant que je gardais le silence, il a répété :

— Ça ne te dérange pas ?

— Quoi ? L'autopsie ?

— Non, a-t-il répondu en se calant sur sa chaise. Je te disais que Maggie avait envie de te tenir compagnie. Si ça ne te dérange pas, évidemment.

Maggie.

Penser à elle suscitait en moi un sentiment étrange, à la fois agréable et gênant.

— Je ne sais pas.

Ils se sont levés et ont quitté la cuisine. Bob a parlé au téléphone. Je suis resté là un moment, jusqu'à ce que Harrison apparaisse dans l'encadrement de la porte pour me demander si ça allait.

J'avais bu mon verre d'eau. J'ai acquiescé. Je lui ai dit que je venais tout de suite, au lieu de quoi j'ai continué d'observer le verre vide comme si je cherchais à le faire bouger à distance.

Chapitre 48

Maggie est arrivée après le départ du club B. Dès que j'ai ouvert la porte, elle a laissé tomber le petit sac qu'elle avait apporté et m'a enlacé. Elle m'a demandé si ça allait, j'ai acquiescé une fois de plus, comme je l'avais déjà fait à trois reprises en répondant à la même question, et comme j'allais encore le faire très souvent les jours suivants.

Nous avons pris place dans les fauteuils du salon et je lui ai tendu la lettre de Mark qu'elle a lue en silence. Elle me l'a rendue les yeux humides, et m'a dit qu'elle était désolée.

Je n'étais pas abattu, malgré la sensation d'angoisse et de vide qui ne me quitterait probablement plus jamais. Lorsque j'étais seul, une pensée avait commencé à gagner en force ; j'ai tâché de la lui décrire le mieux possible avec des mots :

— Je lui fais confiance. S'il a fait ce qu'il a fait, c'est qu'il le désirait, qu'il le fallait ou pour une autre raison. Si ce n'était pas mon frère qui avait commis un suicide, mon raisonnement serait différent et je penserais qu'il n'avait pas toute sa tête, qu'il était dépressif… mais Mark n'était pas comme ça.

Elle a hoché doucement la tête.

— Tu l'as vu à Meditek, Maggs. C'est l'homme le plus costaud que j'aie connu, et peut-être aussi le plus fier. Il n'a pas agi par désespoir, c'est inconcevable, tu comprends ce que je veux dire ?

Elle gardait le silence.

— Mon père s'est suicidé par désespoir, il a tué ma mère dans un acte charitable, et quand on l'a jeté en prison, il s'est senti acculé. La vie n'avait plus aucun sens pour lui, à moins qu'il n'ait pensé qu'il serait un mauvais exemple pour ses enfants, qu'on aurait une vie meilleure sans lui, je n'en sais rien. J'ignore ce qui lui est passé par la tête, mais je connaissais bien Mark. Mieux que personne.

— Parfois…, a soufflé Maggie en choisissant ses mots. Parfois, les personnes les plus fortes sont celles qui portent les plus lourds fardeaux.

J'emporte mes raisons dans la tombe.

— J'ai toujours profondément respecté et admiré Mark, ai-je repris d'un ton grave. Et ça, c'est pour toujours.

— Je le sais.

— Je vais faire ce qu'il me demande dans la lettre, Maggs. On ne reparlera plus du laboratoire ; j'ignore ce qui est arrivé à cette fille, si les Coréens sont mêlés à cette histoire… Je veux qu'on oublie tout ça. Même s'il me le dit entre les lignes, c'est ce qu'il souhaitait.

— Tu ne veux pas prendre un peu de recul ? C'est très récent, Johnny.

— Non. Ce qui s'est passé cette nuit-là, ici même, et ce que nous a raconté Mark doit s'effacer de notre mémoire. J'en discuterai avec Ross plus tard. Je peux te faire confiance ? Crois-moi, je n'ai pas l'intention de commettre une bêtise. Je suis vraiment content que tu restes, ai-je ajouté en regardant son sac. Je sais que ton père te l'a demandé, mais tu n'as pas à…

— C'est vrai que mes parents me l'ont demandé, mais je veux être avec toi.

— Merci.

Tous pensaient que j'allais de nouveau sombrer dans l'alcool et je ne leur en tenais pas rigueur. Mais je n'avais pas la moindre envie de boire. Je me sentais fort. Mark n'était plus de ce monde et cela signifiait que je devais commencer à me prendre en charge. Je n'avais plus de filet de protection. Si je tombais, personne ne me rattraperait.

Je me suis levé.

— Viens, suis-moi.

Nous sommes allés à mon bureau, et j'y ai pris dans un tiroir tout ce qui concernait Paula Marrel. Nous sommes sortis, Maggie m'a emboîté le pas en silence. Sous la pergola, j'ai posé les documents de manière cérémonieuse sur le barbecue : le portrait au crayon de Paula, la photographie de la voiture de Lila, le dessin du collier. J'ai approché la flamme d'un briquet des papiers. Le feu a pris rapidement et les flammes ont dévoré les feuilles. Leur danse orangée nous a hypnotisés pendant quelques secondes, puis tout a été réduit en cendres. Nous sommes restés là un moment.

— On va effacer l'historique du portable et de l'ordinateur, ai-je lâché, le regard vide.

— Viens, on y va, m'a dit Maggie en me prenant par la taille.

Avant de rentrer, le moteur d'une voiture qui s'approchait nous a surpris. Je savais exactement de quel genre de véhicule il s'agissait. C'était peut-être Morgan. La seule idée de le voir me révulsait. Il s'agissait d'une fourgonnette de FedEx. Ross s'occupait de la logistique dans cette société, mais il avait cessé depuis longtemps de livrer des paquets.

Le livreur est descendu de voiture, m'a demandé mon nom et remis une enveloppe légèrement bombée qui ne contenait pas uniquement des documents. En voyant que le nom de l'expéditeur était Mark Brenner, je me suis figé. J'ai signé le reçu électronique comme un robot. Maggie n'en croyait pas ses yeux. L'homme est parti et nous sommes restés immobiles sans pouvoir dire un mot.

J'ai décacheté l'enveloppe sur la table de la cuisine et vu une petite boîte en carton. Quand je l'ai ouverte, j'ai distingué deux pilules oblongues de couleur orange que j'ai immédiatement reconnues.

Il n'y avait rien d'autre.

Chapitre 49

Les jours qui ont suivi la mort de Mark ont été difficiles. La première nuit, j'ai à peine fermé l'œil. Maggie a dormi dans la chambre d'amis et est descendue à la cuisine en m'entendant préparer du café. Nous avons discuté du bon vieux temps, de Mark et d'elle, de Ross et de moi. Le lendemain, j'étais fatigué, mais je suis allé voir Darla. Je n'en avais guère envie, mais il le fallait. Elle était bouleversée, je l'ai consolée, lui ai dit que tout irait bien et que Mark avait pris cette décision pour des raisons intimes qui n'avaient rien à voir avec nous. J'ignore si elle m'a cru, mais peu importait. Elle m'a fait lire la lettre que mon frère lui avait laissée, plus courte, plus concise que la mienne et moins personnelle.

Ross est passé me voir lorsque Maggie est partie chercher du linge de rechange chez ses parents. L'opération « Ne laissons pas Johnny tout seul » était lancée et je ne m'en plaignais pas.

Nous sommes allés nous promener dans la forêt et y avons emprunté les sentiers de notre enfance pour atteindre Union Lake sans piper mot. Nous avions l'habitude de garder le silence.

— Tu ne te souviens vraiment pas de l'homme-arbre dont Mark parle dans sa lettre d'adieu ? m'a-t-il demandé tout à trac.

— Non.

— C'est bizarre.

Nous étions arrivés au bord du lac. Ross s'est assis sur un des bancs en bois, face aux eaux calmes, près de l'endroit où j'avais lancé la bouteille vide.

— Je trouve que ce bouton invisible sur lequel appuyer pour tenir la créature de la forêt à distance te correspond davantage qu'à ton frère. J'imagine plutôt Mark expliquer le mécanisme d'un système d'alarme, ou apprendre à Tigran à aboyer en présence d'un inconnu. Il était très rationnel.

Je comprenais ce qu'il voulait dire.

— Quoi qu'il en soit, Ross, tu as vu la lettre, c'est bien l'écriture de Mark, alors je ne vois pas pourquoi…

— Je ne mets pas en cause le fait qu'il l'ait écrite, loin de moi cette idée. Mais tu reconnaîtras quand même qu'il y a quelque chose d'étrange de sa part, même à l'âge adulte, non ? Tout particulièrement à l'âge adulte. À dix ans déjà, il avait un cerveau de scientifique.

— Oui, tu as sûrement raison.

J'étais resté debout près du banc, les yeux perdus sur l'autre rive du lac.

— Je vais te parler en toute franchise, Johnny. Tu affrontes ce drame avec beaucoup de courage, tu sais que je t'admire pour ça et que, quoi qu'il arrive, tu pourras compter sur moi.

Je me suis assis.

— Arrête de tourner autour du pot, Ross.

— Et si cet homme-arbre n'avait jamais existé ? Il se peut que tu ne t'en souviennes pas parce que c'est une invention de Mark.

J'ai réfléchi. Mon frère n'avait en effet jamais mentionné cette histoire auparavant. J'ai alors songé à Chris Murphy, à la soirée d'anniversaire de Mark, qui disait qu'à partir d'un certain moment les histoires marquantes s'épuisent.

— Je ne me rappelle pas qu'il ait fait allusion à cette histoire plus tard, ai-je avoué.

— C'est ça ! Mets-toi à sa place, Johnny. Mark veut t'écrire une lettre pleine de sincérité qui reflète les rapports merveilleux que vous avez eus, et il choisit de te raconter quelque chose qui n'a jamais eu lieu et qu'il n'a même jamais évoqué par le passé. Tu ne trouves pas ça étrange ?

— Si, ai-je répondu en devinant où il voulait en venir.

— Mark a inventé cette anecdote pour que tu sois le seul à t'en apercevoir. Toute autre personne qui lirait cette lettre, ce policier, par exemple, n'y verrait aucun message secret et serait persuadée que cette histoire est un souvenir propre à vous deux.

Il s'est levé et s'est posté devant moi.

— C'est douloureux de te parler ainsi, de mettre ces mots en doute ou en tout cas leur sens. Mark a le droit de reposer en paix, que tu te souviennes de lui de la meilleure manière possible.

Je l'ai stoppé dans son discours d'un signe de la main.

— Tu es comme un frère pour moi. Maintenant plus que jamais. Tu n'as pas à t'excuser. Ce que tu dis se tient et, si je n'y ai pas pensé, c'est que… ça n'a pas été simple pour moi. Si Mark a inventé cette histoire, c'est certainement lourd de sens. Tu as raison.

Il a acquiescé en silence. Je me suis éloigné pour marcher un peu. Sur ma droite, un canard tournait en rond et agitait les ailes au milieu des plantes aquatiques. Je l'ai observé un moment. Dans le reste de la lettre, Mark me disait que le passé récent n'avait rien à voir avec sa décision de s'ôter la vie, et que je devais tout oublier. Il était très persuasif.

Si l'épisode qui remontait à cette fameuse nuit, lorsque j'avais six ans, était faux, c'était sans doute pour Mark une façon de me faire comprendre que je ne devais pas prendre au sérieux les lignes suivantes.

Cela semblait cependant un peu tiré par les cheveux. J'avais cru que l'ESH qu'il m'avait envoyé signifiait qu'il fallait tout oublier, que je laisse tomber cette histoire.

À présent, je n'en étais plus aussi certain.

Chapitre 50

Je marchais dans la forêt de nuit.

Paula était derrière moi. Elle portait sa robe bleue et le collier étincelait sur sa peau blanche, éblouissante. Tout se déroulait comme dans mes rêves précédents, j'étais en terrain connu, familier.

Quand nous arrivions à la clairière aux peupliers, il n'y avait plus de fosse comme dans le rêve précédent, mais des plantes rampantes et un tapis d'aiguilles de pin. J'éclairais les lieux avec ma lampe torche et voyais les ombres s'étirer de tous côtés.

Je me retournais. Paula se tenait à cinq ou six mètres de moi, les cheveux légèrement agités par la brise, mais aussi immobile qu'une apparition spectrale. Figé dans une expression neutre, son visage s'animait ensuite comme celui d'un automate, elle affichait une mimique rieuse et prononçait la phrase que j'attendais :

— Tu as oublié quelque chose, John.

Elle avait un ton sarcastique. Je lui lançais un regard courroucé, je la détestais.

Le cri d'un hibou retentissait et, l'instant d'après, mes genoux étaient humides de terre et mes mains arrachaient avec frénésie les plantes aux longues tiges. Je me rappelais très bien ce qui était survenu la fois précédente, lorsque mes efforts pour creuser le sol de mes mains s'étaient soldés par un échec. Les doigts semblables à des griffes, je traçais des sillons, prenais la lampe que j'avais mise de côté et la braquais sur les lignes que je venais de dessiner. Elles restaient intactes. Je griffais de nouveau la terre deux, cinq, dix fois, jusqu'à en déblayer une grosse partie. Je pouvais continuer.

Avec une naïveté et un entrain enfantins, je regardais Paula, qui m'encourageait en levant le pouce. Je continuais de creuser, les doigts à vif, les ongles cassés. Je me réjouissais d'avoir mal. Je savais qui était enterré là, et si pour arriver jusqu'à son corps je devais m'écorcher les mains, j'étais prêt à le faire.

J'emporte mes raisons dans la tombe.

La lampe était posée sur le côté et n'éclairait pas le fond du trou, vers lequel j'étais obligé de me pencher de plus en plus afin de poursuivre ma tâche. Mes doigts touchaient soudain une surface plus dure, apparemment du bois, dont je cherchais les contours, une forme carrée de la taille d'un carreau. J'aurais pu prendre la lampe, mais j'étais si impatient que je préférais continuer de creuser afin de pouvoir la dégager. J'essayais de soulever l'objet, mais il était incrusté dans la terre, plus épais que je ne le pensais, d'une hauteur de dix centimètres à en juger par ce que j'étais arrivé à déblayer.

Je faisais une nouvelle tentative et il cédait, j'insistais jusqu'à ce que je puisse le soulever. On aurait dit un coffret en bois, ce qui m'était confirmé dans le faisceau de la lampe. Sur le couvercle était gravé le mot *SECRETS*.

Je l'examinais de plus près. Il avait été enterré, mais le bois était brillant et poli. Je promenais mes doigts sur la partie supérieure, sans me rendre compte que Paula s'était approchée et agenouillée près de moi. Elle aussi observait l'objet, fascinée. Alors que je m'apprêtais à en soulever le couvercle, sa main se posait sur la mienne pour interrompre mon geste. Elle était froide comme un poisson, mais je ne me dégageais pas. Nous luttions subtilement pour ouvrir ou ne pas ouvrir le coffret.

— Ce n'est pas encore le moment, déclarait-elle d'une voix que je ne reconnaissais pas.

Je réessayais, mais elle m'en empêchait de ses doigts durs à cause de la rigidité cadavérique. Je la regardais pour protester, lui ordonner de me libérer, mais avant d'avoir prononcé un mot, je découvrais un visage putréfié, une tête d'où pendaient des lambeaux de peau, une mâchoire béant dans un bâillement épouvantable.

Je criais, et tout autour de moi disparaissait : Paula, la boîte, la forêt. Je tombais dans un abîme obscur et des milliers de mains en tissu me touchaient de leurs doigts doux et très longs.

Maggie m'observait depuis le seuil de ma porte.

Chapitre 51

La semaine suivante a été pour moi un véritable apprentissage. Je savais que je devais me préparer à me séparer du corps de Mark. L'autopsie avait été une bénédiction, car je me demandais si j'étais prêt à voir un cercueil contenant la dépouille de mon frère disparaître dans une fosse. J'ai été élevé dans un foyer modérément chrétien. Ma mère m'avait emmené à l'église tant que cela avait été possible, mon père avait une « vision constructive » de la religion que je n'ai jamais trop comprise, mais qui dans la pratique se soldait par le fait qu'il acceptait certaines choses et d'autres non.

Pour ma part, j'ai toujours considéré la religion avec méfiance, même avant que ma mère tombe malade. Ce qui est survenu ensuite n'a fait que me plonger dans de puissantes contradictions. À certaines périodes, la foi m'animait de manière inexplicable, et en d'autres occasions elle devenait la cible de mes frustrations et de mon impuissance. Je n'étais qu'un enfant, alors je ne me sens guère coupable. Paradoxalement, mon alcoolisme m'a rapproché de Dieu. Nous n'étions pas les meilleurs amis du monde – pas encore –, mais en passe de le devenir.

Jennie est devenue mon bastion. Au début, je pensais qu'il valait mieux attendre un peu avant de lui apprendre la mort de son oncle, mais douée du sixième sens qu'ont les enfants, elle le savait. Un jour, elle m'a demandé si j'étais triste parce que oncle Mark était allé au ciel. Sur le moment, j'ai cru que Tricia m'avait facilité les choses en lui parlant, mais mon ex-femme m'a dit plus tard qu'elle n'en avait rien fait. Je dois avouer que Tricia m'a beaucoup soutenu ; même Morgan a refréné ses réactions stupides, du moins pendant un temps. J'ai passé trois jours entiers avec ma fille – Maggie était presque toujours avec nous –, et j'ai compris que la source d'énergie qui me permettrait de garder la tête hors de l'eau était cet être minuscule qui traînait ses poupées Barbie par les cheveux comme un homme des cavernes.

La courte cérémonie s'est déroulée dans l'église Saint-James. Le révérend Pigram, qui connaissait bien Mark, a fait un discours émouvant. Les positions de l'Église par rapport au suicide avaient évolué ces dernières années, et Michael Pigram, qui avait toujours été progressiste, l'était encore à soixante-dix ans. L'écouter a été pour moi le seul point positif de cette triste journée grise et pluvieuse.

Tout le monde s'est approché de moi pour m'adresser des condoléances auxquelles je répondais par la même phrase machinale. Les cérémonies d'inhumation sont le pire legs que nous ont laissé nos aïeux.

En sortant de l'église, je me suis mis à l'écart du groupe, car si un inconnu de plus me montrait son visage contrit, j'étais capable de lui envoyer mon poing dans la figure.

L'église Saint-James se trouve en haut d'une colline, isolée des autres constructions. Je me suis carapaté à l'arrière, dans le petit cimetière abandonné aux stèles de guingois, avec des statues grises et des croix de toutes tailles. Je me suis assis sur un banc de pierre sans me soucier de ce qu'il soit trempé. J'avais besoin d'être seul, ne serait-ce qu'un moment.

J'ai entendu des pas dans la petite allée latérale et levé la tête. C'était Maggie. Elle a ouvert un parapluie noir et est restée à côté de moi, adossée à un monument.

— Je n'ai pas l'intention de te demander comment tu vas, ne t'en fais pas pour ça.

— Je ne le supporterais pas, ai-je répondu en souriant.

Nous sommes restés là sans rien dire. Il pleuvait toujours, mais moins fort qu'auparavant, les gouttes frappaient la toile du parapluie comme des doigts invisibles.

— J'étais en train de penser à la fourgonnette que j'ai vue cette fameuse nuit, Maggs.

— Celle des Coréens, a-t-elle déclaré sans être persuadée de la validité de cette affirmation.

— Le type que j'ai vu à Lindon Hill n'était pas coréen. Il avait la photo de Paula… Il a dû en glisser une autre dans l'enveloppe au dernier moment.

— Tu crois que tu le reconnaîtrais ?

— Oui, je suppose. Il portait un béret et je ne sais pas si sa barbe était vraie, mais il avait des yeux particuliers.

J'ai pris doucement le manche du parapluie, que Maggie a lâché. Je l'ai soulevé. Le clocher de l'église me faisait l'effet d'un doigt obstiné et accusateur.

Quels secrets as-tu emportés avec toi, Mark ?

— J'ai dit que j'allais laisser tomber, Maggs, et je compte le faire. J'ignore si c'est ce que voulait Mark en écrivant cette lettre, contrairement à ce qu'estime Ross, mais je veux oublier cette histoire.

— Tu sais, Johnny, si Mark avait voulu te dire autre chose sans laisser planer le moindre doute, il aurait été plus clair. Il avait l'embarras du choix pour trouver le moyen adéquat.

— En glissant un mot dans l'enveloppe contenant les pilules d'ESH qu'il m'a envoyées, par exemple.

— Par exemple.

— Quoi qu'il en soit, Ross ne se trompe pas, et quelque chose dans cette lettre nous échappe, je le sens.

— N'y pense pas aujourd'hui.

J'ai enlacé Maggie de ma main restée libre.

— Merci.

— Je sais à quel point tout ça est douloureux.

Chapitre 52

La réception qui a suivi les obsèques de Mark était un événement sombre, l'envers de sa soirée d'anniversaire, organisée à peine un mois auparavant. La fille au talkie-walkie était différente dans sa tenue noire, avec ses lunettes à monture épaisse. Elle affichait une expression de joueur de poker en train de perdre beaucoup d'argent. Darla, qui avait réussi à garder contenance pendant la cérémonie à l'église Saint-James et au cimetière, s'était effondrée et on ne l'a presque pas vue.

Le club Bilderberg était là au complet, Harrison et Bob étant les moteurs de toute l'opération de soutien montée autour de la mort de mon frère. L'ancien commissaire s'était chargé d'accélérer l'autopsie pour que l'enterrement puisse avoir lieu au plus vite. Bob et sa femme avaient travaillé d'arrache-pied à l'organisation de l'événement par la société de pompes funèbres Thomson, une entreprise emblématique de Carnival Falls fondée un siècle plus tôt par le bisaïeul de Maggie.

Je suis resté dans le jardin avec Maggie. Il avait cessé de pleuvoir, mais de gros nuages noirs menaçaient. Lorsque Chris Murphy est venu nous trouver, je ne m'en suis guère réjoui. Il encaissait mal ce drame et je n'avais pas envie de discuter avec lui. Il s'est immobilisé à quatre ou cinq mètres de nous, à l'endroit où il avait tenu son beau discours lors de l'anniversaire de mon frère, et j'ai de nouveau songé que cette soirée était le négatif de celle qui l'avait précédée. Chris était l'ombre de l'homme joyeux qui nous avait tous émus avec l'anecdote liée à ma mère. Il en était sans doute conscient, d'où ses hésitations à venir me rejoindre. Il a séché les larmes qui coulaient de ses yeux rougis.

— Je suis vraiment désolé, John.

Maggie m'a lancé un regard dont la signification ne m'a pas échappé.

Tu veux que je parte ?

J'ai fait non de la tête.

Non, reste, s'il te plaît.

— Je sais que ce n'est pas le moment, a repris Chris, mais il faut que je te parle. Je te connais depuis que tu es tout petit, on se fait confiance, pas vrai ?

— Bien sûr, Chris.

Il cherchait ses mots, puis sa bouche s'est fermée et ses lèvres se sont crispées. À l'évidence, il luttait pour ne pas s'écrouler.

— Ça ne ressemble pas à Mark. Toi, tu le sais. Ce n'est pas Mark, a-t-il bredouillé, hébété.

— On a tous du mal à l'accepter, ai-je lâché machinalement, à défaut de trouver une phrase moins stupide.

Il s'est tu, a détourné le regard pour fixer un point dans le ciel, si longtemps que je me suis demandé s'il redescendrait jamais sur terre.

— Je lui ai parlé il y a deux ou trois semaines, a-t-il

repris d'un air absent. Quelques jours après sa fête d'anniversaire. Il m'a avoué qu'il avait des problèmes à Meditek, qu'avec Darla ça n'allait pas très fort, mais je l'ai trouvé solide, comme toujours. C'était le Mark que je connaissais. Tu n'as aucun doute sur son suicide, John ?

Il posait enfin la question qui lui brûlait les lèvres, mais en prononçant ces mots, il donnait l'impression de le regretter. Son visage s'était transformé.

— Chris, je crois vraiment que…, est intervenue Maggie en lui tapotant gentiment le bras.

— Non, je n'ai aucun doute, ai-je tranché.

— Tu sais, avec Mark on n'a jamais vraiment abordé le suicide de ton père…

Maggie ne cachait plus sa contrariété. Elle a tourné les talons en bredouillant des paroles incompréhensibles et m'a jeté un regard furieux avant de pénétrer dans la maison. J'étais d'accord avec elle : ce n'était ni le moment ni l'endroit pour parler de la mort de mon père, mais je comprenais Chris.

— Mark m'a avoué un jour qu'il pensait souvent à la manière dont votre père s'était supprimé, mais je ne l'ai plus jamais interrogé sur le sujet, et nous préférions éviter de remettre cette histoire sur le tapis. Il m'a juste dit que le suicide n'était pas dans les gènes des Brenner.

Je n'ai rien répondu, je n'avais pas du tout envie de revivre ces instants.

— Je suis désolé, John, je ne sais plus ce que je dis…

— Mark t'a laissé une lettre, ainsi qu'à moi, parce qu'il voulait qu'on ait des certitudes, pas des doutes. C'est sa décision, ai-je lâché d'un ton sans appel, las de consoler les autres.

— C'est un comportement digne de lui : être fort dans ses convictions, a-t-il reconnu.

— Tout à fait, et c'est pour ça que nous sommes ici maintenant et qu'on ne l'a pas enterré il y a dix jours. Parce qu'il y a eu une enquête. La police a bien voulu qu'on dispose du corps car elle est persuadée qu'il s'agit d'un suicide.

Il s'apprêtait à ajouter quelque chose quand la porte de la maison s'est ouverte. Nous avons vu Donna, la femme de Chris, sortir et venir jusqu'à nous. Elle était furieuse, même si son expression s'est radoucie en ma présence. Elle était désolée, je devais excuser Chris, qui n'aurait pas dû discuter avec moi. Elle l'a emmené à l'intérieur.

Maggie est revenue un instant plus tard.

— J'aimerais qu'on s'éloigne un peu.

J'étais partant pour qu'on aille marcher.

Chapitre 53

Nous nous sommes arrêtés dans une aire de jeux, quelques centaines de mètres plus loin. Les tape-culs, les balançoires, les toboggans et les structures à escalader ressemblaient à de gigantesques insectes attendant l'arrivée d'enfants.

Maggie et moi voulions nous asseoir sur un manège, mais il était trop mouillé et nous nous sommes adossés à une barre de gymnastique.

— C'est un vrai cauchemar, Maggie. Quand est-ce que ça va se terminer ?

— Je suis désolée, vraiment.

— Au cimetière, à l'instant où ils ont mis le cercueil dans la fosse, je n'arrêtais pas de penser à la boîte de mon rêve et aux « secrets » qu'elle renfermait.

— Arrête de te faire souffrir.

J'emporte mes raisons dans la tombe.

— Tout est tellement confus… Quand Chris a dit…

— Arrête, John, s'il te plaît. Donne-toi du temps.

Elle n'avait pas tort. Je me suis tourné vers elle.

— Je n'arrive pas à croire que tu sois revenue, Maggie. Tu es bien là, n'est-ce pas ?

Elle m'a enlacé en soupirant.

— Bien sûr que je suis là.

J'ai resserré mon étreinte et plongé ma tête dans ses cheveux, puis je l'ai repoussée délicatement.

— Viens, on va marcher un peu.

Nous venions à peine de quitter l'aire de jeux quand nous avons vu un homme en costume noir traverser la rue dans notre direction. Au début, j'ai cru que c'était un des serveurs de la réception, mais quelque chose dans sa démarche m'intriguait, sans parler de ses lunettes noires, plutôt incongrues par cette journée pluvieuse. Il les a retirées non loin de nous et les a mises dans sa poche, puis il a introduit une main à l'intérieur de sa veste, un geste qui m'a alarmé. Il était trop proche.

— Bonjour, je suis l'agent Max Frost, a-t-il dit en nous tendant un insigne du FBI.

Voir arriver Harry Potter chevauchant son balai volant ne m'aurait pas plus étonné.

Le FBI ?

— Pardon ? Vous cherchez quelqu'un en particulier ?

— Oui. Vous, monsieur Brenner. Toutes mes condoléances. Je suis désolé de devoir vous aborder en ces tristes circonstances.

— Vous êtes fou ! a sifflé Maggie.

L'agent Frost l'a regardée, à croire qu'il venait tout juste de remarquer sa présence. Il a glissé son insigne dans sa poche de poitrine.

— Je sais que ce n'est pas le moment, s'est-il excusé.

— Vous ne croyez pas si bien dire.

— Je peux savoir où vous allez ?

— Non, vous ne pouvez rien savoir du tout ! a répliqué Maggie.

— Vous vous trompez, mademoiselle Burke.

Nous avons été surpris de l'entendre appeler Maggie par son nom. C'était bien entendu intentionnel.

— La vente de Meditek et la mort de votre frère font l'objet d'une enquête fédérale, monsieur Brenner. Les autorités locales nous ont contactés et nous estimons avoir de bonnes raisons d'effectuer ce travail.

— Que voulez-vous dire par la « mort de mon frère » ? Nous venons juste de récupérer…

— Euh, je veux dire, le suicide de votre frère, pardon. Nos experts ont examiné tous les dossiers et nous avons autorisé l'inhumation…

Qui est ce clown ?

— Merci beaucoup, agent Frost, a dit Maggie. Et maintenant, nous pouvons rentrer ?

Frost a ignoré ses paroles.

— Monsieur Brenner, je n'avais pas l'intention de vous importuner aujourd'hui, nous ne procédons pas ainsi d'habitude, mais ma collègue et moi, nous vous avons vu quitter la maison par l'arrière, alors nous vous avons rejoint.

— Je comptais aller marcher. J'ignorais que vous montiez la garde devant chez mon frère. Mon Dieu ! J'ignorais même qu'une enquête fédérale était en cours !

— Je suis désolé d'avoir à vous l'apprendre aujourd'hui. Sincèrement.

— Je ne sais rien de la vente de Meditek.

— Oh, il ne s'agit pas uniquement de ça, a soufflé

Frost en cherchant quelque chose dans la poche de sa veste avant d'en sortir une photographie. Vous connaissez cette femme ?

Suis-je parvenu à feindre l'impassibilité ? Peut-être, mais je ne m'attendais pas à ce qu'on me montre un cliché de Paula Marrel. J'ai froncé les sourcils en regardant l'image de plus près.

— Non, je ne la connais pas.

Je venais de mentir à un agent du FBI. C'est ce qui arrive quand les faits se précipitent et qu'on ne réfléchit pas aux conséquences de ses actes. Maintenant je ne pouvais plus faire marche arrière. Si Frost avait la preuve que je connaissais Paula, si par exemple il était en possession des vidéos filmées chez moi par les caméras de surveillance…

La fourgonnette.

Je n'aurais pas dû lui répondre. Il n'avait pas le droit de m'interroger sur la voie publique en surgissant de nulle part. Il a rangé la photographie et il m'a semblé distinguer un petit sourire sur ses lèvres.

— Elle travaille chez Meditek, mais cela fait plusieurs jours qu'elle est portée disparue. Votre frère ne vous a pas parlé d'elle ?

— Non, pas que je me souvienne.

Tais-toi !

Maggie était immobile, je percevais de la tension dans chacun de ses muscles. Je savais que rien de ce que je dirais n'aurait de valeur juridique dans le cadre d'un procès, rien ne pourrait être considéré comme une preuve, mais je risquais d'orienter les enquêteurs sur la bonne piste et cela suffirait à me faire plonger.

Tu ignores où est le corps. Si toutefois elle est morte.

J'étais fichu et cet homme savait comme personne lire sur le visage des gens.

— Je suis désolé de vous avoir dérangé, monsieur Brenner.

Maggie et moi gardions le silence.

— Ah, une dernière chose, a-t-il repris en se retournant. Un de ces jours, nous passerons chez vous. Nous avons d'autres questions à vous poser.

Et, sans attendre de réponse de notre part, il a boutonné sa veste et s'est éloigné.

Chapitre 54

Le lendemain, nous avons eu une magnifique journée estivale alors que nous étions à peine au printemps : ciel d'un bleu limpide, chaleur étouffante à laquelle nous n'étions pas habitués en Nouvelle-Angleterre. La terre n'avait pas encore absorbé toute la pluie de la veille, sans quoi nous aurions eu du mal à croire que les conditions météo avaient changé aussi radicalement en quelques heures. En une nuit, tout s'était transformé.

Je ne pouvais pas en dire autant de ma personne.

Maggie m'avait raccompagné après la réception et je lui avais promis de me reposer, mais je n'avais pas fermé l'œil. Le matin, abattu, je me suis traîné jusqu'à la cuisine pour me préparer un café serré dans l'espoir de me requinquer. Je me suis assis, la tasse brûlante entre les mains, devant un gâteau aux carottes que Maggie avait fait deux jours auparavant.

J'avais menti à un agent fédéral. S'il y avait réellement une enquête sur la disparition de Paula Marrel, je risquais de m'attirer de sérieux problèmes.

Ce maudit Frost me surveillait.

Dans un SMS, Maggie avait proposé qu'on se voie

et qu'on fasse quelque chose dans le courant du week-end. « Nous avons tant à faire ! » écrivait-elle.

J'ai souri et lui ai répondu que je passerais la prendre dans l'après-midi.

— Merde, Mark… Dans quel pétrin me suis-je fourré ? Qu'as-tu passé sous silence ? me suis-je écrié dans la cuisine déserte.

Mon frère me manquait cruellement.

J'ai mangé le gâteau en silence. Il était temps de penser au présent ; le passé étant inaltérable, il était inutile de se plaindre.

Après tout, le FBI ne s'en prenait peut-être pas uniquement à moi. Ian était lui aussi présent aux obsèques ainsi que la plupart des gens que connaissait Mark. Je suis arrivé à la conclusion que le mieux était de faire comme si je n'étais au courant de rien. Comment aurais-je réagi en voyant apparaître Frost dans une situation normale ? Je l'ignorais, incapable que j'étais d'oublier ce que j'avais vu. Mais j'étais sûr de devoir parler à Ian pour l'informer de la situation et lui demander de m'expliquer pourquoi le FBI s'intéressait à la vente de Meditek. Il fallait aussi que je contacte un avocat. Bob Burke me semblait la personne indiquée. En troisième lieu, j'irais voir Harrison et me confierais à lui.

Considérer les choses sous cet angle m'a aidé à définir les étapes suivantes. Si Frost venait me trouver, je garderais le silence. La veille, il m'avait pris par surprise, mais ça ne se renouvellerait pas. Je devais être perspicace.

Je n'étais encore jamais allé chez Ian Martins, mais,

comme tout le monde à Carnival Falls, je connaissais sa maison. Elle se trouvait dans la zone résidentielle de la ville, où l'associé de mon frère avait acheté une grande demeure à M. Banks, un excentrique. Par la suite, il avait acquis et restauré les deux propriétés attenantes. Le résultat était spectaculaire : il habitait une des villas les plus imposantes du quartier.

Je suis arrivé peu après 10 heures. Le portail en acier était grand ouvert, ce qui m'a intrigué. J'ai roulé sur une allée de gravier qui serpentait jusqu'à l'arrière du domaine, soit un demi-hectare de jardins bien entretenus, un court de tennis, une piscine et une dépendance à l'écart de la maison principale. Que le portail soit resté ouvert, laissant toutes ces richesses à la vue de tous, m'inquiétait.

Les lieux semblaient déserts. J'ai refermé la porte doucement dans un bruit qui m'a paru tonitruant. Les haies qui entouraient la propriété et les nombreux arbres devaient étouffer les sons de l'extérieur.

En m'approchant de l'auvent j'ai entendu un air classique et doux. Ian devait être là. J'ai frappé, la musique s'est arrêtée. J'ai de nouveau martelé la porte. Au bout de quelques minutes, elle s'est ouverte. Ian avait l'air sincèrement surpris et il y avait de quoi. Il portait un pantalon en lin et un pull bleu, et avait les cheveux propres et gominés.

— John… Comment tu vas ? Que se passe-t-il ?

— Je peux entrer ?

— Bien sûr.

L'ordre qui régnait dans cet endroit m'impressionnait. Tout était méticuleusement rangé, les tableaux à égale distance les uns des autres, les objets décoratifs en progression parfaite, les livres rangés selon leur format, les tables basses bien centrées sur les tapis. L'harmonieuse palette de couleurs ne jurait pas avec la tenue de Ian, mais moi, j'étais gêné, je ne me sentais pas à ma place dans cet endroit dont l'atmosphère me paraissait inexplicablement hostile.

J'ai décliné le café qu'il me proposait et nous nous sommes installés dans des fauteuils couverts d'un tissu imprimé, l'un en face de l'autre. C'était on ne peut plus confortable.

— Ian, j'ai eu hier une conversation désagréable avec un agent du FBI qui m'a interrogé sur la vente de Meditek, ai-je lancé sans tourner autour du pot.

Il a ouvert des yeux comme des soucoupes.

— Il s'est présenté hier, pendant la réception, quand je suis sorti marcher un moment. Il m'a dit que le FBI enquêtait sur la vente de Meditek et il m'a parlé de la disparition d'une fille dont il m'a montré la photo.

Il m'étudiait, une expression indéchiffrable sur le visage.

— Il est très doué pour titiller les gens et ne compte pas en rester là.

— Ah, tu le connais donc !

— Oui. Je l'ai vu à Meditek, il y a quatre jours, il avait un mandat qu'il a dû obtenir en un temps record. L'agent Frost. Il était accompagné d'un autre agent, un certain Zimerman, de la répression des fraudes. Nos avocats n'ont pas réussi à les dissuader d'enquêter et, depuis, on les a sur le dos.

— Tu crois que ça pourrait nuire à la vente ?

— « Nuire à la vente » ? Mais John, la vente a capoté ! Les Coréens ont fait marche arrière. On avait signé un accord préalable qui comportait des clauses de rupture pour des motifs bien plus insignifiants que le FBI venant fourrer son nez dans nos affaires. Les acheteurs ne sont pas légion, d'autant moins dans ces conditions.

Les pensées se bousculaient dans ma tête. Mark avait-il prévu cette situation ?

— J'ai relancé la discussion avec d'autres personnes intéressées, mais ceux qui étaient déjà indécis il y a quelque temps ne risquent pas d'acheter maintenant.

— Mark m'a parlé d'une molécule expérimentale que vous étiez en train de développer.

D'après sa réaction, il ignorait que j'étais au courant.

— Oui, oui… elle n'est pas encore au point. Comme tu le dis, nous en sommes encore au stade expérimental, sans compter qu'elle constitue une menace pour les autres laboratoires. Il faut beaucoup de temps et d'argent pour obtenir les autorisations gouvernementales quand on travaille sur ce type de médicament.

— Je comprends. Mark m'avait plus ou moins donné la même explication.

— Meditek croule sous les dettes, comme moi… Tiens, viens avec moi.

Il s'est levé, je lui ai emboîté le pas. Nous avons traversé la cuisine et nous sommes arrêtés devant une porte qui devait mener au sous-sol. Nous sommes descendus par un escalier étroit pour atteindre la cave, qui contrairement à la maison était un lieu encombré d'objets mis au rebut, de vieux meubles, de caisses empilées les unes sur les autres. Il y avait même deux bicyclettes qui semblaient se battre ensemble. Contre un mur trônait une table couverte de papiers sur laquelle était posé un ordinateur portable.

— Tu ne vas pas me croire, mais c'est là que je me sens le mieux pour travailler. Tu veux t'asseoir ? m'a-t-il demandé en prenant une chaise en bois pour me laisser le siège pivotant. Mes frères sont beaucoup plus jeunes que moi, alors quand j'étais petit, j'ai pris l'habitude de faire mes devoirs au sous-sol. Plus tard, à l'université, un gardien me permettait d'aller dans la salle des chaudières, où je pouvais potasser tranquillement.

J'ai jeté un coup d'œil aux objets posés sur la table : des registres comptables, des feuilles annotées.

— Je vais finir par trouver une solution. J'ai du mal à me concentrer après ce qui est arrivé… Avec Mark, c'était différent. On était complémentaires. Dès qu'une idée me traverse l'esprit, je me dis toujours : « Il faut que j'en parle à Mark. » Je trouve incroyable que Frost t'ait abordé lors des obsèques de Mark, a-t-il lâché brusquement en changeant de sujet. Pourquoi l'a-t-il fait ? Que t'a-t-il dit ?

— Il s'intéressait à la disparition de cette fille et m'a dit qu'elle travaillait chez Meditek.

Ian a hoché la tête. Je n'avais pas l'intention de lui révéler ce que je savais. Si Mark lui avait rapporté notre dernière conversation, cela expliquait la manière dont il m'étudiait : comme s'il cherchait à lire un livre écrit dans une langue étrangère. Il s'est affaissé contre le dossier de sa chaise et s'est pris la tête entre les mains. Quand il l'a relevée, il avait les yeux rouges.

— Elle s'appelle Paula Marrel et travaillait au

service de sécurité des systèmes informatiques… Une fille dégourdie. Elle a disparu depuis quelque temps.

J'ai feint de réfléchir à sa réponse.

— Mais quel rapport avec le suicide de Mark ? Et pourquoi Frost m'a-t-il montré sa photo, à moi ?

— Ça, je n'en sais rien. Frost aime bien chercher la petite bête. La disparition de cette fille n'a aucun lien avec Meditek ou avec Mark, je peux te le garantir, mais je comprends que le FBI ait envie de fouiner de ce côté-là.

Ian semblait sincère. Il a ouvert son ordinateur, lancé le navigateur et cherché quelque chose sur Internet. Sur l'écran est apparu un article du *London Telegraph* où figurait la photo d'un jeune homme que j'ai reconnu tout de suite.

— Il s'appelait Stuart Nance et faisait partie des volontaires qui ont testé notre médicament. Nance et Marrel se sont rencontrés et ont obtenu des renseignements sur la molécule. Compte tenu du poste qu'elle occupait, Paula y avait accès facilement. Je n'en suis pas sûr, mais j'ai l'impression que c'est lui qui a entraîné Paula.

— Entraîné dans quoi ?

— Ils nous ont fait chanter. Nance est entré directement en contact avec moi. Il me faisait de la peine, vraiment. Mais ils n'avaient rien contre nous. Les acheteurs de Meditek étaient au courant de notre situation financière, ils avaient des experts. Paula et Nance ont agi comme des gamins. Je suis entré dans leur jeu pour gagner du temps.

— Tu ne les as pas dénoncés ?

— Ça n'était pas nécessaire, crois-moi. C'était un gosse qui s'amusait à nous faire chanter. Il m'a intercepté devant le siège et m'a dit que si je ne l'appelais pas, il posterait toute la vérité sur son blog. Je lui ai téléphoné, on a discuté un peu et je me suis rendu compte qu'il était sans danger. Marrel a cessé de venir travailler, ce qui m'a incité à penser qu'ils étaient de mèche.

— Il est mort ? ai-je demandé en pointant un doigt sur le titre de l'article.

— Quelques jours après. Bêtement. Un accident de moto, a-t-il précisé d'un air résigné. Paula a quitté son domicile et personne ne sait où elle est, alors je comprends que le FBI soit sur le coup.

— Et Mark qui meurt dans la foulée, ai-je enchaîné en refusant d'employer le mot « suicide ». Ça fait beaucoup de coïncidences, non ?

— Le FBI a classé l'affaire Nance, a-t-il riposté, sur la défensive. C'était vraiment un accident.

— Et les Coréens ?

Ian m'étudiait, j'ai soutenu son regard. Quelque chose dans son récit ne collait pas. Il avait bien pesé ses mots, à croire qu'il avait préparé son discours.

— Nance a eu un accident. Les Coréens ont pris peur quand le FBI est intervenu.

— Et cette fille, Paula Marrel ? Pourquoi disparaître à cause d'une histoire de chantage qui n'a pas marché ?

— Je l'ignore, John. Vraiment.

Chapitre 55

Je me suis garé devant la station-service à l'angle de Paradise Road et de Sycamore Street, j'ai demandé les clés des toilettes au pompiste, un jeune homme somnolent d'une lenteur exaspérante.

D'un pas vif, puis courant comme un dératé, je me suis précipité vers la porte et, après plusieurs tentatives, j'ai enfin réussi à introduire la clé dans la serrure en gesticulant de manière frénétique. Je me suis empressé de gagner un urinoir tout en dégrafant ma ceinture et en ouvrant ma braguette. Un rayon laser a jailli sur les carreaux jusqu'à ce que je parvienne à viser correctement, puis la pression a diminué et j'ai éprouvé une merveilleuse sensation de soulagement.

Je suis sorti épuisé, mais j'ai pris le temps de refermer à clé. Alors que je me dirigeais vers la Honda, je me suis arrêté net. À cinq mètres de moi, j'avais vu une femme avec un foulard sur la tête et des lunettes de soleil. Elle parlait au téléphone, d'une voix reconnaissable entre mille. Darla pleurait et disait à son interlocuteur qu'elle se trouvait à deux pas de chez lui et arriverait dans quelques minutes.

Dans d'autres circonstances, je l'aurais consolée. Au lieu de quoi je suis resté là, la clé de la voiture dans la main, figé comme un animal menacé. Elle a fait demi-tour pour entrer dans la station. Après avoir hésité, je me suis engouffré dans ma voiture. J'ai conduit à toute vitesse, et, cinq minutes plus tard, j'étais devant chez Ian. J'ai dépassé le portail – toujours ouvert – et me suis garé une centaine de mètres plus loin, avant de revenir vers la maison à pied. J'étais sûr que Darla entrerait par l'arrière. Posté derrière une haie d'où je voyais parfaitement le portail, j'ai attendu.

Elle n'a pas tardé, s'est engagée sur l'allée gravillonnée à une vitesse impressionnante et s'est arrêtée à l'endroit où j'avais patienté un peu plus tôt. La porte s'est ouverte sur la silhouette de Ian. En larmes et désespérée, Darla s'est jetée dans ses bras.

Ils n'ont pas échangé un mot. Ian la berçait et lui caressait les cheveux en regardant le jardin comme s'il se sentait observé. Darla s'est légèrement écartée de lui et l'a embrassé.

Chapitre 56

Découvrir l'idylle entre Ian et Darla a été un choc qui a fait naître de nouvelles interrogations. Mais je me suis interdit de réagir sur le vif, résolu à suivre le plan que je m'étais fixé : me comporter comme Frost ou quelqu'un d'autre espérait que je le ferais si je n'avais rien à cacher. Je comptais aller trouver Harrison et lui parler de ma rencontre avec l'agent du FBI.

Lauren m'a enlacé sans rien dire, mettant dans son étreinte une grande émotion alors que nous nous étions croisés la veille aux obsèques de mon frère. Moi qui les voyais autrefois si souvent, cela faisait longtemps que je ne leur avais pas rendu visite.

— Quel plaisir ! Comment ça va ?

Elle a reculé en prenant mon visage entre ses mains pour mieux m'observer, semblable à une mère qui cherche à déceler chez son fils des expressions révélatrices.

— Ça va, ai-je répondu en essayant de rester impassible, mais sachant qu'elle ne serait pas dupe.

— Viens manger des biscuits.

Dans la cuisine, elle a éteint le téléviseur. Je ne lui

ai pas demandé si Harrison était là car j'entendais des coups bien identifiables au fond du jardin.

Elle est allée chercher un saladier recouvert d'un torchon sur le plan de travail et m'en a dévoilé le contenu comme dans un numéro de magie. Le parfum des petits gâteaux à peine sortis du four m'a ramené à une époque plus heureuse.

— Je me doutais que tu viendrais, je suis une sorcière, tu sais.

Elle s'est assise avec difficulté, elle avait pris du poids. Nous avons discuté longuement. Lauren appréciait qu'on parle tous les deux et c'était réciproque. Nous avions nos codes. Elle était drôle et fantaisiste, mais là, je la trouvais éteinte, inquiète à l'idée que je ne sois pas capable de surmonter l'adversité. Je lui ai affirmé que je me sentais fort, en partie grâce à Maggie. Elle était heureuse que je mentionne mon amie, et sans qu'elle fasse la moindre allusion à notre ancienne relation, j'ai perçu dans ses yeux une lueur d'espièglerie.

— Je suis ravie qu'elle soit revenue, a-t-elle déclaré en me proposant un autre gâteau.

J'ai attendu quelques instants avant de lui dire que j'allais saluer Harrison.

— Tu sais où le trouver, m'a-t-elle lancé en frappant sur la table pour imiter les bruits de burin de son mari.

Je suis sorti par l'arrière et l'ai vu assis sur une souche. Il y en avait huit. Disposées en cercle, elles faisaient office de sièges. Harrison avait coutume de s'installer là pour sculpter depuis qu'il était à la retraite. Je l'ai regardé un moment sans qu'il remarque ma présence : plus voûté qu'autrefois, il immobilisait la sculpture d'une main et tenait son burin dans l'autre.

Tic, tic, tic. À chaque coup, un copeau de bois tombait. Craignant qu'en m'apercevant, il sursaute et se blesse, j'ai contourné l'endroit pour qu'il me voie arriver de loin.

— Johnny ! s'est-il exclamé en souriant.

Je l'ai rejoint comme je l'avais souvent fait et me suis installé à côté de lui. Son œuvre n'en était qu'à ses débuts : une forme indéfinie de la taille d'un globe terrestre. Il sculptait essentiellement des bustes, et cette pièce en était un en devenir.

— J'espère qu'il sera mieux proportionné que les précédents, a-t-il soufflé sans détourner le regard du bois. Tu sais comment c'est : si on creuse trop, c'est fichu.

Il a posé ses outils et cessé son travail comme à chaque fois qu'on se voyait. Il détestait sculpter devant quelqu'un.

— Allons à l'intérieur, m'a-t-il proposé en poussant ses mains sur ses genoux pour se lever. Lauren va être contente.

— Je viens de la voir. En fait, c'est à toi que je veux parler. C'est important.

Il s'est rassis, devinant la gravité de la situation.

— Dis-moi ce qui te préoccupe, Johnny.

— Hier, un agent du FBI m'a abordé pendant la réception chez Mark et Darla. Un certain Max Frost.

Il a soupiré.

— Je le connais. Je sais qu'il a fouiné dans le passé de Mark.

J'ai haussé les sourcils.

— J'ignore ce que vient faire le FBI dans cette histoire. En principe, leurs agents sont *invités* par la police locale à participer aux enquêtes, mais Timbert m'a certifié qu'il ne les avait pas contactés. Ce qui ne les empêche pas d'avoir de bonnes raisons d'intervenir : la vente de Meditek et le suicide de Mark sont peut-être la face émergée de l'iceberg, une affaire de fraude ou de plus grande ampleur.

— Depuis quand ils sont ici ?

— Une semaine. Timbert m'a tenu au courant et je n'ai rien dit parce que j'attendais le moment propice. Jamais je n'aurais cru qu'ils viendraient te parler.

Il regardait fixement sa sculpture naissante, imaginant peut-être le visage qu'il allait réaliser. Cette attitude fuyante ne lui ressemblait pas.

— Frost m'a posé des questions sur une fille qui travaillait à Meditek et qui a disparu.

Harrison a levé vers moi un visage horrifié. Je ne l'avais jamais vu ainsi.

— Quel salaud ! Aux obsèques de ton frère…

J'ai hoché la tête.

— Qu'est-ce que tu lui as dit ?

— La vérité : que je ne la connaissais pas.

— Il t'a posé d'autres questions ?

— Non. Il n'avait aucun doute sur le suicide de Mark, mais il m'a montré la photo de Paula Marrel.

— Il t'a dit son nom ou t'a simplement montré la photo ?

J'ai frissonné. Venais-je de commettre ma première erreur ?

— Il m'a dit comment elle s'appelait. Après, je suis allé chez Ian Martins, qui m'a expliqué qui elle était.

Je ne mentais pas, mais j'avais failli me trahir.

— Écoute-moi bien, Johnny, a dit Harrison en se penchant vers moi et regardant de tous les côtés pour s'assurer qu'on était seuls. Si ce type t'aborde encore ou se présente chez toi, tu lui dis que tu ne parleras qu'en ma présence ou celle de Bob, d'accord ? Et tu m'appelles aussitôt. Je ne sais pas pourquoi, mais j'ai l'impression que Frost va passer te voir un de ces jours.

— Il le fera, il m'a déjà prévenu, mais je ne suis pas obligé de lui répondre, n'est-ce pas ?

— Non. Pense juste que les fédéraux ne font jamais de faux pas. S'il est venu te trouver, c'est qu'il en avait l'intention, et je crois que votre conversation n'est pas terminée.

— Mais il peut me forcer à parler ?

— Absolument pas. C'est moi qui vais avoir un entretien avec lui, a-t-il déclaré après une pause. Il est sur une piste.

Harrison avait un flair infaillible. Si son instinct lui indiquait que Frost savait quelque chose, j'étais dans de sales draps.

Chapitre 57

Le lundi suivant, j'ai donné rendez-vous à Maggie et à Ross dans l'appartement de ce dernier. Ils avaient dû comprendre que je voulais effacer toute trace de Paula sur nos portables. À titre préventif, je les avais prévenus que je ne voulais plus qu'on parle de Meditek chez moi. Il suffisait de se rappeler la fourgonnette sur le chemin abandonné pour savoir que j'étais probablement sous surveillance.

Quand je me suis garé sur Madison Street, j'ai découvert Maggie assise sur les marches du perron. Elle portait un tee-shirt avec les mots suivants : *Be Here Now*. Je me suis installé à côté d'elle.

— Ross a pris du retard au travail, il vient de me prévenir.

En général, Ross ne faisait jamais cadeau à son employeur de la moindre minute en dehors de ses horaires. Sur mon portable, j'ai constaté qu'il était 18 h 59.

— Ils doivent avoir un gros pépin chez FedEx, ai-je lâché.

— Oui, ou alors il drague…

Nous l'avons attendu en silence. Il est arrivé une

demi-heure plus tard, une boîte de Dunkin Donuts dans les mains en guise d'excuse.

Maggie et moi avons pris place dans le canapé pendant que notre ami, qui trouvait l'appartement sens dessus dessous selon ses critères exigeants, y mettait un peu d'ordre. Incrédule et surpris, je l'ai regardé déplacer des objets, remettre des chaises en place et faire le nécessaire pour que le salon soit enfin à son goût. Il s'est ensuite assis en face de nous et a avalé la moitié d'un donut d'une seule bouchée, puis nous avons passé une demi-heure à parler de ma visite à Ian Martins et de mon étonnante découverte.

— Ils se sont embrassés ? Je n'arrive pas à y croire ! s'est écriée Maggie.

J'ai haussé les épaules. Je trouvais que mes amis se regardaient bizarrement.

— Qu'est-ce qu'il y a ? ai-je demandé.

— Cette histoire nous échappe, Johnny.

— Et ça n'a rien à voir avec ce que tu viens de nous annoncer.

— La présence du FBI est vraiment inquiétante.

— Et le pompon, c'est cette aventure entre Darla et Ian !

— Vous voulez bien arrêter de parler en complétant vos répliques, tous les deux ? Je suis allé voir Harrison, qui m'a dit que si Frost réapparaissait, je devais l'appeler immédiatement. Lui et ton père, Maggie.

— Je m'en suis doutée. Hier, le club B s'est réuni à la maison. Je suis partie pour les laisser tranquilles, mais ils ont dû parler de toi. Mon père est vraiment très inquiet.

— Et ils ne connaissent pas le quart de cette affaire.

— Je trouve invraisemblable que Ian et Darla aient une liaison. Tu te doutais de quelque chose, Johnny ? Mark n'y a jamais fait allusion ?

— Non, j'étais loin de les imaginer ensemble et Mark ne m'a rien dit.

— Tu crois que… ça a pu peser dans sa décision ? m'a demandé Maggie, hésitante, consciente de la gravité de ses paroles.

— Je ne veux pas voir de fantômes là où il n'y en a pas. On ne saura jamais si Mark savait que Darla lui était infidèle.

J'emporte mes raisons dans la tombe.

— Tout ça est très confus, a enchaîné Maggie.

— Je suis bien d'accord avec toi. J'ignore si Ian m'a dit toute la vérité, mais je sais que l'annulation de la vente le préoccupe.

Perdu dans ses pensées, Ross s'était carré dans un fauteuil, les jambes croisées, le menton calé entre le pouce et l'index.

— Ce que je veux dire, c'est que ni Darla ni Ian n'ont tiré avantage de cette histoire : l'accident de Stuart Nance, la disparition de Paula Marrel et le suicide de Mark n'ont fait qu'attirer l'attention du FBI sur eux, et c'est bien normal. Qui a envie de ça ? Quand les Coréens se sont retirés, Ian s'est retrouvé dans le pétrin.

Plus je réfléchissais à la situation et plus elle m'échappait. Il semblait évident que si Ian et Darla avaient une liaison en cachette de mon frère, cela risquait à terme de leur attirer des ennuis. La mort de Mark avait résolu le problème, mais qu'ils aient pu commettre un meurtre pour préserver leur relation semblait peu plausible, et puis les autorités avaient conclu au suicide et personne n'y avait contraint mon frère, c'était une hypothèse ridicule. Tous les gens qui connaissaient un tant soit peu Mark savaient que nul n'aurait pu le forcer à agir contre sa volonté.

— À quoi tu penses ? ai-je demandé à Ross.

— Je crois qu'on a peut-être négligé un détail…

Je lisais en Ross comme dans un livre ouvert : il était en train d'élaborer une thèse complexe qui requerrait du temps.

— Lequel ?

— Que t'a dit Ian exactement à propos du chantage de Stuart ?

Sa question me prenait de court. Je me suis tu un instant pour repasser mentalement la conversation que j'avais eue avec l'associé de mon frère.

— Il n'y a guère accordé d'importance. Selon lui, c'était un travail de débutants, de gamins s'amusant à extorquer du fric à quelqu'un. Stuart lui a téléphoné et ils se sont donné rendez-vous près de Meditek. L'étudiant connaissait l'ESH parce qu'il avait participé aux tests et expérimenté ses effets secondaires, mais il disposait d'autres informations, des documents confidentiels que Paula avait volés. Je ne sais pas ce qu'il a exigé de Ian. De l'argent, je suppose. Après leur entrevue, Paula a cessé d'aller au travail, puis elle a été portée disparue.

Parfois, Ross et moi avions des fulgurances, des liens presque télépathiques, et à mesure que je lui décrivais la situation, j'étais gagné par une étrange sensation, à croire qu'il s'était introduit dans ma tête. Nous ignorions qui avait assassiné Paula à mon domicile et pourquoi on avait enlevé le corps, alors qu'au départ tout visait à me faire endosser ce meurtre.

— Paula n'était peut-être pas de mèche avec Stuart, a déclaré Ross en se levant. C'est nous qui avons fait cette déduction à partir du récit de Ian.

— Nance possédait des documents confidentiels, ai-je riposté. Or Paula travaillait dans le service de protection des systèmes informatiques. Elle était donc la seule à pouvoir les lui procurer.

— Ça, c'est certain, mais réfléchissons un peu, a poursuivi Ross en se postant devant la fenêtre. Stuart Nance était fasciné par Paula ; il voulait comprendre pourquoi il rêvait d'elle et il a fini par la rencontrer. Il a pu la convaincre que ses rêves étaient prémonitoires, mais elle a préféré s'en rendre compte par elle-même. Jusque-là, on est à peu près sûrs que les faits se sont déroulés ainsi, a-t-il décrété en se retournant. Le chantage était peut-être l'idée de Nance, qui a décidé d'opérer seul. Tu as dit que Ian était persuadé que Paula voulait le faire chanter parce qu'elle s'était absentée du laboratoire et avait accès aux documents.

Maggie acquiesçait. Elle semblait apprécier le raisonnement de Ross.

— Mark nous a dit que Paula était une fille bien. À aucun moment il n'a cru qu'elle pouvait le faire chanter.

— Je ne vois pas ce que ça change, ai-je objecté.

— Tout, a répondu Ross en s'asseyant sur un des accoudoirs du fauteuil. Cela signifie que Paula a joué un rôle différent dans l'histoire, et qu'elle a cessé de se rendre au travail pour une autre raison. Ensuite, elle est passée chez toi.

— Cette hypothèse me plaît beaucoup, a fait observer Maggie.

— Si Paula avait voulu faire chanter Ian et Mark, pourquoi serait-elle venue te voir ? s'est exclamé Ross. Cette affaire de chantage nous a mis sur une mauvaise piste.

— Paula a dû faire une autre découverte, quelque chose te concernant…

— Quelque chose qui devait à tout prix rester secret, a complété Ross. Raison pour laquelle on te surveillait depuis cette fourgonnette. Les gens qui s'y trouvaient avaient l'intention de la tuer.

Je tâchais de suivre Ross dans ses pensées. Il allait trop vite pour moi.

— Paula s'est rendue chez toi pour te révéler un fait capital qui lui a coûté la vie.

Si la théorie de mon ami était juste, ce qu'était venue me dire Paula avait été effacé par l'ESH.

— Mais pourquoi a-t-on emporté le corps ?

— Tout avait été orchestré pour t'impliquer dans ce meurtre, mais les assassins ont dû changer d'avis.

— Ross, tu es sûr d'avoir pris tous les éléments en compte ? a demandé Maggie.

Nous nous sommes tournés vers elle, qui était devenue toute pâle.

— On est quasiment certains qu'on t'a administré de l'ESH, Johnny, a-t-elle murmuré. Seules deux personnes avaient accès aux pilules.

Chapitre 58

J'étais indigné car je comprenais ce qu'insinuait Maggie.

— Toi aussi tu le penses, Ross ? Que Mark est mêlé à ce meurtre ?

Mon ami avait l'air affligé.

— C'est possible, John.

— Résumons un peu, ai-je repris en me levant. Paula Marrel pirate les systèmes de Meditek et vole les documents relatifs à l'ESH. Elle tombe sur quelque chose qui implique Mark et lui porte préjudice on ne sait trop pourquoi. Au lieu de le faire chanter comme Stuart Nance avec Ian, elle vient me voir ici, à Carnival Falls. C'est bien ça ? Sauf que, primo, on ne s'est jamais vus et, secundo, elle ne savait rien de mes rapports avec Mark. Et tertio… on se demande bien comment elle a su que j'existais… Pourtant elle se rend jusque chez moi pour me parler. Et… admettons qu'elle l'ait fait. Mark l'apprend d'une manière ou d'une autre et file me rejoindre. Il prend l'arme de notre père et *pan*, il liquide la fille. Vous croyez vraiment que c'est ce qui s'est passé cette fameuse nuit ? Je trouve ça hallucinant !

Ross et Maggie se taisaient.

— Mais ce n'est pas tout, ai-je enchaîné, toujours debout. Mark m'oblige ensuite à avaler une pilule d'ESH et, ensemble, on efface tout ce qui a trait à Paula Marrel, parce que n'oublions pas que, pour gommer un fait de sa mémoire, il faut se le remémorer au préalable et donc être volontaire. Arrêtez-moi si je me trompe. Et maintenant, le clou du spectacle : quelques minutes plus tard, quand je me réveille par terre et que je vois cette fille morte, mon frère me téléphone, caché dans la forêt, et débarque chez moi en voiture en faisant semblant de n'être au courant de rien.

Je me suis rassis comme un élève qui vient de faire un exposé et retourne à sa place.

— Tu aurais appelé Mark cette nuit-là ? m'a alors lancé Ross sans se départir de son calme.

— C'est lui qui t'a appelé en pleine nuit, a dit Maggie. Peu après ta découverte du corps.

À l'évidence, ils avaient tous les deux parlé du coup de fil de Mark.

— Que serait-il arrivé s'il ne t'avait pas téléphoné à cet instant précis ?

— Je n'en sais rien, ai-je admis en m'affaissant dans le canapé.

J'aurais peut-être contacté Ross, ou la police. L'appel de Mark m'en a empêché.

— Je veux juste que tu envisages un autre scénario, Johnny, m'a lancé Ross. Si le FBI enquête, il est préférable qu'on soit préparés.

— Mark t'a fait des cachotteries dès le début, a estimé Maggie.

J'ai remarqué qu'il lui était douloureux d'affirmer cela, mais elle le pensait. L'ambiance s'était électrisée. Seules l'amitié et la confiance de toutes ces années nous permettaient de ne pas exploser et de rester calmes, semblables à trois planètes en équilibre dans l'Univers. Je savais que ni Maggie ni Ross ne voulaient me blesser, qu'ils étaient sincères et cherchaient à m'aider de leur mieux. D'un autre côté, je ne remettais pas en question la loyauté de mon frère. Si je commençais à douter de lui, je n'aurais plus rien à quoi me raccrocher.

— Je ne vois pas pourquoi cette fille m'aurait contacté, mais si on laisse cet élément de côté, j'avoue que votre scénario se tient.

— Ian Martins avait lui aussi accès à l'ESH, a fait observer Maggie d'un ton conciliant. Tu l'as entendu mentionner au téléphone l'accident de moto de Stuart Nance pendant la soirée d'anniversaire de Mark. Et voilà qu'on le surprend à embrasser Darla ! Martins n'est pas un saint.

— Je suis d'accord, a dit Ross.

La journée était riche en rebondissements. Ian. Mark. Que cachait la vente de Meditek ? Quelle pièce nous manquait-il pour parvenir à compléter le puzzle ?

Chapitre 59

J'étais persuadé que je ne trouverais pas le sommeil. Il était 21 ou 22 heures. Au lieu de dîner, je me suis installé sous la pergola, tourné vers la forêt. Je suis resté tellement immobile que le détecteur de mouvements qui activait la lumière ne s'est pas déclenché, me laissant dans une complète obscurité. Mes yeux s'y sont habitués lentement. Mark était-il passé à la maison avant de me téléphoner ? Cette question me perturbait. J'étais là depuis une bonne demi-heure quand un souvenir m'a traversé l'esprit comme une flèche. J'ai sursauté et les lumières se sont allumées. Sur le qui-vive, j'ai repassé l'incident que j'avais occulté dans l'avalanche de faits qui s'étaient succédé cette fameuse nuit.

Lorsque j'étais allé jeter la bouteille dans le lac, il m'avait semblé distinguer une silhouette fantomatique sur la berge. Elle avait disparu aussitôt, au point que j'avais cru à une hallucination.

Les lumières se sont éteintes.

L'étranger ne s'était pas contenté de pénétrer chez moi. Il était resté là, à m'observer.

Pourquoi ?

Pourquoi refuses-tu de le voir ?

Le bruit d'un moteur de voiture m'a ramené à la réalité. J'ai attendu, persuadé que le véhicule allait s'éloigner, mais un instant plus tard je l'ai entendu rouler sur la voie privée. J'ai contourné lentement la maison, attentif aux bruits : on avait coupé le contact, une portière s'était ouverte, puis refermée. Je n'avais pas encore gagné la porte quand j'ai entendu la sonnette. Je me suis avancé et j'ai reconnu la voiture, puis la personne qui patientait.

— Maggie !

Je l'avais surprise. Je me suis rapproché dans la lumière et son visage s'est radouci.

— Qu'est-ce que tu fais là ? ai-je lâché spontanément, regrettant aussitôt d'avoir prononcé ces mots.

— Je…

— Je ne voulais pas dire ça ! me suis-je exclamé en agitant les mains comme pour effacer ma question. Je suis étonné de te voir, c'est tout !

Les bras croisés, elle a détourné la tête. J'ai ouvert et l'ai fait entrer.

— Tu veux un thé ? Il n'est pas 17 heures, mais bon…

Elle a esquissé un petit sourire en s'installant dans un fauteuil.

— Maggs, tu es ici chez toi et tu peux venir quand tu veux.

Son sourire ressemblait à celui d'une femme qui regarde un idiot.

— On va boire un verre ? a-t-elle proposé comme si cette idée venait juste de lui passer par la tête.

J'ai alors remarqué qu'elle s'était changée. Elle portait le même jean, déchiré au niveau du genou droit, mais avait troqué son tee-shirt contre une chemise blanche brodée. Elle avait aussi retouché son maquillage.

— En rentrant, je me sentais mal. Je n'ai pas aimé notre discussion chez Ross, a-t-elle avoué.

— Tu n'as pas à…

— Si, John… On est censés t'accompagner au lieu d'échafauder des hypothèses sur des incertitudes. Depuis que je suis rentrée, on n'a pas encore pu… Je ne sais pas… Être simplement nous-mêmes… Laisser tout ça de côté, tu comprends ce que je veux dire ?

Je comprenais parfaitement.

— Je vais me changer et, dans dix minutes, on va au Lonely Heart.

Son visage s'est métamorphosé. Le Lonely Heart était un bar miteux de Graham Street, aux abords de la ville. Ces dix dernières années, le quartier avait changé et l'endroit avait perduré, dernier bastion de résistance et emblème de l'ancienne décadence de cette zone autrefois sensible.

— Je pensais que tu me surprendrais en me proposant d'aller dans un nouvel endroit !

Je me suis empressé de monter sans lui répondre, j'ai passé une chemise propre et fait une petite halte à la salle de bains pour me laver les mains, le visage, me peigner et mettre du parfum.

Depuis que Maggie avait quitté la région, le Lonely Heart avait été entièrement rénové. Seul le nom de l'ancien bar pour routiers et ouvriers demeurait. La dernière usine ayant déménagé quatre ou cinq ans auparavant, la clientèle qui fréquentait l'établissement avait disparu. Le propriétaire, un vieil obstiné dénommé Stillson, avait pendant quelque temps fait de la survie du Lonely Heart une affaire personnelle, puis il avait été obligé de céder le bar, car il croulait sous les dettes et avait des problèmes de santé. Il l'avait vendu à prix d'or à un investisseur judicieux qui l'avait métamorphosé. Conserver le nom était risqué, mais au final ç'avait été une bonne décision, la nouvelle se répandant comme une traînée de poudre et les clients affluant. L'endroit était bondé quand nous sommes arrivés.

— Waouh ! C'est génial ! s'est exclamée Maggie.

L'immense enseigne au néon grésillante avait été remplacée par des lettres sobres fixées sur la façade. Les vieilles fenêtres aux petits carreaux crasseux étaient devenues de grandes baies aux embrasures arrondies et aux rebords profonds invitant les gens à entrer. Le comptoir se trouvait au même endroit, mais était maintenant flambant neuf. Toutes les tables et les boxes étaient ravissants. La lumière tamisée faisait de ce lieu remis à neuf un bar cosy avec une excellente sélection musicale. Nous avons été accueillis au son de « Here Comes the Sun ». Maggie m'a pris par le bras.

— Essaie de t'amuser, m'a-t-elle murmuré à l'oreille.

Une serveuse souriante s'est avancée et nous a proposé de nous installer dehors ou d'attendre une table à l'intérieur pendant un petit quart d'heure, mais nous avons préféré nous mettre au bar. Le barman, un jeune Asiatique aux gestes énergiques, a pris notre commande : un Coca-Cola pour moi et une Victory Storm pour Maggie, qui a eu un moment d'hésitation avant de se décider.

La soirée s'est déroulée comme un train glissant à grande vitesse sur les rails. Nous avons parlé musique, cinéma, échangé des stupidités comme si nous venions à peine de nous quitter, et entre nous planait la magie qui nous avait conduits par le passé à tomber amoureux l'un de l'autre et que je n'avais jamais ressentie ni avec Tricia, ni avec Lila, ni avec personne.

Nous sommes rentrés vers minuit et, pour la première fois de la soirée, une légère gêne s'est installée. La voiture de Maggie (celle de sa mère, en réalité) était garée devant la maison, sa carrosserie noire se confondant avec la noirceur de la nuit. Une question se posait dans ma tête dans un murmure léger, mais tenace, et je lisais la même interrogation dans les yeux de Maggie.

— Ma mère va avoir besoin de sa voiture demain matin, a-t-elle déclaré.

Cela mettait un terme à toute autre perspective.

— C'était super de sortir, me suis-je senti obligé de dire.

J'ai ouvert les bras. Nous étions debout entre les voitures et la porte de chez moi, les grillons chantaient obstinément, comme s'ils sentaient ce qui risquait de survenir d'un instant à l'autre.

— Il valait mieux que tu ne restes pas tout seul sur ta terrasse. N'importe quelle sortie était préférable à ça.

J'ai souri.

— Ce n'était pas n'importe quelle sortie.

Ses yeux dans les miens, elle a fouillé dans son sac pour y prendre ses clés. Une mèche de cheveux cachait son visage, elle l'a écartée d'un geste insouciant, en équilibre sur une jambe pendant qu'elle soutenait son sac sur un genou. Elle a fini par exhiber ses clés d'un air triomphal.

J'aimerais bien que tu restes, Maggie.

Elle est montée dans la voiture et a baissé la vitre. Je me suis penché vers elle.

— Merci.

Elle a mis le contact, attaché sa ceinture. Sa main s'est posée sur la mienne, contact subtil pour me signifier qu'il fallait que je m'éloigne, ce que j'ai fait. J'avais passé une soirée merveilleuse qu'il aurait été dommage de conclure par une indélicatesse.

Chapitre 60

En revenant du marché le mardi matin, j'ai eu la surprise de trouver l'agent Frost et sa collègue, une femme qui, comme lui, avait dépassé le seuil de la quarantaine. Ils étaient assis sur le capot d'une Dodge Charger gris plomb. J'espérais que Frost ne tiendrait pas sa promesse, mais, au fond, je savais qu'il finirait par revenir et me suis réjoui qu'il le fasse à cette occasion.

— Bonjour, monsieur Brenner !

D'un bond, il a sauté à terre alors que je n'avais pas encore coupé le moteur. Il était là, à un mètre de ma voiture, voûté, inclinant vers la vitre son visage taillé à la serpe. Il a retiré ses lunettes à verres miroirs.

La femme n'a pas bougé. J'ai balbutié un bonjour et ouvert la portière pour le faire reculer.

— Nous ne voulons pas vous déranger, juste vous poser quelques petites questions à propos de la vente de Meditek, comme je vous l'ai dit quand nous nous sommes vus, m'a-t-il lancé.

Soucieux de ne pas commettre l'erreur de la fois précédente, j'étais résolu à ne rien dire qui puisse se retourner contre moi, comme révéler que la vente du laboratoire avait capoté. J'ai pivoté légèrement et constaté que la femme s'était redressée et avait glissé une main à l'intérieur de sa veste.

J'ai ouvert le coffre, Frost a vu les trois sacs du marché. Je l'ai regardé d'un air renfrogné.

Tu t'attendais à quoi, Frost ?

— Je ne parlerai qu'en présence de mon avocat.

— Un avocat ? Ce n'est pas nécessaire, c'est juste...

— Peu importe. C'est à prendre ou à laisser.

Il a caressé son menton imberbe, geste qui remontait sans doute à une époque où il portait le bouc. Je suis entré sans leur proposer de me suivre. De la cuisine, j'ai téléphoné à Harrison, comme convenu. Quand je suis ressorti, Frost était au même endroit et sa collègue l'avait rejoint.

— Bonjour. Je suis l'agent Haley Bell. Ça nous aiderait vraiment si nous pouvions nous entretenir quelques minutes avec vous.

— Mon avocat est en route.

J'ai fait deux allers-retours pour rapporter les sacs des courses pendant que Frost et Bell attendaient à côté de la Honda. Jusqu'alors, je pensais m'être bien débrouillé. Harrison était convaincu qu'en discutant avec eux, on en apprendrait davantage, mais il en savait moins que moi.

L'ancien commissaire et Bob Burke sont arrivés un quart d'heure plus tard dans l'imposante Toyota Highlander de Bob. Un record. Je suis allé à leur rencontre et j'ai fait les présentations. Frost avait changé : il n'était plus du tout intimidant, mais conciliant, voire cordial. Il a répété que la présence de Harrison et de mon avocat n'était pas nécessaire, mais il ne voyait pas d'inconvénient à ce qu'ils participent à l'entretien. Harrison, qui avait travaillé pendant des dizaines d'années avec le FBI, avait une attitude de chien de garde. Il leur a annoncé que la conversation se déroulerait comme il l'entendait et qu'ils n'obtiendraient rien de plus.

Frost et Bell se consultaient du regard, évaluant les deux nouvelles variables de l'équation. Bob n'a pas ouvert la bouche jusqu'à ce que nous nous installions dans les fauteuils du salon, autour de la table basse. À un moment donné, Bell est allée chercher un dossier dans la voiture et l'a posé sur la table. Du coin de l'œil, j'ai surpris une grimace sur le visage de Bob. Harrison ne cillait pas.

— J'ai été le commissaire de cette ville pendant de nombreuses années, a-t-il déclaré, et, en tant que représentant de la loi, j'ai toujours respecté les citoyens. Aborder John pendant la réception, après les obsèques de son frère, était inacceptable.

Les deux agents ont acquiescé, semblables à deux enfants qu'on sermonne.

— Je me suis excusé auprès de M. Brenner, a murmuré Frost. Ce n'était pas prévu, nous pensions que…

— Mais oublions ça, l'a coupé Bell. Nous enquêtons dans le cadre d'une mission fédérale, et M. Brenner peut nous aider. C'est la raison de notre présence ici et nous vous remercions de bien vouloir nous consacrer un peu de votre temps.

— Dans ce cas vous savez tout comme moi, agent Bell, a repris Bob, que vous devez être clairs sur le but de votre enquête, sans quoi mon client ne pourra pas coopérer.

— Il s'agit de la vente de Meditek.

Harrison s'est penché vers Frost.

— La vente a été annulée et vous êtes parfaitement au courant. Les acheteurs ont fait marche arrière. Je doute que vous enquêtiez sur une transaction qui n'a pas eu lieu. Zimerman n'est pas ici, or c'est lui, l'expert en fraudes. Au lieu de quoi c'est l'agent Bell qui vous accompagne.

Ils se sont regardés.

— C'est au sujet de cette fille ? a lancé Harrison sans prendre de gants.

Frost s'est de nouveau caressé le menton. Soit il était d'une transparence désarmante, soit il avait de fabuleux talents d'acteur, car il semblait réellement déconcerté.

— Allons, Frost, a continué Harrison. Vous avez montré à John la photo d'une fille portée disparue et vous voulez nous faire croire que vous enquêtez sur la vente du laboratoire ?

— C'est pourtant ce que nous faisons.

— Non. C'est à cette fille que vous vous intéressez. Est-elle morte ?

Frost a paru désarçonné, c'est du moins ce que j'ai cru. Qu'avait vu Harrison pendant le court instant où Frost s'était montré indécis ? Tous deux se livraient à une partie de poker très personnelle.

Frost a ouvert le dossier. Sur le haut de la pile, une photo de Paula. Il l'a prise et posée au milieu de la table, puis il s'est emparé d'un autre document avant de refermer le dossier pour qu'on ne voie pas ce qu'il contenait.

— Elle s'appelle Paula Marrel et sa disparition a été signalée le 3 mai, au moment où la vente de Meditek allait être conclue.

Il a pointé un doigt sur le document, la copie d'une lettre avec l'en-tête du laboratoire. Il avait décidé de parler. Le problème consistait à savoir s'il nous fournissait plus de renseignements que nécessaire ou s'il avait élaboré une mise en scène. J'avais perdu le nord, contrairement à Harrison, qui ne le quittait pas des yeux et semblait apprécier la conversation.

— Nous avons appris que Mlle Marrel a eu accès à des informations importantes concernant Meditek, a dit Bell en prenant le relais. Cela a pu compromettre la vente.

Frost restait impassible pendant que sa collègue s'exprimait, ce qui me semblait inquiétant. Ils suivaient un scénario parfaitement orchestré.

— Quel genre d'informations ? a demandé Harrison.

— Des documents liés à des recherches sensibles, a répondu Frost. Si jamais ils tombaient entre de mauvaises mains, ils risquaient de porter préjudice aux associés, à savoir Ian Martins et votre frère, a-t-il ajouté en se tournant vers moi de manière théâtrale.

J'ai haussé les épaules.

— Vous ignoriez tout cela, monsieur Brenner ?

— Mon frère m'a dit que la vente leur causait des difficultés, mais il ne m'a pas fourni de détails. Nous parlions rarement de son travail. En revanche, j'étais informé du vol de documents par cette fille.

Les deux agents ont réagi. Je pouvais quasiment suivre leur raisonnement : ils se demandaient si je m'étais contredit dans mon discours.

— Samedi dernier, je suis allé chez Ian Martins, qui me l'a dit, ai-je expliqué.

— Pourquoi ? a voulu savoir l'agent Bell.

— M. Frost m'avait montré la photo de Paula Marrel le soir de la réception, ai-je lâché en détachant chacune de mes syllabes. Alors le lendemain, je me suis rendu chez l'associé de mon frère pour lui demander des explications. Il a tout de suite compris de qui je parlais et m'a raconté toute l'histoire.

— Une histoire que vous connaissez mieux que nous, bien entendu, a sifflé Harrison. Pourquoi ne pas nous dire une bonne fois pour toutes ce qui vous amène ?

Frost semblait abattu. Jusqu'à présent, la discussion s'était déroulée comme nous l'avions prévu. Harrison m'avait mis en garde : je ne devais pas trop parler.

Frost a sorti une autre photo du dossier et l'a placée à côté de la première image de Paula. Elle avait été prise par une caméra de surveillance, dans un lieu fréquenté que je ne reconnaissais pas. La tenue de Paula a attiré mon attention : c'était la même que celle qu'elle portait quand j'avais découvert son corps. Elle marchait, insouciante, les pouces glissés sous les lanières de son sac à dos.

— Ce cliché a été pris le 2 mai par une caméra de sécurité, à la gare routière de Carnival Falls. Depuis ce jour-là, nous avons perdu sa trace. D'après nos renseignements, c'est donc la dernière image que nous ayons de Mlle Marrel. Nous avons analysé les données de son portable, et c'est le dernier endroit où il a été actif.

D'un doigt, il a dessiné un cercle dans le vide. C'était donc cela. Compte tenu des moyens dont disposait le FBI, je ne m'étonnais guère qu'ils aient localisé Paula à Carnival Falls, près de chez moi. J'ai eu un frisson.

— La gare routière est tout près d'ici, a précisé Harrison en suivant une logique élémentaire.

— Vous avez raison, a renchéri Bell. Le problème est de savoir ce qu'elle faisait ici.

— Excellente question, a fait remarquer Harrison. Mais je ne comprends pas comment John pourrait vous apporter une réponse. Si cette fille a fait chanter Martins, il ne vous est pas venu à l'idée qu'elle ait pu agir de même avec Mark ?

Frost a grimacé.

— C'est tout de même étrange qu'elle se déplace jusqu'ici alors qu'elle aurait pu voir Mark dans les locaux de Meditek, vous n'êtes pas de mon avis, commissaire ?

Harrison s'est gardé de le corriger en lui disant qu'il n'exerçait plus.

— Parfois, les gens ont des comportements imprévisibles, a répondu Bell.

— Allons, monsieur Frost, est intervenu Bob, ne me dites pas que vous êtes ici uniquement pour ça, n'est-ce pas ? Pour moi, c'est très simple : s'il est arrivé quelque chose à cette jeune femme, ce que je ne souhaite pas, les faits ont dû survenir entre la gare routière et la maison de Mark, tout près d'ici. Il se peut aussi qu'elle en soit partie de son plein gré, pour une raison que nous ignorons… et qu'elle se soit débarrassée de son portable. Je suis avocat depuis très longtemps, et vous et moi savons qu'accuser John de la disparition de Mlle Marrel parce qu'il habite non loin du lieu où on l'a vue pour la dernière fois est inconcevable.

Les deux agents observaient le silence, et Frost s'agitait sur son siège, mal à l'aise.

— C'est une chance que cette conversation se déroule ici et non dans un tribunal, a repris Bob. Une chance pour vous, évidemment.

— Je n'accuse pas M. Brenner de quoi que ce soit ! s'est défendu Frost.

— Oh, monsieur Frost ! C'est exactement ce que vous êtes en train de faire. Soyez gentil de ne pas nous prendre pour des imbéciles.

Sur une impulsion, Frost a tendu le bras vers le dossier. Bell allait l'en empêcher, mais s'est ravisée au dernier moment, se contentant de le foudroyer du regard. Frost a ouvert la chemise cartonnée pour y chercher quelque chose avec nervosité. S'il ne trouvait pas très vite le document désiré, mon cœur risquait de s'emballer au point de me trahir.

C'était une autre photo assez étrange : le coin d'une pièce, un lit d'une personne, un bureau couvert de cahiers et de magazines, un ordinateur portable. Au milieu, des rayonnages garnis de livres. Harrison et Bob se demandaient quel intérêt pouvait représenter ce cliché, mais moi, j'ai compris dans l'instant : sur la deuxième étagère se trouvaient des volumes des aventures de Busy Lucy. La collection complète. Sans préambule, Frost a pointé un doigt fin sur l'image.

— Vous les reconnaissez, monsieur Brenner ?

Je me suis penché.

— Oui. Je suis l'illustrateur de ces ouvrages, ai-je lâché avec indifférence.

— Apparemment, Mlle Marrel vous connaissait.

Les commissures des lèvres de Harrison se sont légèrement crispées.

— Agent Frost, a-t-il dit. J'ai des dizaines de livres illustrés chez moi. Vous croyez que je sais qui a réalisé les dessins ? Je peux vous citer les auteurs qui les ont écrits, et encore, pas tous.

— Ce n'est pas le cas dans l'affaire qui nous occupe. La sœur de Mlle Marrel nous a certifié qu'elle connaissait l'illustrateur. Elle lisait ces aventures à sa nièce et lui répétait constamment que le frère du dessinateur était son patron au laboratoire. Drôle de coïncidence, vous ne trouvez pas ?

Un souvenir m'est revenu en mémoire. Des années auparavant, Mark m'avait appris que quelqu'un qui travaillait à Meditek était fan de Busy Lucy. Mais il ne m'avait pas fourni davantage de précisions. Frost disait vrai : Paula me connaissait et cela n'avait rien à voir avec Mark.

— Ces livres, a repris Frost en s'adressant à moi, prouvent que vous n'étiez pas un inconnu pour Paula Marrel. Elle a été vue pour la dernière fois près de chez vous et mon petit doigt me dit qu'elle était là dans l'intention de vous voir. J'ignore pourquoi, mais je vous donne l'occasion de me l'apprendre.

— M. Brenner ne va rien vous dire de plus, s'est interposé Bob. Avec tout le respect que je vous dois, ce que nous venons d'entendre ne résiste pas à la moindre analyse. Que cette fille ait possédé ces livres ne prouve rien, et vous le savez pertinemment.

Frost a lentement rangé les images dans son dossier.

— Eh bien, je crois que nous en avons terminé.

Les deux agents n'ont pas attendu qu'on les raccompagne. À mi-chemin, très exactement à l'emplacement où j'avais découvert le corps de Paula quarante-cinq jours auparavant, ils se sont immobilisés. Puis Frost a pivoté, comme s'il se rappelait quelque chose.

— Ah, autre question : savez-vous ce que signifie le sigle ESH, monsieur Brenner ?

— Non.

Il a hoché la tête.

— Je m'en doutais. Au revoir, messieurs. Nous restons en contact.

Chapitre 61

Quelques heures après la visite des agents du FBI, j'ai reçu un appel troublant de Darla. Ma première réaction a été de regarder l'écran du mobile et de laisser sonner l'appareil. Je n'avais pas envie de lui parler, ne l'avais pas revue depuis l'amère découverte de sa liaison avec Ian.

— Bonjour Darla.

— John…

Au timbre de sa voix j'ai su qu'elle avait pleuré.

— Qu'est-ce qu'il y a ?

— Tu as vu Frost ?

— Il est venu chez moi aujourd'hui, lui ai-je répondu, sur mes gardes.

Un silence interminable s'est installé entre nous. Seule la respiration hachée de Darla m'indiquait qu'elle était toujours en ligne.

— Il t'a dit quelque chose à propos de Mark ?

Après avoir fait les cent pas dans la maison, je me suis assis sur la table de la cuisine sans réfléchir.

— Il m'a interrogé sur la vente de Meditek.

Darla ne disait rien. Elle devait savoir que la vente ne s'était pas faite.

— Tu peux passer ?

Me rendre chez elle ne me réjouissait guère.

— C'est important, a-t-elle insisté, suppliante.

— Bon. Dans un quart d'heure.

— Je t'attends. Il y a quelque chose que tu dois savoir.

Chapitre 62

Février 2000

Quand nous regardions la télévision dans le salon, nous entendions parfois une tasse ou une assiette se briser sur les carreaux de la cuisine. Mon père restait impassible, le regard fixe, tandis que Mark et moi nous tournions l'un vers l'autre. Au début, ma mère nous disait quelque chose et s'excusait en riant. Puis, ses maladresses se multipliant, nous avons compris qu'il y avait un problème. Un jour, Mark est venu me trouver pour me dire qu'il devait me parler et il m'a donné rendez-vous au promontoire du reptile. Nous nous sommes assis par terre et il m'a informé que maman n'arrivait plus à se servir de ses mains. J'ignorais ce que cela signifiait, mais, à compter de ce jour, j'ai fait plus attention et constaté que Mark avait raison : ma mère avait cessé de tricoter et de coudre, et cuisiner devenait de plus en plus difficile. Puis les plats élaborés ont cédé le pas à d'autres, plus simples, et elle ne s'occupait plus de ses plantes, cassait de plus en plus de vaisselle.

Mon père s'en rendait compte, bien entendu. Lui et

ma mère discutaient très souvent à voix basse et s'absentaient pour aller voir le docteur Laurell, comme je l'ai appris par la suite. J'ignore à quel moment exact la maladie de Charcot ou SLA (sclérose latérale amyotrophique) a été diagnostiquée, mais je suis persuadé qu'ils nous l'ont annoncé le plus tard possible. Mon père me l'a expliqué un soir, alors que je jouais avec mes soldats en plastique que j'avais disposés autour d'un des pieds de mon lit, tous en position de tir, visant la mystérieuse structure gigantesque surgie de nulle part. C'était une mission spéciale et secrète. Mon père s'est assis sur le lit et a tapoté la courtepointe pour que je le rejoigne. En le voyant pénétrer dans ma chambre, je savais ce qu'il venait me dire. Je ne savais pas ce qu'était la SLA, mais j'étais sûr qu'il avait l'air affligé et parlait d'une voix triste parce que ma mère se trouvait dans un état grave.

Il m'a expliqué que la maladie n'affectait que les muscles et non le cerveau, m'a parlé du scientifique Stephen Hawking, que je ne connaissais pas, et a ajouté que ma mère avait cette maladie, qu'elle suivrait un traitement mais resterait toujours la même.

J'ai accueilli la nouvelle avec optimisme et poursuivi mon opération Pied-de-Lit ; mes soldats ont mitraillé l'endroit des centaines de fois. C'est Mark qui m'a confronté à la triste réalité : à quinze ans, mon frère avait une intelligence hors du commun qui lui permettait d'avoir conscience de la situation. Moi qui n'étais qu'un gamin de dix ans, j'idolâtrais mes parents et ignorais combien il est difficile de voir souffrir un être cher et de le perdre. Mark m'a montré une photo de Hawking avec le président Clinton à la Maison-Blanche. J'en ai été impressionné.

— Maman va bientôt mourir, m'a annoncé mon frère. La SLA est une maladie incurable et ceux qui en sont atteints ont une espérance de vie de deux ou trois ans, pas plus.

Avec mes yeux écarquillés, je devais lui faire de la peine car il m'a serré dans ses bras.

— Oublie ce que je viens de te dire. Dieu seul sait quand quelqu'un doit mourir. Mais je veux juste que tu sois au courant : tout n'est pas rose dans la vie.

— Papa a dit que…

— Je sais. Mais il se trompe. Pourquoi à ton avis ?

— Je l'ignore.

— Parce que, au fond, il refuse de l'admettre. Il ne pourra jamais l'accepter, tu comprends ?

— Je crois, oui.

— Maman va devoir passer le reste de sa vie au lit ou dans un fauteuil roulant. Tu vois le panneau que Hawking a devant lui ? m'a-t-il demandé en désignant la photo. Il permet de détecter le mouvement de ses yeux parce que cet homme est incapable de bouger d'autres parties de son corps.

Je regardais Mark, incrédule. J'étais entièrement dévoué à mon père et à Mark. Je savais que jamais il ne me mentirait ou ne me ferait de mal.

— C'est comme ça, Johnny. Maman a une terrible maladie et elle ne restera pas longtemps parmi nous. Tu ne penses pas qu'il est préférable que tu sois prévenu ?

J'ai hoché la tête à plusieurs reprises, puis je me rappelle être descendu à toute vitesse pour étreindre ma mère avec force. Elle lisait le journal dans le salon ; elle a été surprise de me voir me jeter sur elle et a éclaté d'un rire incontrôlable.

Mark disait vrai. Six mois plus tard, on a installé notre mère dans une pièce du rez-de-chaussée. Elle passait la plupart de ses journées au lit ou dans un fauteuil près de la fenêtre. Du jour au lendemain, elle a perdu l'usage de la parole, et je crois que c'est la frustration de ne plus pouvoir s'exprimer qui lui a fait baisser les bras. De nombreux infirmiers et kinésithérapeutes s'occupaient d'elle.

Chapitre 63

Juillet 2000

La nouvelle chambre de ma mère a été installée dans l'arrière-cuisine. L'argent ayant commencé à manquer à cause des dépenses élevées de ses traitements et parce que mon père négligeait de plus en plus ses affaires, les réserves d'aliments avaient disparu de la remise et il a été facile d'aménager l'endroit. Mon père, Mark et moi l'avons fait en une journée. Pendant que nous repeignions les murs, installions des rideaux neufs et remplacions les lampes, nous songions que c'était là que mourrait ma mère.

Son corps se détériorait à une rapidité surprenante. Peu après avoir perdu l'usage de la parole, elle a passé de plus en plus de temps au lit. Mon père lui a acheté un fauteuil roulant, pas électrique, car il ne lui aurait servi à rien si elle avait voulu aller dans la forêt. Mais elle n'avait plus envie d'aller nulle part. Quand on lui proposait de sortir, elle refusait en clignant deux fois des paupières, et lorsqu'on lui demandait si elle était fatiguée, elle répondait par l'affirmative d'un seul clignement.

J'ai appris au cours de ces mois qu'un foyer heureux peut être fragile et que des personnes du même sang vivant sous le même toit ont, selon les circonstances, des réactions très différentes. Mon père a continué de nier la maladie de ma mère alors que cette dernière n'était plus que l'ombre d'elle-même et pesait quarante-cinq kilos. Il parlait d'elle comme de la femme qu'il avait toujours connue, évitait de faire allusion au mal qui la rongeait ou aux soins qu'on lui prodiguait, mais s'entretenait néanmoins avec les médecins, la thérapeute ou les infirmières qui se relayaient toutes les six heures. À ses yeux, l'état de notre mère ne pouvait être discuté qu'avec les membres du corps médical et nous n'avions pas à nous en soucier. Quand Mark abordait le sujet, il refusait tout dialogue.

Il a fini par vendre la concession automobile à Bill Foster, mais j'ai appris par la suite que ses amis avaient considéré ce rachat comme une manière de lui prêter main-forte. Harrison me l'a avoué un jour que nous discutions dans son jardin, à l'endroit où il réalisait ses sculptures. « Ton père était têtu comme une bourrique, Johnny, impossible de le faire changer d'avis. » C'est ainsi que les membres du club Bilderberg lui ont évité de s'endetter auprès de sa banque à des taux faramineux.

Mark, qui était déjà très responsable à plus d'un titre, avait pris dix ans au cours des six mois pendant lesquels la SLA avait progressé à la vitesse d'un ouragan de catégorie 5. Il était le seul à affronter notre père quand c'était nécessaire, à parler aux infirmières et aux médecins de manière directe et rude afin que notre mère bénéficie de tous les soins possibles. Il ne faisait aucune cachotterie à propos de la maladie de Charcot, ce qui mortifiait notre père, comme si, chaque fois qu'il la nommait, il la rendait plus puissante, plus réelle. C'est à cette époque que j'ai découvert la nature combative de mon frère, sa véritable force. Une nuit, bouleversé par un cauchemar, je suis allé le chercher dans sa chambre. Il n'y était pas. Suivant la lumière, j'ai descendu l'escalier en veillant à ne pas faire grincer le bois, et vu la porte de l'arrière-cuisine ouverte – je ne m'étais jamais fait à l'idée que cette pièce était la chambre de ma mère. En m'approchant doucement, j'ai entendu Mark lui parler de Kelly Baxter, une camarade d'école qui lui plaisait. Il lui disait qu'il comptait l'inviter à sortir avec lui, mais il hésitait car il la trouvait un peu superficielle. Je ne comprenais pas ce que cela signifiait. Je serais volontiers entré pour discuter avec eux et demander à mon frère pourquoi Kelly était superficielle, au lieu de quoi je suis resté devant la porte. Mark marchait dans la pièce quand un bruit m'a pétrifié : le froissement du plastique des couches de notre mère, que les infirmières changeaient régulièrement. Aucun de nous ne s'en chargeait : ni mon père ni moi.

Je m'étais posé la question de savoir comment notre mère faisait ses besoins, et Mark me l'a expliqué tout naturellement : « Il existe des couches pour adultes, Johnny. » Mon père les rangeait dans le garage et, de temps en temps, je voyais une infirmière porter un sac qu'elle mettait dans la chambre avec la désinvolture qui caractérise les professionnels de la santé. Dès qu'on changeait ma mère, mon père quittait la pièce, ce qui me semblait raisonnable. Cette nuit-là, j'avais découvert que Mark n'hésitait pas à s'acquitter de cette corvée sans que notre père soit au courant.

J'ai vécu cette triste année tant bien que mal, établissant avec ma mère une relation dont je suis encore fier aujourd'hui. Je parlais beaucoup avec elle, sans doute plus que je ne l'aurais fait dans d'autres circonstances. Une maladie mortelle est effroyable, et quiconque n'ayant pas traversé cette épreuve ne peut le savoir. Je suis cependant reconnaissant de ce que cette situation m'ait permis de prendre conscience à un jeune âge de l'aspect éphémère de nos vies et de l'importance qu'il y a à profiter de chaque instant avec nos proches. J'ai appris aussi à apprécier les petits détails : je la regardais dans les yeux et la voyais sourire, je savais aussi quand elle était d'humeur morose. J'ignore si c'était de la télépathie, mais nos liens très étroits se manifestaient hors de la parole. J'aime me dire que les yeux de ma mère ont toujours été expressifs et qu'il suffisait de se concentrer sur eux pour le découvrir.

J'adorais les moments que je passais en sa compagnie en rentrant de l'école. Sans posséder un système de communication aussi perfectionné que celui de Hawking, j'avais confectionné une série de cinq panneaux comportant des lettres, des mots et des phrases. Mon père m'avait fourni de grands cartons épais d'un mètre carré que j'avais numérotés et quadrillés pour y inscrire des mots, de sorte que chaque tableau comptait vingt-cinq phrases. Quand ma mère voulait nous parler, elle clignait trois fois des yeux, puis m'indiquait sur quel panneau elle voulait que mon doigt s'immobilise.

J'avais écrit sur le premier les lettres de l'alphabet,

et sur les autres des phrases classées par thème. L'un nous permettait d'échanger sur nos activités : écouter la radio, regarder la télévision, lire, voir mes dessins, parler de ma journée d'école, etc. Au fur et à mesure, nous ajoutions de nouveaux loisirs sur le tableau. Sur les autres, j'avais reporté ses plats préférés ou des sujets de conversation plus généraux. Notre méthode pour communiquer s'est améliorée avec le temps : au début, je glissais un doigt sur les panneaux et elle clignait des yeux quand j'atteignais le mot ou la phrase corrects. Mark avait trouvé comment aller plus vite : je commençais par les cases supérieures, et dès qu'elle clignait des paupières, je descendais à la verticale. Elle n'avait qu'à cligner deux fois pour m'indiquer une case. J'essayais aussi de deviner le mot qu'elle voulait avant qu'elle l'ait désigné. Si c'était le bon, elle me le faisait comprendre de deux clignements rapides. Nous étions devenus si bons que lorsque Mark et mon père avaient quelque chose à dire à ma mère, ils faisaient appel à moi.

Un soir de juin, après la classe, je suis allé la voir comme chaque jour. Il faisait chaud, raison pour laquelle Mme Pierson, une infirmière à la retraite qui veillait sur ma mère, avait apporté un ventilateur. C'était une lectrice passionnée de romans brochés avec des femmes et des hommes séduisants en couverture. Mark m'avait dit qu'il s'agissait d'histoires romantiques, mais je ne comprenais pas le concept et j'avais très envie d'y jeter un œil dès que Mme Pierson aurait le dos tourné. Je n'avais pas encore eu l'occasion de le faire.

— Bonjour Johnny, m'a-t-elle dit en me voyant.

Elle était assise sur une chaise, à quelques centimètres du ventilateur.

— Bonjour.

— Silvia est d'excellente humeur aujourd'hui.

J'ai balbutié trois mots inintelligibles en guise de réponse.

Le ventilateur tournait, soulevant de l'air sur le visage de l'infirmière. Elle profita un instant de la fraîcheur, les yeux entrouverts, les joues tremblantes, puis se releva brusquement et s'empara du livre malmené qui était tombé du lit et s'intitulait : *De nature sauvage*.

Une fois seul avec ma mère, je lui ai demandé si elle voulait qu'on parle de l'école. Elle m'a répondu par un clignement de paupières. J'étais ravi car j'avais quelque chose d'important à lui annoncer : j'avais un nouvel ami, Ross, qui venait de quitter la Caroline du Nord. Il aimait lire, comme Mme Pierson, mais, contrairement à cette dernière, il était amateur de romans policiers et d'espionnage.

Au bout d'une demi-heure, j'ai remarqué que ma mère était fatiguée. Le simple fait d'avoir à écouter une conversation l'épuisait. Je lui ai demandé si elle voulait se reposer, elle m'a répondu par la négative. J'ai pris un des panneaux posés près de la fenêtre et glissé un doigt le long des lettres, fixant ma mère des yeux. Je l'avais si souvent fait que je n'avais même plus besoin de regarder les cases. Au premier clignement, je changeais de direction ; au deuxième je m'arrêtais.

F-A-T...

— Tu es fatiguée ?

Un clignement.

— Je croyais que tu voulais me dire quelque chose. On peut abandonner pour aujourd'hui. Tu préfères continuer ?

Un clignement.

Je ne comprenais pas. Nous avons poursuivi et la phrase a vite été complétée :

FATIGUÉE SLA.

Chapitre 64

Darla avait bu.

— Mais pas trop, a-t-elle précisé en levant l'index.

Elle portait un legging noir et un ample tee-shirt fuchsia. J'ai vu un lit défait par l'entrebâillement de la porte d'une chambre.

— Je préfère éviter de monter à l'étage, s'est-elle excusée.

D'un geste, je lui ai signifié qu'elle n'avait pas à me donner d'explications. Elle avait le droit de dormir où elle voulait. J'avais, moi, envie de partir au plus vite.

Nous nous sommes assis autour de la table. Elle m'a lancé un regard à la fois las et froid.

— C'est Frost qui te l'a dit ?

J'ignorais de quoi elle parlait.

— Allons, Johnny. Je vois bien comment tu me traites ces derniers temps. Tu ne m'as pas téléphoné, tu es différent.

Mon expression devait me trahir, car elle a enchaîné :

— Ce type est un crétin. Ne me regarde pas comme ça, John. J'en ai marre que les gens me jugent.

Je n'ai pas répondu. Elle s'est levée et m'a proposé

quelque chose à boire. Je n'avais envie de rien. Elle s'est servi un verre de jus d'orange avant de se rasseoir.

— Ian et moi avons une liaison depuis quelques mois. La vie est merdique, John. La vie est merdique, tu le sais mieux que personne, que veux-tu que je te dise ?

— Il n'y a rien à dire. Je sais que Mark ne s'est pas suicidé à cause de ça. Tous ceux qui le connaissaient le savent.

— Mais je ne crois pas qu'il ait été au courant. Il s'en doutait peut-être, je ne sais pas. Ton frère était surdoué, et, franchement, j'ignore ce qu'il pensait. C'est dur à avaler pour toi, mais cette aventure n'a rien à voir avec ton frère.

Elle s'est mise à chercher sur la table un paquet de cigarettes inexistant.

— De toute manière, je ne t'ai pas appelé pour te parler de ma relation avec Mark ou avec Ian.

— Je vous ai vus vous embrasser, lui ai-je lancé sèchement.

— Alors ce n'est pas Frost.

— Non. Je ne pense pas qu'il le sache.

Elle s'est dirigée vers la fenêtre, a regardé longuement le jardin et l'endroit où quelques semaines auparavant Ian Martins avait fait un discours maladroit pour l'anniversaire de mon frère. Je me suis demandé si le fait de coucher avec la femme de son associé avait amélioré ses piètres talents d'orateur.

— Il t'a interrogé sur une employée de Meditek ? a-t-elle repris sans se retourner.

Elle me testait. Ian lui avait peut-être déjà tout raconté.

— Oui.

— Moi aussi. Paula Marrel ? a-t-elle demandé en pivotant.

— C'est ça.

— Ian m'a dit qu'elle avait voulu les faire chanter et qu'elle est portée disparue. Il ne sait rien de plus, mais je ne suis pas sûre de le croire.

— On peut changer de sujet ? Pourquoi voulais-tu que je vienne ?

Elle est sortie pour revenir au bout de quelques minutes, a posé sur la table une clé USB de la taille d'un ongle. J'ai regardé l'objet minuscule.

— Frost m'a donné ça. D'après lui, c'est la raison pour laquelle Mark s'est supprimé et il me semble que ce connard est dans le vrai.

Je n'arrivais pas à détourner les yeux de la clé, mais n'osais pas la toucher.

— Qu'est-ce qu'elle contient, Darla ?

Elle m'a observé comme si elle avait oublié à quoi je me référais.

— C'est une vidéo de Mark. Le FBI l'a trouvée dans un de ses téléphones ou de ses ordinateurs, je ne sais pas. Je n'avais pas l'intention de te la donner, j'ai même failli la jeter dans les WC, puis j'ai compris que ce n'était pas à moi de décider. Quand tu verras de quoi il s'agit, si tu visionnes la vidéo en entier, tu sauras quoi en faire.

J'ai saisi la clé entre le pouce et l'index.

— Il ne s'est pas suicidé à cause de Meditek, mais du contenu de cette clé. Et c'est lié à toi, Johnny. À toi et à ton passé.

Chapitre 65

Août 2000

En plus de la concession automobile, rachetée par Bill Foster, l'autre source de revenus de la famille était une participation minoritaire dans une quincaillerie industrielle, sur laquelle mon père avait parié pour se diversifier, mais qui n'avait jamais été à la hauteur de ses attentes. Elle rapportait des revenus insignifiants par rapport aux dépenses astronomiques qu'imposaient les soins portés à ma mère. La situation financière de notre foyer m'était alors totalement étrangère. En revanche, Mark était au courant de tout et, un jour, il me l'avait expliqué de manière très simple : nous avions plus de sorties d'argent que de rentrées. À ce rythme, nous allions bientôt être ruinés.

— Je ne veux pas que tu travailles ! s'est exclamé mon père.

Je les écoutais du premier étage, et, plus que la signification de la phrase, c'est le ton que mon père avait employé qui avait attiré mon attention. Ed Brenner était un homme posé et ouvert, rarement catégorique dans ses propos. Il n'avait pas crié, mais s'était exprimé avec autorité. J'avais très envie d'aller aux toilettes – le but de mon excursion nocturne –, mais en les entendant, je m'étais immobilisé au milieu du couloir.

— Je ne comprends pas, papa. C'est juste quatre heures en fin d'après-midi, après l'école. On a besoin de cet argent.

— On n'a besoin de rien, tu n'as pas à t'inquiéter de ça.

— J'ai quinze ans, je ne suis plus un bébé.

— Je refuse que mon fils travaille dans une station-service après l'école. Je ne te laisserai pas faire.

Ils ne se disputaient pas – pas encore –, mais je percevais la tension sans les voir. Assis sur la marche supérieure de l'escalier, j'ai serré mes genoux dans mes mains.

— Assieds-toi, a enchaîné mon père en tirant une chaise. J'apprécie beaucoup ton geste, mon garçon, mais tu dois comprendre que les soucis d'argent, c'est mon problème. Ça l'a toujours été et je ne veux pas que tu les règles. Toi, tu dois passer du bon temps avec tes copains et tes copines, faire du sport, t'amuser. La maladie de ta mère, qui nous concerne tous, est un grand malheur, c'est sûr… mais Johnny et toi devez mener votre vie d'enfants.

— Quatre petites heures, papa, a murmuré mon frère. Avec ça, on aurait de quoi régler les petites dépenses, les miennes et celles de Johnny.

— Je m'occupe de tout, Mark. Je veux qu'en sortant de l'école, tu fasses autre chose que travailler, c'est important que tu poursuives tes études.

— Mais papa, les études, je les fais les yeux fermés, et tu le sais.

— Peu importe. Tu peux toujours fournir plus d'efforts ou passer ce temps à te distraire, pas à jouer les pompistes ! C'est une perte de temps.

— Pas du tout. C'est un emploi et on en a besoin.

— On n'a besoin de rien !

Je serrais mes genoux avec force. Je me rappelle que je les comprenais parfaitement tous les deux. J'ignore si je voulais prendre parti – une déformation propre aux adultes que je n'avais pas encore à onze ans.

— Tu te trompes, a insisté mon frère. Tu as vendu le garage pour combien… trois cent mille dollars ?

Mon père n'a pas répondu. Je ne savais pas si Mark était au courant du montant de la vente ou s'il l'avait deviné.

— Je ne remets pas ta décision en cause, papa. Tu as fait au mieux. On a besoin d'argent et tu ne pouvais pas continuer à travailler toute la journée là-bas. Quelqu'un doit s'occuper du suivi médical de maman, des médecins et de tout le reste. Mais aujourd'hui, on n'a presque plus de rentrées, plus personne n'achète rien à la quincaillerie, c'est un miracle qu'elle soit encore ouverte.

— Ça suffit, Mark !

— Non. Il faut qu'on en parle. Ça ne sert à rien de cacher la poussière sous le tapis.

— Il ne s'agit pas de ça.

— Je connais le prix de ces médicaments et des médecins. Au rythme où on va, on a de quoi tenir un an, peut-être deux.

En vérité, nous n'avions même pas de quoi couvrir ces dépenses pendant une année.

Que mon père laisse parler mon frère ou hésite à lui répondre prouvait que mon frère avait raison, au moins en partie. Allions-nous être à la rue ? Ma mère avait besoin de soins. Sans ses médicaments, elle aurait mal, subirait des accès de fièvre ou serait parcourue de frissons. Cette idée m'atterrait encore plus que la maladie.

— Il est possible que maman ne vive pas un an, mais si ce n'est pas le cas ? a repris Mark.

L'entendre s'exprimer ainsi m'a glacé le sang.

— Papa, nous ne devons pas penser à un seul scénario, il faut qu'on se prépare à…

— Je t'interdis de parler comme ça. Ta mère ne joue pas dans un film.

— Tu sais très bien ce que je veux dire ! Nier la réalité ne la change pas.

— Personne ne sait ce qui va se passer.

À un moment donné j'ai décidé de me lever, et sans réfléchir, j'ai dévalé les marches. Ils se sont tus dès qu'ils m'ont entendu.

— Elle peut vous entendre ! ai-je explosé.

Chapitre 66

Mars 2001

La prédiction de Mark s'est réalisée avec une précision diabolique : dix mois plus tard, nous étions ruinés. Je n'avais pas besoin qu'on me le dise – mon père n'en avait jamais été capable –, c'était évident. Pour commencer, le Noël de l'an 2000 a été le plus austère, le plus ennuyeux de ma vie, alors qu'en temps normal j'attendais cette fête avec impatience. Ce qui était magique à mes yeux est devenu une soirée exécrable, sans cadeaux, en présence de mes tantes et de mes oncles affligés. Mon père était retourné travailler au garage automobile comme employé à temps partiel. Bill lui avait dit qu'il lui fallait quelqu'un qui connaisse le métier, que les clients demandaient de ses nouvelles. Les ventes stagnaient et il était inquiet. Même un enfant de onze ans pouvait se rendre compte qu'il s'agissait là d'une façon détournée de nous aider. Mon père avait accepté sans broncher, il n'avait pas le choix. De son côté, au bout de quelques semaines, Mark avait suivi son idée et accepté l'emploi à la station-service.

Deux faits ont alors précipité notre dégringolade financière. Tout d'abord, ma mère a contracté une infection urinaire que mon père s'est obstiné à faire soigner à la maison. La remise s'est transformée en chambre d'hôpital équipée d'appareils portatifs pour stabiliser son état. C'était dur de la voir reliée à ces machines, s'étioler comme une feuille morte au soleil, et, plus d'une fois, j'ai dû sortir pour aller pleurer aux toilettes. Épuisée, elle ne parvenait plus à communiquer avec nous et la seule chose que je pouvais faire était de lui parler. Je sentais que je la perdais, comme un cerf-volant dont on a coupé le fil et qui devient de plus en plus petit dans le ciel.

Le second événement dévastateur a été l'apparition d'un opportuniste censé avoir mis au point un traitement miraculeux contre la SLA. Il s'appelait Chatelain, et je n'oublierai jamais le jour funeste où il est entré en contact avec mon père. Nous étions tous les trois en train de dîner dans la cuisine – nous avions cessé de manger dans le salon depuis que ma mère était confinée dans l'arrière-cuisine – quand le téléphone a sonné. Mon père était tout près, il a décroché et, sans parler, il est monté à l'étage pour redescendre un quart d'heure plus tard, le combiné dans une main, un carnet dans l'autre.

— Voilà ce que nous attendions ! a-t-il annoncé, à la fois heureux et consterné.

Le docteur Chatelain lui avait décrit son traitement expérimental à base de plantes naturelles et son taux élevé de réussite. Quatre-vingts pour cent, nous a dit notre père, les larmes aux yeux. Bien entendu, je l'ai cru et j'ai fondu en larmes : si ce médecin pouvait guérir ma mère et faire en sorte qu'elle m'accompagne de nouveau à l'école, me prépare des pancakes et regarde la télévision avec moi en tricotant, ce serait un miracle. Mark s'est montré plus méfiant. Le lendemain, sur le promontoire du reptile, qui était devenu le lieu où nous échangions des vérités, il m'a dit que nous ne devions pas croire tout ce que disait ce type, que le monde était rempli de charlatans et d'escrocs qui profitaient des gens comme notre père, naturellement crédules. Pourquoi était-il si peu optimiste ? Si j'avais eu deux ou trois ans de plus, je le lui aurais sans doute dit.

Le docteur Chatelain, un sexagénaire aux lunettes rondes et à la barbe très blanche, est arrivé chez nous un après-midi avec ses grands airs et y a été traité comme une éminence. Il devait examiner la patiente afin de savoir si le traitement pouvait fonctionner sur elle ou non. Mark n'était pas là, contrairement à mon père et à moi, impatients de connaître son diagnostic. Chatelain a examiné ma mère, à croire qu'il pouvait tirer des conclusions scientifiques après une simple observation. Les médecins qui s'occupaient d'elle avaient fermement déconseillé cette thérapie à base de plantes aux noms imprononçables, mais mon père tenait à tout tenter.

— Qu'avons-nous à perdre, Johnny ?

Je comprenais sa logique.

Bien entendu, Chatelain a estimé que le traitement marcherait. Pendant près de deux mois, il a fait une piqûre par jour à ma mère. J'ignore combien coûtait chaque injection, mais notre argent a vite fondu.

Notre enthousiasme était tel, même chez ma mère, qu'il y a eu dans un premier temps de réels signes d'amélioration. Elle était de meilleure humeur, ce qui était déjà beaucoup à mon sens. Je rêvais parfois que j'allais la voir et qu'elle bougeait de nouveau ses doigts, lentement au début, puis de plus en plus vite. Je prévenais mon père et nous la regardions tous les deux, ébahis.

Mais ces signes étaient trompeurs.

J'ignore si cet homme était un escroc ou si ma mère faisait partie des vingt pour cent de patients sur lesquels le traitement était inopérant, mais peu importe. Deux mois plus tard, même mon père était convaincu que poursuivre équivalait à jeter l'argent par les fenêtres.

Le 31 mars fut un jour mémorable. Ross, mon nouvel ami, et moi devions aller chez Maggie Burke pour voir des films avec deux de ses camarades de classe. Pour moi, c'était relativement fréquent, mais aux yeux de Ross, c'était tout un événement et il m'avait communiqué sa joie.

Je me suis réveillé beaucoup plus tôt que d'habitude. Mme Pierson n'était pas encore arrivée, mon père et Mark dormaient encore. Dans un contexte différent, je serais moi aussi resté au lit, mais j'étais trop nerveux pour ne pas me lever.

J'ai décidé de préparer le petit déjeuner, mais, auparavant, je suis allé voir si ma mère était réveillée. Souvent, elle ouvrait les yeux très tôt. Je suis entré dans sa chambre avec mille précautions. Un rai de lumière filtrait par la fenêtre, mais c'était suffisant pour me rendre compte qu'elle avait les paupières closes. J'ai alors été pris de la très étrange conviction qu'elle était morte, je le percevais dans l'air comme si une légère vibration avait déserté la pièce. Je n'ai prêté aucune attention à sa poitrine, qui ne se soulevait plus, ni non plus à la légère déformation de sa bouche, aux traces sombres autour de ses narines ou à l'odeur acide de son urine. Tout cela, je ne l'ai vu qu'ensuite. La première impression, qui m'a frappé avec la force d'une vérité dévastatrice, était celle de cette absence de vie. De solitude. De vide insondable. J'ai porté une main à ma bouche. Je savais. Tous les signes mineurs étaient désormais incontournables. J'ai tendu le bras, comme pour toucher un animal dangereux. J'avais peur de toucher la main de ma mère, dont les doigts affleuraient d'un côté du drap, semblables aux pattes d'une araignée blafarde et morte.

J'ai hurlé, pétrifié, puis tremblant, en larmes. Ce n'est qu'en entendant des pas précipités dans l'escalier que je suis sorti. À demi vêtu, pieds nus, son pantalon déboutonné, mon père est apparu.

— Tu es déjà réveillé, Johnny ? Où est Mme…

À cet instant précis, la porte s'est ouverte et Mme Pierson est entrée dans la maison, son sac dans une main, ses clés dans l'autre. Le livre qu'elle serrait sous son aisselle est tombé.

— Maman…, ai-je balbutié entre deux sanglots.

Mon père m'a rejoint en quelques foulées à peine et étreint si fort que j'ai cru qu'il allait me rompre les os.

Les policiers et les infirmiers sont arrivés peu de temps après. Je ne me rappelle qu'en partie ce qui est arrivé ensuite ; ce sont des images décousues qui ressemblent davantage à un épisode cauchemardesque qu'à la réalité.

Chapitre 67

5 avril 2001

Je n'ai jamais reproché à mon père ce qu'il avait fait cette nuit-là. Le problème allait bien au-delà de la situation financière précaire dans laquelle la SLA nous avait entraînés. L'état de ma mère était irréversible, il empirait de jour en jour et elle avait perdu toute envie de vivre. Elle s'éteignait de plus en plus. À quoi bon tant de souffrances ? S'il existait une force supérieure qui nous soumettait à toutes sortes d'épreuves pour nous enseigner on ne savait trop quoi, elle avait sans doute guidé les mains de mon père, qui avait pressé fortement l'oreiller sur le visage de sa femme. Je n'ose même pas imaginer la volonté nécessaire à l'accomplissement de cet acte ; il fallait une miséricorde infinie. Ma mère a eu de la chance : mon père l'a aimée éperdument pendant toutes les années qu'ils ont passées côte à côte.

FATIGUÉE SLA.

Le plan élaboré par mon père était presque parfait. En arrivant à la maison à 7 heures, Mme Pierson devait se rendre dans la chambre de ma mère et constater qu'elle était morte paisiblement dans son sommeil. Elle réveillerait alors la famille et lui annoncerait la triste nouvelle. Compte tenu de son état, elle ne se douterait de rien et aucun médecin n'ordonnerait d'autopsie. *Mort naturelle*. Fin de l'histoire.

Mais il y avait eu deux ratés. Le premier – un détail de rien du tout – était le fait que je me sois réveillé beaucoup plus tôt que d'habitude et sois allé dans l'arrière-cuisine. Pourquoi ? Je me suis toujours posé la question, et aujourd'hui encore je n'ai pas la réponse. Que j'aie découvert le corps ne changeait pas grand-chose à la situation, mais mon père n'avait pas prévu de me faire subir ce traumatisme.

L'autre erreur, déterminante, était les marques noires sur le nez de ma mère. Harrison étant encore commissaire, il est difficile de dire s'il se trouvait à la maison pour son travail ou parce qu'il était ami avec mon père. Il est passé à plusieurs reprises, accompagné de Dean Timbert, son adjoint. Les jours qui ont suivi le décès de ma mère ont été étranges à bien des égards : il y a eu un défilé de policiers et de médecins – des légistes, ai-je compris sur le tard. En plus du vide que je ressentais près du lit de mort de ma mère – un vide qui serait toujours là, je l'ai su tout de suite –, j'étais profondément soulagé et n'en ai jamais eu honte.

Mon père, Mark et moi avions réagi de manière très différente à la maladie de ma mère. Son absence nous a mis sur un pied d'égalité. Notre douleur était poignante, notre silence aussi. Nous étions trois âmes en peine errant dans une maison qui avait perdu toute la cohésion que ma mère y apportait, même si elle gardait constamment le lit et soulevait à peine les paupières.

Cinq jours après sa mort, mon père a reçu un coup de fil mystérieux que Mark et moi avons entendu.

— Johnny, j'aimerais que tu ailles dans le salon pour écouter un disque. J'ai besoin de discuter avec Mark d'un sujet qui ne regarde que les adultes.

Mon frère venait d'avoir seize ans.

J'ai obéi et suis resté un certain temps les yeux rivés sur la pochette de *That's Life* de Sinatra, que j'avais sans doute oublié de ranger, ce qui prouvait que personne ne s'était approché de la chaîne stéréo ces derniers jours. Il devait s'écouler des années avant que Mark et moi osions réécouter « The Voice ».

J'ai porté mon choix sur *Super Trouper*, d'ABBA, presque par hasard. Mon père le passait de temps en temps et je ne savais pas trop si l'album me plaisait ou non, même si j'en trouvais les mélodies gaies et entraînantes. J'ai mis le disque et l'ai écouté, assis dans le canapé. La porte de la cuisine était fermée et ne s'ouvrirait pas avant un long moment. Entre deux chansons, j'entendais les voix étouffées de Mark et mon père. Ils ne se disputaient pas, mais le ton montait.

La voiture de police est arrivée une dizaine de minutes plus tard. Je m'en souviens parfaitement car c'était à la fin de « On and on and on ». Je n'ai jamais plus réécouté ce disque.

Harrison conduisait, Dean Timbert occupant le siège passager. Ils sont descendus du véhicule et se sont approchés de la fenêtre ouverte. J'étais trop contrarié par la situation pour rester assis là où mon père me l'avait ordonné. Il se passait quelque chose, mais j'ignorais quoi.

— Johnny, Ed est en train de discuter avec Mark ? m'a demandé Harrison.

Quand je lui ai montré la porte de la cuisine, il a acquiescé et touché le bord de son chapeau.

— Dean et moi, on va rester dans la voiture jusqu'à ce qu'ils aient terminé.

Un peu plus tard, ils sont sortis de la cuisine, et, en voyant le visage horrifié de Mark, j'ai compris qu'un drame était survenu, peut-être pire que la mort de ma mère, si c'était possible. Mon frère m'a regardé, le visage empreint d'une expression que j'étais incapable d'identifier, les yeux rougis, sur le point de fondre en larmes, puis il a disparu à l'étage.

Dans d'autres circonstances, ou si j'avais eu quelques années de plus, j'aurais eu conscience de la situation. L'appel téléphonique, la conversation derrière une porte close, la voiture de police garée dehors… Mais lorsque mon père m'a demandé de le suivre à mon tour dans la cuisine, je n'avais pas la moindre idée de ce qu'il allait me dire.

Il s'est installé à côté de moi.

— C'est sans doute ce que j'ai de plus dur à t'annoncer, mon garçon. Mais tu es intelligent et je sais que tu comprendras, peut-être pas maintenant, mais plus tard. C'est pourquoi je tiens à ce que tu l'entendes de ma bouche. C'est difficile, mais c'est comme ça.

J'attendais, incapable d'articuler le moindre mot.

— Ta mère souffrait énormément, Johnny, inutile que je t'explique pourquoi, tu l'as vue tous les jours.

Sa douleur était si immense qu'elle n'avait plus goût à la vie. Chaque moment était une souffrance, elle était prisonnière de son corps et ne pouvait plus bouger ni tricoter, aller se promener, changer de chaîne ou éteindre le téléviseur. C'était impossible de la laisser comme ça, tu es d'accord ?

En l'écoutant, j'avais l'impression d'être moi aussi prisonnier du corps de ma mère.

— J'ai dû agir pour mettre fin à ses souffrances, Johnny. Un jour, les lois permettront qu'on fasse ce genre de choses, pour que des femmes comme maman puissent quitter ce monde en paix, quand elles l'auront décidé. Mais ce n'est pas encore le cas et c'était injuste de la laisser ainsi. Très injuste. C'est la raison pour laquelle j'ai décidé de l'aider à… à partir. Tu comprends ?

Je comprenais aussi que les dépenses pour sa santé étaient exorbitantes et que nous n'avions plus d'argent. Cela avait-il influé sur la décision de mon père ? À cet instant, en le regardant dans les yeux, je pensais que non. S'il y avait eu la moindre chance de la sauver, il l'aurait fait. Mais ma mère était condamnée. Condamnée à souffrir.

FATIGUÉE SLA.

Curieusement, durant cette conversation, je n'ai pas demandé une seule fois à mon père comment il avait procédé pour délivrer ma mère. Assassinat, mort… Aucun de ces mots ne me venait à l'esprit.

— Maman m'a dit qu'elle était fatiguée d'être malade.

— Oui. C'est très triste pour nous, Johnny, mais tu dois également te rappeler que si nous avons souffert de la voir dans cet état, ce n'était rien comparé à ce qu'elle endurait.

Plus tard, j'ai traversé diverses étapes, parmi lesquelles une haine irrépressible à l'égard de mon père, mais en discutant avec lui ce jour-là – la conversation la plus importante de ma vie –, je le comprenais.

— La police est là pour m'emmener, Johnny. Je dois affronter les conséquences de mon acte. On a beau être en désaccord avec les lois, cela ne nous donne pas le droit de les enfreindre. Tu comprends, n'est-ce pas ?

— Oui.

— Très bien. Tante Audrey va venir vivre avec vous, mais ce sera ton frère qui te guidera quand je ne serai plus là. Fais-lui confiance et obéis-lui.

J'ai acquiescé. Bien entendu, j'ignorais que derrière les paroles de mon père se cachait une décision qu'il avait déjà prise ou qui prenait forme dans sa tête.

— Embrasse-moi, m'a-t-il dit en me serrant dans ses bras.

Je n'avais toujours pas versé une larme. Non que je n'en aie pas eu envie, mais mon esprit était trop ébranlé pour s'occuper de mon corps et de ses émotions. Blotti contre mon père, enveloppé de l'odeur de son eau de Cologne Old Spice, je me suis effondré en prenant peu à peu conscience des mots qu'il venait de prononcer.

La police est là pour m'emmener. Tante Audrey va venir vivre avec vous.

Il m'a repoussé avec douceur. Il ne pleurait pas, mais il avait les yeux rouges.

— Je suis très fier de toi, Johnny. Maintenant, va dans ta chambre, Mark t'attend.

Je me suis exécuté. Une fois à l'étage, j'ai regardé par la fenêtre.

L'arrestation de mon père n'a rien eu de spectaculaire. Il est sorti de la maison et c'est de son plein gré qu'il est monté dans la voiture de police.

Chapitre 68

En rentrant chez moi, j'ai posé la clé USB sur la table et l'ai regardée comme une curiosité. Je n'échapperais pas à son contenu, même si j'étais convaincu que le mieux à faire était de l'écraser sous ma semelle. Mais le discernement n'a jamais été mon fort.

J'ai branché la clé sur le portable et une fenêtre est apparue et m'a demandé si je voulais copier la vidéo. Tout était très simple. *Vous voulez détruire l'Univers ? Taper sur* ENTER.

La vidéo a commencé. J'ai immédiatement reconnu la salle de Meditek où Maggie et moi avions vu Mark pour la dernière fois. La table, ou sa partie visible, était totalement débarrassée de tout document. La caméra a bougé frénétiquement jusqu'à ce qu'elle soit calée, après quoi l'image est restée fixe. Elle devait être posée sur la table. Mark – car c'était manifestement lui qui la manipulait – est apparu de dos, puis il s'est tourné et assis face à l'objectif. Le voir m'a causé un choc et j'ai eu des palpitations. J'avais une envie irrépressible de pleurer. Je crois être quelqu'un de robuste, mais pas assez pour revoir mon frère aussi vite et dans des circonstances si particulières. J'avais l'impression qu'il me voyait… Qu'il savait que je serais son spectateur. Il ne souriait pas, mais n'avait pas non plus l'air triste. Il était concentré.

Il portait une chemise blanche dont il avait laissé les deux boutons du haut ouverts. Il a relevé ses manches et tiré des feuilles d'un dossier fin avec des gestes mesurés, sans aucune précipitation. Il a relu les notes qu'il avait déployées devant lui et s'est éclairci la gorge.

— Quand maman est tombée malade, je considérais la SLA en termes de dépenses et de bénéfices, une équation complexe à variables multiples. L'argent que mon père dépensait en médicaments, en traitements et en protocoles miraculeux était une des variables les plus simples à évaluer, mais il y en avait d'autres : la souffrance de ma mère, et celle de mon père et de Johnny.

Une grosse larme a glissé le long de ma joue. Entendre Mark était déjà douloureux en soi ; l'entendre parler de notre mère frisait l'insupportable. Je devinais ce qu'il allait dire ensuite.

— Mais la raison pour laquelle je l'ai tuée ne résultait pas d'une équation complexe.

J'ai tendu le bras pour appuyer sur la barre d'espacement, interrompant la vidéo. Ma température corporelle était descendue de plusieurs degrés, c'est du moins ce qu'il me semblait. Je devais poursuivre le visionnage, comprendre pourquoi il avait agi ainsi.

Papa s'est accusé de quelque chose qu'il n'avait pas commis.

Non, ce n'était pas *quelque chose*, mais un assassinat, le meurtre de son épouse.

— Qu'as-tu fait, Mark ? ai-je murmuré.

J'ai remis l'image en mouvement en appuyant sur la barre avec plus de force que nécessaire.

— Quand j'ai commencé à travailler à la station-service en fin d'après-midi pour aider mon père, j'espérais qu'il ne le saurait pas, mais ce n'était pas possible. Tout d'abord parce que Frank Cassonwitz le connaissait et ne comptait pas garder le secret, d'autant qu'en embauchant son fils de seize ans, il renvoyait l'ascenseur à mon père, qui lui avait rendu service. En plus, je m'occupais du petit magasin, et si la plupart des clients qui s'arrêtaient sur la route pour acheter des produits étaient des inconnus, d'autres habitaient Carnival Falls et finiraient tôt ou tard par parler. J'ai donc convaincu mon père de me laisser travailler, ce qui n'a pas été une mince affaire, le grand cœur d'Ed Brenner rivalisant avec un ego démesuré. Je lui ai dit que cela n'influerait pas sur mes résultats scolaires et que l'argent couvrirait nos dépenses, à Johnny et à moi.

« Je faisais un peu de tout, servais au magasin, nettoyais les toilettes, vérifiais la pression des pneus des clients. Mais je ne m'occupais pas de l'essence. Frank m'avait dit qu'il avait ses raisons, et sans qu'il ait besoin de me les expliquer, j'avais compris qu'il ne voulait pas heurter la susceptibilité de Ronald Matkin, un vieil échalas taiseux qui travaillait à la station depuis que le père de Frank l'avait ouverte dans les années soixante-dix. Mes rapports avec Ronald ont été tendus dans un premier temps, ce qui a posé problème car Frank n'étant presque jamais là, je devais composer avec le vieil homme.

À un moment donné, j'ai regardé par terre et j'ai entendu la voix de mon frère sans le voir. Je ne connaissais pas grand-chose de cette époque de sa vie et découvrais une autre facette de Mark.

— Avec le temps, Ronald s'est aperçu que je n'étais pas une menace pour lui. Je ne comptais pas faire carrière dans cette station, ce qui était suffisant pour qu'on entame une relation pacifique. En plus, je me chargeais des corvées qu'à soixante-dix ans il détestait et qui commençaient à le fatiguer physiquement. Il faisait le plein des clients, qu'il attendait assis dans un fauteuil déglingué, près de la glacière, et se levait sans se presser dès qu'une voiture arrivait. Tout le monde connaissait Ronald. Un mois plus tard, il était ravi de notre collaboration, même s'il ne me l'a jamais dit, étant trop réservé pour livrer ses émotions. Des semaines entières ont passé sans qu'il se dévoile. Je pensais qu'il était veuf, mais ne savais rien de plus le concernant.

« Un jour où il n'y avait guère d'activité, il m'a demandé comment allait ma mère. Il ignorait qu'elle était malade. Personne ne l'avait mis au courant. Je me suis confié brièvement, il a acquiescé dans les moments forts de mon récit, puis a gardé le silence. Je ne peux pas dire que je l'aie vraiment connu, mais il y avait en lui une sagesse étonnante pour un homme ayant passé sa vie dans une station d'essence. Il m'a ensuite raconté son histoire. J'étais ému car je savais qu'en général il ne se laissait guère aller aux confidences. Il devait éprouver le besoin de partager quelque chose d'intime avec moi ou pensait qu'un lien spécial était en train de se tisser entre nous.

« Comme je l'avais imaginé, il était veuf. "Depuis un demi-siècle", m'a-t-il dit. J'ai cru qu'il plaisantait, car personne ne peut être veuf depuis cinquante ans, c'était un record à mes yeux. Il avait rencontré Marcia à l'école primaire et n'avait jamais eu d'autre petite amie. À dix-huit ans, elle était tombée enceinte. Ils s'étaient mariés, comme l'exigeaient les mœurs de l'époque. Le père de Marcia était un Irlandais colérique que Ronald a qualifié de "géant". Il devait être terrible. Ils ont eu une conversation et, bien sûr, Ronald a dû s'occuper de sa nouvelle famille, chercher un emploi et un endroit où vivre. Ils ont loué une caravane. Ronald travaillait à la scierie dans la journée et à la station-service le soir. Il finissait son service à 1 heure. Marcia et lui avaient eu une petite fille, Becky. Elle avait trois mois quand Ronald est rentré par une nuit de grand froid. Il a trouvé sa femme et le bébé endormis, leurs corps recroquevillés dans le lit escamotable de la caravane. Il s'est couché à côté d'elles et a plongé dans le sommeil. Quelques heures plus tard, les cris de Marcia l'ont réveillé. Becky était morte étouffée, d'après le médecin. Il m'a dit qu'aujourd'hui les professionnels de la santé ménagent davantage les gens, mais à l'époque ils ne choisissaient guère leurs mots. Le docteur leur a dit que dormir avec un si petit bébé dans un lit étroit était irresponsable. Ronald était jeune et bouleversé, mais il avait envie de casser la figure à cet homme qui avait osé s'adresser à Marcia sur ce ton. Plusieurs mois après, elle s'est jetée sur la voie de chemin de fer et Ronald n'a pas refondé d'autre famille. Son seul soulagement était que Becky ait connu une mort plus douce que Marcia. Il a ajouté qu'il ne se pardonnerait jamais son acte.

Mark avait des notes devant lui, mais il n'avait pas besoin de les lire : il se souvenait aisément de la plupart des faits qui s'étaient déroulés plus de dix ans auparavant.

Chapitre 69

J'ai arrêté la vidéo pour voir combien de temps il restait et accuser le coup. Ce que je venais d'entendre me révélait comment certaines idées avaient pris naissance dans la tête de mon frère.

— J'ai fini par comprendre après avoir discuté avec Ronald. Il faisait nuit, je tenais compagnie à ma mère. Elle m'a indiqué la lettre F et j'ai tout de suite deviné qu'elle cherchait à me dire qu'elle était fatiguée. Puis elle a désigné la lettre O : « oreiller ». En temps normal, j'aurais retiré un des oreillers sous sa tête, pour qu'elle soit plus à l'aise. Là, je l'ai regardée, elle a lu dans mes pensées et cligné une fois des paupières.

J'ai de nouveau appuyé sur la barre d'espacement, je n'en pouvais plus.

— Maman en avait assez de vivre ainsi, on le savait, mais elle ne m'avait encore jamais demandé d'abréger ses souffrances. Au début, je ne l'ai pas prise au sérieux. Je n'avais pas l'intention de tuer ma mère ! Quelques jours plus tard, il s'est passé quelque chose : en rentrant à la maison, j'ai retrouvé Johnny, qui remettait des coussins en place sur une chaise. Il m'a expliqué que notre mère se fatiguait vite et avait de drôles d'exigences. Quand je lui ai demandé ce qu'il entendait par là, il m'a répondu qu'elle lui avait demandé de placer un oreiller sur son visage.

J'avais oublié beaucoup de faits survenus à l'époque – je n'avais pas la mémoire de mon frère et j'étais plus jeune. Cet épisode s'était effacé, et y réfléchir sous cet angle m'a fait frissonner. C'était logique, car quand ma mère m'avait fait cette requête, j'avais dû croire qu'elle perdait la tête.

— Combien de temps allait mettre ma mère à reformuler sa demande plus clairement à Johnny ? Quel degré de désespoir avait-elle atteint pour vouloir que son fils de onze ans lui ôte la vie ? Ce n'est qu'alors que je me suis mis à y songer sérieusement. C'était sa vie, elle souffrait en permanence, et, malgré tout, les médecins, son mari et ses fils avaient décidé que ce calvaire devait se poursuivre. Nous prenions les résolutions à sa place. J'ai songé que mon travail à la station-service et l'histoire de Marcia, qui avait étouffé sa fille sans le vouloir dans son sommeil, avaient un but. Pendant une semaine, j'ai analysé la situation, jusqu'au jour où je suis descendu en discuter avec ma mère. Elle m'a fait comprendre que son plus fort désir était de quitter ce monde : elle ne supportait pas qu'on la voie ainsi et savait combien notre père était affecté. Elle a ajouté que si elle avait été capable de se suicider, elle l'aurait fait. Je lui ai promis de descendre dans la nuit avec un oreiller, comme elle me l'avait demandé. Et c'est ce que j'ai fait.

J'étais horrifié. Une main sur la bouche, les lèvres

crispées, je songeais à Mark et au calvaire qu'il avait enduré pendant toutes ces années.

— Le jour de l'arrestation de mon père, juste avant que les policiers l'emmènent, il a discuté avec moi dans la cuisine. Une « conversation d'adultes », m'a-t-il dit. Il avait suffisamment confiance en moi pour savoir que je le comprendrais. J'ignorais jusqu'alors qu'une enquête avait été ouverte sur la mort de ma mère et pensais que les forces de l'ordre s'étaient contentées d'un travail de routine. J'ai été très surpris d'apprendre que Harrison allait venir l'arrêter pour le meurtre de ma mère. Quand il me l'a annoncé, j'allais riposter, mais je me suis ravisé : il y avait entre nous une sorte d'accord tacite. Il n'a pas tourné autour du pot, me disant que ma mère lui avait demandé plusieurs fois de faire ce que j'avais fait, qu'il était fier de moi, car lui n'en avait pas eu le courage. Tôt ou tard, il aurait exaucé son désir de mourir, c'était ce qu'elle souhaitait le plus au monde, et aussi qu'on se souvienne d'elle avant la maladie, quand elle arrosait les plantes, préparait le dîner de Thanksgiving ou lisait les livres d'histoire qu'elle aimait tant. Chaque minute qu'elle passait prostrée dans son lit ne faisait qu'effacer ces souvenirs. Ce jour-là, mon père a prononcé des phrases que je n'oublierai jamais, et je crois que ce sont les plus à même d'expliquer les ravages d'une maladie mortelle à quelqu'un qui n'a pas traversé cette expérience. « C'est comme voir la mort au ralenti », m'a-t-il dit. J'étais entièrement d'accord avec lui.

— Moi aussi, Mark ! ai-je lancé.

Je n'avais plus pensé à la discussion de Mark et de

mon père dans la cuisine. Je me disais qu'il s'agissait d'une version plus étendue et plus fouillée de celle qu'il avait eue avec moi un peu plus tard. Je comprenais à présent que ce qui s'était passé derrière cette porte pendant que j'écoutais ABBA avait été un échange beaucoup plus délicat. Mon père avait annoncé à Mark qu'il assumerait les conséquences de ses actes.

— Mon père m'a dit qu'il était responsable de la mort de maman, qu'il allait se rendre à la police et que je devais m'occuper de Johnny. Il se faisait vieux et avait déjà obtenu tout ce qu'il désirait de la vie. Il était fier de sa famille, mais depuis que notre mère était malade, il ne voyait plus pour quelle raison supporter l'existence. Johnny et moi avions au contraire tout l'avenir devant nous et il voulait qu'on forme une famille. Il a ajouté que tante Audrey nous aiderait, mais que Johnny serait désormais sous mon aile. Il m'a fait promettre deux choses : ne jamais révéler notre conversation à qui que ce soit…

Mark s'est interrompu. C'était la première fois que je le voyais flancher. Il avait jusqu'alors mené son récit avec mesure, mais maintenant, il baissait la tête et fermait les yeux. Il a gardé le silence pendant quelques secondes. Il restait encore deux minutes avant que la vidéo prenne fin.

— Quand mon père s'est tu, je me suis levé et il a fait quelque chose d'étonnant. Il m'a tendu la main et je la lui ai serrée. C'était sa manière de me dire que j'étais devenu un homme et qu'il me faisait confiance. « Veille sur Johnny », m'a-t-il murmuré avec une pointe d'autorité. Il m'a ensuite prévenu qu'il ne serait pas toujours là et que je ne devais pas me sentir coupable de son absence. J'ai alors compris que notre discussion était lourde de sens. Ses paroles n'étaient pas celles d'un homme qui s'apprête à aller en prison et à ne voir ses enfants que de temps à autre. C'étaient des mots d'adieu.

Chapitre 70

Avril 2001

Ma tante Audrey a emménagé chez nous dès après le départ de mon père. Elle l'a fait volontiers, elle qui se plaignait toujours que nous n'allions pas la voir plus souvent. Elle nous avait désormais tout le temps pour elle. Elle n'avait ni enfants ni mari, et je lui serai toujours reconnaissant, car j'ignore ce que nous serions devenus jusqu'à ce que Mark soit majeur. Des années plus tard, Audrey m'a avoué que, quelques jours après la mort de ma mère, mon père l'avait appelée pour lui poser toute une série de questions étranges. Il pensait rédiger un testament et voulait qu'elle soit notre tutrice légale au cas où il lui arriverait quelque chose. Audrey lui a fait jurer sur la tête de notre grand-père qu'il n'était pas malade et n'avait pas l'intention de commettre une bêtise. Bien entendu, mon père lui mentait.

Les années qui ont suivi son suicide ont été difficiles, inutile de le nier. Passer son adolescence en supportant le poids de la mort de ses parents n'est pas simple. À l'école, on racontait mon histoire en l'enrichissant de toutes sortes de détails rocambolesques, et j'avoue que jamais je ne m'en serais sorti sans le soutien de Mark, qui a toujours été à mes côtés, solide comme un roc, ni l'aide de mes amis et de tante Audrey. Mark a refusé d'aller dans les meilleures universités pour rester avec moi, et Ross et Maggie m'ont toujours défendu. Audrey s'est sacrifiée pour nous. Éternelle célibataire, elle disait que Mark et moi étions sa seule source de bonheur. Jamais elle n'a parlé de ma mère de façon négative, bien qu'autrefois elles aient eu des différends. Et c'est elle qui a encouragé ma passion pour le dessin.

Un vendredi après-midi, Thomas Harrison est passé à la maison. J'étais seul, Mark étant allé faire des courses avec Audrey, qui avait besoin de certaines fournitures pour emménager. Le salon était rempli de cartons qu'elle avait rapportés de Hawkmoon.

Dès son arrivée, elle m'avait offert une boîte de quarante crayons Caran d'Ache. Elle devait chercher par là à égayer un peu ma vie. Ils me fascinaient, me permettaient de m'évader un peu, si toutefois c'était possible après le drame que je venais de vivre. À l'époque, je dessinais surtout des animaux, en grande partie des insectes que je capturais dans des flacons. Je n'aimais pas m'inspirer de photographies. Ce jour-là, j'étais occupé à reproduire un lapin lorsque la silhouette de Harrison s'est découpée dans la fenêtre. J'ai été parcouru d'un frisson.

— Pardon, Johnny. Je n'ai pas vu la voiture, alors j'ai cru qu'il n'y avait personne.

Il a balayé du regard le salon encombré des affaires

d'Audrey et j'ai vu comme de l'affliction dans ses traits, plus sévères en temps normal. Il semblait abattu.

La pointe du crayon gris est restée posée sur l'oreille du lapin. Je l'ai rangé quand Harrison s'est assis à côté de moi. Il avait revêtu son uniforme, ce qui m'intimidait même si je le connaissais depuis ma naissance et savais qu'il était incapable de me faire du mal.

— J'ai une bien triste nouvelle à t'annoncer, m'a-t-il soufflé en veillant à me ménager. Ton père a dû prendre une décision très dure…

Il a dû prendre…

J'étais sans défense, me sentais minuscule, les mains entre les cuisses, les épaules voûtées vers l'avant.

— Ed s'est ôté la vie.

L'absence de ma mère était déjà difficile, mais la SLA m'y avait préparé pendant des mois. Je n'arrivais pas à concevoir que mon père se soit tiré une balle dans la tête – pour je ne sais quelle raison, j'avais tout de suite imaginé ce scénario. J'ai regardé Harrison sans rien dire, hagard. Aujourd'hui, je pense qu'il avait dû mûrement réfléchir aux termes qu'il emploierait.

— Ed est parti rejoindre ta mère. Il ne supportait pas de la voir souffrir et c'est pour ça qu'il a décidé de faire ce qu'il a fait.

Harrison ne m'a jamais expliqué comment un fusil était apparu dans la cellule de mon père. D'après la version officielle, quelqu'un le lui avait donné, mais personne ne nous a donné de précisions sur l'identité de cette personne. Mon père avait laissé un mot très bref en priant Audrey de s'occuper de nous. Il nous demandait pardon et disait que la seule chose qu'il regrettait était de ne pas être avec nous. J'ai lu ces lignes des années plus tard, alors que l'acceptation de cette tragédie était devenue problématique. M'en convaincre en parcourant ces mots écrits de sa main m'a un peu aidé. Pendant des mois, je n'ai parlé à personne et me suis plongé dans mes dessins d'insectes. J'écoutais beaucoup Pink Floyd et j'ai raté mon année scolaire.

Mon histoire raconte comment un amour immense peut être remplacé. J'avais perdu un filet de sécurité pour être rattrapé par un autre, tout aussi résistant.

Audrey m'a soutenu de manière inconditionnelle jusqu'à mes vingt-deux ans. Elle est morte d'un infarctus à tout juste cinquante ans. Après, je me suis mis à boire, une stupidité compréhensible de la part d'un jeune homme qui ne sait pas ce qu'il fait et a reçu trop de coups en très peu de temps. À l'époque, je devais faire face à un autre événement douloureux : le départ de Maggie à Londres. Pour finir, c'est la naissance de Jennie qui m'a précipité dans un abîme d'incertitude et de peur. J'étais au trente-sixième dessous et redoutais d'échouer en tant que père. Quand je regardais Jennie dans son berceau, si fragile, si démunie, j'étais pris d'angoisse, craignais de ne pas être à la hauteur, de tout gâcher et de la laisser seule au monde. J'avais peur de reproduire le schéma de mon père.

Chapitre 71

Un jour après avoir vu la vidéo, à 14 heures, j'étais assis dans un bar qui subsistait dans le centre de Carnival Falls, près de la bibliothèque municipale. Maggie m'a téléphoné, j'ai décroché en hésitant.

— Où es-tu ?

— Au White Fedora. Ne t'inquiète pas, je n'ai pas fait de bêtises, lui ai-je dit en levant le thé glacé que j'avais commandé, comme si elle pouvait le voir.

— Je t'ai laissé plusieurs messages. Tu es sûr que ça va ?

— Je n'ai pas bu.

De là à aller bien, sûrement pas.

— Je ne comprends pas…

— Je suis allé marcher. J'avais besoin de réfléchir. Je suis arrivé jusqu'ici et je suis entré. Carrie Reeves me surveille…

— Carrie Reeves ? Du lycée ? John, qu'est-ce qui t'arrive ?

— Elle travaille ici.

— Il faut qu'on parle.

— Tu veux…

— Attends-moi.

Elle a raccroché, me laissant devant mon verre de thé.

Adolescents, tous mes amis fantasmaient sur Carrie Reeves, et je ne faisais pas exception à la règle. Elle avait notre âge, mais s'intéressait à des garçons plus vieux. Son père avait acheté ce bar pour réaliser un investissement et l'avait chargée de le remettre à flot. À l'évidence, elle n'y était pas parvenue.

L'établissement étant désert, elle est venue discuter avec moi.

— Comment va ton frère ? Il est toujours marié ?

— Oui, lui ai-je répondu en grimaçant. Il est très heureux.

— Tu es sûr que tu ne veux rien manger ? On a ajouté des sandwichs et des desserts à la carte. L'idée, c'est de changer petit à petit.

— Non, je n'ai vraiment pas faim, merci.

— J'ai dit à mon père qu'il fallait tout modifier ici : le nom, la déco, mais il préfère qu'on s'y prenne progressivement. D'après lui, ce sont les habitués qui font tourner la maison, et patati et patata…

Je ne sais plus si elle a conclu sur ces mots ou si c'est moi qui avais cessé de l'écouter.

Maggie est arrivée. Elle a retiré ses lunettes de soleil et balayé l'endroit du regard. J'ai levé une main en l'air.

— C'est Maggie Burke ? m'a demandé Carrie.

— Oui. Une vraie célébration d'anciens élèves ! ai-je ajouté d'un ton solennel.

Carrie l'a accueillie à bras ouverts, comme si elles étaient de vieilles amies. Elle l'a interrogée sur Londres, a déclaré que cela faisait longtemps qu'elles ne s'étaient pas vues, mais Maggie n'a pas daigné lui répondre.

— Il faut qu'on parle de quelque chose d'important, s'est-elle contentée de déclarer sèchement.

Carrie a tourné les talons, indignée, peut-être vexée.

— Qu'est-ce que tu prends, Maggie ?

— Une bière, ai-je déclaré pour ma part.

Carrie m'a interrogé des yeux.

— Je peux le supporter, ne t'inquiète pas.

Quand elle s'est éloignée, Maggie a voulu savoir ce que je faisais là, mais j'étais incapable de lui fournir une réponse satisfaisante. J'ignorais ce qui m'avait amené dans ce bar. Je n'avais pas fermé l'œil de la nuit et, dans la matinée, j'avais éprouvé une envie irrépressible de sortir. Je lui ai raconté ma visite chez Darla et décrit la teneur de la vidéo copiée sur la clé USB.

— Je ne sais pas quoi dire, John.

J'ai haussé les épaules.

— Mark a supporté ce fardeau pendant toutes ces années : la demande de Silvia, ce qu'il a fait…, a-t-elle déclaré.

— Et le suicide de mon père, ai-je conclu. Comment peut-on vivre avec ça ?

— Franchement, je l'ignore. Tu crois qu'il a fait cette vidéo pour effacer ses souvenirs en prenant de l'ESH ?

— J'y ai pensé, mais ça n'a aucun sens puisqu'il avait décidé de se supprimer. Pour moi, c'est plutôt un aveu, mais il a peut-être reculé au dernier moment.

— Tu trembles, Johnny. Toutes ces années…

J'ai hoché la tête. Cette histoire allait me rendre fou,

j'y pensais constamment depuis que j'avais visionné la vidéo.

— Et toi, qu'avais-tu à me dire, Maggie ?

Elle a haussé les sourcils en hochant la tête.

— Ça devient de plus en plus dingue, autant te prévenir.

— Dis-moi, ai-je dit, inquiet.

— Hier, je suis allée voir une amie. Val. On s'est raconté notre vie, j'ai rencontré sa famille et je suis rentrée à la maison vers 22 h 30. Le club B était là. Je les ai vus de l'extérieur et suis passée par la cuisine pour ne pas les déranger. Dans le couloir, j'ai entendu mon père élever la voix. Je les ai écoutés… Ils parlaient de toi.

— Ah bon ?

— Ils se demandaient quoi faire, mais je n'ai pas compris à quel sujet. Mon père disait qu'il n'était pas d'accord, contrairement à Harrison. Richard restait silencieux. Puis Bill a dit : « La seule chose qui peut sauver Johnny se trouve dans la cabane de Gustafsson, alors j'aimerais bien qu'on reconsidère la situation. »

— C'est qui, ce Gustafsson ?

— Je n'en sais pas plus que toi.

— Et cette cabane… ?

— Harrison a dit qu'à quatre c'était difficile de tomber d'accord. Bill a proposé qu'ils aillent voir la cabane le lendemain.

Elle a soupiré.

— Quoi d'autre ?

— Je n'ai pas pu en écouter davantage. La chatte a surgi de nulle part à ce moment-là, j'ai eu peur et j'ai renversé une lampe. En entendant du bruit, ils se sont tus.

— Ils se sont rendu compte que tu étais là ?

— Non. Ils ont dû croire que c'était la chatte.

— Tu penses qu'ils cherchaient une solution pour me sortir des griffes de Frost ? Mark disait qu'il soupçonnait Harrison d'en savoir plus qu'il n'en avait l'air. Et la cabane… ?

— Vous voulez boire autre chose ? a demandé Carrie en me faisant sursauter.

— Non. Tout va bien, a déclaré Maggie.

— Je peux vous proposer…

— Carrie, s'il te plaît ! l'ai-je coupée.

Elle nous a laissés seuls. Maggie a sorti son portable de son sac et s'est mise à chercher quelque chose.

— Aujourd'hui, je me suis levée à 6 heures, a-t-elle expliqué sans quitter l'écran des yeux. Je suis allée cacher mon portable sous le siège de la fourgonnette de mon père. Quand il est rentré, vers midi, le portable était toujours là. Voilà la route qu'ils ont prise ! s'est-elle exclamée en brandissant le mobile. Et le petit point que tu vois ici, c'est la cabane !

C'était au cœur de la forêt, une zone dangereuse, sans réseau téléphonique, qu'on avait surnommée le « triangle des Bermudes ».

Chapitre 72

En garant la Honda devant chez moi, j'ai tout de suite compris que quelque chose n'allait pas. Maggie a ouvert la portière, mais n'est pas descendue.

— Qu'est-ce que tu as ?

Je lui ai montré la porte du garage entrouverte.

— Tu es sûr de l'avoir fermée en partant ?

— Oui. Reste ici.

— Non. Appelle la police et partons.

J'ai réfléchi. Je ne voulais pas attirer l'attention de la police si ce n'était pas nécessaire. Avais-je vraiment fermé la porte ? Du regard, Maggie m'incitait à me décider.

— Je vais aller voir. Si quelqu'un est entré, je reviendrai tout de suite.

Maggie semblait horrifiée.

— Non, Johnny, je ne veux pas rester seule !

J'ai posé ma main sur la sienne pour la rassurer.

— Je n'en ai que pour quelques minutes.

J'ai ouvert la portière en veillant à ne pas faire de bruit. Après l'orage de la veille, la terre était encore mouillée et il était impossible de marcher sans laisser d'empreintes. J'ai gagné le garage tout en inspectant les fenêtres de l'étage. S'il y avait quelqu'un, il avait entendu la voiture et savait que nous étions là. Il était donc inutile de se cacher.

J'ai jeté un rapide coup d'œil à l'intérieur. Il faisait sombre, je ne voulais pas allumer. Je n'ai pas vu d'empreintes, la serrure ne semblait pas avoir été forcée. Je me suis retourné en entendant du bruit derrière moi. C'était Maggie, qui m'a adressé un « pardon » silencieux. Je lui ai dit que j'allais faire le tour de la maison, elle a acquiescé et m'a emboîté le pas. Par la fenêtre de la cuisine, nous avons distingué un homme corpulent qui se déplaçait rapidement.

Nous nous sommes cachés, Maggie a empoigné ma chemise et s'est blottie contre moi.

— Johnny, il avait bien une arme, non ?

— Calme-toi. Il ne nous a pas vus.

Je n'avais fait qu'entrevoir son visage, mais j'étais sûr de ne pas le connaître. Malgré sa casquette et l'obscurité, j'avais remarqué qu'il avait un petit nez et un front bombé. Sa démarche était particulière, ses épaules se soulevaient et s'abaissaient à chaque pas.

— On va au promontoire du reptile, ai-je suggéré.

Cela impliquait qu'il allait nous voir nous éloigner, mais je m'en fichais.

— C'est maintenant ou jamais. On ne peut pas attendre.

Maggie a acquiescé, mais n'a pas bougé. L'intrus s'était dirigé vers l'escalier et se trouvait probablement à l'étage. Mon amie s'est décidée. Elle s'est écartée de moi, je l'ai prise par la main et nous avons couru. Une fois à l'abri sous les arbres, nous nous sommes arrêtés. Personne ne nous avait suivis et, de là où nous nous tenions, nous ne voyions plus la maison.

— Appelle la police, a insisté Maggie.

J'ai composé le 911. Une femme a décroché, je lui ai décrit brièvement la situation et lui ai laissé mon adresse et mon nom. Elle m'a demandé si j'étais seul et en lieu sûr et m'a dit de ne pas bouger jusqu'à ce que les forces de l'ordre arrivent.

J'ai raccroché et enlacé Maggie.

— Je connais cet homme, a-t-elle murmuré après avoir repris son calme.

— Qui est-ce ?

— Raymond Marrel, le père de Paula.

Elle venait à peine de prononcer ces mots que la porte à l'arrière de la maison s'est ouverte violemment et un cri furieux s'est élevé.

— Hé, vous !

Sans nous concerter, nous avons couru vers le nord-ouest en contournant le promontoire du reptile. Maggie était athlétique, la forêt n'avait pas de secrets pour nous et nous avions une bonne cinquantaine de mètres d'avance sur notre poursuivant. Il avait dû nous apercevoir d'une des fenêtres de l'étage et s'était lancé à nos trousses.

Raymond Marrel.

Je devançais Maggie : j'avais besoin d'évaluer ce que nous devions faire. Nous ne pouvions plus rebrousser chemin. De temps en temps, je me retournais pour voir si elle suivait, elle me répondait en levant le pouce. J'ignore si c'était la peur qui lui permettait de garder le rythme ou si elle s'entraînait régulièrement. Pendant trois ou quatre minutes, nous avons piqué un sprint, puis j'ai tendu la main droite pour signifier à mon amie qu'il valait mieux sortir du sentier, car nos empreintes s'étaient imprimées dans la boue. Nous devions absolument semer Marrel.

Si mes calculs étaient corrects, nous allions nous enfoncer dans la forêt et atteindre l'usine abandonnée cinq cents mètres plus loin en allant vers le nord. C'était une zone de végétation touffue et dépourvue de chemins.

Maggie a fait la grimace en traversant en sandales l'étendue de plantes rampantes qui nous arrivaient jusqu'aux genoux. Mes chaussures étaient plus appropriées que les siennes pour une course en forêt. Elle détestait les serpents et on risquait d'en trouver. Quand nous étions petits, Maggie disait préférer tomber sur un ours brun en colère plutôt que sur une vipère.

Il suffisait d'aller tout droit pour trouver l'usine désaffectée, mais nous avions fait un détour. Si notre poursuivant s'obstinait, il devait à présent être dans la mauvaise direction. Nous avions cessé d'entendre ses pas derrière nous, c'était une bonne nouvelle.

Nous nous sommes arrêtés à l'arrière du bâtiment. Quelques années auparavant, on pouvait encore entrer et en parcourir les salles détériorées, y compris celle des machines. En 2001, un garçon y avait trouvé la mort dans d'étranges circonstances et la police avait muré tous les accès, mais loin de décourager les adolescents intrépides, cette mesure avait accru leur intérêt pour cette excursion interdite. Maggie et moi le savions parfaitement, car nous l'avions faite.

Elle cherchait quelque chose sur son portable.

— Qu'est-ce que tu fais ?

— Je laisse un message à Ross. Quelqu'un doit savoir où nous sommes.

La police devait être arrivée chez moi. Si Marrel était revenu sur ses pas, il prendrait peur et s'enfuirait.

— D'où connais-tu cet homme ?

Elle a rangé son mobile.

— Viens, on va dans la forêt. On n'est pas en lieu sûr ici. En plus, tu portes une chemise multicolore.

Nous avons marché en reprenant peu à peu notre souffle.

— Je l'ai vu sur le Net. Le compte Facebook de Paula est devenu un centre de prières et ses parents sont très actifs. Ils en ont pris le contrôle et ont contacté tous ses amis. Son père a même posté des vidéos pour rechercher sa fille. Je crois que c'est un homme tranquille et honnête.

Je l'ai regardée avec tristesse et elle s'en est rendu compte.

— Désolée, Johnny. Ross et moi, on était au courant, mais on a préféré ne rien te dire. Ce sont des parents anxieux qui rêvent de retrouver leur fille, je ne pense pas qu'ils soient méchants.

— Allons dans la cabane, lui ai-je proposé.

— Maintenant ?

Chapitre 73

Je connaissais mal la partie de la forêt qui s'étendait au-delà du triangle des Bermudes. C'était une zone escarpée avec de petits lacs et des ruisseaux. Il semblait logique que le père de Maggie soit allé jusque-là en fourgonnette. En Honda, cela tenait de l'impossible.

Pendant que nous marchions, Maggie m'en a appris davantage sur Raymond Marrel. Il travaillait dans une compagnie d'assurances, détail dont elle se souvenait car en l'écoutant sur les vidéos qu'il avait enregistrées dans l'espoir de retrouver sa fille, il lui avait paru transparent et bien intentionné, ce qu'elle trouvait étrange pour un assureur. Ce n'était pas le genre d'homme qu'elle aurait imaginé s'aventurer dans une propriété privée avec une arme, et pourtant il était à nos trousses.

Je n'avais plus de réseau. Le portable de Maggie indiquait une barre. Avant de poursuivre, elle voulait laisser un autre message à Ross.

— Johnny et moi sommes sur le point de pénétrer dans le triangle des Bermudes. Je t'enverrai les coordonnées de l'endroit plus tard. C'est une longue histoire, tout a été un peu précipité et on pense que c'est lié à ce que tu sais. Inutile de venir nous rejoindre, on veut juste te mettre au courant. On te recontactera dans la soirée. N'en parle ni à mon père ni aux autres membres du club B. Ils détiennent peut-être des informations qu'ils nous cachent. Ah, autre chose… On a vu Raymond Marrel chez Johnny et on a appelé la police. Sinon on va bien, Ross. On n'est pas en danger.

Et elle a attendu.

— Zut, le message ne part pas. On devrait peut-être revenir sur nos pas… J'ai préféré ne pas dire à Ross que Marrel est armé.

— Tu as bien fait. Essaie de nouveau.

Elle a levé le portable pendant quelques secondes. Elle a consulté l'écran et a fait le V de la victoire.

Nous n'allions pas tarder à pénétrer dans le triangle des Bermudes. C'était la première fois que nous y retournions à l'âge adulte. L'endroit différait du reste de la forêt, comme si le danger était palpable. Nous captions mal et tout semblait paisible, mais nous étions tout de même inquiets.

— Je n'ai plus de réseau.

— Bienvenue dans les années quatre-vingt-dix !

Nous nous sommes arrêtés à deux reprises en entendant des bruits étranges, sans doute des animaux, mais certainement pas notre poursuivant. La première fois nous avons attendu, immobiles, que le son se répète, incapables de l'identifier. Puis nous avons été surpris par un bruit de plongeon. Nous venions de traverser un canal étroit. Nous étions sur le qui-vive, mais loin de penser que Raymond Marrel pouvait être derrière nous sans trahir sa présence. Il s'agissait d'un animal ou, au pire, d'une ou plusieurs personnes. Dans notre enfance, nous avions appris que, lorsqu'on est au milieu de la forêt, le plus mauvais réflexe consiste à continuer à marcher, au risque de se perdre. Avec le GPS, cela ne risquait plus d'arriver. La leçon que nous avions retenue et qui remontait à des années était la suivante : si tu es en danger, cache-toi bien.

Nous nous sommes donc tapis dans des buissons.

— Qu'est-ce qu'on fait ici, Johnny ? On n'a plus douze ans !

— Je ne sais pas.

Nous avons patienté une vingtaine de minutes, au point d'avoir les genoux meurtris. Comme il n'y avait aucun bruit, aucune présence alentour, nous avons fini par sortir de notre repaire en nous sentant idiots.

Le GPS indiquait que nous étions à quatre kilomètres en ligne droite de notre objectif, mais le terrain était tellement accidenté que la distance à parcourir était supérieure. Le temps estimé pour atteindre la cabane à pied semblait également trompeur.

— Il faut que je fasse une pause-pipi, m'a annoncé Maggie.

— Tu aurais pu en profiter quand on était dans les arbustes.

— Ha, ha. Très drôle. En buvant ma bière, j'étais loin d'imaginer qu'on allait faire une randonnée.

Nous avions atteint un défilé qui s'étendait du nord vers le sud et nous nous dirigions vers l'est : nous devions juste nous déporter légèrement et contourner le plateau, ou bien escalader le versant.

— Moi, je n'arriverai pas à monter tout de suite.

Elle a rebroussé chemin et s'est perdue dans la végétation. J'ai escaladé la pente et me suis soulagé un peu plus haut contre un tronc d'arbre. En revenant, je n'ai plus vu Maggie.

— Où es-tu ? ai-je crié, inquiet.

J'ai avisé des baies et des fougères semblables à celles où nous nous étions cachés un moment plus tôt, et m'en suis approché à vive allure pour découvrir mon amie accroupie. Elle me regardait, à la fois indignée et amusée, puis je me suis arrêté net : Raymond Marrel était derrière elle.

Il mesurait au bas mot un mètre quatre-vingt-dix et avait braqué son arme à quelques centimètres du visage de Maggie.

— Reste où tu es, Brenner.

Je n'ai pas bougé. Une fois la surprise initiale passée, j'ai remarqué qu'il était nerveux, faisait reposer le poids de son corps sur une jambe, puis sur l'autre, le visage rougi, contrarié.

— Tu as tué ma fille, je vais donc liquider ta petite amie, a-t-il repris d'une voix chevrotante.

Il tenait un pistolet dont le canon tremblait. J'ai écarté les bras en signe de paix et tenté de ne pas lui faire peur ni d'avoir l'air menaçant, de me comporter comme si j'avais affaire à un ours brun et non à l'employé vengeur d'une compagnie d'assurances qui avait perdu sa fille.

— Calme-toi, Raymond, lui ai-je dit en avançant lentement vers lui.

Était-ce une bonne idée de l'appeler par son prénom ? Apparemment non.

— Pas un geste ou je tire !

Je me suis arrêté net. Le canon du pistolet était pointé sur le front de Maggie.

— Baisse ton arme ! me suis-je écrié en renonçant à ma théorie de l'ours brun.

— Reste où tu es ou je la tue ! a dit Raymond, à présent plus calme.

— Elle s'appelle Maggie et elle n'a rien à voir dans cette histoire. Laisse-la partir, réglons ça entre nous.

— Ma fille non plus n'avait rien à voir là-dedans ! Pourtant tu l'as assassinée !

— Allons, Raymond. Je vais m'asseoir sur ce rocher. Je ne sais pas qui t'a raconté ça, mais ce n'est pas vrai. Je n'ai pas fait de mal à ta fille et, quelle que soit la personne qui t'a dit que je l'avais tuée, elle t'a menti.

Il avait l'air confus.

— Je vais donc m'asseoir et on pourra discuter, mais il faut que tu cesses de viser Maggie avec ton arme.

— Tu me prends pour un imbécile ?

— Non, Raymond, pas du tout. Je crois que tu veux comprendre ce qui est arrivé à Paula. Je ne l'ai pas tuée. Qui t'a dit que j'étais coupable ?

Il n'avait pas la réponse à cette question, je le voyais dans son regard. Il continuait à s'appuyer sur une jambe, puis sur l'autre, et sa nervosité augmentait à mesure que les secondes passaient. De son côté, Maggie gardait son calme en dépit des circonstances. Nous nous sommes consultés du regard, elle a hoché légèrement la tête.

— Vous avez tué Paula… Toi et ton frère…

— Raymond, il faut qu'on parle, je le pense vraiment. Tu te trompes et j'aimerais mettre certaines choses au clair. Assieds-toi et laisse partir Maggie.

— C'est moi qui commande. Dis-moi ce que vous avez fait.

Il ne parle plus d'assassinat... On progresse.

Raymond Marrel était un homme désespéré, pas un fou. Dès le départ, je l'avais mal jugé. C'était un individu détruit qui ne supportait pas l'absence de sa fille et voulait comprendre.

— Moi aussi j'ai une fille, ai-je murmuré. Elle s'appelle Jennie et elle a quatre ans. S'il devait lui arriver malheur, je ferais comme toi et je chercherais une explication. J'illustre des livres pour enfants, je ne suis pas un assassin et je n'ai pas tué Paula. Si tu viens t'asseoir ici avec moi, on pourra discuter.

Il a baissé son arme, mais pas la garde.

— Elle reste avec nous.

En guise d'assentiment, j'ai observé le silence. Raymond avait passé un bras autour de Maggie. Il a avancé en se servant d'elle comme d'un bouclier.

— Laisse-la s'asseoir à côté de moi. Je te promets qu'on ne s'enfuira pas, ce serait idiot.

— Un geste de trop et je tire. Je n'ai plus rien à perdre.

Maggie m'a rejoint et Raymond s'est assis en face de nous et a retourné son arme vers moi.

— Baisse ce pistolet, Raymond, c'est dangereux.

Je poussais peut-être le bouchon trop loin, mais je n'arrivais pas à réfléchir avec une arme braquée à moins d'un mètre de moi.

Il a regardé l'arme, comme s'il avait du mal à croire qu'elle était entre ses mains, et s'est exécuté sans la lâcher. S'il tirait, il risquait de me pulvériser le genou.

— Pourquoi es-tu persuadé que je suis coupable, Raymond ?

— Ce n'est pas à toi de poser les questions. Explique-toi, je veux tout savoir.

— Très bien… Ça me paraît juste, ai-je soupiré d'un ton conciliant. Je suppose que tu es au courant que mon frère Mark était le patron du laboratoire où travaillait ta fille. Malheureusement, il s'est suicidé il y a quelques jours.

Il s'est agité, mal à l'aise, et a baissé un peu plus le pistolet.

— Juste après ses obsèques, un agent du FBI, Frost, m'a abordé et interrogé. Il est revenu hier et m'a montré des photos de Paula à Carnival Falls, près de chez moi. D'après lui, ce sont les dernières images qu'on a d'elle. J'ignore si elle était là pour voir mon frère, mais c'est une possibilité.

Raymond m'observait comme il devait le faire avec ses clients pour s'assurer qu'ils disaient la vérité.

— Frost m'a aussi dit que ta fille avait mes livres, les aventures de Busy Lucy, ce qui l'a amené à penser que nous nous connaissions.

— Oui, elle a ces livres, en effet.

— Comme beaucoup d'autres gens. Bien entendu, je ne connais pas tous mes lecteurs. Frost a fini par le comprendre. Toi aussi, n'est-ce pas, Raymond ?

Il n'a pas répondu.

— Je n'ai jamais vu ta fille.

Ce n'était pas vraiment un mensonge, mais j'avais honte d'avoir dit ça. Il y avait du mieux, je percevais une hésitation et du désespoir dans le visage de cet homme.

— Frost a compris que le fait que Paula lise mes livres ne signifiait pas que je lui avais fait du mal. Si c'était le cas, je serais sous les verrous à l'heure qu'il est, pas vrai ?

— Frost m'a dit que tu étais soupçonné.

— Et vous trouvez que c'est une raison pour vous introduire avec une arme chez un inconnu ? s'est indignée Maggie. Parce que Frost vous a dit qu'il avait des soupçons ? Vous m'avez visée, moi, avec ce pistolet !

— Je suis désolé.

L'attitude de Marrel avait complètement changé. Il était mortifié.

— Je comprends. Ta fille a disparu, mais tu ne peux pas te comporter comme ça. Tu m'as fait vraiment peur, ai-je ajouté.

Il a baissé les yeux, ravalant le pistolet au rang de simple pièce de métal dans sa main amorphe.

— Cet agent, ce Frost, c'est un sale type, a poursuivi Maggie. Je n'ai pas du tout confiance en lui.

Maggie semblait vraiment en colère. Je la comprenais. Elle exagérait peut-être un peu pour impressionner Raymond, et elle y parvenait.

— Tu ne l'as donc pas aidé ? a-t-il balbutié sans relever la tête.

— Qui ?

— Mark Brenner. Ton frère.

— Je ne crois pas que Mark…

Il m'a interrompu d'un geste de la main.

— Arrête. C'est ton frère et il s'est supprimé. Je voudrais juste que tu me jures sur la tête de ta fille que tu n'es pour rien dans la disparition de Paula et que tu ignores où elle est.

— Je te le jure, ai-je dit en le regardant droit dans les yeux.

Il s'est tu pendant une longue minute au cours de laquelle j'ai soutenu son regard.

— Je te crois, a-t-il fini par dire en pointant un doigt sur moi. C'est suffisant. Mon intuition me joue parfois des tours, mais, en général, je peux m'y fier. Je crois en revanche que ton frère est responsable de ce qui est arrivé à ma fille. Je prie Dieu qu'il ne lui ait pas fait de mal, et, si elle n'est plus de ce monde, j'espère qu'on retrouvera son corps.

Il s'est levé, les yeux humides, a rangé son arme dans la poche de son pantalon et nous a observés un moment, hagard.

— J'ai une autre fille, a-t-il murmuré pour lui-même. Paula était particulière. Si vous l'aviez connue, vous sauriez pourquoi.

Sur ce, il a tourné les talons avant de disparaître dans la forêt.

Chapitre 74

— Pardon de t'avoir entraînée dans cette folie, Maggs.

Nous allions bientôt nous aventurer sur un sentier avec une pente de plus de quarante degrés. Le GPS indiquait que c'était le chemin le plus court et notre temps était compté. À 19 heures, il semblait illusoire d'envisager de rentrer avant la tombée de la nuit. Avec un peu de chance, nous pourrions inspecter cette fichue cabane en pleine clarté.

Pour monter, nous nous sommes accrochés aux troncs des arbustes qui poussaient de chaque côté et à des roches semblables à des dents espacées. Il faisait encore jour, mais des ombres commençaient à s'étendre dans les broussailles.

— Frost s'est fichu de moi, ai-je lâché d'un ton affligé, sans relever la tête. Il doit être persuadé que Mark a tué Paula et la seule chose qui l'intéresse, c'est de savoir si j'ai été son complice. Ton père et les autres le savent aussi…

— Non, Johnny, on n'est sûrs de rien.

Nous avons poursuivi notre ascension en silence.

Une fois en haut, nous nous sommes arrêtés quelques minutes pour contempler l'immensité de la forêt. Les cimes des pins formaient une marée verte agitée par le vent du soir. D'après le GPS, nous étions à moins d'un kilomètre de la cabane. Maggie a pointé un doigt vers le nord-est, où s'étendait un endroit sans végétation.

— C'est forcément là-bas.

Nous sommes descendus en zigzag jusqu'au pied de la falaise. Un cours d'eau coulait vers l'est dans un lit rocheux. Maggie s'est déchaussée.

— Pas question de faire un détour, a-t-elle déclaré.

Des cerfs, trois adultes et deux faons, nous observaient.

— Bonjour, on ne fait que traverser.

Dès que nous avons mis un pied dans l'eau, les cinq animaux se sont déplacés harmonieusement vers la gauche. L'eau tiède nous arrivait à mi-cuisses, le ruisseau étant plus profond qu'il n'y paraissait. Nous avons avancé prudemment jusqu'à l'autre rive, toujours sous l'œil vigilant des cerfs. Maggie a vérifié l'état de son portable, dont nous dépendions entièrement.

— Tu as assez de batterie ?

— Plus de cinquante pour cent. Tout va bien.

Nous nous trouvions au cœur du triangle des Bermudes. Au milieu des arbres, nous avons aperçu une petite construction. En nous en approchant, nous avons longé un grand lac avant de déboucher sur un chemin de terre battue qui menait directement à la cabane.

Chapitre 75

C'était une petite construction de deux pièces. À l'arrière, la fenêtre garnie de rideaux devait être celle de la chambre. Du côté gauche, à travers les vitres qui donnaient sur le lac, nous distinguions un salon avec une cuisine. Tout semblait ordonné et bien entretenu.

— Regarde !

Maggie me montrait un endroit proche de la forêt : deux traces de pneus se perdaient sur un sentier étroit.

Devant la maisonnette s'étendait une terrasse avec une balancelle semblable à la mienne. J'ai frappé plusieurs fois à la porte sans obtenir de réponse, puis j'ai actionné la poignée et le battant s'est ouvert.

Comme nous l'avions supposé, la cabane était habitée : des assiettes et des couverts traînaient dans l'évier, des fleurs fraîchement coupées avaient été disposées sur la table, un manteau d'homme était suspendu à une patère. Maggie et moi nous sommes regardés. Le salon était meublé d'une table et de plusieurs chaises autour de la cheminée, d'un vieux poste de télévision, d'un canapé et d'un meuble de rangement avec des portes et des étagères. Bien décoré, le lieu était accueillant : deux tableaux et des masques en bois sculpté réalisés à l'évidence par Harrison. Sur le canapé, nous avons découvert un carnet de sudokus pour « experts ». Maggie a ouvert la porte du réfrigérateur caché derrière une cloison de séparation.

— Il y a des provisions pour plusieurs jours.

Je l'ai ensuite entendue ouvrir et fermer les placards tandis que je portais mon attention sur le meuble du salon. Elle s'est approchée.

— Qu'est-ce que tu as vu ?

Sur un des rayonnages était exposée la photo d'un homme d'une trentaine d'années visiblement allemand. Il portait une veste en cuir, un pantalon ample resserré aux chevilles et un bonnet à rabats semblable à ceux des aviateurs. Il levait la main pour saluer et arborait un grand sourire.

— Gustafsson ? m'a demandé Maggie.

— Je n'en sais rien.

J'ai ouvert un des tiroirs du meuble, qui débordait d'autres carnets de sudokus. *Sudokus impossibles. Sudokus diaboliques*. Dans un autre tiroir, j'ai trouvé une boîte de jetons de poker.

— Le club se réunit peut-être ici de temps en temps.

— Dans la cuisine, il y a plein de bouteilles d'alcool, alors c'est tout à fait possible.

Cinq chaises étaient disposées autour de la table ronde. Nous avons exploré le salon rapidement. Les autres tiroirs et rayonnages ne contenaient rien d'exceptionnel : des ustensiles de cuisine, des flacons d'épices et des boîtes de conserve. L'Allemand semblait prendre plaisir à bien se nourrir et à résoudre des sudokus.

La petite salle de bains nous a confirmé que Gustafsson vivait là de manière plus ou moins permanente. Nous avons remarqué une lame de rasoir, de la crème et plusieurs lotions. Un porte-revues avait été placé derrière la porte. Inutile d'y jeter un coup d'œil, je savais ce que j'allais y découvrir.

— C'est fermé, a dit Maggie en désignant une porte qui devait permettre d'accéder au sous-sol.

Étroite, elle se trouvait à côté de la cuisine. J'ai plaqué une épaule contre le battant et poussé. Au même instant, le bruit d'un moteur s'est élevé. Maggie s'est jetée à mon cou. Nous avons mis quelques secondes à reconnaître le ronron continu d'un générateur et à retrouver notre calme. En allumant dans la salle de bains, nous avions dû consommer le peu d'énergie des batteries.

— Si l'homme qui vit ici n'est pas loin, il nous a certainement entendus.

— Tu crois que c'est qui, ce type ? Richard ou Harrison t'ont déjà parlé de lui ?

J'ai répondu par la négative.

— Allons dans la chambre, ai-je dit à Maggie. On en saura peut-être plus sur son identité.

La pièce était presque aussi grande que le salon, avec un lit pour une personne et un bureau couvert d'autres carnets de sudokus et de quelques livres. Sur les étagères, nous avons vu deux autres images de l'Allemand : un petit portrait et un cliché où il dansait avec une jeune femme. Tous deux souriaient, enlacés, tendant chacun la jambe droite, le regard en coulisse. Ils donnaient l'impression d'être éperdument amoureux.

Je me suis approché pour mieux observer ces visages inconnus, en quête d'un détail qui me permette de les identifier, mais je n'ai rien trouvé.

J'ai ouvert les trois tiroirs. Les deux premiers étaient remplis d'articles de bureau : piles usagées, vieux jeux de cartes, guides de voyage, anciens prospectus, une boussole… Le troisième, fermé à clé, m'a davantage intrigué. Nous n'avions rien vu qui puisse me concerner ou avoir un rapport avec ce qui s'était passé chez moi.

— Rien sur la table de nuit, a dit Maggie. Je suis un peu nerveuse, Johnny. Si jamais il revient…

— On lui dira qu'on est des amis de Harrison, qu'on passait dans le coin et qu'on est entrés pour visiter !

— Tu crois ?

— Maggie, si ce type est un copain de Harrison et de ton père, il sait obligatoirement qu'on existe. Ce qui est bizarre, en revanche, c'est que nous, on ne le connaisse pas !

— Tu penses qu'on est arrivés trop tard ? Que mon père et les autres ont emporté les preuves ce matin ?

— C'est possible. Il va falloir les interroger.

Nous avions tout passé au peigne fin. Si Harrison et les autres n'avaient rien pris, la fameuse preuve était dans le tiroir que nous n'avions pas pu ouvrir… ou dans la cave.

— On pourrait forcer la serrure, ai-je dit à part moi. Ou attendre que cet Allemand revienne.

— De qui tu parles ?

— De Gustafsson… On dirait un nom allemand.

Maggie hésitait.

— Forcer la serrure, je trouve ça excessif. Attendons un peu et réfléchissons à ce qu'on va lui dire.

Nous sommes restés silencieux devant le panorama spectaculaire. Le soleil allait bientôt disparaître, mais son cercle orangé se fondait encore dans les eaux du lac. Une dizaine de minutes plus tard, le générateur a cessé de fonctionner et j'ai eu plusieurs révélations en même temps. Maggie était sur la balancelle, je me concentrais sur son mouvement ondulatoire : en avant, en arrière, en avant… Comme dans une transe hypnotique, une image très nette s'est formée dans mon esprit : le carnet de sudokus que j'avais vu sur le canapé : *Sudokus pour experts*, ouvert sur une grille à demi résolue. Quelques chiffres avaient été découverts, parmi lesquels un 4 écrit d'une manière très particulière, d'un seul trait, comme une flèche inachevée. En avant, en arrière… Beaucoup de monde fait le 4 ainsi, mais presque personne ne remplit le petit triangle entre les lignes. J'ai frissonné. En avant, en arrière… Le bois de la cabane grinçait, contrairement à la balancelle. En avant, en arrière… Je savais qui faisait ses 4 comme ça. Quelqu'un qui n'oubliait jamais de graisser la balancelle.

L'homme qui est apparu dans l'encadrement de la porte portait la barbe et une casquette, mais j'ai quand même reconnu mon père.

ESH

Ce n'était pas la première fois que John se disputait avec Lila, mais, contrairement aux fois précédentes, elle semblait avoir compris que, s'ils continuaient, ils risquaient de briser le seul sentiment sincère qui existait entre eux : une profonde tendresse qui s'était travestie en amour.

Il a donc été vraiment surpris quand il a entendu sonner. Il était dans son bureau. Il a rejeté la tête en arrière et soupiré en levant les yeux au plafond. Avant cela, lorsqu'ils se chamaillaient, Lila gardait toujours en réserve quelques reproches qu'elle ressortait plus tard, un reste de carburant qui alimentait leurs différends et qu'elle devait évacuer. Elle lui téléphonait, lui envoyait de longs textos ou, comme à présent, revenait chez lui. John savait qu'il valait mieux l'écouter et la laisser vider son sac.

Quand il a ouvert la porte, il s'est étonné de voir une fille plus jeune que lui qui ressemblait à une actrice d'une série pour adolescentes, vêtue d'un short bleu avec des cœurs blancs et d'un tee-shirt également blanc. Elle avait un sac à dos de couleur vive sur l'épaule gauche.

— Bonjour. Paula Marrel, lui a-t-elle dit en lui tendant la main.

La lanière de son sac a glissé de plusieurs centimètres

et une mèche blonde est tombée sur son visage. Elle a remis son sac en place et dégagé ses cheveux d'un geste vif et machinal.

Stupéfait, John lui a serré la main.

— Désolée de me présenter chez vous sans crier gare. J'admire votre travail, j'ai tous les livres de Busy Lucy… mais ce n'est pas la raison de ma visite. Je travaille à Meditek.

Il avait l'impression d'être dans un mauvais rêve. Busy Lucy. Meditek. Elle allait retirer son masque à la manière d'Ethan Hunt, dans *Mission Impossible*, et Lila apparaîtrait.

Tu pensais te débarrasser de moi aussi facilement ?

— Comment avez-vous eu… ?

La scène se déroulait si vite que John s'est interrompu. Il a regardé du côté de la forêt en cherchant ce qui ne collait pas. Il y a de quoi être surpris quand une jolie fille surgit de nulle part devant votre porte et déclare être une de vos admiratrices.

— Sur Internet. Je viens de Lindon Hill.

— Je ne suis pas sûr de comprendre. Vous venez me voir au sujet de mon frère ?

— C'est une longue histoire, mais elle est liée à Meditek et en quelque sorte à vous. Il faut qu'on parle.

Son expression avait changé. John commençait à ressentir de la curiosité. Il l'a fait entrer, elle s'est dirigée droit vers les fauteuils. Il n'arrivait pas à détacher les yeux de cette fille qui s'est assise au milieu du canapé, a posé son sac et farfouillé dedans. John s'est installé dans un fauteuil.

— Comment vous appelez-vous déjà ?

— Paula Marrel.

Il a hoché la tête. Ce nom ne lui disait rien.

— C'est vrai que j'admire votre travail. J'ai toutes les aventures de Busy Lucy, enfin… Je veux dire par là que je ne me suis pas renseignée sur le Net pour vous impressionner. J'ai lu tous vos livres à ma nièce de six ans, et elle est fascinée.

— Je suis ravi de l'apprendre.

— J'avais acheté le premier pour le lui offrir, a-t-elle enchaîné, peu désireuse de passer à autre chose. Mais j'ai adoré les dessins, alors je l'ai gardé pour moi. Elle était encore toute petite, et puis il fallait que j'aie de quoi lui faire la lecture quand elle venait. Je les ai tous achetés et conservés chez moi.

— Écoutez… je ne voudrais pas être grossier, mais j'aimerais bien connaître la raison de votre présence ici.

Paula ne semblait pas se formaliser. C'était une bavarde incapable de faire une pause dans son discours, une de ces personnes qu'il faut recadrer de temps en temps. Ses mains jouaient avec son portable, incapables de rester immobiles.

— Je travaille pour votre frère depuis deux ans et je n'avais pas encore fait le lien. Un jour, je lui ai dit que j'aimais beaucoup ce que vous faisiez, mais il n'a rien dit. C'est quelqu'un de très réservé au travail.

— Vous êtes médecin ?

Elle a éclaté de rire.

— Non ! Ni médecin ni chimiste ! Rien de tout ça ! Je n'ai même pas fait d'études. Je suis douée en informatique, autodidacte. Avant d'entrer chez Meditek, je faisais partie d'un groupe de hackers, un univers très spécial. Notre objectif était de craquer le système de sécurité de Meditek, une sorte de défi. Celui qui y arriverait serait considéré comme un champion. J'y suis parvenue assez facilement. Comme je suis honnête, j'ai contacté Ian Martins et lui ai dit que…

— Je comprends, je comprends… Il vous a engagée.

Elle a rougi.

— Je parle beaucoup, a-t-elle alors ajouté, sur la défensive. Je suis aussi un peu nerveuse. Vous attendez quelqu'un ?

— Non, non.

— J'ai énormément de choses à vous dire et je ne sais pas trop par où commencer… Enfin, si… Par le début !

Elle a marqué une pause. C'était la deuxième fois qu'elle regardait le plafond pour trouver les mots adéquats.

— Je n'ai jamais été très informée des projets du laboratoire. Je savais que certains étaient plus confidentiels que d'autres, mais rien de plus. Un jour, en sortant du travail, un garçon appelé Stuart Nance m'a abordée et m'a suivie. Je n'avais pas peur, ça m'était déjà arrivé et je remarque tout de suite quand un homme est dangereux. Il m'a dit que lui et un de ses amis avaient rêvé de moi, qu'il m'avait cherchée longtemps. Je lui ai ordonné de partir, bien sûr, mais il a ajouté quelque chose qui m'a intriguée. Il m'a dit que dans son rêve je portais une robe bleue et un collier ras-du-cou.

À ce point du récit, John était persuadé qu'il avait ouvert sa porte à une fille qui avait des problèmes, et pas pour boucler son budget en fin de mois ou nettoyer sa gouttière en automne. Paula Marrel, si toutefois elle s'appelait bien ainsi, était déséquilibrée, et John l'avait laissée entrer parce qu'il avait été ébloui par sa beauté. Il hochait la tête, parvenant difficilement à suivre le fil de son histoire. S'il arrivait à la faire taire ne serait-ce que quelques secondes, il pourrait réfléchir à la manière de la mettre dehors.

Elle lui a ensuite expliqué que les rêves évoqués par Stuart Nance avaient trait à une vidéo dans laquelle elle avait accepté de figurer pour les tests de Meditek. Et elle s'était débarrassée de Stuart en lui disant qu'elle le rappellerait le lendemain, mais elle n'avait nullement l'intention de le faire. Pourtant, à la première heure, au bureau, elle a passé en revue la liste des personnes qui s'étaient portées volontaires pour les tests et découvert que Stuart Nance et Alex Lange en faisaient partie. Il n'y avait rien de particulier dans leur dossier : ils avaient vu la vidéo et Stuart lui avait parlé de ses rêves pour lui faire la cour. Curieuse, elle a alors examiné les dossiers confidentiels du projet ESH et ils lui ont confirmé que Stuart avait dit la vérité.

— Les effets de la pilule que Meditek a fabriquée, a-t-elle poursuivi d'un ton plein d'admiration, rendent pendant une ou deux heures le cerveau d'un être humain incapable de mémoriser ce qui est survenu pendant ce laps de temps.

John hochait la tête, à la fois émerveillé et surpris.

— Pourtant Stuart se souvenait de vous.

— Attendez, on y arrive. Vous ne savez pas encore comment agit l'ESH. Ce qui est impressionnant, ce n'est pas d'oublier ce qui survient quand on a pris cette substance, mais le fait qu'on oublie aussi tous les souvenirs qu'on évoque pendant que le médicament est encore actif. Cela ne vous semble pas incroyable ?

— Si. Absolument.

Mark n'avait jamais parlé à son frère de ces recherches. En discutant avec Paula, John avait l'impression de le trahir.

— Dès qu'on évoque un souvenir, c'est comme si notre cerveau le consolidait. Que ce souvenir soit récent ou non, vous comprenez ? Pendant les tests, les volontaires racontent des expériences vécues dans leur enfance, et, à la fin, quand on les interroge à ce sujet, ils semblent avoir tout oublié. Le potentiel d'une telle substance est terrible. Rien que d'y penser, j'en ai la chair de poule. Mark et Ian sont en train de faire une découverte d'une ampleur invraisemblable.

— Mark a toujours été très doué. Écoutez, Paula, je suis ravi que vous soyez si fière de travailler pour Meditek, mais vous êtes sûre que ces recherches ont quelque chose à voir avec moi ?

Le visage de la jeune femme s'est métamorphosé.

— Certaine, mais avant cela, vous devez savoir comment fonctionne l'ESH. Vous vous imaginez ce qui pourrait arriver si Mark et Ian vendaient Meditek et qu'un médicament aussi puissant tombe entre de mauvaises mains ?

John n'a pas pu s'empêcher de sourire.

— Mark ne vendra jamais son laboratoire.

Paula a levé de nouveau les yeux au plafond.

— Meditek est au bord de la faillite, John. Mark et son associé cherchent désespérément un acquéreur.

— Je suis sûr que Meditek est sain financièrement. Pourquoi Mark et Ian voudraient-ils vendre alors qu'ils sont en train d'élaborer une molécule miraculeuse ?

— Tout le problème est là. Imaginez par exemple une expérience traumatique, quelque chose qui vous serait arrivé dans votre enfance et qui vous poursuivrait toute votre vie : un viol, un accident grave, une relation conflictuelle… Vous comprenez maintenant le potentiel de l'ESH ? Ce serait la fin des antidépresseurs et des somnifères !

John commençait en effet à mesurer la portée d'une éventuelle mise sur le marché de ce médicament.

— Oui. Ça changerait tout.

— Quand j'ai commencé à me renseigner, j'ai commis la bêtise de le dire à Stuart. Avant d'avoir saisi tous les tenants et les aboutissants de cette substance, j'ai trouvé des documents qui énuméraient ses rares défauts. Stuart avait besoin d'argent et il a eu la mauvaise idée de faire chanter Ian Martins. Ce n'était pas un mauvais bougre, il pensait que, pour un laboratoire de cette envergure, deux cent ou trois cent mille dollars, ce n'était rien.

— Vous parlez de ce garçon au passé.

Elle a acquiescé, ses grands yeux rivés sur John.

— Il est mort il y a quinze jours dans un accident de moto.

— Et vous ne croyez pas à l'accident.

— La police a dit que c'en était un. Personne n'en doute, pas même sa famille. Je ne sais pas quoi penser, mais ce n'est pas le problème. Ce qui est grave, c'est que toutes les entreprises pharmaceutiques ont tourné le dos à Meditek. Les grands laboratoires ne font plus appel à eux et personne ne veut leur prêter d'argent. Une fondation privée les a empêchés de couler jusqu'à présent, mais je trouve que le remède est pire que le mal. C'est bizarre… comme une drogue à laquelle on devient accro, et la seule façon de s'en sortir, c'est d'en consommer des doses de plus en plus fortes. C'est vraiment injuste.

— Je n'étais pas au courant de tout ça.

— Votre frère n'est pas le genre d'homme à montrer ses faiblesses. Même moi, je m'en suis rendu compte. Enfin… sachez que Meditek est dans une situation critique.

— Et d'après vous, l'ESH présente des défaillances ?

— Non ! s'est récriée Paula. C'est ce que les autres laboratoires ont déclaré. Ils ont essayé d'interdire les tests et ont dénoncé Meditek à tous les organismes possibles. Le laboratoire s'est ruiné en honoraires d'avocats. J'ai vu les chiffres, et je vous garantis qu'ils sont très élevés, mais, le pire, c'est que ces défaillances supposées sont minimes. Certains souvenirs ne s'effacent pas entièrement. Et alors ? Il suffit de reprendre une dose d'ESH. Comme quand on peint un mur et qu'il faut repasser une couche parce que la première n'a pas tout recouvert. C'est aussi simple que ça.

— C'est ce qui est arrivé aux volontaires après avoir visionné la vidéo où vous intervenez.

— Exactement.

John pensait qu'il n'était pas facile d'oublier une jolie fille comme Paula.

— Et moi ? Quel est le rôle que je joue dans cette histoire ? Au fait, vous voulez un verre de thé glacé ?

— Oui. Je peux aller aux toilettes ?

— C'est la porte de gauche dans le couloir.

Paula a regardé son sac à dos, puis elle s'est levée. Quand John est sorti de la cuisine, elle était revenue. Il lui a tendu son verre, elle en a bu la moitié et l'a posé sur la table basse, puis elle a tiré de son sac une sorte d'étui de maquillage et y a encore farfouillé jusqu'à ce qu'elle y trouve une boîte à pilules. Elle l'a ouverte, a saisi entre deux doigts un cachet ovale de couleur orangée et l'a déposé sur la table. John n'avait pas besoin de demander de quoi il s'agissait.

— Comment l'avez-vous obtenu ?

— Comme tout ce que j'ai apporté ici, a-t-elle fait en exhibant son portable. Ce sont des preuves de ce qu'ils font avec l'ESH et ça m'a demandé beaucoup de travail et de temps. C'est la raison pour laquelle j'aimerais que vous preniez ce cachet.

Il s'est esclaffé.

— Je n'avalerai aucun médicament dont j'ignore les effets !

— Je viens de tout vous expliquer.

— Et je devrais vous croire ?

— Pas forcément. C'est difficile à digérer. J'ai des vidéos des tests, je suis venue parce que je suis convaincue de pouvoir vous administrer l'ESH : certaines choses vous concernent et je ne veux pas prendre la responsabilité de faire un faux pas. De toute manière, c'est vous qui décidez.

— Je suis encore plus perdu que tout à l'heure.

Elle a bu le reste de son thé, appuyé sur l'écran de son téléphone avant de continuer en ces termes :

— Quand je collectais toutes ces informations, j'ai découvert une vidéo enregistrée par votre frère, et je crois que vous devez la voir, c'est nécessaire. Je l'ai depuis plusieurs jours et je n'ai pas arrêté de penser à lui. Puis j'ai compris que, en fait, ce qui me faisait hésiter, c'était de ne pas savoir comment vous alliez réagir.

— Vous avez volé une vidéo à mon frère ?

— Je n'ai pas à me justifier. Laissez-moi vous la montrer, a-t-elle conclu en brandissant son portable.

Sur l'image, John a vu Mark assis dans ce qui semblait être une salle de réunion. Il regardait l'objectif.

« Quand maman est tombée malade, je considérais la SLA en termes de dépenses et de bénéfices… »

Paula a appuyé sur pause et rangé son mobile.

— Je crois que vous devez vraiment voir cette vidéo, lui a lancé calmement Paula.

John s'est affaissé dans le fauteuil. Un silence s'est abattu sur la pièce pendant deux ou trois minutes, puis Paula l'a rompu.

— J'aurais pu ne pas venir. J'ai pris le car, je me suis renseignée pour savoir où vous habitiez et je vous ai tout raconté parce que je sais que vous êtes quelqu'un de bien qui mérite d'être au courant. Des centaines de volontaires ont pris ce cachet, il est inoffensif. Vous l'avalez et je vous montre le reste de la vidéo. Vous déciderez vous-même si son contenu vous facilitera la vie ou si elle deviendra un enfer. Ensuite, je partirai et je vous l'enverrai par mail, ou alors je l'effacerai pour toujours.

— Mark a pris de l'ESH ? C'est ce qu'on voit sur cette vidéo ?

— Répondez-moi, John.

— Vous savez bien que je vais accepter.

Elle a esquissé un léger sourire pendant qu'il allait chercher un verre d'eau dans la cuisine. Sans plus de tergiversations, il a avalé le cachet avec une gorgée d'eau.

— Ça fera effet dans combien de temps ?

Paula s'est levée brusquement, de nouveau nerveuse.

— Quelques minutes. Ne vous inquiétez pas, on n'est pas pressés, mais il faut procéder correctement.

Le portable de John a vibré au fond de sa poche. En l'en sortant, il a lu le nom de Morgan.

— Mince… Je dois répondre… C'est ma fille.

Elle a acquiescé.

Il a écouté le mari de Tricia lui expliquer qu'ils avaient annulé leur séjour dans le Minnesota et qu'il pouvait passer prendre Jennie comme d'habitude. John lui a dit qu'il serait là à 10 heures et a raccroché.

— Avant de vous faire voir la vidéo, il faut qu'on se remémore ce qui est survenu depuis que je suis entrée ici, d'accord ?

— C'est indispensable ?

— Oui. Si vous choisissez de visionner cette vidéo, il vous faudra oublier tout ce qui vous a conduit à elle, y compris ma présence ici.

Un peu plus tard, Paula lui a raconté dans les moindres détails tout ce qui s'était passé depuis qu'elle avait franchi sa porte. John songeait qu'elle pourrait faire carrière dans le cinéma : elle aurait été une actrice exceptionnelle capable de répéter le même discours mot pour mot et avec enthousiasme. Elle a consacré une demi-heure à cette tâche, sans que John l'interrompe.

— La vidéo du test… Celle que Stuart et Alex se sont rappelée… Vous l'avez ici ?

— Oui, a répondu Paula, contrariée.

— Je peux la voir ?

— Ce n'est pas nécessaire.

— Je sais, mais j'aimerais bien quand même.

Paula a appuyé sur l'écran de son portable. Ses doigts se sont agités avec une agilité surprenante. Elle a eu tôt fait de trouver la vidéo et a tendu son téléphone à John.

Une forêt. L'image bougeait à une cadence hypnotique. Paula regardait l'objectif, se tournait, marchait de dos, puis de face, de profil. Elle gardait l'équilibre sur un tronc d'arbre, le vent soulevait sa robe.

John était encore plongé dans sa contemplation lorsque l'écran s'est obscurci.

— C'est terminé, a-t-elle annoncé.

Il avait les yeux rivés sur le téléphone, redoutant de rompre le charme. Il s'est tourné vers Paula, étonné que cette jeune femme soit bel et bien réelle.

— Que se passera-t-il quand l'ESH cessera de faire effet ?

— Vous aurez une légère nausée. Il sera préférable que vous restiez assis ou que vous vous allongiez. Ensuite vous dormirez. Le cerveau a besoin de repos pour que le mécanisme de consolidation fonctionne. C'est du moins ce que disent les documents. Pendant les tests, les volontaires n'ont pas dormi plus d'une demi-heure.

— J'ai une idée. Attendez-moi ici.

Il est revenu trois minutes plus tard avec une bouteille de vodka. Paula l'a vu traverser le salon et l'a suivi à la cuisine, où il a ouvert la bouteille avant d'en verser le contenu dans l'évier.

— Apportez-moi ces verres, lui a-t-il demandé tandis que le liquide disparaissait jusqu'à ce que la bouteille soit vide. C'est ce que j'ai fait de mieux depuis longtemps, a-t-il affirmé en scrutant la vodka.

Et là, dans le salon, il a posé la bouteille sur la table.

Chapitre 76

— Papa ?

Je l'ai tout de suite reconnu malgré sa barbe fournie, sa casquette des Celtics, ses dix à douze kilos de plus et son dos légèrement voûté. J'aurais identifié entre mille ces petits yeux. Sous sa barbe poivre et sel, il a esquissé le sourire plein de tendresse que je n'avais jamais oublié.

Maggie a tardé à réagir, elle semblait absente et n'a regardé du côté de la porte qu'une fois convaincue qu'elle n'avait pas perdu la tête.

— Bonjour Johnny… Bonjour Maggie.

Contrairement à ce qu'on pourrait croire, ces retrouvailles avec mon père, qui était censé s'être tué par balle au commissariat de Carnival Falls, se sont déroulées le plus naturellement du monde. C'était comme un *clic*, une pièce manquante qui vient s'imbriquer dans les autres.

Quelques instants se sont écoulés, au cours desquels il est resté immobile. Les yeux noyés de larmes, je me suis précipité vers lui.

— Viens, a-t-il dit à Maggie.

Elle s'est approchée, aussi perplexe que moi, et il l'a serrée dans ses bras.

— On a beaucoup de choses à se dire, a-t-il repris en entrant dans la cabane.

Nous l'avons suivi comme deux automates et nous sommes assis autour de la table, face à la fenêtre. Mon père nous a proposé du thé glacé. En revenant de la cuisine avec deux verres, il m'a trouvé devant la photographie de l'Allemand.

— C'est un bon début.

J'étais toujours incapable d'articuler un mot. Je me rendais compte que mon père était davantage familiarisé avec moi que l'inverse.

— Papa..., ai-je murmuré sans pouvoir continuer.

— Je vais tout t'expliquer, Johnny. Tout *vous* expliquer, s'est-il corrigé en regardant Maggie. Mais d'abord, je dois savoir si d'autres personnes savent que vous êtes ici.

— Ross, c'est tout, a dit Maggie.

— Ah bon ? a-t-il dit, visiblement contrarié.

— J'ai entendu mon père et les autres parler de cette cabane, lui a-t-elle expliqué. J'ai enregistré le chemin avec le GPS de mon portable.

— Ils étaient là aujourd'hui, a lâché mon père, songeur.

La nuit tombait. Les lumières de la cabane étaient allumées, pourtant le générateur avait cessé de fonctionner. Je pensais que, quelques instants plus tôt, mon père l'avait activé de la cave, sans doute pour nous faire fuir. Je recommençais à raisonner, c'était bon signe, car j'avais eu jusqu'alors l'impression d'être plongé dans un rêve où tout semblait survenir au ralenti.

— C'est Richard qui a acheté ce terrain et a construit la cabane, début 2000. Il en avait assez d'exercer la médecine et voulait consacrer plus de temps à la pêche, sa passion.

Mon père avait toujours été un merveilleux conteur à la voix hypnotique, et la réentendre était émouvant et gratifiant.

— Il espérait qu'on viendrait souvent, ce qui n'est jamais arrivé parce que Silvia est tombée malade…

Mentionner ma mère l'affectait. J'ai ouvert la bouche pour lui dire que je savais tout, qu'il n'avait plus besoin de couvrir Mark, qu'il s'était suicidé.

Mais mon père était-il au courant ? En bonne logique, Harrison et ses amis avaient dû le prévenir de ce qui se passait dans le monde extérieur. Cela dit, je n'étais sûr de rien.

— Ç'a été une période difficile pour le club B. Quand la cabane a été terminée, on ne l'a même pas su, du moins pas que je me souvienne. Le rêve de Richard de pêcher la plupart du temps s'est concrétisé sous forme de séjours espacés. Il venait ici une fois par mois maximum. Abandonner la médecine ne lui a pas été possible. Un jour, sur le ponton, il a vu un homme s'approcher, a enchaîné mon père en désignant la photo de l'individu au bonnet d'aviateur. Il s'appelait Tim Gustafsson, et, quand il est sorti de la forêt, Richard a eu la peur de sa vie. C'était pourtant un type inoffensif. Je le sais, je l'ai rencontré. Ils ont bavardé avant d'aller pêcher. Il lui a raconté son histoire, mais vous devez vous demander quel rapport avec la mienne et pourquoi j'ai été absent pendant toutes ces années.

Il me regardait fixement, j'ai hoché la tête. Il a posé sa main sur la mienne comme s'il redoutait que je m'esquive. En voyant que je ne bougeais pas, il a souri et m'a donné deux ou trois petites tapes.

— Gustafsson était canadien, fils d'un Allemand qui lui avait donné son nom et quelques documents, et d'une mère qui l'avait élevé tant bien que mal en tirant le diable par la queue. Malade, elle était morte lorsqu'il avait une vingtaine d'années, et, à compter de là, il était resté seul au monde. Il n'avait ni frères ni sœurs, ni cousins, ni oncles et tantes, personne. Il n'avait pas envie de rechercher son père, reparti vivre en Allemagne. La chance avait mis Nicole sur son chemin, dont il était tombé éperdument amoureux. Dans la chambre, il y a une photo d'elle.

J'étais ébloui par tous les détails de son récit. J'entrevoyais le dénouement de l'histoire.

— Ils ont eu une fille. Naomi. Ils habitaient à Saint-Liboire, une petite ville près de Montréal. Un jour, Nicole et Naomi sont allées se promener dans la forêt, un endroit qui ressemblait beaucoup à cette région. Il faisait très froid. Quand Gustafsson est rentré des deux huit qu'il faisait à l'usine, elles n'étaient pas à la maison. Il est parti les chercher, connaissant plus ou moins les chemins qu'elles empruntaient en temps normal, mais il ne les a pas trouvées de toute la nuit. Le lendemain, on a découvert le corps de la fillette, morte de froid, et quelques heures plus tard celui de Nicole, plus loin. Elle avait succombé pour les mêmes raisons, mais en plus, elle avait une hanche fracturée. Elle avait fait une mauvaise chute. Incapable de bouger, elle avait donc autorisé la petite Naomi âgée de cinq ans à aller chercher de l'aide, mais elle n'avait croisé personne. Gustafsson était de nouveau seul au monde.

— Mon Dieu ! s'est écriée Maggie. Je n'ose même pas imaginer ce que cette mère a enduré ! Laisser son enfant errer dans la forêt. Je comprends qu'elle y ait été obligée, mais ç'a dû être un calvaire.

— Oui. La petite est morte dans son sommeil, c'était la seule chose qui apaisait un peu Gustafsson. Il se sentait coupable. Deux mois après ce drame, il ne tenait plus dans sa maison et a tout quitté pour partir loin, sans but précis. Le jour où ils se sont rencontrés, Richard a compris qu'il avait besoin de parler, parce qu'il ne s'était peut-être jamais confié à personne. Il lui a proposé de rester dans la cabane, comme une sorte de gardien qui n'était pas indispensable, mais vous connaissez la générosité de Richard. C'est à cette époque que j'ai fait sa connaissance. Je ne sais pas s'il avait toujours été comme ça, mais il m'a paru très réservé. Jour après jour, le chagrin le rongeait. Il coupait du bois et effectuait toutes sortes de corvées, comme aménager la terrasse. Il avait besoin d'avoir les mains occupées en permanence.

Je trouvais l'histoire de Gustafsson étrangement semblable à celle du vieux Matkin, qui avait travaillé à la station-service avec Mark. Tous deux avaient perdu leur femme et leur fille dans des circonstances tragiques. Plus tard, j'ai compris que ces similitudes n'avaient rien de fortuit.

J'aurais pu écouter mon père pendant des heures, chacun de ses mots étant un grain de sable qui contribuait à édifier un château fabuleux, mais fragile et susceptible de s'écrouler en une seconde. Il comprenait des pièces et des passages secrets qu'on mettrait des années à explorer, la tête pleine de reproches et de questions.

Chapitre 77

Tim Gustafsson et Richard Sullivan s'étaient liés d'amitié. Le Canadien n'adorait pas la pêche, mais acceptait d'accompagner Richard dans son canot. Au cours d'une de leurs placides conversations au milieu du lac, Tim lui a avoué ce que le médecin soupçonnait déjà : le temps n'avait pas guéri ses blessures et il pensait chaque jour à Naomi, perdue dans la forêt au point de tomber, exténuée. Tout en sachant qu'il n'aurait rien pu faire pour sauver sa femme et sa fille, il se sentait coupable.

Dès le premier jour, il avait songé au suicide, mais s'était forcé à ne pas suivre ses impulsions et à se donner du temps. N'y parvenant pas, il avait quitté le Canada et était arrivé à Carnival Falls. Là non plus, il n'avait trouvé aucune source d'apaisement. Il croyait en Dieu et redoutait de se supprimer. Si seulement il avait pu aider quelqu'un…

À l'époque, Gustafsson, Harrison, Bill et Bob savaient que mon père allait couvrir Mark en s'accusant de la mort de ma mère. Ils avaient tous promis de ne rien dire, or jamais un pacte du club B n'avait été rompu. Cela impliquait un compromis pour Harrison dans la mesure où ce secret et les conséquences qui en découleraient influeraient sérieusement sur sa fonction de commissaire. Ce n'est pas un hasard si, peu après, il a cédé son poste à Timbert.

Le club B s'est réuni dans la cabane pour parler de Gustafsson, dont la décision n'avait pas changé. Au début, le plan semblait insensé, mais dès qu'ils y ont réfléchi, ils se sont dit que c'était faisable. Chacun d'entre eux occuperait un rôle bien précis dans cette affaire : Richard établirait le certificat de décès ; Harrison s'occuperait de la paperasse ; Carla Burke, la seule du cercle d'amis à connaître la vérité dès le début, gérerait les obsèques par l'intermédiaire de l'entreprise de pompes funèbres familiale.

Le club Bilderberg dans toute sa splendeur.

Seul mon père constituait un obstacle. Il refusait de mettre en danger la carrière de ses amis, en particulier celle de Harrison, qui avait été jusqu'alors un policier irréprochable, un incorruptible apprécié de tous à Carnival Falls.

Ils se sont retrouvés tous les cinq pour en discuter et convaincre mon père, qui les a écoutés avec attention et leur a demandé quelques heures de réflexion. L'autopsie de ma mère indiquant qu'elle était morte étouffée, la police allait l'interroger. Ce n'était plus qu'une question de jours, voire d'heures, et à ce moment-là, il serait trop tard.

Mon père a accepté à condition que personne ne sache qu'il était vivant. C'était le seul moyen pour que ce qu'ils avaient manigancé ne soit jamais découvert. Il n'avait pas l'intention de mener une vie normale après ce qui était survenu et ne comptait guère élargir son cercle de connaissances. Il passerait le reste de sa vie caché. À mesure qu'il m'expliquait cela, j'ai éprouvé le besoin impérieux de le questionner, de l'accuser de nous avoir laissés tomber – surtout moi – sans permettre le moindre contact entre nous, même sporadique. Quelle importance si Mark et moi avions été informés ! Nous aurions pu le voir de temps en temps, comme s'il avait été en prison.

Au fil de son récit, je me suis rendu compte qu'il manquait des éléments cruciaux. Mark était mort et enterré, pourtant mon père ne voulait pas parler de ce qui s'était passé la nuit du 31 mars 2001, jour de l'assassinat de ma mère.

Il avait par ailleurs exigé que Mark fasse partie du groupe qui connaissait la vérité. En revanche, il n'était pas question qu'il me mette au courant. En entendant ces mots de sa bouche, j'ai failli hurler.

Mark a toujours su que tu étais dans cette cabane ?

Un feu me brûlait de l'intérieur. Comment était-ce possible ? Mais par la suite, ce qui m'était apparu dans un premier temps comme une demande arbitraire et abracadabrante est devenu un point de vue tout à fait justifié. Il était injuste que Mark se sente responsable du suicide de mon père ; tôt ou tard, il ne supporterait plus le poids de ce fardeau et c'était pour ça que mon père avait préféré le mettre dans le secret.

Quant à moi, mon père désirait préserver ma relation avec mon frère. Peu importait l'image que j'aurais de lui, qui ne voulait pas que je considère Mark comme la personne qui avait précipité notre malheur. Et il était parvenu à sauver nos rapports exceptionnels.

Je frissonnais en l'écoutant, car j'étais fier des liens que Mark et moi avions tissés pendant toutes ces années.

Harrison a veillé à ce qu'aucun policier ne traîne dans les parages lorsque Gustafsson est entré dans la cellule de mon père, accompagné de Bob. Mon père et le Canadien ont échangé leurs vêtements et eu une conversation aussi brève qu'émouvante. Et un fusil de chasse Mossberg a été remis à Gustafsson.

C'est Willis, un jeune policier, qui a découvert le cadavre. Il était essentiel que l'arme utilisée produise le plus de dégâts possible, et dans ce sens, Gustafsson n'avait pas lésiné. En entendant le coup de feu, Willis s'est précipité dans la cellule et a vu des éclaboussures de sang jusque dans le couloir.

Richard a ensuite procédé à l'identification du corps en examinant les empreintes digitales.

Chapitre 78

Il faisait nuit. Le panorama était bien différent de celui que nous avions vu en arrivant. Il n'y avait ni lune ni étoiles, le vent soufflait avec violence, agitant la cime des arbres et s'insinuant dans les fissures de la construction.

— Mark était au courant depuis quand ? ai-je demandé.

— Tu dois comprendre que…

— Quand ?

— Quelques mois après, deux ou trois…

— Je vais aller faire un tour, a déclaré Maggie en se levant. Je crois qu'il vaut mieux vous laisser seuls, tous les deux.

— Ce n'est pas nécessaire. Tu fais pour ainsi dire partie de l'histoire, ai-je protesté.

Elle s'est rassise.

— Johnny, je suis fier d'avoir réussi à préserver la relation qui existait entre ton frère et toi et qui était merveilleuse.

— C'est difficile de concevoir que tu étais là, tout près de nous…

— Harrison me racontait ce qui se passait, a murmuré mon père, les lèvres tremblantes. Mark aussi, mais je dois dire que nous avons eu pas mal de désaccords. Il s'est souvent assis là où tu es.

Je sentais la colère monter en moi en songeant aux nombreuses années au cours desquelles ils s'étaient vus.

— À quel sujet ? Sur le fait de me dire la vérité ou non ?

— Je ne crois pas que ce soit le moment d'en parler, mon garçon. Ce qui compte, c'est que Mark et toi ayez préservé vos liens. Il a commis un acte terrible…

Pour la première fois, j'ai vu de la désolation dans ses yeux. C'était sans doute le seul à pouvoir vraiment sentir le vide que Mark avait laissé.

— C'est quelque chose qui m'échappe, Johnny. Complètement.

Une larme a roulé le long de sa joue ridée.

Maggie m'a lancé un regard interrogateur qui signifiait : « Tu es sûr que tu veux que je reste ? » J'ai posé ma main sur la sienne en articulant silencieusement : « S'il te plaît. »

— Mark m'a laissé un mot. Tu peux le lire, si tu veux.

Mon père a hoché la tête.

— Nous nous sommes souvent disputés pour savoir si on devait te cacher la vérité. Mark voulait te mettre au courant pour que tu puisses venir me voir. Je m'y suis opposé. J'avais promis à mes amis que rien de ce que nous avions fait ne serait jamais révélé au grand jour. Ils ont été les premiers à me dire que je ne devais pas tenir ma promesse, mais j'ai refusé.

— Nous avons traversé de rudes épreuves.

Je n'avais pas envie de le mettre mal à l'aise, mais une partie de moi m'y poussait.

— Je sais. J'ai juste fait ce qui me semblait préférable. Ton frère et toi vous entendiez bien et j'en suis fier.

— Tu as vu Jennie ?

Son visage s'est incroyablement éclairé.

— J'ai fait très attention, mais oui, je l'ai vue. Elle est magnifique… Une vraie Brenner. J'ai attendu longtemps avant de te le dire, mais je te félicite, mon garçon.

Parfois, je songeais à ma fille et j'avais l'impression d'être devant un abîme insondable. Avec elle, tout prenait des proportions gigantesques : l'amour, mais aussi mes craintes, mes malheurs, mes faiblesses. Son univers était décalé, à la fois beau et monstrueux. À cet instant, j'avais le sentiment d'être à l'autre bout de cet univers.

— Et maintenant ? Maintenant que Mark est parti, tu vas me dire la vérité ?

Il a acquiescé.

— Les choses ont changé, on en a parlé avec les amis. On veut procéder correctement. Sans Mark…

Je me suis levé. Je venais juste de me rappeler quelque chose. Je me suis approché de la fenêtre, de fines gouttes s'étiraient sur la vitre.

Mon père et Maggie m'observaient avec curiosité.

— Qu'est-ce qu'il y a ? m'a demandé Maggie.

Je repassais dans ma tête le mot que Mark m'avait laissé.

L'homme-arbre, qui vivait dans la forêt et rôdait parfois autour de la maison…

Il comprendrait alors qu'il devait rester dans la forêt…

Lorsque le moment serait venu, tu pourrais aller le voir et être son ami…

Pour la première fois, j'ai commencé à entrevoir les raisons pour lesquelles Mark s'était suicidé. Mon frère et moi avions eu une relation merveilleuse. Je l'avais respecté, admiré, aimé profondément.

À présent, c'était au tour de mon père de tisser des liens avec moi.

Chapitre 79

Harrison et Bob sont restés un moment dans la fourgonnette avant d'en sortir. De la fenêtre, j'ai songé qu'ils évaluaient la situation.

En entrant, ils nous ont salués comme si ces retrouvailles étaient les plus normales du monde.

— Je suppose que vous vous êtes raconté un tas de choses, a dit Bob.

Ils se sont installés autour de la table. J'étais le seul encore debout.

— Viens, Johnny, m'a lancé Harrison. Il faut qu'on parle. Il n'y a pas de temps à perdre.

Je connaissais bien ce ton. Ce n'était pas la voix de l'homme qui nous rendait visite et avec qui nous écoutions les Who, mangions les gâteaux de Lauren et bavardions, mais celle, ferme et autoritaire, du commissaire habitué à commander.

Je lui ai obéi. Les trois amis étaient d'un côté de la table, Maggie et moi de l'autre.

— Qu'est-il arrivé chez toi, Johnny ? m'a-t-il demandé sans détour.

— On a vu un homme…

— Marrel ! s'est-il aussitôt écrié. Ne garde rien pour toi, Johnny.

— On s'est dit qu'il valait mieux partir. On a appelé la police et on s'est éloignés dans la forêt, puis on est venus ici.

— Comment saviez-vous où était la cabane ?

— Hier, je vous ai entendus, a expliqué Maggie. J'ai laissé mon portable dans la fourgonnette avec le GPS allumé.

Bob a soupiré en souriant.

— Vous voyez, les gars ? a-t-il fait remarquer en regardant d'abord mon père, puis Harrison. Un portable avec un GPS, c'est aussi simple que ça. Le monde va trop vite pour nous.

— On ne savait pas sur quoi on tomberait, a ajouté Maggie.

— Timbert m'a appelé tout de suite. On vient de chez toi, Johnny, et il n'y a aucune trace de Marrel. Qu'est-ce qui se passe ?

Harrison nous regardait en ayant l'air de penser que nous avions menti.

— Il nous a suivis. Un vrai boy-scout. Il était armé et nous a retrouvés.

— Mais ça n'est pas allé plus loin, s'est empressée de préciser Maggie. Il était bouleversé, il croyait que Mark et Johnny avaient fait du mal à sa fille. C'est Frost qui lui a mis cette idée dans la tête.

Les trois amis ont échangé des regards mystérieux.

— Il faut qu'on discute de ce qui s'est passé cette fameuse nuit, a déclaré mon père.

— Je suis d'accord, a dit Harrison. Et il faut décider

de ce qu'on va faire ensuite. Tu as tué cette fille, Johnny ? m'a-t-il lancé tout à trac.

Mon père a baissé les yeux.

— Non ! Je ne la connaissais même pas !

Harrison m'a tranquillisé d'un geste. Je ne parvenais pas à formuler mes phrases correctement ou, plutôt, je n'avais pas envie de m'expliquer. Maggie est venue à la rescousse.

— On pense que cette fille ou quelqu'un d'autre a fait prendre à Johnny une substance expérimentale mise au point par Meditek. Elle permet de tout oublier pendant un moment. En réalité, c'est plus compliqué, mais grosso modo, c'est la fonction de cette pilule. On s'est dit que…

Elle hésitait, je lui ai fait signe que je prenais le relais.

— On s'est dit qu'il était possible que Mark l'ait tuée, ai-je déclaré à contrecœur. Quand l'effet de l'ESH, cette substance, a pris fin, Mark m'a téléphoné. Je lui ai raconté ce qui s'était passé et il est venu à la maison pour résoudre le problème.

— Combien de temps après ?

— Il est arrivé en moins d'une demi-heure.

— Non, je voulais dire… Combien de temps après ton réveil ?

— Je ne sais plus trop.

Je me suis tourné vers Maggie, qui m'a invité à poursuivre.

— Il s'est passé quelque chose. Quand je me suis réveillé, le corps de cette fille était là, près du Ruger et d'une bouteille de vodka vide. Tout semblait disposé de manière à faire croire que j'étais l'assassin.

Mon père et Harrison ont échangé des regards entendus qui ne m'ont pas échappé.

— Je n'avais pas les idées claires et suis sorti jeter la bouteille dans le lac. En revenant, j'ai découvert une fourgonnette près du promontoire du reptile. Ses occupants n'étaient pas dedans, mais, à l'intérieur, j'ai pu voir des caméras de surveillance. Il y en avait aussi une dans mon salon.

— Mon Dieu ! s'est exclamé mon père.

— Continue, s'il te plaît, m'a pressé Harrison.

— Quand je suis rentré chez moi, le corps avait disparu, on l'avait enlevé.

— Et quand as-tu appris que cette fille travaillait à Meditek ?

— Quelques jours plus tard.

— Comment ?

— C'est une longue histoire, a dit Maggie. On a trouvé Paula sur le Net, et puis Mark nous l'a dit juste après sa soirée d'anniversaire.

— Je crois qu'il est temps que tu racontes ta version de l'histoire, Ed.

— La nuit du 2 mai, j'étais près de chez toi, Johnny. En général, je ne me mêle pas de tes affaires, je tiens à ce que tu le saches. Je jette un coup d'œil de temps à autre, mais, quand j'ai entendu ce coup de feu, j'ai été inquiet. Je me suis dépêché et j'ai mis une vingtaine de minutes à arriver. Je me suis approché par-derrière, le détecteur de mouvement a activé la lumière. J'ai attendu entre cinq et dix minutes, puis j'ai entendu des bruits bizarres en provenance du salon et j'ai décidé d'entrer. Le corps de la fille était recouvert d'un drap, je suis allé vers toi pour prendre ton pouls et m'assurer que tu n'étais pas blessé. Elle, je savais qu'elle était morte. J'ai aussi vu la bouteille sur la table.

— Le meurtrier devait être dans la maison à ce moment-là, a dit Bob. Le drap indique clairement qu'il avait l'intention d'enlever le corps. Ta présence, Johnny, l'en a empêché.

— Bien sûr, a dit mon père. Tu gesticulais, tu tenais des propos incompréhensibles et je me disais que tu allais te réveiller d'un instant à l'autre. Tout ça était très confus. La seule chose qui était claire pour moi, c'est que je devais prévenir Harrison. J'ai un portable qui ne sert qu'en cas d'urgence, mais je ne l'avais pas pris. Je suis ressorti, et par la fenêtre je t'ai vu essayer de ranimer cette fille. Ça m'a enlevé un poids : j'étais maintenant sûr que tu ne lui avais pas fait de mal.

Il a baissé la tête, comme honteux d'avoir eu cette pensée.

— Je ne lui ai rien fait, ai-je affirmé, très sérieux.

— C'est ce que je me suis dit, a repris mon père. Je t'ai suivi jusqu'à Union Lake. Après, j'ai regagné la cabane pour appeler Harrison.

— J'ai donc contacté Mark et lui ai dit qu'Ed avait été témoin d'une étrange agitation dans la maison, a enchaîné Harrison. Je ne lui ai pas donné plus de précisions. Il m'a répondu qu'il était au courant, qu'il t'avait parlé, Johnny, qu'il revenait de chez toi et que tout était en ordre.

— Il t'a dit quoi au juste ? a demandé Maggie.

— Que Johnny avait eu une sorte d'hallucination, mais qu'il allait mieux et qu'il gérait la situation.

Nous avons tous gardé le silence. Mon frère avait menti.

— C'est pour ça que je suis allé te voir le lendemain, Johnny, a expliqué Harrison.

— Je sais.

— Conclusion, on ignore ce qu'est venue faire cette fille chez toi, Johnny, et on ne sait pas davantage qui l'a tuée, a affirmé Bob.

— Si on révèle le peu d'informations que nous avons, a fait remarquer Harrison, le FBI risque de se concentrer sur Johnny et de le fourrer dans de sales draps.

— On pourrait leur parler de cette substance, a suggéré Maggie, qui semblait cependant assez peu convaincue. C'est facilement démontrable et ça explique que Johnny ne se rappelle rien de ce qui s'est passé pendant cette fameuse nuit.

— Non, Maggie, est intervenu Bob. Ça compliquerait encore plus les choses.

Il avait raison. Aux yeux du FBI, je pouvais avoir tué Paula Marrel et ne plus m'en souvenir.

— C'est injuste pour Paula.

J'étais d'accord avec elle.

— On ne sait pas pourquoi cette fille est venue à Carnival Falls, a dit Harrison. Mark ne nous en a jamais parlé.

— Il n'était peut-être pas au courant, ai-je dit.

Personne n'a répondu. Harrison et Bob s'observaient. Ils devaient croire qu'il était fort possible que Mark soit responsable de la mort de Paula. J'avais du mal à l'accepter, mais c'était envisageable.

— Bon. On fait quoi ? a demandé Harrison. Soit on révèle ce qu'on sait au FBI, avec toutes les conséquences que ça entraîne, soit rien ne sort de cette cabane et on ne remet plus jamais le sujet sur le tapis ?

Ainsi se déroulaient les discussions au club B, ai-je songé.

— Avant, il y a quelque chose que je dois vous dire, a-t-il continué. Aujourd'hui, j'ai vu l'agent Frost. Ils abandonnent l'enquête.

— Quoi ? s'est étranglée Maggie, exprimant à elle seule l'étonnement de nous tous.

Le seul qui paraissait informé était Bob, qui avait hoché la tête à chaque mot prononcé par l'ancien commissaire.

— Cela ne signifie pas qu'ils vont arrêter de fouiner. Mais l'affaire Meditek est classée. Moi, ça m'a vraiment surpris. D'après Frost, Mark avait des choses à se reprocher, mais, comme il n'est plus là, ses supérieurs ont préféré jeter l'éponge.

— Tu es sûr que ce n'est pas une manœuvre de sa part ? me suis-je inquiété. Frost et Bell étaient vraiment insistants. Pourquoi abandonner ?

— Non, Johnny. Je connais bien le FBI. Ils ont des règles qu'ils respectent. S'il t'a dit que l'affaire est classée, c'est que c'est vrai.

— Ce qui complique encore la situation, a dit Bob. Votons. Richard et Bill sont contre, on le sait.

— Que ceux qui veulent tout révéler à Frost lèvent la main.

J'ai levé la mienne.

Harrison a fait de même.

Mon père ne bougeait pas, Bob faisait non de la tête, clairement en désaccord.

D'instinct, nous nous sommes tournés vers Maggie :

— Je suis contre, a-t-elle répondu.

ESH

Après avoir visionné la vidéo, John avait les larmes aux yeux.

— Désolée, a dit Paula en récupérant son portable et en le posant sur ses genoux. Vous étiez au courant ? a-t-elle demandé timidement.

Il l'a observée comme s'il n'était pas tout à fait conscient de sa présence.

— J'ai toujours cru que c'était mon père.

— C'est vrai, ce qu'il dit… que votre mère le souhaitait ?

Elle venait de poser la question qui l'avait conduite à Carnival Falls. John a séché ses larmes.

— Oui. Ma mère me l'avait également demandé, mais j'étais trop jeune, trop innocent pour comprendre. Elle voulait que je pose un oreiller sur son visage. Plus tard, quand la police est venue chercher mon père, j'ai enfin compris. J'étais peut-être un enfant, mais pas un idiot.

— Quand je suis tombée sur cette vidéo, je ne savais pas quoi penser, a murmuré Paula en guise d'excuse. Il y avoue un meurtre…

— Ce n'en était pas un, l'a interrompue John.

Il s'est levé et a arpenté le salon sous les yeux de Paula.

— Ma mère le voulait, il a fait ce qu'il devait faire, a dit John, plus pour lui-même qu'à l'intention de Paula.

La nuit tombait. Avaient-ils parlé longtemps ? John a regardé la bouteille de vodka sur la table et a été surpris de ne pas se souvenir de l'avoir posée là.

— Voici ma réponse à votre question, a-t-il dit en se retournant brusquement, une expression différente dans les yeux. Je veux que vous me remettiez cette vidéo et que vous laissiez mon frère tranquille.

— Bien sûr. C'est pour ça que je suis venue. Si cette révélation ne vous pose pas de problème, c'est très bien. Mon seul souci en découvrant ces images était de vous mettre au courant et que vous décidiez par vous-même. Votre père est allé en prison et s'est suicidé pour…

— Vous n'avez pas besoin de m'expliquer la situation !

— Je suis vraiment désolée, a-t-elle dit en baissant les yeux.

John s'est rassis et lui a posé une main sur l'épaule.

— Vous n'y êtes pour rien. Je suis bouleversé.

Elle a hoché la tête, John a enfoui son visage dans ses mains.

— Je n'aurai aucun souvenir de tout ça ? a-t-il demandé d'une voix étouffée.

— Non.

— Merci de l'avoir fait.

La pièce était plongée dans la pénombre.

— Ça va ?

— Oui. Ça fait longtemps que…

Il s'est levé. Paula a consulté l'heure sur son portable et froncé les sourcils.

— Une heure vingt. L'effet devrait durer encore un peu.

— Alors finissons-en une bonne fois pour toutes.

— J'ai fait deux copies, a-t-elle expliqué. Celle du portable, je viens de l'effacer. L'autre est sur un serveur.

Elle a accédé à Google Drive et sélectionné la copie de la vidéo sous le regard attentif de John.

— Voilà. Il ne reste plus aucune trace de cette vidéo.

John était bien obligé de la croire. Il savait qu'elle avait pu faire une centaine de copies, mais il a préféré lui faire confiance.

Elle s'est levée.

— Il faut que vous effaciez aussi le reste, a-t-il dit.

Elle passait les courroies de son sac à dos sur ses épaules, mais s'est arrêtée net.

— C'étaient les deux seules copies, a-t-elle répété, étonnée.

— Non. Je vous parle des autres vidéos et des documents relatifs à l'ESH que vous avez volés chez Meditek.

Le sourire de Paula s'est évanoui.

— Ça n'a rien à voir avec vous et ce n'est pas la raison pour laquelle je suis venue.

Un jet d'encre noire a masqué le champ de vision de John. La tache a disparu rapidement, mais Paula s'était éloignée de quelques mètres et se dirigeait vers la porte. Il a contourné le canapé, s'est agrippé à un meuble pour ne pas tomber, a cherché le pistolet et l'a braqué sur elle. Paula s'est immobilisée.

— Je n'ai pas l'intention de m'en servir, lui a dit John.

— Dans ce cas, rangez-le.

— Je veux que vous effaciez les autres documents.
— Je pourrais avoir d'autres copies.
— Vous en avez fait ?
— Allons, John. Je suis venue vous aider, vous apprendre la vérité sur la mort de votre mère. Je vous ai laissé le choix.
— Et je vous en remercie, mais je ne comprends pas que vous refusiez d'effacer les autres vidéos. Je n'imaginais pas que vous vouliez faire chanter mon frère.
— Vous divaguez !
— Si vous ne comptez pas vous en servir, effacez-les, ce n'est pas difficile.
— Vous pensez que je n'aurais pas pu le faire chanter avec ce que je sais sur le meurtre de votre mère ! s'est-elle exclamée.
John serrait toujours l'arme dans sa main et la trouvait très lourde.
— Qu'allez-vous faire de ces documents ?
— Je vais les filtrer. Votre frère et Ian Martins projettent de vendre l'ESH à un laboratoire coréen. Leur gouvernement est derrière, bien entendu. L'ESH deviendrait alors un médicament secret et on ne sait pas ce qu'ils en feraient ! C'est injuste. Si on parvient à éviter ça, la fondation privée qui a aidé Meditek pendant des années, et qui est dirigée par un homme que personne n'a jamais vu, déposera les brevets.
— Ce n'est pas à vous d'en décider.
— Ah non ?
— Non.
— Vous n'en avez pas assez que d'autres prennent les décisions à votre place ?

— C'est le projet de Mark. C'est lui qui est aux manettes.

— Je connais votre frère. Je lui rendrais service si je le faisais.

— Alors pourquoi ne pas lui poser la question ?

Elle a regardé en l'air, comme si cette éventualité était une perte de temps. Elle n'avait peut-être pas tort.

— Votre frère est pieds et poings liés. Vous ne comprenez pas. Il croule sous les dettes et il est obligé de vendre. Si on expose l'ESH au grand jour, les laboratoires devront céder. Nous ne pouvons pas laisser dans l'ombre une découverte pareille ! C'est pour ça que j'ai volé ces documents et les cachets. J'en ai d'autres.

— Peu importe que je comprenne ou non. Je ne veux pas me substituer à mon frère, et vous non plus, vous n'en avez pas le droit.

— J'ai des copies imprimées de ces documents ! s'est-elle écriée en montrant son portable.

— Je ne vous crois pas.

Il venait à peine de prononcer ces mots quand sa jambe droite a cessé de le porter. Il s'est écroulé sur le côté, a tendu le bras qui tenait l'arme et posé un coude par terre pour ne pas s'effondrer. Il a brandi le pistolet, mais en ouvrant les yeux, il a constaté que Paula s'était dangereusement rapprochée de la porte.

— Stop !

Paula tendait les bras, les genoux légèrement fléchis. Elle avançait. Sans cesser de bouger, elle gardait ses distances par rapport à John, décrivant ainsi un arc de cercle qui lui permettrait bientôt de franchir le seuil. John criait sans bouger, la suivant du regard comme si elle était un satellite en orbite autour d'une planète morte.

Ses paupières ont tremblé. Paula cherchait quelque chose sur son portable.

— Qu'est-ce que vous faites ?

Elle n'a pas répondu et a continué de faire glisser son doigt sur l'écran.

— Qu'est-ce que vous faites ? a-t-il répété.

Elle a brandi son mobile.

— Ceci est une copie qui contient toutes les informations relatives à l'ESH. Quand j'appuierai sur ce bouton, elle sera envoyée à un immense groupe de hackers. Ils sauront quoi en faire.

Au prix d'un gros effort, John s'est interposé entre Paula et la porte. Il lui semblait que son arme était aussi lourde qu'une ancre.

— Je vais sortir, John.

Les paupières mi-closes, il s'est dit que s'il résistait, Paula finirait par capituler. Elle n'enverrait pas les dossiers, c'était du bluff. Il a voulu lui parler, mais en a été incapable. Son cerveau a envoyé l'ordre à ses cordes vocales qui n'ont pas répondu.

Paula était près de la porte et il ne pouvait rien faire.

C'est alors qu'un bruit assourdissant a retenti. Un coup de feu. Paula s'est effondrée comme une marionnette. Les jambes de John ont flageolé, il est tombé et a tenté d'amortir sa chute en levant le bras. Le pistolet a été projeté à l'autre bout de la pièce.

Juste avant de fermer les yeux, John a distingué une silhouette qui se déplaçait furtivement.

Chapitre 80

Quelques mois plus tard

Il m'a fallu surmonter un grand nombre d'échecs pour finir par savoir comment défaire le nœud gordien qu'était devenue ma vie. Le processus a été long et l'aide de Maggie déterminante.

L'étincelle qui a amorcé le changement a été un fait insignifiant et fortuit. Jennie venait de fêter ses cinq ans. Elle avait des capacités prodigieuses pour le travail manuel. Elle ne se contentait plus de réaliser des dessins en deux dimensions et de créer toutes sortes d'objets avec du papier, du carton, des boîtes de conserve, tout ce qui lui tombait sous la main. Ce jour-là, elle m'a expliqué avoir trouvé un objet caché dans la forêt et m'a montré avec de grands gestes une lampe magique constituée de quatre morceaux de carton peints en bleu ciel.

— Fais un vœu, papa.

Quand j'ai ouvert la bouche, elle m'a prévenu que le génie était capable de lire dans l'esprit des gens, de sorte que je n'avais pas besoin d'exprimer mon désir à voix haute.

— Je suis prêt, ai-je menti.

En vérité, au-delà de choses évidentes, j'ignorais ce que je voulais. Comment était-il possible de ne pas pouvoir formuler un souhait de manière instantanée ?

Cette question me hantait et la lampe magique de ma fille me le révélait. Que comptais-je faire de ma vie ? J'étais interloqué de ne pas avoir de réponse claire et précise, comme ces enfants qui veulent être policiers, pompiers ou astronautes. Pourquoi étais-je dans le flou ? Comment réaliser mes rêves ou au moins essayer de le faire si j'en ignorais la teneur ?

Je me suis attelé fermement à découvrir les réponses, cet idéal inaccessible que les gens doivent à mon humble avis tenter d'atteindre sans relâche.

J'emportais partout où j'allais un petit carnet. J'y notais mes pensées et les idées saugrenues qui me traversaient l'esprit. Je me suis livré à un travail d'introspection et d'honnêteté vis-à-vis de moi-même et j'ai compris, entre autres choses, que je ne voulais plus jamais boire une goutte d'alcool et qu'il y avait un élément inachevé dans mon existence, une dette. J'avais publié quelques livres pour enfants qui avaient connu un petit succès, mais j'avais beau me faire des illusions, je savais au fond de moi qu'ils ne me mèneraient pas très loin.

Mes illustrateurs d'albums préférés étaient des génies qui me devançaient dans un parcours auquel je n'osais même pas prétendre. Maurice Sendak, Van Allsburg, Carle, Browne et aussi Ian Falconer, qui avait édifié une œuvre admirable mettant en scène Olivia, une petite truie.

Je voulais devenir l'un d'entre eux.

La réponse était terrifiante : je courais droit à l'échec.

Mais peu m'importait. J'avais l'intention de reprendre des études pour décrocher en trois ans un diplôme d'histoire de l'art. Dans ce projet ambitieux, je comptais même effectuer ce cursus en deux ans. Je profiterais de ces années pour chercher mon identité en tant qu'artiste, rebattre le jeu de cartes et avoir une nouvelle donne. Reconstruire les fondations de ma carrière. Me réinventer.

Rendre visite à mon père dans sa cabane était une habitude presque thérapeutique. J'ai préféré lui parler en premier plutôt qu'à Maggie, et, par une journée d'automne assez ensoleillée, nous avons pris un café sur la terrasse. Harrison venait souvent nous rejoindre, mais, ce jour-là, nous étions seuls.

Je commençais à découvrir des facettes inconnues de mon père, que je considérais désormais avec les yeux d'un adulte. C'était un homme admirable et un excellent conseiller. Un ami.

Je ne l'ai jamais interrogé à propos de sa décision de continuer à vivre dans la cabane. Il devait apprécier d'être dans les bois et de recevoir des visites occasionnelles. Il avait un lien particulier avec la nature et les animaux. Harrison me l'avait dit et je le percevais moi aussi. Il était heureux dans cette cabane à l'écart du monde, voyait ses amis de toujours, avait maintenu une relation étroite avec Mark et à présent avec moi. Parfois, après deux ou trois heures de conversation, il se taisait et observait le lac. Je comprenais alors qu'il était temps que je parte, qu'il désirait retrouver sa solitude.

En peu de temps, nos liens se sont resserrés et nous avons abordé les sujets les plus divers, en évitant de parler de ma mère, son absence et les circonstances de sa mort affectant profondément mon père. Un jour, il m'a avoué qu'il rêvait d'elle sans me révéler la nature de ces rêves. Nous n'avons plus jamais évoqué Paula, ainsi que le stipulait le pacte que le club B avait passé dans la cabane le soir du 17 juin.

Quand j'ai annoncé à mon père que je pensais reprendre mes études, il m'a apporté tout son soutien et a voulu me donner l'argent que Mark lui avait versé pendant des années, mais j'ai refusé. J'ai trouvé du travail dans une agence de publicité à Lindon Hill et dispensé des cours à l'école Bishop.

Maggie a été mon autre bastion. Elle avait ses projets et voulait s'établir solidement à Carnival Falls. Elle a fondé avec son amie Clare une société d'organisation d'événements : mariages, congrès, conférences. « Tout sauf des obsèques », plaisantait-elle quand on l'interrogeait sur son nouvel horizon professionnel. L'essentiel de ses activités se concentrant généralement sur Lindon Hill, nous nous voyions souvent. Avant de vivre ensemble, nous préférions avoir une certaine stabilité, décision qui s'est révélée être la bonne car nous avons passé deux ans à travailler sans répit.

« Burke et McKenzie », la société de Maggie et Clare, a vite eu une clientèle triée sur le volet. De mon côté, j'ai décroché mon diplôme en un peu plus de deux ans.

Puis un merveilleux cadeau, Millicent Silvia Brenner, ma deuxième fille, le portrait vivant de Maggie, est venue au monde.

Chapitre 81

Un soir, seul à la maison, je suis allé prendre une douche pour me rafraîchir. Tandis que l'eau tiède tombait sur mon visage, une idée m'a traversé l'esprit. C'était si révélateur que j'en ai eu le souffle coupé.

Synthèse.

Le concept s'imposait à moi. J'ai fermé le robinet et quitté la pièce à toute vitesse. « Synthèse ! » J'étais encore en train de m'essuyer lorsque l'idée s'est concrétisée dans ma tête, et avec elle le personnage.

Moins, c'est plus.

La serviette autour de la taille, je me suis précipité dans mon bureau, où j'ai pris une feuille blanche et un gros marqueur noir et écrit :

« Je m'appelle Bill et suis un garçon invisible. »

Il n'y avait rien d'autre sur la page.

Tout était clair. Quel enfant n'a pas envie d'être invisible ? Et si on ne connaissait pas son aspect, il serait plus facile de s'identifier à lui.

Le lendemain, j'ai envoyé par e-mail la page à mon agent.

« J'ai tout. Le premier tome s'intitulera *Bill l'invisible et les prodigieuses créatures de la forêt.* Je t'envoie la première page de cette aventure. Ne me dis pas que ma technique ne s'est pas améliorée ! Je te donnerai très vite d'autres nouvelles. »

Phill m'a répondu brièvement, comme d'habitude : « Dépêche-toi de m'envoyer la suite. »

Le premier livre mettant en scène Bill l'invisible a vu le jour au début de l'année 2018 et a reçu un accueil enthousiaste qui m'a intimidé. J'ai connu une ascension fulgurante et irréelle, presque comme dans un conte de fées. Ont suivi deux autres aventures de Bill l'invisible qui ont été rééditées quinze fois à un rythme vertigineux. Phill est convaincu que ces livres vont devenir des œuvres de référence.

Les trois volumes démarrent sur une page blanche qui en dit plus long que tout le reste. Le magazine *Art Studio* y a consacré un numéro entier dont la couverture est entièrement blanche. Parfois, je trouve drôle que ce personnage soit né de l'éclair de lucidité d'un homme nu sous la douche.

Chapitre 82

Quatre ans après la mort de Paula Marrel, je suis allé à Denver pour assister à une table ronde animée par Ian Falconer. Un rêve devenu réalité. De retour à l'aéroport, au lieu de me remémorer cette fabuleuse expérience, j'ai songé à la nuit du 2 mai.

Tous ces souvenirs s'étaient sédimentés dans un puits profond, mais il arrivait que l'eau stagnante s'agite et les fasse remonter à la surface, comme en ce jour anniversaire de la mort de Paula.

En route vers la maison, je me suis arrêté à la station-service de Frank Cassonwitz. L'endroit était désert, ce qui m'a surpris car l'affaire avait prospéré ces vingt dernières années : elle avait maintenant six pompes modernes et, dans la boutique, on trouvait de tout et on pouvait prendre un excellent café avec une tranche de gâteau. Justine, la deuxième femme de Frank, de dix ans sa cadette, avait favorisé l'essor du commerce.

— John ! Ça fait plaisir de te voir ! s'est-elle écriée. Zoey, a-t-elle ajouté en se tournant vers la jeune fille qui l'aidait, sers un café à M. Brenner, s'il te plaît.

— Oh non, désolé, je n'ai pas le temps.

— Comment ça ?

— En fait, je passais voir Frank. Il est dans son bureau ?

Elle m'a regardé, intriguée. Je connaissais Frank depuis que mon frère avait travaillé à la station, et j'avais tissé des liens cordiaux avec lui au fil des années, mais rien de plus.

— Frank n'est pas là. Tu veux que je lui transmette un message de ta part ? Tu peux l'appeler sur son portable.

J'ai hésité. Dans sa vidéo, Mark disait que l'idée d'étouffer notre mère lui venait de l'ancien employé de la station, et cette histoire m'obnubilait. Quelque chose ne collait pas. Sans doute était-ce parce qu'on ne m'en avait jamais parlé, à moins que ses similitudes avec la fin malheureuse de la femme et la fille de Gustafsson m'aient toujours chiffonné. Je me suis accoudé au comptoir et j'ai accepté le gobelet que me tendait Zoey.

— Justine, tu te souviens du vieux Matkin ?

Elle m'a observé en rangeant dans la caisse le billet de cinq dollars que je venais de lui donner.

— Il est mort, tu es au courant ? m'a-t-elle lancé en se demandant pourquoi je m'intéressais à son vieil employé.

— Récemment ? lui ai-je demandé, l'air surpris. Je croyais que…

— En décembre.

Quand j'étais gamin, Matkin paraissait déjà avoir cent ans.

— Il avait quatre-vingt-dix-huit ans. Frank et moi, on

est allés à son enterrement. C'est dommage qu'il n'ait pas fini centenaire après avoir fait tous ces efforts, tu ne trouves pas ?

Vivre un siècle était à mes yeux le pire châtiment que puisse subir un être humain, mais je me suis gardé de le dire.

— Pourquoi tu me poses cette question ?

— Quand mon frère travaillait ici, le vieux Matkin lui a raconté l'histoire de sa femme et de sa petite fille. Comment elles sont mortes.

Justine a haussé les sourcils.

— Tu dois confondre avec quelqu'un d'autre parce que Matkin ne s'est jamais marié.

— C'était il y a longtemps. Il était très jeune.

— Tu es sûr que c'était lui ?

— Quasiment certain.

— À ma connaissance, il n'a jamais été marié, je te le garantis. On en a parlé avec ses neveux pendant les obsèques.

— C'est étrange, ai-je marmonné, songeur.

Justine a haussé les épaules.

De retour à la maison, j'ai pris une longue douche. Je n'avais le cafard que lorsque je pensais à Mark, non pas à mon frère, mais à l'homme qu'il était devenu les derniers mois de sa vie.

Je me suis rhabillé, puis assis sur le lit. Dans le troisième tiroir de la table de chevet, j'ai pris la boîte en plastique qui contenait la pilule d'ESH. J'ignorais s'il était dangereux de l'avaler des années après les faits, mais je n'avais de toute manière pas l'intention de le faire. De temps à autre, j'aimais la regarder, et, paradoxalement, je me plaisais à la contempler pour ne rien oublier.

Par la fenêtre, je voyais Maggie et Millie qui jouaient entre les vêtements suspendus sur le fil et couraient dans un labyrinthe de draps. Leurs voix me parvenaient, étouffées, et leur image résumait à elle seule le tournant radical imprimé à mon existence. Maggie avait laissé ses fantômes derrière elle et le devait en partie à Mark. J'ai serré fortement le cachet dans ma main, comme si c'était un talisman capable de me conférer des pouvoirs.

Mark.

Il me manquait vraiment. Il avait laissé dans ma vie un vide impossible à combler. Jamais je ne saurais ce qui était arrivé à Paula cette fameuse nuit, ni non plus si mon frère était directement ou indirectement responsable de sa mort. J'avais pendant quelque temps rêvé d'elle, jusqu'à avoir la conviction qu'un jour je finirais par ouvrir la boîte et qu'elle me fournirait des réponses. Mais rien de tout cela n'est arrivé, probablement parce que mon subconscient est en paix avec le passé.

Je préfère croire que la décision de Mark de se supprimer a pris forme dans son esprit quand il a satisfait la dernière volonté de ma mère, et que, s'il a tardé quinze ans à la mettre à exécution, c'était pour mon père et pour moi. Tel était le Mark que j'ai connu et auquel je me raccroche tous les jours. S'il a tué Paula, je suis sûr qu'il l'a profondément regretté et que cela a pesé dans sa résolution.

Mais essayer de comprendre quelqu'un comme mon frère est sans doute vain.

Épilogue

Le bureau du docteur Laura Hill se trouvait au deuxième étage de l'immeuble que la CIA possédait à Boston. Il était grand, mais impersonnel. Elle travaillait pour l'Agence depuis trois ans – dont deux en tant que directrice d'un programme créé pour apporter un soutien aux personnes ayant eu un comportement criminel dans des cas d'extrême urgence –, mais elle ne se sentait guère à l'aise dans cet espace confiné.

À 9 h 5, elle est entrée dans son bureau avec une pile de dossiers sous le bras, les a posés sur sa table de travail et s'est assise sur sa chaise pivotante d'un air douloureux. Elle a retiré sa chaussure droite, s'est massé les orteils, puis s'est autorisée à fermer un instant les yeux pour soulager sa tension.

— Laura, je viens de… Oh, pardon !

Elle a rouvert les yeux et découvert la silhouette de Virginia, son assistante, dans l'encadrement de la porte.

— Tout va bien, a dit Laura, encore baissée, son visage à hauteur du bureau.

Elle a remis son soulier et grimacé.

— Je te comprends, tu sais, lui a lancé Virginia d'un

air complice. Samedi, je suis allée à un mariage et j'ai les pieds en compote. Quand on est rentrés, mon copain a dû me porter dans ses bras et…

— Virginia…

La secrétaire a levé la main pour signifier qu'elle avait compris.

— Spellman a appelé pour dire qu'elle serait en retard à cause d'un embouteillage.

— Elle t'a dit quand elle arriverait ?

— Dans vingt minutes.

— Merci.

— Le directeur adjoint Copeland a téléphoné deux fois.

— Merci.

Virginia a refermé la porte.

Joseph Copeland. Quand elle a été seule, Laura a failli prononcer son nom à voix haute. C'était pour ainsi dire son mentor, celui qui avait imprimé un tournant à sa carrière ces dernières années. Il lui avait proposé ce poste après qu'elle avait accédé à la notoriété en tant que psychiatre dans une affaire qui avait passionné les foules. C'était le bon moment. Laura commençait à se rendre compte qu'elle n'aimait pas être sous le feu des projecteurs et préférait un travail plus discret.

Son portable a vibré. Copeland. Curieusement, elle l'évoquait toujours en l'appelant par son nom. Elle n'a pas répondu tout de suite – elle se sentait capable de répéter mot pour mot ce qu'ils allaient se dire. Il pouvait être à la fois brillant et l'homme le plus prévisible du monde.

— Ah, quand même ! Elle est avec toi ?

— Non. Elle arrive dans vingt minutes.

— Tant mieux. J'étais en train de me dire que ce n'était peut-être pas une bonne idée. On peut toujours changer…

— Ce n'est pas la peine, l'a-t-elle coupé. J'ai tous les dossiers avec moi, je les ai relus hier, ne t'inquiète de rien.

— Spellman n'est pas facile et elle n'est pas en grande forme. Moi-même, je ne sais pas trop comment la gérer, crois-moi.

— Il n'y a aucune hésitation à avoir. On doit s'assurer qu'elle a eu le bon comportement. Laisse-moi faire. Tu as confiance, non ?

— Tu sais bien que oui.

Laura a raccroché sans avoir pris congé. Elle a posé son portable à côté de la photo de Walter, son fils. Cette image et deux plantes d'intérieur avaient été ses seules tentatives pour enjoliver cet endroit et s'y sentir à l'aise. Elle n'y était pas parvenue ; même son supérieur ne lui faisait pas entièrement confiance.

Elle s'est levée et a gagné la fenêtre qui donnait sur une cour intérieure – elle devait se pencher pour contempler une petite bande de paysage urbain.

Kate Spellman est arrivée vingt-cinq minutes plus tard et est entrée sans frapper. Laura ne la connaissait pas personnellement. Tout ce qu'elle savait d'elle était contenu dans les dossiers de l'opération ESH étalés sur le bureau. Spellman avait participé à cette affaire comme agent infiltré sous l'identité de Darla Brenner.

— Bonjour, a lancé Spellman en accrochant son manteau.

— Agent Spellman.

Laura a contourné son bureau pour l'accueillir.

— Kate. Désolée pour le retard.

Près de la porte se trouvait une table basse destinée à rendre les entretiens moins formels. Laura a invité Spellman à s'asseoir. La femme avait l'air suffisant, Copeland ne lui avait pas menti sur ce point. Elle avait une longue chevelure blonde, différente de celle que Laura avait pu voir sur d'autres photographies.

— Pourquoi m'avez-vous convoquée, docteur Hill ?

— Laura, et je propose qu'on se tutoie.

— Très bien, Laura. Qu'est-ce que je fais ici ?

Laura s'est installée sur une chaise.

— Avant tout, il ne s'agit pas d'une remise en cause de tes compétences dans l'opération ESH. Tout a été examiné en détail, et les circonstances dans lesquelles Paula Marrel a perdu la vie alors qu'elle s'apprêtait à divulguer des renseignements sensibles sont tout à fait claires.

— Elles le sont, a dit Kate en baissant les yeux. Je le regrette tous les jours et j'aurais préféré que ça se passe différemment. J'ai travaillé quatre ans à cette opération et notre mission consistait à protéger l'ESH jusqu'à ce qu'il soit au point. Nous contrôlions les finances à travers une fondation qui faisait partie de la CIA. Mark Brenner et Ian Martins ne posaient pas de problèmes. Cette fille nous a échappé, nous l'avons sous-estimée.

— Je suis d'accord.

Laura a feint de réfléchir quelques secondes. Elle connaissait la réponse à la question suivante, mais devait gagner la confiance de cette femme en la faisant parler.

— Avez-vous essayé d'exercer un contrôle sur l'ESH avant cela ?

— Oui. C'était d'ailleurs l'idée de départ, mais les avancées de Meditek ont été époustouflantes. Sans Mark Brenner, l'ESH en serait encore aux phases de recherche.

— Je comprends que la décision ne t'appartenait pas, mais si l'affaire avait entièrement dépendu de toi, aurais-tu estimé indispensable d'exercer un contrôle *avant* ?

Kate a observé Laura.

— Tu as raison, la décision ne m'appartenait pas, mais je crois que c'était la bonne. J'ai partagé la vie de Mark Brenner pendant quatre ans, il se confiait à moi et je prenais part aux décisions concernant Meditek. Je suis certaine qu'aucune autre personne n'aurait pu obtenir de tels résultats en aussi peu de temps. L'ESH nous appartient, il n'est pas entre les mains de personnes susceptibles de s'en servir contre nous.

— Comme les Nord-Coréens.

— Par exemple. Ils sont entrés dans la danse à la fin, quand nous avons décidé de surveiller Martins.

— C'est toi qui t'en es chargée. Un travail admirable.

— Merci. Les Coréens ne présentaient aucun risque sérieux. Quand on a autorisé le FBI à enquêter sur le suicide de Brenner, ils se sont éloignés. Ils n'avaient pas de connaissances approfondies du potentiel de l'ESH et leurs liens avec le gouvernement de la Corée du Nord n'étaient pas si étroits.

— Un groupe d'amateurs, alors, pourrait-on dire.

— Je ne les sous-estimerais pas autant, mais ils n'étaient ni tatillons ni dangereux.

Laura avait eu accès au profil psychologique de Kate Spellman, mais elle voulait tirer ses propres conclusions. Dire que la femme qui se tenait devant elle était narcissique était une évidence, mais il y avait autre chose d'enfoui qui cachait une personnalité beaucoup plus complexe et que l'analyste commençait à entrevoir.

— Peux-tu me dire ce qui s'est passé cette nuit-là ? Je connais le dossier, mais j'aimerais avoir ta version des faits.

Laura exagérait, elle le savait. D'un moment à l'autre, Kate Spellman allait exiger de savoir pourquoi on l'interrogeait de nouveau.

— La version qui figure au dossier est la mienne.

Laura a souri.

— Si ça ne te dérange pas, j'aimerais l'entendre de ta bouche, Kate.

Elle a décelé une lueur singulière dans les yeux de l'agent, une sorte d'avertissement, mais Spellman s'est exprimée posément, sans la moindre inflexion dans la voix.

— L'équipe de renfort m'a informée de la présence de Marrel à Carnival Falls, puis chez le frère de Brenner. J'y suis allée avec l'agent Norris, qui est resté à proximité pendant que je pénétrais dans la maison. J'avais entendu une partie de la conversation entre John Brenner et Paula Marrel, j'avais donc une idée très claire de ce qui se passait. À un moment donné, Marrel a menacé Brenner de divulguer toute l'information relative à l'ESH, alors j'ai tiré. L'analyse de son portable a prouvé que cette fille ne bluffait pas. Il suffisait d'un clic pour que tous les renseignements se retrouvent entre les mains de hackers.

— Tu n'as pas hésité ?

— Non.

— Et ensuite ?

— Avec l'agent Norris, nous étions en train de nettoyer la scène de crime quand le père de Brenner est apparu. Nous savions qu'il était vivant, reclus dans une cabane au milieu de la forêt. Mark Brenner allait le voir de temps en temps. J'ai dû sortir précipitamment, puis John Brenner s'est réveillé et il a vu le corps, ce qui a compliqué la situation.

— Pour quelle raison ?

— Mark Brenner a tout de suite été informé que Marrel était morte chez son frère et a essayé de lui faire croire à des hallucinations.

— Le corps et la présence de la fourgonnette.

Kate Spellman commençait à se rendre compte que Laura était parfaitement au courant de tout ce qui était survenu cette fameuse nuit. Pourquoi lui faisait-elle perdre son temps ?

— Oui. Les deux. Avec l'agent Norris, nous avons étayé la thèse des hallucinations au cours d'une opération à Lindon Hill. Ça a marché et John Brenner était prêt à ne plus se poser de questions. Satisfaite ?

C'était la première fois qu'elle manifestait de l'hostilité à l'égard de Laura.

— Kate, je ne remets pas en cause les directives de l'opération ESH, ce n'est pas mon rôle. Et je comprends qu'il soit désagréable de devoir expliquer des décisions prises sur le terrain à une psy. Tu as été recrutée à dix-sept ans et tu as plus de vingt ans de service. Tes prestations sont impressionnantes.

— Alors pourquoi m'imposez-vous cet interrogatoire, docteur Hill ?

Elle avait cessé de l'appeler par son prénom et la vouvoyait, une décision qu'elle avait dû prendre en une fraction de seconde. L'ESH était une affaire d'État. La NSA et la CIA travaillaient de concert et avaient monté une opération ultrasecrète avec quelques agents de terrain. La mort de Paula Marrel était un regrettable dommage collatéral.

Une commission avait évalué les actions de Spellman et conclu qu'elle avait eu le bon réflexe. Copeland le pensait lui aussi, mais il craignait que la décision de Spellman ait été inspirée par la peur d'échouer dans une mission aussi importante.

Copeland redoutait que cette situation ne se reproduise. Ces derniers temps, il avait remarqué une aggravation de ce comportement, et cela affectait le travail de Spellman. Elle était de moins en moins réceptive à la critique constructive, intransigeante dans ses décisions, voire autoritaire.

L'objectif de la révision du dossier par Laura consistait à évaluer jusqu'à quel point Kate Spellman était capable d'oublier son ego sur le terrain.

— Alors ? a insisté Kate Spellman.

— Kate, il est parfois important d'analyser nos actes, surtout avec du recul.

— J'ai déjà dit que je regrettais d'avoir tué cette fille. Si seulement elle n'avait pas menacé de diffuser des informations capitales pour notre pays…

Telle était donc sa justification.

— Tu n'aurais pas agi différemment si tu avais eu plus de temps pour y réfléchir ?

— Non.

— Je vois que tu n'as aucun doute là-dessus, a dit Laura d'un ton conciliant.

— Non. C'est ce que pense Copeland ? a-t-elle ajouté après une courte pause.

— Ce qui m'intéresse, c'est ce que tu penses, toi.

— Docteur Hill... Laura... ne perdons pas de temps. Si je suis ici, c'est parce que Copeland ou un de vos chefs vous a demandé de me convoquer. Ce dossier n'est pas arrivé tout seul sur votre bureau.

— Ce serait bien qu'on se voie régulièrement pour parler de ce problème et d'autres choses aussi.

— Ce serait une perte de temps.

— Je trouve intéressant que tu n'aies aucun reproche à formuler quant à tes actes.

— Je n'ai pas dit que j'approuvais tout ce que nous avons fait. Je crois par exemple que nous nous sommes trompés en ne suivant pas Ian Martins dès le départ. Quant à cette fameuse nuit, si c'était à refaire, je n'hésiterais pas.

— Qu'éprouvais-tu pour Mark Brenner ? a demandé brusquement Laura.

Kate Spellman a soutenu son regard pendant quelques secondes.

— Pourquoi cette question ? Mark Brenner était mon objectif. Vous voulez savoir si j'étais amoureuse de lui ?

— Oui, par exemple.

— Eh bien, non. En fait, notre cohabitation s'est plutôt mal passée. Autre chose ?

— D'après tout ce que j'ai lu sur Mark Brenner et ce que tu m'as dit il y a un instant, c'était un homme d'une intelligence hors du commun.

— Oui.

— J'ai vu la vidéo récupérée par le FBI où il raconte le meurtre de sa mère dans son adolescence, et j'ai l'impression qu'il leur a fait des aveux parfaits. À croire qu'il ne voulait laisser planer aucune interrogation et que personne n'aille enquêter de ce côté-là. Sans affirmer que cet assassinat était irréel, je dirais quand même qu'il a enjolivé les faits.

— C'est probable.

— Tu veux savoir ce que j'en pense ?

— Oui. De toute façon je n'ai pas le choix.

Laura s'est postée devant la fenêtre et a scruté un moment le mur gris. Elle sentait le regard de Kate dans son dos. Elle a attendu, semblable à un basketteur qui vient de lancer le ballon dans l'espoir de marquer un panier à trois points, puis a lâché une phrase à laquelle Kate Spellman ne s'attendait pas :

— Je crois que Mark Brenner a toujours su que tu travaillais pour la CIA, a-t-elle dit d'un air plein défi.

Kate a repris la parole sans dissimuler sa colère :

— Docteur Hill, je comprends que vous excelliez à écrire des livres et à diagnostiquer des maladies mentales. Mais vous savez en quoi j'excelle, moi ?

— Dis-moi, lui a renvoyé Laura en se retournant.

— Je me coule dans la réalité comme un caméléon, a déclaré Kate, les mains sur la table, penchée vers l'avant. J'ai vécu avec Mark Brenner et je vous garantis qu'il n'a jamais eu de soupçons. Quand avez-vous lu mon dossier ? Hier soir ?

— On me l'a confié il y a deux jours.

— Et vous avez le toupet de me questionner ! J'ai passé quatre ans avec Brenner, j'ai été mariée avec lui. Personne ne le connaissait mieux que moi, personne !

Laura est revenue s'asseoir et a dit calmement :

— Parfois, un regard neuf peut éclairer une situation sous un autre angle. Je ne dis pas que j'ai raison, mais tu devrais au moins être ouverte à…

— Ça suffit ! Dites-moi une bonne fois pour toutes ce que vous avez à me dire !

— Mark Brenner était un homme brillant, je pense que tout le monde en conviendra. J'ai l'impression comme toi qu'il avait planifié son suicide depuis longtemps, et que c'était lié à son père qui s'était reclus dans une cabane pour payer le prix d'un meurtre qu'il n'avait pas commis. Il est possible que la mise au point de l'ESH ait été son dernier but, une sorte de legs. Il y a consacré plusieurs années de sa vie.

Kate Spellman ne cillait pas. Laura savait qu'elle touchait une corde sensible. Dans un certain sens, Kate et Mark étaient les deux faces d'une même pièce de monnaie. Dans d'autres circonstances, ils auraient pu s'entendre à merveille ou se repousser comme deux aimants ayant le même pôle magnétique. Deux ego aux proportions démesurées et difficilement prévisibles.

— Sans la CIA, a poursuivi Laura, le projet ESH aurait échoué. La fondation Sanders était une bouée de sauvetage. Je ne pense pas me tromper en disant que

Mark Brenner a su tirer profit de cette manne d'argent presque illimitée.

Kate n'a pas répondu, mais son silence était éloquent.

— Supposons qu'il était informé, qu'il avait mené sa propre enquête et était arrivé à savoir qui contrôlait réellement la fondation, ou qu'il a eu des soupçons et t'a suivie. Il était logique qu'il entre dans le jeu de la CIA, non ?

— Il n'était au courant de rien. Vous dites n'importe quoi.

— Mais reconnais que mon raisonnement est plausible. Mark était conscient que l'ESH risquait d'être dangereux s'il tombait dans de mauvaises mains, alors qu'il pouvait partir en paix s'il était géré par le gouvernement américain.

— Mark voulait que l'ESH soit utilisé dans la vie de tous les jours. Il me l'a dit.

— Mais était-ce possible ? La CIA l'aurait permis ?

Kate Spellman gardait le silence, impassible. Les choses allaient trop loin à son goût et elle ne semblait pas prête à écouter Laura.

— On a terminé ? Je ne comprends pas l'utilité de cet entretien à part critiquer mon travail.

Elle s'est levée.

— Attends, Kate, s'il te plaît, rassieds-toi.

— Non. J'en ai assez entendu.

— J'aimerais qu'on continue de se voir.

Kate Spellman a éclaté d'un rire sarcastique.

— Sûrement pas ! Je vais parler à Copeland, parce que je sais qu'il est derrière tout ça. Je suis un agent d'élite et je n'ai pas à supporter ces…

— Passons un accord, l'a interrompue Laura.

Kate Spellman a ouvert la bouche, stupéfaite. Laura a regagné son bureau et est revenue avec les dossiers.

— Voyons voir…, a-t-elle dit en feuilletant les pages et en suivant un texte du doigt. Ah voilà ! J'ai trouvé. Asseyons-nous un moment.

Puis elle s'est installée sur une chaise et a poursuivi en ces termes :

— Parfois, des détails insignifiants apparemment sans rapport avec l'essentiel de l'histoire attirent mon attention. Je ne dis pas que ça arrive souvent, mais certaines fois, on tombe dessus comme on trouve Charlie au premier coup d'œil. Mark Brenner a laissé trois lettres après son suicide : une pour son frère, une autre pour son meilleur ami et la troisième pour toi. Il les a déposées dans le coffre-fort de votre domicile, dont il a changé le code, qu'il t'a envoyé par SMS. Tu t'en souviens ?

— Évidemment ! Il voulait mettre ces lettres en lieu sûr.

— OK, a répondu Laura, songeuse. Mais pourquoi changer le code ?

Kate Spellman s'est mordu la lèvre en secouant la tête, comme si elle était tenue d'exposer une évidence.

— Pour qu'on sache que les lettres étaient là !

— Bien entendu, mais pourquoi ne pas se contenter de te demander de regarder dans le coffre-fort ?

Kate Spellman était tendue. Une alarme s'est déclenchée dans sa tête et ses yeux l'ont trahie. Avait-elle omis un détail ? Que cherchait donc à lui dire le docteur Hill ?

Laura a pris une autre pièce du dossier.

— Le policier qui est arrivé après les coups de feu, un certain Dean Timbert, t'a accompagnée jusqu'au coffre-fort. Un autre agent, très efficace, a consigné tout ce qui se passait pendant que Timbert et toi ouvriez le coffre avec le nouveau code, qui était le suivant : 131127384552. Assez difficile à mémoriser.

— Mark était un spécialiste des codes complexes, a répondu Kate d'une voix monocorde. Le code de notre WIFI se composait de dix décimales du nombre Pi.

— On n'en attendait pas moins d'un génie dans son genre. Mais tu sais pourquoi ces chiffres ont attiré mon attention ?

Kate Spellman a pâli.

— En me demandant pourquoi il avait changé le code du coffre, je me suis concentrée sur ces chiffres. Si on les sépare correctement, on remarque qu'ils sont croissants : 1, 3, 11, 27, 38, 45, 52. C'est curieux, n'est-ce pas ?

L'agent de la CIA a haussé les épaules.

— Alors je me suis dit qu'ils devaient se rapporter à quelque chose, la lettre qui t'était adressée, par exemple. Et s'il y avait un message caché dans ce mot d'adieu, hein ? a-t-elle dit en refermant le dossier. Je te propose un accord, Kate : si tu penses que j'ai raison, alors nous nous reverrons au moins trois fois et tu me laisseras t'aider. Relis la lettre que Mark t'a laissée en réfléchissant à cette suite de chiffres et tu verras qu'il a voulu te transmettre un message.

Kate Spellman s'est levée, impassible. Elle a ouvert la porte, mais, avant de quitter les lieux, elle a lancé un regard méprisant à Laura Hill. Elle se rappelait la lettre par cœur.

Je te connais et sais que ma décision te surprendra. Ton étonnement est compréhensible. Je le regrette profondément. Nous traversons des moments difficiles, ce n'est un secret pour personne, mais ma résolution n'est pas liée à cela. Protège les tiens, ne pense pas à mon malheur et concentre-toi sur ton travail. Et surtout, sois heureuse.

Mark

NOTE DE L'AUTEUR

Dans les années quatre-vingt-dix, quand je commençais mes études, je suis devenu un fan enthousiaste de U2. À l'époque, les Irlandais n'avaient encore donné aucun concert en Argentine et ma relation avec eux se limitait à écouter leurs disques et à lire tout ce qui avait trait à eux dans des livres et des magazines. Ils ont été et sont toujours pour moi une importante source d'inspiration.

La chanson que je préfère d'eux est « One Tree Hill », dont les vers servent d'introduction à ce roman.

Si on m'avait demandé en ce temps-là si U2 donnerait un concert à La Plata, ma ville natale, et y interpréterait « One Tree Hill », j'aurais éclaté de rire et rétorqué que ça ne risquait pas d'arriver. La probabilité n'était même pas proche de zéro, mais nulle.

Pour commencer, il n'y avait pas à La Plata l'infrastructure nécessaire à ce genre de concert. Si un jour un tel événement se produisait en Argentine, il aurait lieu dans la capitale. En outre, U2 n'avait interprété que très rarement cette chanson par le passé.

Je m'étais donc fait à l'idée que jamais le groupe ne se produirait à La Plata.

C'est pourtant arrivé l'an passé. Un stade moderne avait été édifié dans ma ville, si beau qu'il semblait irréel, et en 2017 U2 a décidé d'y faire sa première tournée commémorative de The Joshua Tree, *l'album qui comprend « One Tree Hill ».*

Plus de vingt ans après avoir découvert le groupe, j'ai pu entendre ma chanson favorite tout près de la maison de mon enfance. Un fait très improbable, pourtant j'y étais.

Pourquoi cette référence à U2 ? Parce que, lorsque j'étais un étudiant passionné de musique, j'avais aussi des penchants pour l'écriture. Je n'avais fait part à personne de cet engouement et travaillais en cachette, entre deux séances d'analyse mathématique. À l'époque, l'idée même d'écrire un roman me paraissait abracadabrante et impossible. Même après avoir terminé mon premier manuscrit, je n'osais même pas songer à être publié. J'en ai parlé à mon frère, qui a lu ce premier jet et m'a dit que je devais « en faire quelque chose ». J'ai haussé les épaules.

Entendre « One Tree Hill » dans ma ville était magique, de même qu'il était magique de recevoir des messages des lecteurs du monde entier – y compris de pays dont je ne connaissais pas l'existence – me rapportant leurs impressions sur mes romans.

Je me permets de parler de moi et de partager mes expériences car, avec le temps, je me suis rendu compte qu'il est essentiel de croire aux choses improbables qui défient la raison. Étant une personne assez analytique, j'ai dû bien souvent me prosterner devant la magie de l'impensable.

Tous les livres forment des ponts imaginaires entre l'auteur et ses lecteurs. Nous nous connectons à partir de lieux divers, mais aussi à des époques différentes. Je désire que ces ponts se multiplient, de sorte que si ce roman t'a plu, cher lecteur, je te demanderai comme toujours de le recommander à tes proches. Et si tu veux emprunter le pont en sens inverse et me chercher, fais-le ; aujourd'hui, avec les réseaux sociaux, c'est possible et ce sera un plaisir pour moi d'apprendre ton existence.

Mais si nous ne nous retrouvons pas, alors rappelle-toi ce que je viens de te dire, surtout si tu es jeune : continue de te battre pour des choses impossibles et d'y croire.

Federico Axat
17 juin 2018

REMERCIEMENTS

À minuit, le 1er avril 2016, ma sœur Ana m'a téléphoné pour m'annoncer que notre père était hospitalisé. Il avait eu une décompensation après une chimiothérapie. Depuis peu, on lui avait diagnostiqué un cancer de la langue découvert assez tôt pour que les perspectives de guérison soient bonnes. Me trouvant alors à une heure de ma ville natale, j'ai demandé à Ana s'il était nécessaire que je vienne. Elle m'a répondu que non, qu'il était hors de danger, avait repris connaissance et discutait normalement avec ses proches, et que ma venue pouvait attendre le lendemain.

Un moment plus tard, elle m'a rappelé en pleurs. « Il est mort, Fede. »

Je suis parti à 3 heures, plongé dans la boucle d'incrédulité et de tristesse qui nous enveloppe lorsque nous perdons un être cher. J'avais déjà en tête le début de ce roman, et c'est pendant ce trajet que j'ai fini d'en édifier la trame. L'histoire est arrivée d'un coup. Mon père est présent de diverses manières dans ce livre, il s'est glissé dans la peau de plusieurs personnages, à travers de petits gestes et habitudes que de nombreuses personnes reconnaîtront.

Mon père a été de ceux qui m'ont le plus encouragé dans

mon travail. Il se réjouissait des moindres progressions dans ma carrière. Mon frère et ma sœur m'ont raconté que le jour où il est entré à l'hôpital, il a dit à tous les médecins et infirmiers que son fils était écrivain et qu'ils devaient lire L'Opossum rose. *Il a même noté le titre sur un bout de papier à une infirmière pour qu'elle s'en souvienne.*

Merci, p'pa. Merci de m'avoir servi d'exemple.

La même année, comme une sorte de loi de compensation universelle, une femme extraordinaire est entrée dans ma vie. Je l'aime et l'admire, et non seulement elle me comprend quand j'ai besoin de travailler des heures à cet ouvrage, mais elle m'a donné des idées qui ont trouvé leur place dans l'histoire. Merci, Sole. Nous formons une équipe !

Ce roman ne serait pas ce qu'il est sans l'aide inappréciable de Maria Cardona, mon agent, qui après de nombreuses lectures a su m'indiquer la bonne voie. Merci, Maria. Ce roman, tu le connais maintenant presque par cœur.

Toute l'équipe de l'agence littéraire Pontas m'a également apporté son soutien. Anna Soler, bien entendu, mais aussi Marina, Ricard et Leticia. Je leur adresse toute ma gratitude.

À mes amis Ariel Bosi et Guillermo Ramundo, qui m'ont encouragé dès les premiers instants, et à María Laura Ganzó, qui a lu le manuscrit en un temps record et m'a prodigué de précieux conseils.

Et, bien sûr, à Luz, ma mère, et à mes frère et sœur, Ana et Gero. Merci pour tout.

Du même auteur :

La Transformation des papillons, Terra Nova, 2015
L'Opossum rose, Calmann-Lévy, 2016 ;
Le Livre de Poche, 2017

PAPIER À BASE DE FIBRES CERTIFIÉES

Le Livre de Poche s'engage pour l'environnement en réduisant l'empreinte carbone de ses livres. Celle de cet exemplaire est de :
360 g éq. CO_2
Rendez-vous sur
www.livredepoche-durable.fr

Composition réalisée par Soft Office

Achevé d'imprimer en octobre 2022 en Espagne par
Liberduplex
Dépôt légal 1re publication : novembre 2022
LIBRAIRIE GÉNÉRALE FRANÇAISE
21, rue du Montparnasse – 75298 Paris Cedex 06